EL MONSTRUÓLOGO

RBA MOLINO

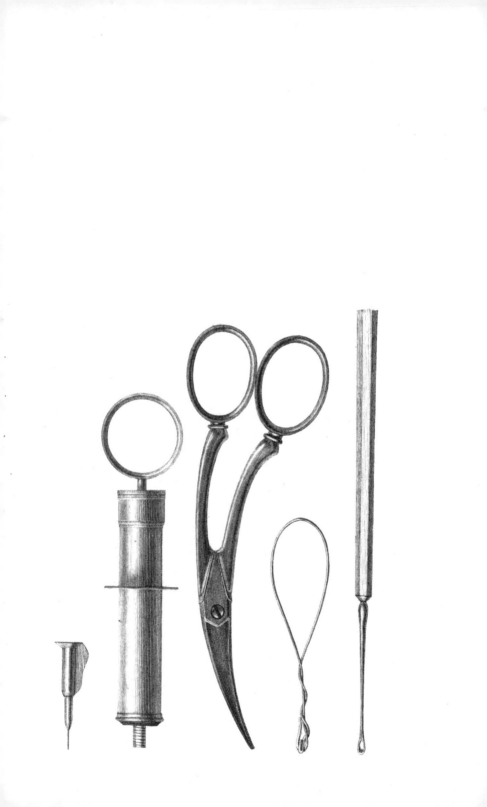

EL MONSTRUMÓLOGO

– William James Henry –

RICK YANCEY

Traducción de Pilar Ramírez Tello

S

Título original inglés: *The Monstrumologist.*
Autor: Rick Yancey.

© Rick Yancey, 2009.

Publicado por acuerdo con Simon & Schuster Books For Young Readers, un sello de Simon & Schuster Children's Publishing Division.

© de la traducción: Pilar Ramírez Tello, 2019.
© de esta edición: RBA Libros, S.A., 2019.
Avda. Diagonal, 189 - 08018 Barcelona.
rbalibros.com

Diseño de la cubierta: Lucy Ruth Cummins.
© Ilustración de la cubierta: iStockphoto.com, 2010.
Adaptación de la cubierta: Lookatcia.com.

Primera edición: abril de 2019.

RBA MOLINO
REF.: MONL516
ISBN: 978-84-272-1583-2
DEPÓSITO LEGAL: B.1.190-2019

COMPOSICIÓN • EL TALLER DEL LLIBRE, S.L.

Impreso en España • *Printed in Spain*

PARA SANDY

monstrumología

De *monstrumo-* y *-logia*.

1. f. Estudio de formas de vida de actitud por lo general malévola con los humanos y que la ciencia no reconoce como organismos reales, en concreto aquellas consideradas producto de la mitología y el folclore.

2. f. Acto de cazar tales criaturas.

Los andrófagos (*anthropophagi*) son los que exhiben las conductas más salvajes. No obedecen ninguna ley ni observan las costumbres... Cuentan con un idioma propio y, de entre todas estas naciones, son los únicos que comen carne humana.

—**Heródoto,** *Historias* **(440 a. C.)**

Se dice que los blemias no tienen cabeza, y que su boca y sus ojos están en el pecho.

—**Cayo Plinio Segundo,** *Naturalis Historiae* **(75 d. C.)**

... en otra isla, a medio camino, viven seres de gran estatura y fealdad, sin cabeza, con los ojos en la espalda, y la boca, torcida como una herradura, entre los pechos. En otra isla hay mucha gente sin cabeza, y con los ojos y la cabeza en la espalda.

—*El libro de las maravillas* **(1356)**

A orillas del río Gaora viven unas personas a las que les crece la cabeza bajo los hombros. Tienen los ojos en los hombros y la boca en medio del pecho.

—*Los viajes de Hakluyt* **(1598)**

Al oeste de Caroli se encuentran varias naciones de caníbales y de *ewaipanoma*, que no tienen cabeza.

—**Sir Walter Raleigh,** *El descubrimiento de la Guayana*

Y hube de hablar de lances desastrosos,
de accidentes conmovedores por mar y tierra,
de cómo había escapado por un punto
de una muerte inminente en peligroso asalto...
y de los caníbales que se comen uno a otro,
los antropófagos, y de hombres cuyas cabezas
bajo los hombros crecen.*

—**Shakespeare,** *Otelo*

* Traducción de María Enriqueta González Padilla en: Shakespeare, William. *Obras completas II. Tragedias. Otelo.* Acto I, escena III, pág. 451 (Debolsillo, 2012). (*N. de la t.*)

PRÓLOGO

Junio de 2007

El director de la institución era un hombre bajo de mejillas rubicundas y oscuros ojos hundidos; tenía una frente prominente enmarcada por un estallido de pelo blanco algodonoso que empezaba a ralear a medida que avanzaba hacia la parte de atrás de la cabeza, de modo que los mechones de cabello se alzaban de la masa como olas en dirección a las rosadas islas de su calva. Estrechaba la mano con rapidez y fuerza, aunque no en exceso, pues estaba acostumbrado a sostener dedos artríticos.

—Gracias por venir —dijo.

Me soltó la mano, me sujetó el codo con sus gruesos dedos y me guio por el pasillo vacío que daba a su despacho.

—¿Dónde está todo el mundo?

—Desayunando.

Su despacho se encontraba al final de la zona común, y se trataba de una habitación claustrofóbica y desordenada dominada por un escritorio de caoba con una pata delantera rota que alguien había intentado arreglar colocando un libro debajo de ella y de la mugrienta alfombra blanca. El escritorio estaba oculto por varias pilas escoradas de papeles, carpetas marrones, revistas y libros con títulos del estilo de *Cómo testar los bienes 1* o *Consejos para despedirse de los seres queridos*. En el aparador, tras su silla de cuero, se veía una fotografía enmarcada de una anciana que miraba a cámara con el ceño fruncido, como diciendo: «¡Ni se te ocurra sacarme una foto!». Supuse que sería su mujer.

Se sentó en la silla y preguntó:

—Bueno, ¿cómo va saliendo ese libro?

—Ya salió. El mes pasado.

Saqué un ejemplar de mi maletín y se lo di. Él gruñó y hojeó algunas páginas con los labios apretados y las pobladas cejas juntas sobre los ojos.

—Bueno, me alegro de haber colaborado —comentó.

Intentó devolverme el libro, pero le dije que era para él. El volumen se quedó un momento entre nosotros mientras su nuevo dueño examinaba el escritorio en busca de la pila más estable en la que colocarlo. Al final, lo metió en un cajón.

Había conocido al director un año antes, mientras investigaba para el segundo libro de la serie de Alfred Kropp. En el clímax de la historia, el héroe se encuentra en Devil's Millhopper, una dolina de ciento cincuenta metros de profundidad situada al noroeste del pueblo. Yo quería conocer los cuentos y leyendas locales sobre el lugar, y el director había tenido la amabilidad de presentarme a varios residentes del centro que habían crecido en la zona y conocían las historias de la mítica «boca del infierno», ahora convertida en parque nacional; imagino que el diablo se habría marchado para dejar hueco a los excursionistas.

—Gracias —dijo—. Se lo enseñaré a todos.

Esperé a que continuara; él era el que me había invitado a ir. Se rebulló en la silla, incómodo.

—Por teléfono me dijo que quería enseñarme una cosa —comenté para animarlo a hablar.

—Ah, sí. —Parecía aliviado y empezó a hablar muy deprisa—. Cuando lo encontramos entre sus efectos personales, usted fue la primera persona que me vino a la cabeza. Me dio la impresión de que le gustaría.

—¿Qué encontró entre los efectos personales de quién?

—Will Henry. William James Henry. Falleció el jueves. Nuestro residente más antiguo. Creo que no llegó a conocerlo.

—No. ¿Cuántos años tenía?

—Bueno, no estamos seguros del todo. Era un indigente: no tenía identificación alguna, ni tampoco familiares vivos. Pero afirmaba haber nacido en 1876.

Me quedé mirándolo, pasmado.

—Eso significa que tenía ciento treinta y un años.

—Absurdo, lo sé. Calculamos que andaría por los noventa.

—¿Y qué es lo que hizo que pensara en mí?

Abrió un cajón del escritorio y sacó un paquete compuesto por trece gruesos cuadernos amarrados con cordel marrón, cuyas cubiertas de cuero se habían vuelto de color beis por el uso.

—Nunca hablaba —dijo el director mientras tironeaba nervioso del cordel—. Salvo para decirnos su nombre y el año en que nació... Parecía bastante orgulloso de ambas cosas. «¡Me llamo William James Henry y nací en el año de nuestro señor de 1876!», anunciaba a quien quisiera oírlo; y a quien no, también, en realidad. Pero, por lo demás, en cuanto a su procedencia, su familia o cómo llegó hasta la alcantarilla en la que lo encontraron..., nada. Demencia avanzada, afirmaron los médicos, y no había ninguna razón para dudarlo... hasta que encontramos estos cuadernos envueltos en una toalla bajo su cama.

Miré el paquete que tenía en la mano.

—¿Un diario? —pregunté.

—Adelante —repuso encogiéndose de hombros—. Abra el de arriba y lea la primera página.

Lo hice. La letra era muy clara, aunque pequeña, la típica de alguien que ha recibido educación formal cuando tal educación incluía lecciones de caligrafía. Leí la primera página, después la siguiente y después cinco más. Pasé una hoja al azar. La leí dos veces. Mientras lo hacía, oía al director respirar con un resuello pesado, como el de un caballo tras un enérgico trote.

—¿Y bien? —preguntó.

—Ya veo por qué pensó en mí.

—Necesito que me los devuelva, por supuesto, cuando termine.

—Por supuesto.

—La ley me exige que los guarde por la remota posibilidad de que aparezca un familiar para recoger sus pertenencias. Hemos publicado un anuncio en el periódico y realizado todas las averiguaciones pertinentes, pero me temo que estas cosas suceden demasiado a menudo: muere una persona y no hay nadie en el mundo que la reclame.

—Muy triste —respondí mientras abría otro cuaderno por una página cualquiera.

—No los he leído todos, no tengo tiempo, pero siento mucha curiosidad por su contenido. Quizás haya pistas sobre su pasado: quién era, de dónde venía y tal. Quizás ayude a encontrar a un pariente. Aunque, por lo poco que he leído, supongo que no es un diario, sino una obra de ficción.

Estuve de acuerdo en que lo más probable era que se tratara de ficción, basándome en las páginas leídas.

—¿Lo más probable? —preguntó, algo desconcertado—. Bueno, supongo que casi todo es posible, ¡aunque unas cosas son más posibles que otras!

Me llevé los cuadernos a casa y los coloqué encima de mi escritorio, donde permanecieron casi seis meses sin leer. Me agobiaba la fecha de entrega de otro libro y no me apetecía zambullirme en lo que suponía que serían las divagaciones incoherentes de un nonagenario senil. Ese invierno recibí una llamada del director que me animó a desanudar el deshilachado cordel y leer de nuevo las primeras y extraordinarias páginas, pero poco más avancé. La letra era muy pequeña y las páginas, muy numerosas, escritas por delante y por detrás, así que me limité a ojear el primer volumen por encima. Sí me fijé en que el diario abarcaba meses, si no años: el color de la tinta cambiaba, por ejemplo, del negro al azul y vuelta a empezar, como si un bolígrafo se hubiera secado o perdido.

No leí los tres volúmenes completos hasta después de Año Nuevo, de una sentada, de la primera página a la última, y su transcripción es lo que van a encontrar a continuación, con pequeñas modificaciones para corregir la ortografía y algunos usos arcaicos de la gramática.

INFOLIO I

Progenie

UNO

«Una curiosidad singular»

Estos son los secretos que he guardado. Esta es la confianza que jamás traicioné.

Sin embargo, él ya está muerto, y lleva muerto más de cuarenta años, el que depositó en mí su confianza, la persona por la que he guardado estos secretos.

El que me salvó... y el que me maldijo.

No me acuerdo de lo que he desayunado esta mañana, pero sí que recuerdo con la claridad de una pesadilla aquella noche de primavera de 1888 en la que me despertó de mi sueño, con el cabello alborotado, los ojos muy abiertos e iluminados por la luz de la lámpara, y aquel resplandor en sus marcadas facciones, un resplandor que, por desgracia, yo había llegado a conocer a la perfección.

—¡Levanta! ¡Levanta, Will Henry, y apresúrate! —me apremió—. ¡Tenemos visita!

—¿Visita? —murmuré a modo de respuesta—. ¿Qué hora es?

—Poco más de la una. Ahora, vístete y reúnete conmigo en la puerta de atrás. ¡Aligera el paso, Will Henry, y espabila!

Salió de mi diminuto desván y se llevó la luz con él. Me vestí a oscuras y bajé la escalera a toda prisa, descalzo, mientras me colocaba la última de mis prendas: un suave sombrero de fieltro algo pequeño para mi cabeza de doce años. Aquel sombrerito era lo único que me quedaba de mi vida anterior al doctor, así que para mí era un objeto muy preciado.

Había encendido las lámparas de gas del pasillo de arriba, pero solo una brillaba en la planta principal, en la cocina, en la parte de atrás de la vieja casa donde vivíamos los dos en mutua y única compañía sin tan siquiera una doncella que nos limpiara: el doctor era un hombre celoso de su intimidad y dedicado a negocios oscuros y peligrosos, así que de ningún modo podía permitirse los ojos fisgones y las lenguas cotillas de los sirvientes. Cuando el polvo y la suciedad llegaban a ser intolerables, cada tres meses aproximadamente, me ponía un trapo y un cubo en las manos y me decía que «espabilara» antes de que una ola de suciedad nos barriera.

Seguí la luz hasta la cocina, olvidando mis zapatos con los nervios. No se trataba del primer visitante nocturno que conocía desde que llegara allí el año anterior. El doctor recibía numerosas visitas a altas horas de la madrugada, más de las que quería recordar, y ninguna de ellas para alegres intercambios sociales. Su negocio era peligroso y oscuro, como ya he mencionado, y así, en general, lo eran también sus clientes.

El que llamó aquella noche estaba al otro lado de la puerta de atrás; se trataba de una figura esquelética, y su sombra brotaba como un espectro de los relucientes adoquines. El rostro quedaba oculto por el ala ancha de su sombrero de paja, aunque le veía asomar las protuberancias de los nudillos de las deshilachadas mangas, y unos huesudos tobillos amarillos del tamaño de manzanas de los harapientos pantalones. Detrás del anciano, un caballo gruñón de aspecto mustio piafaba y resoplaba mientras sus temblorosos flancos escupían vaho. Detrás del caballo, apenas visible en la niebla, estaba el carro con su grotesca carga envuelta en varias capas de arpillera.

El doctor hablaba en voz baja con el anciano cuando me acerqué a la puerta, y le había apoyado una mano tranquilizadora en el hombro porque resultaba evidente que el hombre estaba casi muerto de miedo. Le aseguraba que había hecho lo correcto, que él, el doctor, se encargaría del asunto. Que todo iría bien. El pobre diablo asentía con su enorme cabeza, que parecía aún mayor con su gorro de paja moviéndose adelante y atrás sobre su cuello larguirucho.

—Es un crimen. ¡Un maldito crimen de la naturaleza! —exclamó en cierto momento—. No debería haberlo sacado; ¡debería haberlo tapado de nuevo para dejarlo a merced de Dios!

—No me pronuncio sobre temas teológicos, Erasmus —repuso el doctor—. Soy un científico. Pero ¿no se suele decir que somos sus instrumentos? En tal caso, ha sido Dios el que lo ha llevado hasta ella y después lo ha dirigido a mi puerta.

—Entonces ¿no me denunciará? —preguntó el anciano mientras miraba de soslayo al doctor.

—Su secreto está tan a salvo conmigo como, espero, lo esté el mío con usted. Ah, aquí está Will Henry. Will Henry, ¿dónde están tus zapatos? No, no —dijo cuando vio que me daba media vuelta para ir a buscarlos—. Necesito que prepares el laboratorio.

—Sí, doctor —respondí, solícito, y me volví de nuevo.

—Y pon una tetera. Va a ser una noche muy larga.

—Sí, señor —dije, y me volví por tercera vez.

—Y tráeme mis botas, Will Henry.

—Por supuesto, señor.

Vacilé, a la espera de una cuarta orden. El anciano llamado Erasmus me estaba mirando.

—Bueno, ¿a qué esperas? —preguntó el doctor—. ¡Espabila, Will Henry!

—Sí, señor. ¡Ahora mismo, señor!

Los dejé en el callejón y, mientras corría por la cocina, escuché decir al anciano:

—¿Es su hijo?

—Es mi ayudante.

Puse el agua a hervir y después bajé al sótano. Encendí

las lámparas, coloqué los instrumentos. No estaba seguro de cuáles necesitaría, pero sospechaba que el paquete que entregaba el viejo no estaba vivo; de la carga no había surgido ruido alguno, y nadie parecía tener mucha prisa por bajarla del carro... Aunque quizá se tratara más de esperanza que de sospecha...

Después saqué una bata limpia del armario y rebusqué bajo las escaleras las botas de goma del doctor. No estaban allí y, por un momento, me quedé junto a la mesa de examen, mudo de pánico. Las había lavado la semana anterior y estaba seguro de haberlas dejado bajo las escaleras. ¿Dónde podían estar? De la cocina me llegó el ruido de pasos sobre el suelo de madera. ¡Estaba en camino, y yo había perdido sus botas!

Las encontré bajo la mesa de trabajo, donde las había dejado, justo cuando el doctor y Erasmus empezaban a bajar las escaleras. ¿Por qué las había puesto allí? Las llevé junto al taburete y esperé con el corazón en un puño y la respiración entrecortada. El sótano era muy frío, hacía unos doce grados menos que en el resto de la casa, y así era durante todo el año.

La carga, todavía bien envuelta en arpillera, debía de ser pesada: los músculos de los cuellos de ambos hombres sobresalían por culpa del esfuerzo, y su descenso fue dolorosamente lento. Llegados a cierto punto, el anciano gritó pidiendo un descanso. Se detuvieron a cinco escalones del fondo, y me di cuenta de que al doctor le molestaba el retraso. Estaba deseando descubrir su nuevo trofeo.

Al final consiguieron dejar el bulto sobre la mesa de examen. El doctor guio al anciano hasta el taburete, y Erasmus se dejó caer en él, se quitó el sombrero de paja y se limpió la sudorosa frente con un trapo sucio. Temblaba de mala manera. A la luz pude ver que casi todo en él estaba sucio, desde los zapatos cubiertos de barro reseco hasta las uñas rotas, pasando por las finas arrugas y grietas de su viejo rostro. Despedía un intenso aroma margoso a tierra húmeda.

—Un crimen —murmuró—. ¡Un crimen!

—Sí, saquear tumbas es un crimen —dijo el doctor—. Un delito muy serio, Erasmus. Una multa de mil dólares y cinco años de trabajos forzados. —Se colocó la bata y fue a por las botas. Se apoyó en la barandilla para ponérselas—. Ahora somos cómplices. Debo confiar en usted, y usted en mí. Will Henry, ¿dónde está mi té?

Corrí escaleras arriba. Abajo, el anciano decía:

—Tengo una familia que alimentar. Mi esposa está muy enferma; necesita medicamentos. No encuentro trabajo, y ¿de qué les sirven el oro y las joyas a los muertos?

Habían dejado la puerta de atrás entreabierta. La cerré y eché el pestillo, no sin antes echar un vistazo al callejón. No vi nada más que la espesa niebla y el caballo, cuyos grandes ojos parecían implorarme ayuda.

Oía la cadencia de las voces del sótano mientras preparaba el té: la de Erasmus, con su tono agudo y casi histérico, y la del doctor, controlada y grave, bajo la que bullía una brusquedad fruto, sin duda, de la impaciencia por desenvolver el impío fardo del anciano. Mis pies, todavía descalzos, estaban muy fríos, aunque intenté hacer caso omiso de mi incomodidad. Puse en la bandeja el azúcar, la leche y dos tazas. El doctor no me había pedido una segunda taza, pero pensé que quizás el anciano necesitara una para reparar sus maltrechos nervios.

—... a medio camino, el suelo cedió bajo mis pies —explicaba el ladrón de tumbas mientras yo bajaba con la bandeja—. Como si hubiera dado con un socavón o una bolsa de aire bajo tierra. Caí de bruces sobre la tapa del ataúd. No sé si fue mi caída lo que rompió la tapa o si la rompería el... o si ya estaba rota cuando caí.

—Ya lo estaría, sin duda —repuso el doctor.

Estaban tal y como los había dejado: el doctor apoyado en la barandilla y el anciano temblando en el taburete. Le ofrecí una taza de té, y él la aceptó, agradecido.

—¡Ay, estoy helado hasta los huesos! —gimió.

—Ha sido una primavera bastante fría —comentó el doctor, que parecía aburrido a la par que nervioso.

—No podía dejarlo ahí —siguió diciendo el anciano—. ¿Cubrirlo y dejarlo? No, no. Soy un hombre de bien, temeroso de Dios. ¡Temo el juicio final! Un crimen, doctor. ¡Una abominación! Así que, en cuanto recuperé la cordura, los saqué del hoyo con el caballo y un trozo de cuerda, los envolví... y los traje aquí.

—Ha hecho lo correcto, Erasmus.

—«Él sabrá lo que hacer», me dije. Perdóneme, pero ya estará enterado de lo que se dice de usted y de los curiosos tejemanejes que se traen en esta casa. ¡Hay que estar sordo para no haber oído hablar de Pellinore Warthrop y de la casa de Harrington Lane!

27

—Entonces, es una suerte para mí que no esté usted sordo —dijo el doctor en tono seco.

Después se acercó al anciano y le colocó ambas manos sobre los hombros.

—Cuente con mi discreción, Erasmus Gray. Sé que yo cuento con la suya. No hablaré con nadie de su participación en este «crimen», como usted lo llama, igual que estoy convencido de que usted callará respecto al mío. Ahora, por las molestias...

Se sacó un fajo de billetes del bolsillo y los dejó sobre las manos del viejo.

—No pretendo echarlo, pero cada momento que pasa en esta casa los pone en peligro tanto a usted como a mi trabajo, y ambos significan mucho para mí, aunque quizás uno un poco más que el otro —añadió con una sonrisa tensa. Después se volvió hacia mí—: Will Henry, acompaña a nuestra visita a la puerta. —Y, de nuevo hacia Erasmus Gray—: Ha realizado un servicio de valor incalculable para el progreso de la ciencia, señor.

El anciano parecía más interesado en el progreso de su fortuna, puesto que observaba boquiabierto el dinero que sostenían sus manos, todavía temblorosas. El doctor Warthrop lo urgió a levantarse y subir las escaleras, para después recordarme que cerrara la puerta de atrás con llave y que buscara mis zapatos.

—Y nada de holgazanear, Will Henry. Tenemos trabajo de sobra para ocuparnos el resto de la noche. ¡Espabila!

El viejo Erasmus vaciló al llegar a la puerta de atrás, me colocó una de sus sucias manos en el hombro mientras con la otra sujetaba el andrajoso sombrero de paja, y sus ojos legañosos se esforzaron por ver a través de la niebla, que ya se había tragado por completo tanto al caballo como al carro. Los resoplidos y el piafar del animal eran la única prueba de su presencia.

—¿Por qué estás aquí, chico? —me preguntó de repente, apretándome con fuerza el hombro—. Estos asuntos no son cosa de niños.

—Mis padres murieron en un incendio, señor. El doctor me acogió.

—El doctor —repitió Erasmus—. Así lo llaman, pero ¿de qué es doctor exactamente?

«De lo grotesco —podría haber respondido—. De lo extraño. De lo incalificable». Sin embargo, me limité a ofrecer la misma respuesta que me había dado el doctor cuando le pregunté lo mismo, poco después de mi llegada a la casa de Harrington Lane.

—Filosofía —afirmé con convicción.

—¡Filosofía! —exclamó el anciano en voz baja—. ¡No es el nombre que le daría yo, eso está claro!

Se caló el sombrero en la cabeza y se sumergió en la niebla, por la que avanzó arrastrando los pies hasta desaparecer por completo.

Unos minutos más tarde descendía las escaleras que daban al laboratorio del sótano después de haberle echado el cerrojo a la puerta y haber encontrado mis zapatos que, tras unos segundos de frenética búsqueda, resultaron estar justo donde los había dejado la noche anterior. El doctor me esperaba al pie de las escaleras, tamborileando con impaciencia en la barandilla. No le parecía que hubiera espabilado lo suficiente, creo. En cuanto a mí, no me apetecía demasiado que se iniciara el resto de la noche. No era la primera vez que alguien llamaba a nuestra puerta a horas intempestivas para traernos paquetes macabros, aunque sin duda aquel era el mayor que yo había visto desde mi llegada a la casa.

—¿Has cerrado bien la puerta? —preguntó el doctor. Me fijé de nuevo en el color de sus mejillas, en la respiración entrecortada, en el temblor de la voz, producto del entusiasmo. Respondí que así era. Él asintió—. Si lo que dice es cierto, Will Henry, si no me ha tomado por tonto (que no sería la primera vez), se trata de un descubrimiento extraordinario. ¡Acércate!

Ocupamos nuestras posiciones de siempre: él junto a la mesa en la que yacía el bulto envuelto en arpillera enfangada, yo tras él, a su derecha, para manejar el alto carrito con los instrumentos y tener a punto lápiz y cuaderno. Me temblaba un poco la mano cuando escribí la fecha en la parte superior de la hoja: «15 de abril de 1888».

Se puso los guantes, que le restallaron en las muñecas, y dio unos cuantos pisotones con las botas en el frío suelo de piedra. Después se puso la máscara que solo le dejaba al aire el puente de la nariz y los intensos ojos oscuros.

—¿Preparado, Will Henry? —dijo en voz baja, amortiguada por la máscara. Tamborileaba en el aire con los dedos.

—Preparado, señor —contesté, aunque nada más lejos de la realidad.

—¡Tijeras!

Le dejé el instrumento, con el mango por delante, en la palma abierta de la mano.

—No, las grandes, Will Henry. Las de podar.

Encorvado, empezó por el extremo estrecho del fardo, donde debían de estar los pies, y cortó por el centro de la gruesa tela; el esfuerzo resultaba evidente en la tensión de la mandíbula. Se detuvo una única vez para estirar y soltar un poco los acalambrados dedos, y regresó a la tarea. La arpillera estaba mojada y cubierta de barro.

—El anciano la ha atado como si fuera un pavo de Navidad —masculló.

Al cabo de lo que me parecieron horas, alcanzó el extremo opuesto. La arpillera se había abierto tres o cuatro centímetros a lo largo del corte, nada más. El contenido seguía siendo un misterio, y así permanecería durante unos segundos más. El doctor me había devuelto las tijeras grandes y estaba apoyado en la mesa para descansar un momento antes del terrible clímax final. Por fin se enderezó y se apretó la parte baja de la espalda con las manos. Respiró hondo.

—Bueno, ya está —dijo en voz baja—. Allá vamos, Will Henry.

Retiró la tela siguiendo la dirección del corte. La arpillera cayó a ambos lados y se amontonó sobre la mesa como los pétalos de una flor al abrirse para recibir el sol de primavera.

Pude verlos por encima de su espalda doblada. No se trataba del corpulento cadáver que me esperaba, sino de dos cuerpos, uno envuelto en otro cual abrazo obsceno. Faltó poco para que me atragantara con la bilis que me subió desde el estómago vacío, y tuve que ordenar a mis rodillas que se mantuvieran quietas. Recuerden que tenía doce años. Un niño, sí, pero uno que ya había sido testigo de más de un espectáculo grotesco. Las paredes del laboratorio estaban repletas de estanterías, y en ellas se guardaban grandes tarros en los que flotaban rarezas en conserva, extremidades y órganos de criaturas que ustedes no serían capaces de reconocer, cuya existencia relacionarían con el reino de las pesadillas y no con el mundo real en el que tan cómodos se sienten. Y, como ya he mencionado, no se trataba de la primera vez que ayudaba al doctor en su mesa.

No obstante, nada me había preparado para el paquete entregado por el anciano aquella noche. Me atrevería a decir que un adulto normal habría huido escaleras arriba y salido de la casa entre gritos, horrorizado, porque lo que ocultaba el capullo de arpillera dejaba en evidencia todos los tópicos y promesas expresados desde miles de púlpitos sobre la naturaleza de un Dios justo y amoroso, sobre la existencia de un universo de equilibrio y bondad, y sobre la dignidad del hombre. El ladrón de tumbas lo había tildado de «crimen». Lo cierto era que yo no encontraba una palabra mejor, aunque un crimen necesita de un criminal... y ¿quién o, mejor dicho, qué era el criminal en este caso?

Sobre la mesa yacía una joven con el cuerpo en parte cubierto por la forma desnuda que la envolvía, que le había echado una pierna enorme sobre el torso y un brazo sobre el pecho. El vestido blanco con el que la enterraron estaba mancillado con el característico tono ocre de la sangre seca, y la fuente de la sangre quedó clara desde el primer momento: le faltaba la mitad de la cara y, por debajo de ella, los huesos del cuello quedaban al aire. Los desgarros en la piel restante eran irregulares y de forma triangular, como si alguien la hubiera atacado con una hachuela.

El otro cadáver era masculino, medía el doble que ella y, como he dicho, envolvía su diminuta figura como una madre que acuna a su niño, con el pecho a pocos centímetros del cuello destrozado y el resto de su cuerpo apretado contra ella. Sin embargo, lo más sorprendente no era el tamaño ni su mera presencia.

No, lo más asombroso de aquel retablo extraordinario de por sí era que el compañero de la joven no tenía cabeza.

—*Anthropophagus* —murmuró el doctor con los ojos muy abiertos y relucientes por encima de la máscara—. Tiene que serlo, pero ¿cómo? Es de lo más curioso, Will Henry. Que esté muerto es curioso, ¡pero muchísimo más lo es que esté aquí! El espécimen es macho, de entre veinticinco y treinta años, aproximadamente, sin indicios aparentes de lesiones ni de traumatismos... Will Henry, ¿estás tomando nota?

Me miraba. Yo lo miré. El hedor de la muerte dominaba el cuarto, y los ojos me picaban y lagrimeaban. Señaló el cuaderno, olvidado en mi mano.

—Concéntrate en la tarea, Will Henry.

Asentí y me limpié las lágrimas con el dorso de la mano. Después apreté la punta de grafito contra el papel y empecé a escribir debajo de la fecha.

—El espécimen parece pertenecer al género *Anthropophagus* —repitió el doctor—. Macho, entre veinticinco y treinta años, aproximadamente, sin indicios aparentes de lesiones ni de traumatismos...

Concentrarme en la tarea de secretario me ayudó a tranquilizarme, aunque la curiosidad morbosa tiraba de mí, como la marea de un nadador, y me urgía a mirar de nuevo. Mordisqueé la punta del lápiz mientras intentaba decidir cómo se escribía *Anthropophagus*.

—La víctima es hembra, de unos diecisiete años, con un traumatismo por dentellada visible en el lateral derecho del rostro y el cuello. El hueso hioides y la mandíbula inferior están expuestos y se ven las marcas de los dientes del espécimen...

¿Dientes? ¡Pero si aquella criatura no tenía cabeza! Levanté la mirada del cuaderno. El doctor Warthrop estaba inclinado sobre sus torsos, lo que, por suerte, me tapaba la vista. ¿Qué clase de ser era capaz de morder sin boca? Tras aquel pensamiento, llegó otra terrible revelación: aquella cosa había estado comiéndose a la chica.

Al moverse rápidamente hacia el otro lado de la mesa, logré observar sin más impedimentos al «espécimen» y a su pobre víctima. Era una muchacha delgada cuyo pelo oscuro se desparramaba sobre la mesa en una cascada de sedosos tirabuzones. El doctor se inclinó de nuevo, examinó con ojos entornados el pecho de la bestia que se apretaba contra ella y recorrió con la mirada el cuerpo de la joven cuyo eterno descanso había quedado interrumpido por aquel abrazo impío, por la caricia mortal de un invasor del mundo de las sombras y las pesadillas.

—¡Sí! —dijo en voz baja—. *Anthropophagus*, sin duda. Fórceps, Will Henry, y una bandeja, por favor... No, la pequeña de ahí, la que está junto al escoplo. Esa.

De algún modo logré reunir la entereza necesaria para moverme, aunque las rodillas me temblaban de mala manera y no me sentía los pies, literalmente. Procuré no quitarle la vista de encima al doctor y hacer caso omiso de las acuciantes arcadas. Le pasé los fórceps y le acerqué la bandeja a pesar del temblor de mis brazos, mientras intentaba no respirar hondo, pues el hedor a putrefacción me quemaba la boca y se aposentaba como una brasa ardiente en el fondo de mi garganta.

El doctor Warthrop metió los fórceps en el pecho de la criatura. Oí que el metal rozaba algo duro... ¿Una costilla al aire? ¿Acaso aquella cosa también estaba a medio consumir? Y, de ser así, ¿adónde había ido el otro monstruo culpable?

—Muy curioso. Muy curioso —dijo el doctor a través de la mascarilla que amortiguaba sus palabras—. No hay indicios externos de traumatismo y es evidente que se encontraba en la flor de la vida, pero muerto está. ¿Qué te mató, *Anthropophagus*, eh? ¿Cómo sobrevino tu final?

Mientras hablaba, el doctor daba golpecitos en la bandeja metálica para soltar allí, con el fórceps, las tiras de carne, oscuras y fibrosas como cecina a medio curar, y un trocito de tela blanca que se había pegado a un par de tiras, y entonces me percaté de que no estaba quitando la carne del monstruo, sino que la carne pertenecía al rostro y el cuello de la chica.

Miré abajo, entre mis brazos estirados, al punto en el que el doctor trabajaba, y vi que no había estado raspando una costilla al aire.

Le estaba limpiando los dientes a la criatura.

La habitación empezó a darme vueltas.

—Aguanta, Will Henry —me dijo el doctor en tono tranquilo—. Inconsciente no me sirves. Esta noche tenemos una obligación. Somos estudiosos de la naturaleza y de sus productos, de todos, incluida esta criatura. Nació de la mente divina, si crees en esas cosas, porque ¿cómo iba a ser de otro modo? Somos soldados de la ciencia y cumpliremos con nuestro deber. ¿De acuerdo, Will Henry? ¿De acuerdo?

—Sí, doctor —respondí con voz ahogada—. Sí, señor.

—Buen chico.

Dejó caer el fórceps en la bandeja de metal. Pizcas de carne y gotas de sangre le manchaban los dedos enguantados.

—Tráeme el escoplo.

Regresé con sumo gusto a la bandeja de instrumentos. Sin embargo, antes de entregarle el escoplo, me detuve a prepararme para el siguiente asalto, como el buen soldado raso de la ciencia que era.

A pesar de no disponer de cabeza, el *Anthropophagus* no

carecía de boca. Ni de dientes. El orificio era como el de los tiburones, y los dientes también se parecían: de forma triangular, serrados y blancos como la leche, dispuestos en filas que avanzaban hacia fuera desde la invisible cavidad interior de la garganta. La boca estaba justo debajo del enorme pecho musculoso, entre los pectorales y la ingle.

No tenía nariz, que yo viera, aunque en vida no había sido ciego: sus ojos (de los que, confieso, solo había visto uno) estaban en los hombros, no tenían párpados y eran completamente negros.

—¡Espabila, Will Henry! —me llamó el doctor. Estaba tardando demasiado en prepararme—. Empuja el carrito hacia la mesa, para que la bandeja te quede más cerca; te vas a cansar de tanto trotar de un lado a otro.

Cuando tanto la bandeja como yo estuvimos en posición, alargó una mano y le di el escoplo. El doctor introdujo el instrumento en la boca del monstruo y empujó hacia arriba usando el escoplo como palanca para abrir las mandíbulas.

—¡Fórceps!

Se los puse en la mano libre y lo observé meterlos en las fauces repletas de colmillos... Y siguió metiéndolos, más, más aún, hasta que toda la mano desapareció dentro. Los músculos de su antebrazo se hincharon al girar la muñeca para explorar el fondo de la garganta de aquel ser con la punta de los fórceps. Tenía la frente perlada de sudor. Se la sequé con un trozo de gasa.

—Habría abierto un respiradero para no asfixiarse —masculló—. No hay heridas visibles..., deformidades..., ni marcas de traumatismos... ¡Ah! —Dejó de mover el brazo. Tiró del hombro para sacar los fórceps—. ¡Está atascado! Necesitaré ambas manos. Coge el escoplo y tira, Will Henry. Usa las dos manos si hace falta, así. Ahora no permitas que se te escape, o perderé las mías. Sí, eso es. Buen chico. ¡Ahhh!

Cayó de espaldas y agitó la mano izquierda para recuperar el equilibrio mientras sujetaba el fórceps con la derecha; del instrumento colgaba un enredado collar de perlas manchado de sangre rosa. Tras frenar la caída, el monstrumólogo sostuvo en alto el premio que tanto le había costado conseguir.

—¡Lo sabía! —gritó—. Aquí está el culpable, Will Henry. Debió de arrancárselo del cuello en un momento de frenesí. Se le atascó en la garganta y se ahogó.

Solté el escoplo, retrocedí unos pasos de la mesa y me quedé mirando el collar carmesí que colgaba de la mano del doctor. La luz bailaba sobre su capa de sangre, y yo sentí que el aire me presionaba y se negaba a llenarme los pulmones. Me empezaron a ceder las rodillas. Me dejé caer en el taburete mientras me esforzaba por respirar. El doctor no parecía ser consciente de mi estado. Soltó el collar en una bandeja y me pidió las tijeras. «Que se vaya al infierno —pensé—. Que coja él sus tijeras». Me llamó de nuevo, de espaldas a mí, con la mano estirada y los ensangrentados dedos abriéndose y cerrándose. Me levanté del taburete con un suspiro estremecido y le puse las tijeras en la mano.

—Una curiosidad singular —masculló mientras cortaba el centro del vestido de la muchacha—. Los *Anthropo-*

phagi no son nativos de las Américas. Sí del norte y del oeste de África, y de las islas Caroli, pero no de aquí. ¡Jamás!

Con cautela, casi con cariño, apartó la tela para dejar al descubierto la perfecta piel de alabastro de la joven.

El doctor Warthrop apretó el extremo de su estetoscopio contra su vientre y escuchó con atención mientras movía el instrumento hacia el pecho, volvía a bajarlo y lo pasaba sobre su ombligo, hasta que, al regresar al inicio, se detuvo y cerró los ojos, sin apenas respirar. Permaneció inmóvil varios segundos. El silencio era atronador.

Al final se quitó el estetoscopio de las orejas.

—Como sospechaba. —Gesticuló hacia la mesa de trabajo—. Un tarro vacío, Will Henry. Uno de los grandes.

Me indicó que le quitara la tapa y lo dejara en el suelo, a su lado.

—Sostén la tapa, Will Henry. Debemos actuar con celeridad. ¡Bisturí!

Se inclinó sobre la mesa. ¿Confesaré que aparté la vista? ¿Que era incapaz de obligar a mis ojos a seguir posados sobre aquella reluciente hoja que cortaba la carne inmaculada de la joven? A pesar de desear agradarlo e impresionarlo con mi inflexible determinación, como un buen soldado raso al servicio de la ciencia, nada habría logrado convencerme para contemplar lo que ocurriría a continuación.

—No son carroñeros por naturaleza —dijo—. Prefieren la carne fresca, aunque existen impulsos más poderosos que el hambre, Will Henry. La hembra puede engendrar, pero no dar a luz. Como ves, le falta el útero, puesto

39

que esa zona de su anatomía la ocupa otro órgano más vital: el cerebro... Toma, coge el bisturí.

Oí un suave chapoteo cuando introdujo el puño en la incisión. Rotó el hombro derecho para explorar con los dedos el interior del torso de la joven.

—Pero la naturaleza es ingeniosa, Will Henry, y maravillosa en su inclemencia. La hembra expulsa el óvulo fertilizado en la boca de su pareja, donde reposa en una bolsa situada a lo largo de la mandíbula inferior. Tiene dos meses para encontrar un anfitrión para su descendencia antes de que el feto salga de su bolsa protectora y el macho se lo trague o se ahogue con él... Ah, esto debe de ser. Prepárate con la tapa.

Se tensó, y todo se paralizó un momento. Entonces, con un único tirón teatral, sacó del estómago abierto una masa de carne y dientes que no paraba de moverse, una versión en miniatura de la bestia enroscada alrededor de la muchacha, aunque envuelta en un saco blanco lechoso que se abrió de golpe cuando la criatura de su interior intentó librarse de la mano del doctor; al estallar, la bolsa liberó un líquido hediondo que le empapó la bata y le salpicó las botas. Estuvo a punto de dejarlo caer, pero consiguió apretarlo contra el pecho mientras el engendro se retorcía y agitaba los diminutos brazos y piernas, mientras abría y cerraba la boca armada de dientecitos afilados como cuchillas y escupía por doquier.

—¡El tarro! —gritó.

Lo empujé hacia sus pies. Él metió dentro aquella cosa, y yo no necesité que me apremiara para poner la tapa.

—¡Enróscala bien, Will Henry! —exclamó entre jadeos.

Estaba bañado de pies a cabeza en aquella pringue sanguinolenta que olía peor que la carne podrida de la mesa. El diminuto *Anthropophagus* daba vueltas y patadas dentro del tarro, manchaba de líquido amniótico las paredes de cristal y arañaba su prisión con unas uñas del tamaño de agujas mientras su boca se movía con furia en el centro del pecho, como un pez fuera del agua que intenta respirar en la orilla. Sus maullidos de sorpresa y dolor eran lo bastante fuertes como para traspasar el grueso cristal; era un sonido espeluznante e inhumano que estoy condenado a recordar hasta el fin de mis días.

El doctor Warthrop levantó el tarro y lo colocó en el banco de trabajo. Empapó un algodón con una mezcla de halotano y alcohol, lo metió dentro del tarro y volvió a enroscar la tapa. El bebé de monstruo atacó al algodón, lo hizo jirones con sus dientecitos y se tragó algunos trozos enteros. Su agresión aceleró los efectos del agente químico para la eutanasia: en menos de cinco minutos, el impío engendro estaba muerto.

DOS

«Sus servicios me son indispensables»

Con dos únicos descansos (uno para tomar otra taza de té sobre las tres de la madrugada y otro para aliviar su vejiga a las cuatro), el monstrumólogo trabajó toda la noche y parte del día siguiente, aunque con menos urgencia después del aborto de la abominable criatura que crecía en el interior del cadáver de la joven.

—Cuando llega a término —me explicó en un tono de voz seco y didáctico, lo que, de algún modo, conseguía dotar al tema de una dimensión aún más horrenda—, el bebé de los *Anthropophagi* rompe su saco amniótico y comienza a alimentarse de su anfitriona hasta que no queda nada salvo los huesos, que procede a perforar con sus dientes de aguja para chupar la médula, que es rica en nutrientes. A diferencia del *Homo sapiens*, Will Henry, los dientes del *Anthropophagus* se desarrollan antes que casi todo lo demás.

Habíamos separado los cadáveres, aunque no sin esfuerzo, ya que el animal había hundido hasta el fondo las uñas, que medían cinco centímetros, en su víctima. El doctor las sacó, un rígido dedo tras otro, usando el escoplo a modo de palanca.

—Fíjate en que las uñas tienen púas —me indicó—, como un arpón para ballenas o las patas delanteras de la mantis religiosa. Toca la punta, Will Henry... ¡Con cuidado! Es tan afilada como una aguja hipodérmica y tan dura como el diamante. Los nativos de su hábitat natural las usan para coser o para el extremo de sus lanzas.

Apartó el enorme brazo del pecho de la muchacha muerta.

—El brazo tiene una envergadura casi cincuenta centímetros mayor que el del hombre medio. Mira lo grandes que son sus manos.

Colocó la suya, palma con palma, sobre la del monstruo. La mano de la criatura envolvía la del doctor como un adulto lo haría con la de un niño.

—Al igual que el león, utiliza las uñas como principal forma de ataque, pero, a diferencia de los grandes depredadores mamíferos, no intenta matar a su presa antes de empezar a alimentarse de ella. En eso se parece más a los tiburones o los insectos, que prefieren la carne viva.

Tuvimos que emplearnos los dos para apartar su pierna de la joven. Algo jadeante por el esfuerzo, el doctor añadió:

—Poseen los mayores talones de Aquiles de entre todos los primates, lo que les permite saltar alturas asombrosas, de hasta doce metros... Fíjate en la fuerte musculatura de las pantorrillas y los cuádriceps... Con cuidado, Will Henry, o se nos caerá encima.

Me pidió que despejara un espacio en la mesa de trabajo. Después cogió a la chica por los hombros, yo por las piernas, y movimos el cadáver. Era tan ligera que no parecía pesar más que un pájaro. El doctor le cruzó los brazos sobre el pecho y le cubrió el profanado torso con el vestido.

—Ve a por una sábana limpia, Will Henry —me ordenó, y la tapó con ella.

Permanecimos un momento ante la figura envuelta, en silencio. Al fin, suspiró:

—Bueno, ahora es libre. Si existe algún consuelo, Will Henry, es que no sufrió. No sufrió.

Dio una palmada, se volvió, y su melancolía se desvaneció en un abrir y cerrar de ojos mientras regresaba a la mesa de examen, deseoso de continuar su comunión con la criatura. La colocamos en el centro de la mesa y la pusimos boca arriba. Los ojos negros y sin párpados me recordaban, sobre todo, a los de un tiburón. La piel también era pálida era como el vientre del pez, y, por primera vez, me fijé en que la criatura no tenía pelo, un detalle que intensificaba su aterrador aspecto.

—Como el león, son cazadores nocturnos —dijo el doctor, que parecía haberme leído el pensamiento—. De ahí el exagerado tamaño de los ojos y la completa ausencia de melanina en la dermis superior. Además, como el *Panthera leo* (y el *Canis lupus*), practican la caza comunal.

—¿Comunal, señor?

—Cazan en manada.

Chasqueó los dedos, pidió un bisturí limpio y dio inicio a la autopsia. Mientras vaciaba a la bestia, yo estaba ocupado tomando notas, pasándole instrumentos y corriendo del armario a la mesa y vuelta a empezar para llenar de formaldehído los tarros vacíos en los que guardaba los órganos. Le sacó los ojos, de los que colgaban los nervios ópticos como si fueran cuerdas retorcidas. Señaló las orejas del monstruo: ranuras de trece centímetros de largo situadas a ambos lados de la cintura, justo por encima de las caderas.

Entonces, Warthrop le abrió el pecho por encima de la boca de sonrisa lasciva, usando el separador de costillas para meter la mano y sacar el hígado, el bazo, el corazón y los pulmones, de un color blanco grisáceo y alargados como balones desinflados. Mientras, seguía con su lección, que interrumpía de vez en cuando para dictar medidas y describir el estado de los distintos órganos.

—La ausencia de folículos resulta curiosa, no aparece en los textos... Los ojos miden nueve coma siete por siete coma tres centímetros, quizá por las características de su hábitat natural. No evolucionaron en climas templados.

Realizó una incisión unos centímetros por encima de

46

la ingle, metió ambas manos en la cavidad y sacó el cerebro. Era más pequeño de lo que me esperaba, más o menos del tamaño de una naranja. Lo puso en la balanza y anoté el peso en el cuadernito.

«Vaya —pensé—, al menos eso es bueno. Con un cerebro tan pequeño, no serán muy listos».

De nuevo, como si poseyera la habilidad de leerme el pensamiento, dijo:

—Es probable que tenga la capacidad mental de un niño de dos años, Will Henry. Entre la de un simio y la de un chimpancé. Aunque carezcan de lenguas, pueden comunicarse a través de gruñidos y gestos, de forma similar a sus primos primates, aunque con una intención menos benigna.

Reprimí un bostezo. No estaba aburrido, sino exhausto. El sol había salido horas atrás, pero la noche era eterna en aquella habitación sin ventanas que apestaba a muerte y al hedor ácido de los productos químicos.

No obstante, el doctor no daba muestras de cansancio. Ya lo había visto antes así, cuando la fiebre de su peculiar pasión se apoderaba de él. Comía muy poco, dormía aún menos, y toda su capacidad de concentración, que era la más formidable de cuantas había conocido, se dedicaba a la tarea que tenía entre manos. Transcurrían los días, una semana, una quincena, sin que se afeitara ni se bañase; ni siquiera encontraba un momento para peinarse o ponerse una camisa limpia hasta que, a causa de la falta de comida y descanso, empezaba a parecerse a uno de sus macabros sujetos: ojos hundidos en las cuencas e inyectados en sangre, bordeados de negro; piel del color del polvo de carbón; ropa colgándole suelta de su raquítica figura. Tan inevitable como que la noche sigue al día, la llama de su pasión acabaría por agotar el combustible de su mente y de su cuerpo, y el doctor se derrumbaría y guardaría reposo en cama como si sufriera una fiebre tropical, apático e irritable; la intensidad de su obsesión lograba que la consecuente depresión resultara mucho más llamativa. Yo me pasaría todos los días y sus noches subiendo y bajando las escaleras para llevarle comida, bebida y mantas, librándome de las visitas («El doctor está enfermo y no puede recibir a nadie en este momento») y sentado junto a su cama durante horas mientras él se quejaba de su destino: todo su trabajo era en vano. Dentro de cien años nadie recordaría su nombre, reconocería sus logros ni cantaría sus alabanzas. Yo intentaba consolarlo lo mejor que podía y le aseguraba que llegaría el día en que su nombre se mencionara a la par que el de Darwin. A menudo, el doctor desdeñaba mis infantiles intentos de auxilio. «No eres más que un niño. ¿Qué sabrás tú de estas cosas?», respondía, y se tumbaba hacia el otro lado. Otras veces me agarraba la mano, me acercaba a él, me miraba a los ojos y susurraba con espantosa intensidad: «Eres tú, Will Henry, quien debe continuar mi trabajo. No tengo familia ni la tendré. Tú debes ser mi memoria. Debes cargar con el peso de mi legado. ¿Me prometes que todo esto no será en vano?».

Y, por supuesto, se lo prometía. Porque era cierto: yo era lo único que tenía el doctor. Siempre me he preguntado si a aquel hombre, a aquella persona de narcisismo imponente y sin parangón, se le ocurrió alguna vez que a la inversa también era cierto: él era lo único que yo tenía.

Su recuperación duraba una semana, a veces dos, y entonces sucedía algo nuevo, recibía un telegrama, llegaba por correo un nuevo artículo o un libro sobre el último descubrimiento, una visita importante aparecía en plena noche, y el ciclo volvía a empezar. La chispa prendía de nuevo. «¡Espabila, Will Henry —gritaría—. ¡Tenemos trabajo por delante!».

La chispa que Erasmus Gray trajo a nuestra puerta aquella brumosa mañana de abril, a mediodía, se había transformado en un incendio que rugía con intensidad. Extrajimos todos los órganos, los examinamos, catalogamos y conservamos; tomamos todas las medidas; hubo horas de dictados y disertaciones sobre la naturaleza de la bestia: «Nuestro amigo debe de ser el macho alfa de su tropa, Will Henry. El macho alfa es el único que disfruta del privilegio de procrear». Y después de todo aquello, sin un momento de respiro, quedaba la limpieza. Había que limpiar los instrumentos, restregar el suelo con sosa cáustica y esterilizar las superficies con lejía. Por fin, pasado con creces el mediodía, incapaz de permanecer en pie un segundo más, me dejé caer en el último escalón de las escaleras sin importarme que me regañara por mi indolencia, mientras él regresaba al cadáver de la joven, retiraba la sábana y suturaba la incisión de su estómago. Después chasqueó los dedos sin mirarme.

—Tráeme las perlas, Will Henry.

Me puse en pie como pude y le llevé la bandeja con el collar. Llevaba varias horas metido en alcohol, así que la mayor parte de la sangre había desaparecido y dejado el líquido de un agradable tono rosado. El doctor sacudió el exceso de disolvente, abrió el enganche y, con mucha delicadeza, volvió a colocar las relucientes cuentas blancas alrededor del cuello destrozado de la muchacha.

—¿Qué decir, Will Henry? —murmuró, sus ojos oscuros fijos en los restos—. Lo que antes reía, lloraba y soñaba se convierte en comida. El destino lo llevó hasta ella, pero, si no, habría sido pasto de los gusanos, unas criaturas tan voraces como él. Existen monstruos que esperan a que todos nosotros regresemos a la tierra, así que ¿qué decir? —Le echó la sábana sobre la cara y le dio la espalda—. No tenemos mucho tiempo. Donde hay uno, habrá más. Los *Anthropophagi* no son prolíficos. Solo engendran una o dos crías al año; aun así, no sabemos cuánto tiempo llevan ocultos en el Nuevo Mundo. Al margen del número exacto, en algún lugar cercano a Nueva Jerusalén, existe una población de seres que se alimentan de carne humana; debemos encontrarlos y erradicarlos... si no queremos que nos superen.

—Sí, señor —mascullé a modo de respuesta.

Sentía la cabeza ligera, y los brazos y piernas pesados, y a ratos le veía el rostro borroso.

—¿Qué ocurre? ¿Qué te sucede? Ahora no te puedes desmayar, Will Henry.

—No, señor —coincidí antes de caer desmayado en el suelo.

Él me cogió en brazos y me llevó escaleras arriba, a través de la cocina que brillaba con la tierna luz del sol de primavera, hasta la planta de arriba y, después, otro tramo más por las pequeñas escaleras que daban a mi buhardilla, donde me dejó en la cama sobre la manta, sin molestarse en quitarme la ropa salpicada de sangre. Sí que me quitó el gorro de la cabeza y lo colgó del gancho de la pared. Ver aquel sombrerito harapiento tristemente colgado de aquel gancho fue demasiado para mí. Representaba todo lo que había perdido. Decepcionar al doctor con mi falta de fortaleza y estoicismo masculino era impensable, pero no pude soportarlo; la imagen de aquel sombrero y los recuerdos que representaba se yuxtaponían al horror surrealista de las últimas horas.

Me hice un ovillo y me eché a llorar agarrándome el estómago, mientras él permanecía de pie junto a la cama sin consolarme, sino estudiándome con la misma curiosidad intensa que había dedicado a los testículos del *Anthropophagus* macho.

—Los echas de menos, ¿no? —preguntó en voz baja.

Asentí, incapaz de hablar por culpa de los desgarradores sollozos.

Él asintió al ver confirmada su hipótesis.

—Yo también, Will Henry, yo también.

Estaba siendo sincero. Mis padres habían estado a su servicio; mi madre se ocupaba de la casa, y mi padre, como yo después de su muerte, de los secretos. En su funeral, el doctor me había puesto una mano en el hombro y me había dicho: «No sé qué vamos a hacer, Will Henry. Sus servicios me eran indispensables». No parecía ser consciente de hablar con el niño que quedaba huérfano e indigente tras la tragedia.

No sería exagerado afirmar que mi padre adoraba al doctor Warthrop. Sí sería exageración (de hecho, sería una mentira atroz) decir que mi madre lo adoraba. Ahora, con la lucidez que aporta el paso de los años, puedo asegurar sin miedo a equivocarme que la principal causa de fricción entre ellos era precisamente el doctor o, mejor dicho, los sentimientos de mi padre por él y la profunda lealtad que le profesaba, una lealtad que superaba a todas las demás, incluidas las obligaciones para con su mujer y su único hijo. Que mi padre nos quería es algo que jamás dudé; el problema era que, simplemente, quería más al doctor. Aquel era el origen del odio que mi madre sentía por Warthrop: estaba celosa, se sentía traicionada. Y por sentirse traicionada se originaban las peleas más vehementes entre ellos.

Muchas noches, antes de que el incendio me los arrebatara, me mantuve despierto escuchándolos a través de las finas paredes de mi dormitorio en Clary Street; el sonido de sus voces al estrellarse contra el yeso era como las olas de tormenta al golpear un dique: la culminación del conflicto que empezara horas antes, normalmente cuando mi padre llegaba tarde a cenar porque el doctor lo había retenido. A veces, mi padre no acudía a cenar, y en ocasiones desaparecía días enteros. Cuando por fin regresaba a casa, después de mi alegre recibimiento en la puerta, apartaba la mirada de mis ojos rebosantes de adoración y se encontraba con los de mi madre, en los que la adoración brillaba por su ausencia; entonces esbozaba una sonrisa avergonzada, se encogía de hombros y decía: «El doctor me necesitaba».

—¿Y yo qué? —gritaba ella—. ¿Y nuestro hijo? ¿Qué hay de nuestras necesidades, James Henry?

—Soy lo único que tiene —era siempre la respuesta.

—Y tú eres lo único que tenemos nosotros. Desapareces durante varios días sin decir nada a nadie sobre dónde vas o lo que haces, ni sobre cuándo regresarás. Y cuando por fin arrastras tu desconsiderado pellejo hasta esta puerta, no nos dices dónde has estado ni lo que hacías allí.

—Basta, Mary, no sigas con eso —le advertía padre en tono severo—. Hay cosas que puedo contarte y cosas que no.

—¿Cosas que puedes contarme? ¿Y cuáles son esas cosas, James Henry? ¡Porque no me cuentas nada!

—Te cuento lo que puedo. Y lo que puedo contarte es que el doctor está con un trabajo de suma importancia y que necesita mi ayuda.

—¿Y yo no? Me empujas al pecado, James.

—¿Pecado? ¿De qué pecado me hablas?

—¡Del pecado de falso testimonio! Los vecinos me preguntan: «¿Dónde está tu marido, Mary Henry? ¿Dónde está James?». Y yo tengo que mentir por ti..., por él. ¡Cómo me mortifica tener que mentir por él!

—Pues no lo hagas. Diles la verdad. Diles que no sabes dónde estoy.

—Eso sería peor que una mentira. ¿Qué dirían de mí, de una esposa que no sabe dónde está su marido?

—No entiendo por qué te importa, Mary. De no ser por él, ¿qué tendríamos? Se lo debemos todo.

Eso no lo podía negar, así que hacía caso omiso.

—No confías en mí —respondía.

—No es eso, es que no puedo traicionar la confianza del doctor.

—Un hombre decente no necesita secretos.

—No sabes de lo que hablas, Mary. El doctor Warthrop es el hombre más decente que he conocido. Servirle es un privilegio.

—¿Servirle en... qué?

—En sus estudios.

—¿Qué estudios?

—Es un científico.

—¿Un científico... de qué?

—De... ciertos fenómenos naturales.

—¿Y eso qué significa? ¿De qué «fenómenos naturales» me hablas? ¿De pájaros? ¿Es Pellinore Warthrop un observador de aves, James Henry, y tú el porteador de sus binoculares?

—No pienso discutir este asunto, Mary. No te contaré nada sobre la naturaleza de su trabajo.

—¿Por qué?

—¡Porque es mejor que no lo sepas! —Por primera vez, padre alzó la voz—. ¡Te digo con la verdad en la mano que hay días en que yo mismo desearía no saberlo! ¡He visto cosas que ningún hombre vivo debería ver! ¡He estado en lugares que los mismos ángeles temen pisar! Y ahora deja de insistir, Mary, porque no sabes de lo que hablas. ¡Agradece tu ignorancia y consuélate con el falso testimonio que te obliga a prestar! El doctor Warthrop es un gran hombre dedicado a grandes obras, y jamás le daré la espalda, ya puede el fuego del infierno volverse en mi contra.

Y eso ponía fin a la discusión, al menos durante un rato; lo normal era que volviera a empezar después de llevarme a la cama. Antes de unirse a ella en la sala para enfrentarse a su fuego, un fuego apenas menos intenso que el del infierno, siempre me besaba en la frente, siempre me pasaba una mano por el pelo, siempre cerraba los ojos conmigo mientras yo rezaba mi oración de antes de dormir.

Una vez completadas mis súplicas al cielo, abría los ojos y contemplaba el rostro amable y la mirada cariñosa de mi padre, seguro de un modo trágicamente ingenuo de que siempre estaría conmigo, como creen todos los niños.

—¿Adónde vas, padre? —le pregunté una vez—. No se lo contaré a madre. No se lo contaré a nadie.

—He estado en muchos lugares, Will —respondió—. Algunos tan extraños y maravillosos que te parecerían sueños. Otros extraños y no tan maravillosos, oscuros y aterradores como tu peor pesadilla. He visto portentos sacados de la imaginación de los poetas. Y he visto cosas que transformarían a hombres hechos y derechos en bebés temblorosos a los pies de su madre. Tantas cosas... Tantos lugares...

—¿Me llevarás contigo la próxima vez?

Sonrió. Una sonrisa triste y sagaz, comprensiva, con la intuición de un hombre que sabe que la suerte no es inagotable, que llegará el día en que emprenderá su última aventura.

—Soy lo bastante mayor —añadí al ver que no me respondía—. Tengo once años, padre, casi doce... ¡Casi un hombre! Quiero ir contigo. ¡Por favor, por favor, llévame contigo!

Él me puso una cálida mano en la mejilla.

—Puede que algún día, William. Puede que algún día.

El monstrumólogo se marchó para que sufriera mi desgracia en soledad. No aprovechó para descansar en su dormitorio; oí sus pisadas por las escaleras y, al cabo de un momento, resonó el débil crujido de la puerta que daba al sótano. No dormiría aquel día: la fiebre de la caza se había apoderado de él.

Mis sollozos se extinguieron poco a poco. A poca distancia de mi cabeza, había una ventanita empotrada en el techo, y veía nubes diáfanas navegando como barcos majestuosos a través del cielo azul zafiro. En la escuela, mis antiguos amigos estaban en el patio jugando al béisbol, haciéndole un hueco al último bateador antes de que el señor Proctor, el director, los llamara para las clases de la tarde. Después, con el último toque de la campana, correrían con alboroto hasta la puerta, un estallido en el suave aire de primavera, el caos de cien voces gritando al unísono: «¡Libertad! ¡El día es nuestro!». Quizá reanudaran el partido de béisbol a media entrada, una vez terminada la insignificante distracción de las clases. Yo era bajito para mi edad y no bateaba bien, pero era veloz. Cuando abandoné el colegio para recibir las lecciones privadas del doctor Warthrop, era el corredor más rápido del equipo y el que había robado más bases. Lo había conseguido trece veces, todo un récord.

Cerré los ojos y me vi tomando la iniciativa en tercera base, corriendo por la línea de base mirando del lanzador al receptor y vuelta a empezar, con el corazón acelerado, esperando el lanzamiento. Avanzo, medio metro. Avanzo, un poco más. El lanzador vacila; me ve con el rabillo del ojo. ¿Debería lanzar la bola a tercera? Espera a que corra. Yo espero a que lance.

Y sigo esperando cuando una voz me grita al oído:

—¡Will Henry! ¡Levanta, Will Henry!

Abrí los ojos (¡cómo me pesaban los párpados!) y entreví al doctor de pie en la abertura de mi cuartito con una linterna en la mano, las mejillas sin afeitar, el cabello alborotado y vestido con la misma ropa que la noche anterior. Tardé un momento en percatarme de que estaba cubierto de sangre de pies a cabeza. Alarmado, me levanté de un salto.

—Doctor, ¿está usted bien?

—¿A qué te refieres, Will Henry? Por supuesto que estoy bien. Debes de haber tenido una pesadilla. Venga, date prisa. ¡Es tarde y hay mucho que hacer antes del alba! Dio unos golpecitos en la pared con los nudillos para más énfasis y desapareció escalera abajo. Raudo y veloz, me puse una camisa limpia. ¿Qué hora sería? Por encima de mí, las estrellas abrasaban el manto de obsidiana del cielo; no había luna. Palpé la pared hasta encontrar mi sombrerito, en su gancho, y me lo puse. Como ya he dicho, me quedaba algo apretado, pero, por la razón que fuera, eso me consolaba sobremanera.

Me reuní con él en la cocina, donde se dedicaba a remover una olla llena de un líquido pestilente, y tardé un momento en darme cuenta de que no estaba cociendo la carne del *Anthropophagus* para desprenderla del hueso, sino preparando la cena. «Puede que no fuera sangre —pensé—. Quizá sea mi cena lo que lo cubre». Era un genio, pero, como la mayoría de ellos, su brillantez iluminaba un espectro muy restringido: el doctor era un cocinero horrible.

Sirvió parte de la desagradable mezcla en un cuenco y lo colocó sobre la mesa.

—Siéntate —dijo señalando la silla—. Come. Después no tendremos ocasión.

Agité las gachas con la cuchara, a modo de experimento. Un objeto verde grisáceo flotaba en la superficie del espeso caldo marrón. ¿Una judía? Era demasiado grande para ser un guisante.

—¿Hay pan, señor? —me atreví a preguntar.

—No —respondió, seco.

A continuación, bajó las escaleras camino del sótano sin añadir nada más. Me levanté de inmediato de la mesa y me asomé al interior de la cesta que había junto a la despensa: dentro se fermentaba un único panecillo que debía de llevar allí una semana, más o menos. Miré a mi alrededor y no encontré un segundo cuenco. Suspiré. Él no había comido, claro. Regresé a mi sopa, estofado o lo que fuera aquel mejunje, conseguí bajar unas cuantas cucharadas con un vaso de agua y una plegaria ansiosa... no para dar gracias, sino para suplicar.

—¿Will Henry? —me llegó su llamada a través de la puerta abierta del sótano—. Will Henry, ¿dónde estás? ¡Espabila, Will Henry!

Mis plegarias habían sido escuchadas. Solté la cuchara en el cuenco (rebotó un poco al golpear el esponjoso líquido) y corrí escaleras abajo.

Me lo encontré dando vueltas del banco de trabajo (donde yacía el cuerpo de la joven) a la mesa de examen (ahora vacía y limpia). Miré a mi alrededor, presa de un irracional ataque de pánico, como si la criatura hubiera logrado levantarse de entre los muertos para acecharnos desde las sombras. Entonces la vi, entre el banco y los estantes en los que se guardaban sus órganos, colgada bocabajo de una cuerda sujeta al techo que crujía por culpa del enorme peso; debajo había una tina grande llena del apestoso lodo negro de su sangre medio coagulada. Aquello explicaba la casquería que embadurnaba la ropa del doctor: había estado drenando el cadáver. Más tarde lo embalsamaría, lo envolvería en lino y lo enviaría por mensajero a la Sociedad de Nueva York, pero, por el momento, lo tenía allí colgado como un puerco en una carnicería, y sus musculosos brazos colgaban a ambos lados de la tina, mientras que las puntas de sus uñas arañaban el suelo al oscilar y gruñir suavemente la cuerda con su peso.

Aparté la vista; el ojo restante, negro y sin párpado, paralizado por la muerte en una mirada fija, parecía clavado en mí: veía mi pequeña silueta reflejada en aquel orbe descomunal.

El doctor dejó de pasearse al verme llegar y me miró con la boca abierta, como sorprendido por mi presencia después de gritarme para que me uniese a él.

—¡Will Henry! ¿Dónde estabas?

Empecé a decir: «Comiendo, como me había dicho, señor». Pero me cortó.

—Will Henry, ¿quién es nuestro enemigo?

Tenía los ojos brillantes y las mejillas arreboladas, ambos síntomas de la peculiar obsesión de la que había sido testigo varias veces. En su rostro resultaba obvia la respuesta a su pregunta, ladrada en un tono más cercano a una orden. Apunté con un dedo tembloroso al monstruo colgado.

—¡Tonterías! —exclamó el doctor con una carcajada—. La animosidad no es un fenómeno natural, Will Henry. ¿Es el antílope enemigo del león? ¿Sienten el alce o el ciervo odio por el lobo? Para los *Anthropophagi* solo somos una cosa: carne. Somos presas, no enemigos. No, Will Henry, nuestro enemigo es el miedo. El miedo ciega y ahoga la razón. El miedo consume la verdad y envenena toda evidencia, lo que nos conduce a plantear falsas hipótesis y llegar a conclusiones irracionales. Anoche permití que el enemigo me superara; me cegó a la evidente verdad de que nuestra situación no es tan funesta como el miedo me había hecho pensar.

—¡Ah!, ¿no? —pregunté, aunque no lograba entender la sabiduría de su dictamen.

¿Acaso la bestia que colgaba del techo no dejaba en entredicho su afirmación?

—¡La manada típica de *Anthropophagi* está formada por entre veinte y veinticinco hembras de cría, un puñado de jóvenes y un macho alfa!

Esperó a mi reacción con una sonrisa boba y los ojos encendidos. Cuando se percató de que no compartía su alivio y júbilo, se apresuró a seguir hablando.

—¿Es que no lo ves, Will Henry? No puede haber más que otros dos o tres. ¡Es imposible que exista una población de ese tipo en Nueva Jerusalén!

Retomó sus vueltas por la habitación sin dejar de pasarse los dedos por el abundante cabello y, mientras hablaba, mi presencia se fue borrando de su conciencia como la luz se borra del cielo otoñal.

—Ese único hecho dio origen a mi miedo, un miedo que malograba todas las demás pruebas, por lo demás extremadamente pertinentes. Sí, es un hecho que la manada típica cuenta con un máximo de treinta miembros. Sin embargo, también es cierto que los *Anthropophagi* no son nativos de las Américas. No se ha avistado ejemplar alguno en el continente desde su descubrimiento; aquí nunca se han encontrado restos ni otras pruebas de su existencia; y no existe ninguna leyenda o mito equivalente al suyo en las tradiciones nativas.

Dejó de pasearse y se volvió hacia mí.

—¿Lo ves ahora, Will Henry?

—Cre-creo que sí, señor.

—¡Tonterías! ¡Está claro que no! No me mientas, Will Henry. Ni a mí ni a nadie..., nunca. ¡Mentir es la peor de las bufonadas!

—Sí, señor.

—Al hecho de que no son nativos de estas costas, debemos unir el hecho de que son extremadamente agresivos. Una población en crecimiento no habría pasado desapercibida porque nos falta algo. ¿Qué nos falta, Will Henry?

No esperó a mi respuesta, quizá porque entendía que no se la podía dar.

—¡Víctimas! Necesitan comida, como es evidente, para sobrevivir, pero no hemos visto informes sobre ataques, avistamientos ni pruebas, directas o indirectas, de su presencia aquí, salvo esto —añadió pinchando con un dedo a la bestia del gancho—. Y esto —dijo, volviendo el dedo hacia el cadáver cubierto del banco—. Por lo tanto, su número no es grande, no puede serlo. Verás, Will Henry, ¡nuestro enemigo, el miedo, hace posible lo imposible y lo irracional perfectamente razonable! No. Tenemos un caso de inmigración reciente, este macho y puede que una hembra en edad de procrear... No más de dos, diría yo. El gran misterio no es su número, sino cómo han llegado hasta aquí. No son anfibios; no han venido nadando. No tienen alas; no han podido venir volando. Así que, ¿cómo es posible que estén entre nosotros? Debemos responder a ese interrogante, Will Henry, en cuanto terminemos con nuestros asuntos de esta noche. Ahora, ¿dónde está la lista?

—¿La lista, señor?

—Sí, sí, la lista, la lista, Will Henry. ¿Por qué me miras así? ¿Acaso soy un lunático, Will Henry? ¿Hablo en una lengua misteriosa?

—No... No he visto... No me ha dado ninguna lista, señor.

—Ahora no podemos perder la concentración, Will Henry. Es más que probable que perder la concentración nos suponga perder la vida. Aunque se trate de un par de hembras, no dejan de ser muy peligrosas. Como ocurre con el león, la temible es la hembra, no el macho indolente, que a menudo se alimenta de las presas después de que las hembras se hayan esforzado en cazarlas.

Agarró un trozo de papel del pecho cubierto de la muchacha muerta.

—Ah, aquí está. Justo aquí, Will Henry, donde alguien la había dejado. —Su tono era algo acusador, como si, con el tiempo y las pruebas suficientes, pudiera demostrar que había sido yo quien la había depositado allí. La empujó hacia mí—. Toma, prepáralo a toda prisa y ponlo junto a la puerta trasera. ¡Espabila, Will Henry!

Cogí la lista. Su letra era atroz, aunque llevaba trabajando para él el tiempo suficiente como para descifrarla.

Corrí escaleras arriba y di comienzo a la búsqueda del tesoro, puesto que de eso se trataba, ya que las habilidades del doctor para la organización no eran mejores que sus dotes culinarias. Tardé casi diez minutos, por ejemplo, en encontrar su revólver (el primer artículo de la lista), porque no estaba en su lugar habitual, el cajón superior izquierdo de su escritorio, sino en la estantería de detrás. No obstante, no cejé en mi empeño y fui bajando metódicamente por la lista.

Cuchillo Bowie. Antorchas. Bolsas para especímenes.
Pólvora. Cerillas. Estacas.
Queroseno. Cuerda. Maletín médico. Pala.

Por mucho que intenté seguir el consejo del doctor (concentrarme en la tarea que tenía entre manos), me resultaba imposible no fijarme en el significado de la lista, su relevancia: nos preparábamos para una expedición.

Y, mientras yo correteaba escaleras arriba y abajo y salía y entraba de las habitaciones, mientras rebuscaba en armarios y despensas, cómodas y cajones, la voz del doctor me llegaba flotando desde abajo, aguda y etérea:

—¿Will Henry? Will Henry, ¿por qué tardas tanto? ¡Espabila, Will Henry, espabila!

Al dar la medianoche, yo estaba junto a la puerta de atrás atando un haz de estacas con un cordel, acompañado por la perpetua arenga de Warthrop.

—Tampoco es que te exija nada que pueda considerarse poco razonable, Will Henry. ¿Alguna vez te he exigido algo poco razonable?

Un fuerte golpeteo en la puerta interrumpió nuestra labor, tanto mi nudo como su reprimenda.

—¡Doctor! —exclamé sin alzar la voz justo en el preciso momento en que él aparecía en lo alto de las escaleras—. ¡Hay alguien en la puerta!

—Pues abre, Will Henry —repuso él con impaciencia.

Después se quitó su bata ensangrentada y la lanzó sobre una silla.

Erasmus Gray, el viejo ladrón de tumbas que había llamado más o menos a la misma hora la noche anterior, esperaba en el escalón de la entrada, encorvado, con el mismo maltrecho sombrero de ala ancha. Detrás de él vi el mismo rocín huesudo y el mismo carro desvencijado, medio devorados por la niebla. Tuve la clara y desagradable sensación de estar soñando y entrar por segunda vez en la misma pesadilla, y por un momento quedé convencido, totalmente convencido, de que otra grotesca carga nos esperaba en la parte trasera de su viejo carro.

Al abrir la puerta, el hombre se quitó el sombrero y escudriñó mi rostro mientras sus ojos llorosos desaparecían tras su envoltura de carne arrugada.

—Dile al doctor que ya estoy aquí —me pidió en voz baja.

No hacía falta anuncio alguno: el doctor apareció detrás de mí, abrió la puerta de par en par y tiró de Erasmus Gray para meterlo en la cocina. Y fue necesario tirar de él porque el anciano avanzaba con paso reacio; literalmente, arrastraba los pies por el suelo. ¿Quién podría echárselo en cara? De los tres que estábamos en aquella cocina, solo uno estaba deseando lo que se avecinaba, y no era el anciano Erasmus Gray ni el joven ayudante del doctor.

—Carga el carro, Will Henry —me ordenó el doctor mientras él, con una mano firme sobre el codo del anciano, lo guiaba (o empujaba) hacia los escalones del sótano.

El aire primaveral era fresco y húmedo; la niebla, un delicado beso en las mejillas. Cuando me acerqué con la primera carga, el caballo inclinó la cabeza para saludarme, como una bestia de carga a otra. Me detuve a darle unas palmaditas en el cuello. Él me observó con aquellos ojos tan enormes y llenos de sentimiento, y yo pensé en el animal que colgaba del gancho del sótano, en sus ojos vacíos y oscuros, en los que solo se veía una nada tan intensa como el espacio entre las estrellas. ¿Resultaban tan inquietantes por el mero vacío de la muerte... o se trataba de algo más profundo? Me había visto reflejado en los ojos muertos y fríos del *Anthropophagus*... ¡Qué diferente me parecía mi reflejo en los ojos del amable animal que tenía frente a mí! ¿Era la diferencia entre la cálida mirada de la vida y la fría de la muerte? ¿O se me presentaba mi imagen tal y como la percibía el observador, uno como compañero y el otro como presa?

Justo cuando dejaba el último bulto de suministros en el carro, el doctor y el ladrón de tumbas aparecieron con el cadáver de la chica entre ellos, todavía envuelto en su improvisado sudario de sábanas de lino. Me aparté de inmediato de su camino y me acerqué al cálido consuelo de la luz que entraba por la puerta abierta. Una mano pálida asomaba por la tela blanca, con el índice extendido, como si señalara al suelo.

—Cierra con llave, Will Henry —me pidió el doctor en voz baja, aunque la orden a duras penas era necesaria, puesto que ya estaba a medio camino de la puerta, llave en mano.

No quedaba sitio para mí en el diminuto asiento al frente del viejo carro, así que trepé a la parte de atrás con el cadáver. La cabeza del anciano se volvió hacia mí, y el hombre frunció el ceño al verme acurrucado al lado de la muchacha muerta. Lanzó una mirada siniestra al doctor.

—¿El chico viene con nosotros?

El doctor Warthrop asintió con impaciencia.

—Por supuesto.

—Perdóneme, doctor, pero no es labor para niños.

—Will Henry es mi ayudante —contestó el doctor sonriendo. Después me dio una palmadita paternal en la cabeza—. Quizá parezca un niño por su aspecto, pero es más maduro de lo que su edad da a entender y más fuerte de lo que pudiera pensar quien no lo conozca. Sus servicios me son indispensables.

Por su tono, dejaba claro que no toleraría ninguna objeción de alguien como Erasmus Gray. El viejo estaba contemplando de nuevo mi silueta acurrucada y temblorosa, abrazado a mis rodillas para protegerme del frío primaveral; creí ver lástima en sus ojos, una profunda empatía por mi aprieto, no solo por estar obligado a acompañar a mi tutor en aquella oscura tarea. Quizás intuía el precio que debía pagarse por ser «indispensable» para el doctor Pellinore Warthrop.

En cuanto a mí, recordaba la súplica ingenua y desesperada a mi padre, menos de un año atrás; a mi padre, quien, irónicamente, ahora compartía el mismo barrio que la muchacha muerta que yacía a mi lado: «Quiero ir contigo. ¡Por favor, por favor, llévame contigo!».

El anciano se volvió hacia delante, aunque dejó escapar un chasquido con la lengua y sacudió su vieja coronilla para expresar su desaprobación. Sacudió las riendas, el carro dio un bote hacia delante, y así dio comienzo nuestra oscura peregrinación.

Ahora bien, queridos lectores, han transcurrido muchos años desde los espeluznantes acontecimientos de aquella terrible noche de primavera de 1888.

No obstante, en todos esos años no ha habido ni un día en que no haya pensado en ella con asombro y temor creciente, el horrible temor de un niño cuando se plantan en él las primeras semillas de la desilusión. Podemos retrasarlo. Podemos luchar con todas nuestras fuerzas para retrasar la amarga cosecha, pero el día de la trilla siempre llega.

Todavía me obsesiona una pregunta, y supongo que así será hasta que por fin me reúna con mis padres por última vez: de haber sabido el doctor los horrores que nos esperaban no solo en el cementerio aquella noche, sino en los días venideros, ¿habría seguido insistiendo en que lo acompañara? ¿Habría seguido exigiendo que un niño se sumergiera de aquel modo en el pozo del sufrimiento y el sacrificio humano..., en un mar de sangre, literalmente?

Y, si la respuesta a esa pregunta es sí, significa que en el mundo existen monstruosidades más aterradoras que los *Anthropophagi*. Monstruosidades que, con una sonrisa y una palmadita en la cabeza, están dispuestas a sacrificar a un niño en el altar de su propia ambición y orgullo sin límites.

TRES

«Al parecer, debo replantearme
mi hipótesis original»

El cementerio de Old Hill se encontraba en una cuesta a las afueras de Nueva Jerusalén, detrás de unas puertas de hierro forjado de color negro y un muro de piedra diseñado para disuadir a los que pretendían cometer el mismo delito que había llevado a Erasmus Gray hasta nuestra casa la noche anterior. Allí descansaban los residentes de los primeros días de la colonia, los que recibieron el abrazo de la muerte en las décadas iniciales del siglo XVIII. Mis padres estaban enterrados allí, al igual que todo el clan del doctor; de hecho, el mausoleo de los Warthrop era el edificio más grande e impresionante del lugar. Ubicado en el punto más alto de la colina, visible desde todas las tumbas y lápidas del cementerio, era un siniestro castillo gótico en miniatura que parecía dominar los emplazamientos menores como si de la residencia de un príncipe medieval se tratara. Y, en cierto sentido, los Warthrop eran los príncipes de Nueva Jerusalén. El tatarabuelo del doctor, Thomas Warthrop, había amasado una fortuna en una naviera y en la industria textil, y era uno de los padres fundadores de la ciudad. Su hijo, el bisabuelo del doctor, fue alcalde durante seis mandatos. No me cabe duda de que, de no ser por las obras y el pragmatismo terco y tacaño de sus antepasados, el doctor Warthrop no habría podido disfrutar del lujo de abandonar los asuntos mundanos para convertirse en «filósofo de la monstrumología». No podría habérselo permitido, sin más. Su peculiar «vocación» era un secreto a voces en la ciudad; se susurraba mucho al respecto, y un cuarto de la población se dedicaba a difamarlo, mientras que el resto simplemente lo temía. Sin embargo, lo dejaban en paz, salvo escasas excepciones; creo que era más por el respeto que le debían a la enorme y casi inagotable fortuna acumulada por sus predecesores que a la estima que sentían por sus investigaciones filosóficas. Esta actitud quedaba perfectamente reflejada en el frío monumento de piedra que dominaba el cementerio de Old Hill.

Erasmus Gray tiró de las riendas al llegar a las puertas de hierro, y permanecimos un momento allí sentados mientras el viejo rocín recuperaba el aliento tras la larga subida que serpenteaba hasta la entrada.

—Mi revólver, Will Henry —dijo el doctor en voz baja.

El anciano me vio entregárselo y después, tras pasarse la lengua por los labios, apartó rápidamente la mirada.

—Espero que haya traído un arma —le dijo el doctor.

—Mi Winchester —respondió Erasmus—. El animal más grande al que he disparado ha sido un urogallo —añadió con tristeza.

—Apunte al estómago —le aconsejó el doctor, muy tranquilo—. Justo bajo la boca.

—Eso haré, doctor, ¡si es que puedo apuntar mientras corro en dirección contraria!

De nuevo, lanzó una mirada hacia mi cuerpo encogido.

—¿Y qué pasa con el chico?

—Yo me encargaré de Will Henry.

—Debería quedarse junto a las puertas. Necesitaremos un vigía.

—No se me ocurre ningún lugar peor para él.

—Le puedo dejar mi fusil.

—Se viene conmigo —repuso el doctor con firmeza—. Will Henry, abre la puerta.

Bajé del carro de un salto. Ante mí estaban las puertas y, más allá, la colina con una hilera tras otra de lápidas que subían hasta la cima, oculta tras las ramas de los grandes robles, fresnos y álamos. Detrás de mí, atrapada en la niebla, se encontraba Nueva Jerusalén, con sus habitantes dormidos en su dulce ignorancia. Poco sabían ellos y menos aún sospecharían que, en aquella elevación de terreno, en aquella isla de los muertos que surgía del mar de suave niebla primaveral que abrazaba a los vivos, moraba una pesadilla real que hacía que, en comparación, todas sus pesadillas ficticias palidecieran.

Erasmus Gray mantuvo el carro en la pequeña carretera que rodeaba el muro que protegía el cementerio. A nuestra derecha estaba la pared; a nuestra izquierda, los muertos; y por encima de nosotros, el cielo sin luna, repleto de estrellas. El aire nocturno permanecía inmóvil, ya que no corría ni un soplo de brisa, y en silencio, bajo el controlado galope del caballo, los crujidos y gruñidos de las ruedas, y el suave rasgueo de los grillos. El camino era irregular y sacudía el carro de un lado a otro; el cadáver que tenía a mi lado se balanceaba adelante y atrás en lo que me pareció una parodia obscena de un bebé en su cuna. El ladrón de tumbas miraba al frente y sostenía las riendas en su regazo, sin tirar de ellas; el doctor estaba inclinado hacia delante y escudriñaba los árboles, ansioso. En algunos puntos, los árboles se metían en el camino, y sus enormes extremidades se arqueaban sobre nosotros; en esos puntos, el doctor echaba la cabeza atrás y miraba con atención entre el follaje.

—Atento ahora, Will Henry —me susurró volviendo la cabeza hacia mí—. Son trepadores consumados. Si una de esas bestias cae sobre nosotros, ve a por sus ojos, donde es más vulnerable.

Saqué una estaca de madera del fardo y seguí su mirada hacia arriba. En la oscuridad que moraba entre las ramas enredadas, mi imaginación pintó siluetas humanoides con colmillos chorreantes, enormes brazos aferrados a los viejos árboles y negros ojos que brillaban con malévolas intenciones.

Nos acercábamos al extremo oriental del cementerio (si escudriñaba la penumbra, podía distinguir el muro que se alzaba ante nosotros) cuando Erasmus metió el carro por un diminuto sendero lleno de baches que serpenteaba entre los árboles y conducía al centro del camposanto. Al pasar, molestamos a alguna criatura del bosque, quizás una ardilla o un pájaro, y mientras el animal correteaba entre los arbustos, el doctor barrió la zona con el revólver sin encontrar nada a lo que apuntar, excepto sombras.

—¡El enemigo! —lo oí susurrar.

Salimos de entre los árboles a un claro salpicado de lápidas de mármol sedoso que relucía a la luz de las estrellas. Al cabo de unos seis metros, Erasmus detuvo el carro. Me enderecé para asomarme a la piedra más cercana, una muy grande en la que habían grabado el apellido de la familia propietaria del terreno: «BUNTON».

—Ahí está —dijo el anciano mientras apuntaba con un dedo torcido a la lápida más próxima al camino—. Es esa, doctor.

El doctor Warthrop bajó del carro de un salto y se acercó a la tumba. Rodeó la parcela examinando el suelo y mascullando de manera ininteligible para sí mientras Erasmus Gray y yo nos quedábamos paralizados y lo observábamos.

Me llamó la atención la piedra alrededor de la que daba vueltas y el nombre grabado en ella: «ELIZA BUN-

TON. NACIDA EL 7 DE MAYO DE 1872. FALLECIDA EL 3 DE ABRIL DE 1888». Faltaba un mes para su dieciséis cumpleaños cuando la consumió el frío abrazo de la muerte, tan humillante e indiferente, justo cuando asomaba la primera flor de su madurez; y después acabó condenada a un abrazo mucho menos indiferente, consumida de un modo más nauseabundo aún que el de la desfachatez final de la muerte. En cuestión de dos semanas, Eliza Bunton había pasado de ser la novia virgen de la guadaña a la incubadora de la progenie de un monstruo. Aparté la vista de la fría piedra para fijarla en la forma fría bajo la sábana blanca, y me dolió el corazón porque, de repente, ya no se trataba de un cadáver sin nombre, de una víctima anónima. Tenía un nombre, Eliza, y una familia que debía de amarla, puesto que la habían vestido con sus mejores galas y la habían enterrado con un collar de las perlas más puras, e incluso le habían peinado los abundantes rizos con el mayor de los cuidados, cuando, en realidad, no estaba predestinada a yacer en descanso imperturbable entre sus hermanos, sino a convertirse en comida.

Erasmus Gray debió de notar mi inquietud, ya que me puso una mano en el hombro y me dijo:

—Tranquilo, muchacho. Tranquilo. —Su tono cambió de repente, de compasivo a indignado—. No debería haberte traído. Se trata de un asunto oscuro y sucio; no es lugar para un cristiano temeroso de Dios, y mucho menos para un niño.

Me zafé de su mano. No deseaba la compasión de un

hombre que se dedicaba a una profesión tan ignominiosa.

—No soy un niño.

—¿Ah, no? ¡Entonces estos viejos ojos me mienten como bellacos! Deja que te eche un vistazo más de cerca...

Me levantó el destrozado sombrero y, con una sonrisa bailándole en la cara, escudriñó la mía, y tan cómica era su expresión de atento estudio que, sin evitarlo, me descubrí devolviéndole el gesto.

—¡Vaya! Tienes razón, no eres un niño... ¡eres todo un jovencito! ¿Sabes qué creo que me hizo errar, William Henry? ¡Este sombrero! Demasiado pequeño para un apuesto joven como tú. ¡Un hombre hecho y derecho tiene que llevar un sombrero de hombre hecho y derecho!

Con una mano me quitó el sombrerito mientras que, con la otra, me puso su enorme sombrero en la cabeza. Flexible como era, me cayó sobre los ojos y la nariz, para alborozo del anciano; sus risitas subieron de tono, y el carro tembló con las réplicas de su júbilo. Me eché el sombrero hacia atrás y lo vi erguido sobre mí, con su silueta espectral recortada contra el cielo de terciopelo y mi diminuto sombrero ahora posado sobre su cabeza medio calva. Acabé riéndome con él.

—¿Qué crees, Will Henry? ¿Es cierto que la ropa hace al hombre? Porque ahora me siento cincuenta años más joven, ¡vaya que sí, por Josafat!

La llamada impaciente del doctor interrumpió nuestra fiesta.

—¡Will Henry, ve a por la antorcha y trae las estacas! ¡Espabila, Will Henry!

—De vuelta al trabajo, señor Henry —me dijo el anciano, no sin cierta tristeza.

Intercambiamos de nuevo los sombreros, al mío le dio un buen tirón tras encajármelo en la cabeza, me levantó la mandíbula con delicadeza y me miró a los ojos.

—Si tú me cubres las espaldas, yo te cubro las tuyas, Will Henry. ¿De acuerdo? ¿Trato hecho?

Me ofreció la mano, que yo acepté y estreché a toda prisa antes de saltar al suelo. El doctor había llamado y, por supuesto, yo acudía. Busqué entre los suministros y saqué la antorcha y el puñado de estacas. Cuando me uní a él a los pies de la tumba de Eliza Bunton, Warthrop estaba a gatas, con la nariz a cinco centímetros de la tierra recién removida, olisqueándola como un sabueso que persigue a una presa esquiva. Algo falto de aliento, me coloqué a su lado sin que él me prestara atención, con la antorcha en una mano y las estacas en la otra, a la espera de instrucciones, mientras él respiraba hondo con los ojos cerrados y fruncía el ceño por la concentración.

—Soy un idiota, Will Henry —dijo al fin sin alzar la cabeza ni abrir los ojos—. Porque un idiota da por sentado lo que un sabio deja para los idiotas.

Ladeó la cabeza en mi dirección sin levantarse ni un centímetro y abrió un ojo.

—Una antorcha encendida, Will Henry.

Avergonzado, di media vuelta, aunque solo para volverme de nuevo hacia él al ladrarme:

—Deja las estacas, enciende la antorcha y tráemela. ¡Espabila, Will Henry!

Cuando llegué jadeando, el viejo Erasmus Gray había bajado del carro y se apoyaba en el lateral con el Winchester en los brazos. Sin cambiar la expresión, me observó buscar la caja de cerillas en el saco de suministros. Sacó una pipa y una bolsa del bolsillo, y empezó a llenar la cazoleta de tabaco mientras yo, con pánico creciente, seguía removiendo el contenido del saco, porque tenía dolorosamente claro el recuerdo de haber cogido la caja de cerillas de la repisa de la chimenea. «Pero ¿la metí en la bolsa o la dejé junto a la puerta trasera?».

—¿Qué buscas, chico? —preguntó Erasmus mientras sacaba una cerilla del bolsillo y la encendía en la suela de su vieja bota. Levanté la vista hacia él y sacudí la cabeza, con lágrimas ya en los ojos. De todo lo que se me podía haber olvidado, ¡tenían que ser las cerillas! El anciano acercó la llama a la cazoleta, y el dulce aroma del tabaco impregnó el aire.

—¡Will Henry! —me llamó el doctor.

No transcurrieron ni dos segundos antes de darme cuenta de lo que estaba viendo, y de inmediato le pedí una cerilla al viejo. Encendí la antorcha con mano temblorosa y volví trotando junto al doctor mientras meditaba sobre lo cierto de su lección referente al pánico y al miedo: perder los nervios me había cegado a lo obvio.

Tomó la antorcha de mi mano y dijo:

—¿Quién es nuestro enemigo, Will Henry?

No esperó a la respuesta, sino que se volvió de golpe y repitió el circuito alrededor del terreno sepulcral.

—¡Las estacas, Will Henry! ¡Y no te alejes!

Con las estacas en la mano, lo seguí. Mientras caminaba, el doctor mantenía la antorcha baja para iluminar el suelo. Se detenía, pedía una estaca y estiraba la mano hacia atrás para que le colocara en ella uno de los pedazos de madera. Él la clavaba en la tierra y continuaba, hasta que hubo plantado cinco de ellas, una a cada lado de la lápida y tres más en distintos lugares a unos sesenta centímetros de la tierra revuelta. No entendía por qué estaba marcando aquellos puntos; el suelo que quedaba sin marcar parecía idéntico al que recibía las estacas. Tras dos circuitos más, cada uno de ellos un poco más alejado de la tumba, se detuvo y sostuvo la antorcha en alto para examinar su labor.

—Muy curioso —masculló—. Will Henry, ve a clavar las estacas.

—¿A clavarlas, señor?

—Empújalas e intenta que entren más en el suelo.

No logré que ninguna se clavara más de otro centímetro en el suelo rocoso. Cuando me reuní de nuevo con él, el doctor sacudía la cabeza, consternado.

—¡Señor Gray! —lo llamó.

El anciano acudió arrastrando los pies, con el fusil apoyado en el pliegue del codo. El doctor se volvió hacia él con la antorcha en alto. La luz bailó sobre los rasgos marchitos del vejete y proyectó profundas sombras en las hendiduras que le recorrían las mejillas y la frente.

—¿Cómo encontró la tumba?

—Bueno, sabía dónde estaba el terreno de los Bunton, doctor.

—No. Me refiero al estado en que la encontró, ¿estaba la tierra revuelta? ¿Vio señales de que alguien la hubiera excavado?

Erasmus negó con la cabeza.

—En ese caso, no me habría molestado en mirar, doctor.

—¿Por qué?

—Porque significaría que alguien se me había adelantado para reclamar el premio.

Y así era: alguien se le había adelantado para reclamar el «premio», y de ahí las pesquisas del doctor.

—Así que no notó nada fuera de lo común anoche, ¿no?

—Solo cuando abrí el ataúd —contestó el anciano en tono seco.

—¿Ni agujeros ni montículos de tierra cerca?

—No, señor. Nada de eso.

—¿Ni olores raros?

—¿Olores?

—¿Olió algo raro, parecido a la fruta podrida?

—Solo cuando abrí el ataúd. Pero el olor de la muerte no me resulta extraño, doctor Warthrop.

—¿Oyó algo fuera de lo normal? ¿Un bufido o siseo?

—¿Siseo?

El doctor expulsó el aire a través de los dientes cerrados.

—Algo así.

Erasmus negó de nuevo con la cabeza.

—Fue una operación corriente en todos los sentidos, doctor, hasta que abrí el ataúd.

Se estremeció al recordarlo.

—¿Y no notó nada extraordinario hasta ese momento?

El ladrón de tumbas contestó que no. El doctor le dio la espalda para contemplar la tumba, el terreno familiar, el solar de más allá y la hilera de árboles a su derecha, la que bordeaba el camino junto al muro de piedra, ahora oculto tras la densa vegetación.

—Muy curioso —masculló por segunda vez.

Salió de su ensimismamiento y su tono cambio de contemplativo a enérgico.

—El misterio aumenta, aunque eso no obstaculiza nuestra tarea de esta noche. Excave, señor Gray. Ayúdale, Will Henry. Regresaremos por la mañana y rezaremos para que nuestra fortuna mejore con la salida del sol. ¡Quizá la luz de la mañana ilumine las pruebas que la noche oculta! Espabila, Will Henry, y despáchalo deprisa.

Entonces nos abandonó y corrió hacia los árboles, antorcha baja en mano, agachado, moviendo el fuego de izquierda a derecha sin dejar de mascullar para sí.

—Yo, en su lugar, no me metería entre los árboles —dijo en voz alta Erasmus Gray—. Pero el cazador de monstruos es él, ¿eh? —Me apoyó una mano callosa en el hombro—. ¡Espabilemos, como dice tu patrón, William Henry! ¡El trabajo compartido es más llevadero!

Veinte minutos después me dolían la parte baja de la espalda y los hombros, y me ardía la tierna carne de las palmas de las manos. Estábamos solo un metro más cerca de nuestro objetivo y empecé a discrepar del proverbio, ya que cuatro manos no parecían tantas en aquellas circunstancias, y el trabajo no era llevadero. El suelo de Nueva Jerusalén, como el de casi toda Nueva Inglaterra, es rocoso y firme, y a pesar de que Erasmus Gray lo había revuelto la noche anterior en su búsqueda de macabras riquezas, la tierra de la tumba de Eliza Bunton se rendía a regañadientes a nuestras palas. Mientras trabajaba, pensaba en el enorme macho de *Anthropophagus* que, sin más herramientas que sus duras zarpas de acero, había logrado abrir un túnel a través del duro terreno para alcanzar a su presa. Como al doctor, me parecía muy curioso que no hubiéramos encontrado indicios de la invasión y que Erasmus afirmara que tampoco los había la noche anterior. ¿Se le habrían escapado al anciano en la oscuridad? ¿Lo habían cegado sus ansias por encontrar el botín y habría borrado las pruebas en su prisa por retirarse con el monstruoso hallazgo?

Oíamos al doctor Warthrop entre los árboles, a unos cincuenta metros de nosotros, pisoteando la maleza y los detritos de las hojas caídas el otoño anterior, un sonido salpicado de débiles gritos incoherentes de frustración. El primero hizo que Erasmus alzara la cabeza, alarmado, pensando, sin duda, que el doctor había encontrado (o había sido encontrado por) un ejemplar vivo de la especie que colgaba en nuestro sótano. Sin embargo, no se trataba de gritos de pánico ni de miedo, le aseguré al anciano, sino de las exclamaciones de un minero que vuelve a encontrar vacía su batea.

El doctor no tardó en volver y dejarse caer al lado de nuestro agujero, ya más profundo, presa de un intenso abatimiento, y allí se dedicó a clavar el extremo de la antorcha en el montículo de tierra que habíamos extraído. Se pegó las rodillas al pecho y las envolvió con sus largos brazos mientras contemplaba con melancolía nuestros rostros alzados y sudorosos con la expresión de un hombre que ha sufrido una pérdida irreparable.

—¿Y bien? ¿Ha encontrado algo, doctor? —le preguntó Erasmus Gray.

—¡Nada!

El alivio del anciano resultaba tan obvio como la decepción del doctor.

—Desafía toda lógica —le dijo Warthrop a nadie en concreto—. Es una bofetada a la razón. No son fantasmas ni cambiaformas. No pueden flotar sobre el suelo como los duendes ni proyectarse astralmente de un lugar a otro. Debe de haberla encontrado mediante su agudo sentido del olfato, y para ello tiene que arrastrarse sobre la tierra, pero no encuentro pruebas de su paso por ninguna parte.

—Tenía una estaca a mano. La cogió, tiró de ella y le dio vueltas entre sus dedos, diestros y delicados—. Habría dejado un orificio para respirar, pero no existe tal cosa. Habría dejado un rastro, pero no hay ni una brizna de hierba rota.

Sus ojos dieron con nuestros rostros alzados. Nos miró; lo miramos; y los tres guardamos silencio durante un momento.

—Pero bueno, ¿se puede saber qué están haciendo? Caven. ¡Caven!

Se irguió y, frustrado, lanzó la estaca hacia los árboles, donde las profundas sombras se la tragaron con un quedo hipido tintineante de ramas rotas y hojas caídas.

Del maltrecho camino que teníamos detrás surgió un resoplido y un bufido, y nuestras cabezas se volvieron para localizar el origen del sonido. El viejo caballo, con las fosas nasales dilatadas y los ojos inquietos, pisoteó el duro suelo con las patas delanteras y dejó escapar un relincho agudo.

—¿Qué pasa, vieja Bess? —le preguntó Erasmus Gray en voz baja—. ¿Qué te ocurre, pequeña?

El animal dejó caer la cabeza, estiró el fino cuello y volvió a piafar. El decrépito carro crujió y chirriaron las desvencijadas ruedas. Dirigí la vista al doctor, que contemplaba al caballo con los brazos caídos a los lados, concentrado en la inquietud del animal.

—Algo la ha asustado —dijo Erasmus.

—¡Silencio! —ordenó el doctor entre dientes.

Giró despacio sobre los talones para examinar el terreno y el sendero que serpenteaba entre las lápidas, aquellos centinelas que brillaban a la luz de la luna, hasta que se detuvo, de espaldas a nosotros, y escudriñó la oscuridad que envolvía los árboles. Durante un largo y terrible momento no se oyó nada salvo las débiles protestas de la vieja Bess y el piafar de sus cascos en el sendero. El doctor levantó la mano izquierda, abriendo y cerrando los dedos, con los hombros hacia atrás, tensos, y entonces tuve un horrible presentimiento. Transcurrieron unos segundos eternos durante los cuales la agitación del animal creció al mismo ritmo que la mía.

Y justo después de aquel abominable silencio, nos llegó el siseo de entre los árboles.

Grave. Rítmico. Débil. No de un punto concreto, sino de muchos. ¿Eran ecos... o respuestas? No continuo, sino intermitente: siseo..., pausa..., siseo..., pausa..., siseo...

El doctor volvió la cabeza para mirarme.

—Will Henry —susurró—, ¿te acordaste de rellenar las polvoreras?

—Sí, señor —respondí, también susurrando.

—Corre a por ellas. Sin hacer ruido, Will Henry —me advirtió con calma mientras yo salía del agujero.

Él metió la mano en el bolsillo de su chaqueta, donde había dejado el revólver.

—Mi fusil está en el carro —dijo Erasmus—. Iré a por las polvoreras. El chico debería...

—¡No! ¡Quédese donde está! Ve, Will Henry. Trae todas las que puedas.

—¡Y mi fusil, si puedes con todo, Will! —me pidió el anciano con voz temblorosa. Lo oí susurrar con urgencia al doctor—: ¡No deberíamos quedarnos ninguno! Regresaremos de día para devolverla a su sitio. Es una locura seguir en esta oscuridad infernal...

El doctor cortó su súplica de golpe. No logré descifrar las palabras, aunque estaba seguro de la esencia de su respuesta. A la luz de los acontecimientos posteriores, su tozuda negativa a obedecer la orden de nuestros instintos más básicos, lo que él describía como «el enemigo», se cobró un precio terrible. En ocasiones, el miedo no es nuestro enemigo. A veces, el miedo es nuestro amigo más fiel, incluso el único.

Vacié el contenido del saco en la plataforma del carro y volví a meter las polvoreras (cuatro cilindros de hojalata del tamaño aproximado de latas de café llenas de pólvora) en el saco. Bess giró la cabeza hacia mí y dejó escapar un fuerte relincho, un ruego lastimero, el equivalente equino a la súplica de su amo: «¡No deberíamos quedarnos ninguno!». A pesar de lo urgente del recado, me detuve a darle una palmadita rápida en el cuello para consolarla. Después regresé a la tumba con el saco de arpillera en una mano y el fusil de Erasmus en la otra. ¡Qué largo se me hizo el paseo hasta el agujero a medio excavar! No obstante, al llegar, fue como si no hubiera transcurrido ni un segundo. Erasmus seguía agachado dentro; el doctor seguía en el mismo sitio, junto al socavón; la luz de la antorcha titilaba en su improvisada plataforma, casi medio metro a su izquierda, y su sombra larga y desgarbada pintaba el suelo. El anciano agarró el cañón del fusil, tiró de él para quitármelo y se pegó al suelo como un soldado en una trinchera, de modo que solo la cabeza le asomaba por el borde del agujero.

Ya no se oía el siseo. Lo único que rompía el silencio eran los resoplidos de miedo de la vieja yegua. Si ella huía, ¿qué haríamos? Si nos atacaban, si teníamos menos balas que bestias, ¿cómo íbamos a escapar corriendo de un monstruo capaz de cubrir doce metros de un salto?

Pasaron los minutos. La noche estaba tranquila. Al final, Erasmus habló en voz baja desde su refugio.

—Se han ido, gracias a Dios. También deberíamos irnos nosotros, doctor. Volveremos a la luz del día. Prefiero que me descubran los humanos a que...

—¡Silencio, viejo idiota! —susurró el doctor—. Una polvorera, Will Henry.

Saqué un cilindro del saco y lo coloqué en su mano izquierda (en la derecha llevaba el arma). Él acercó la mecha al fuego de la antorcha y, con un movimiento elegante, lanzó el recipiente a los árboles, donde estalló en una cegadora nube de luz, como el flash de la cámara de un fotógrafo. Detrás de nosotros, Bess dejó escapar un grito de sorpresa. Yo no vi nada dentro de la luz explosiva. Se apagó en un instante y me dejó la imagen reticular de los árboles impresa en los ojos, pero nada más, ninguna forma de dos metros de altura con varias hileras de dientes relucientes en el pecho.

—Muy curioso —dijo el doctor—. Pásame otra, Will Henry.

—Se han ido, le digo. —El miedo de Erasmus Gray se había convertido en rabia, como suele pasar con frecuencia—. Si estaban aquí... Por la noche se oyen ruidos de lo más extraño en el cementerio. ¡Hágame caso, que vengo mucho! Bueno, usted puede quedarse si quiere, doctor Pellinore Warthrop, pero mi caballo y yo nos vamos. Ya le dije que no debíamos venir esta noche, y que no debíamos traer al niño. Bueno, me voy; si quiere que lo lleve a la ciudad, venga conmigo.

Erasmus Gray dejó el fusil a nuestros pies y se dispuso a salir del agujero.

Pero no lo hizo.

Una enorme zarpa, que podía medir el doble que una mano humana, con unas uñas de cinco centímetros de largo, grises y afiladas como cuchillas al final de cada blanco dígito, salió de golpe de la tierra entre sus pies, seguida por el musculoso brazo lampiño salpicado de tierra negra y piedra blanca. Entonces, como un leviatán de pesadilla que se alzara de las profundidades, los anchos hombros fragmentaron la tierra ondulada, los horrendos ojos negros sin párpados reflejaron la luz oblicua de la antorcha y la enorme boca repleta de tres filas de colmillos de ocho centímetros que brotaba del centro del torso triangular de la criatura empezó a lanzar dentelladas como un tiburón al emocionarse con el aroma a sangre en el agua. La garra se cerró en torno al muslo del anciano; las cuchillas se le hundieron en la pierna. Erasmus lanzó un brazo hacia nosotros, con la boca abierta en un agudo grito de horror y dolor. Aún hoy me sigue obsesionando la imagen, la boca del anciano abierta de par en par, con su lamentable colección de dientes, como una absurda imitación de la boca monstruosa que esperaba entre sus agitadas piernas.

Por instinto, estupidez y, sin duda, para desagrado y consternación del doctor, agarré la muñeca del viejo. Dentro de la tumba, el *Anthropophagus* se metía la pierna de Erasmus en la boca, cerraba los dientes alrededor de su pantorrilla, los ojos negros rodaban dentro de sus cuencas, me deslicé medio metro hacia delante hasta que la cabeza y los hombros acabaron en el agujero, y los gritos del anciano me retumbaron como truenos en los oídos. La boca seguía su trabajo, comiendo mientras la zarpa tiraba del anciano, que agitaba la pierna libre como un hombre que se ahoga e intenta salir a la superficie. Noté las manos del doctor en mi cintura, su voz apenas audible por encima de los gritos del hombre condenado.

—¡Suéltalo, Will Henry! ¡Suéltalo!

Pero no era yo el que se aferraba con voluntad de hierro, sino Erasmus Gray. Sus dedos me rodeaban la muñeca y me arrastraban al pozo con él. De repente me hundí más, porque Warthrop me había soltado, y, con el rabillo del ojo, vi que el cañón del revólver del doctor se apoyaba en la frente del anciano.

Volví la cabeza para ahorrarme el espectáculo cuando el doctor apretó el gatillo y ahogó los gritos de dolor y pánico en un único instante explosivo. Gotas calientes de sangre, hueso y cerebro me salpicaron el pelo y la nuca.

Los dedos que me sujetaban la muñeca se soltaron, y el brazo sin vida siguió al resto del cadáver hasta el fondo del agujero, tapando por un momento a la grotesca criatura ensangrentada que había debajo, aunque la oía trabajar, el nauseabundo crujido de los dientes al pulverizar huesos y partir tendones, extraños gruñidos, como los de un jabalí enorme husmeando entre la maleza.

El doctor me agarró por el fondillo de los pantalones y tiró de mí hacia atrás con una fuerza sorprendente (seguro que fruto de la adrenalina) hasta sacarme y ponerme de pie. Después me empujó hacia el camino con una única orden que, en realidad, no era necesaria dadas las circunstancias:

—¡¡¡Corre!!!

Obedecí. Por desgracia, también lo hizo la vieja Bess, que dio un salto hacia delante con un brío digno de una yegua más joven. Mientras yo corría hacia el carro, el carro se alejaba tirado por un caballo aterrado que se salía del camino y se iba por terreno virgen; el animal, frenético, recortó camino sobre las tumbas, esquivando lápidas. No me atreví a volver la vista atrás, aunque mis oídos me deleitaban con los ruidos del doctor, que me seguía, y de gritos como ladridos que parecían proceder de todas partes.

Era rápido para mi tamaño, como he dicho, pero el doctor tenía las piernas más largas, así que acabó por adelantarme. Llegó a la parte de atrás del carro antes que yo, se lanzó al interior, aterrizó sobre el cadáver de la chica y me ofreció una mano.

¿Era cosa de mi imaginación o sentía algo detrás de mí, un aliento caliente en el cuello, unos pesados pasos en la tierra, a poca distancia? Los ladridos de sus llamadas habían crecido, una clara mezcla de frustración y rabia.

El doctor se tumbó bocabajo al lado de Eliza, con la mano izquierda estirada hacia mí. Las puntas de nuestros dedos se rozaron cuando alargué la mano, pero el carro se balanceaba de un lado a otro. La vieja Bess tiraba hacia derecha e izquierda para avanzar entre las lápidas, sin objetivo ni línea de meta en mente, solo movida por el ciego instinto de supervivencia. El doctor gritó algo, y aunque estaba a menos de dos metros de él, no entendí sus palabras. Su brazo derecho se volvió hacia mí, con el revólver en la mano para apuntar hacia algo que había detrás de mi hombro. Gritó por segunda vez, disparó, y la parte de atrás de mi camisa desapareció junto con el monstruo que acababa de atacarme. Al parecer, el perseguidor no era producto de mi imaginación.

Los dedos de la mano izquierda del doctor encontraron mi muñeca. Como Erasmus en la tumba, tiró de mí hacia él, salvo que esta vez hacia la vida y no hacia la muerte, y aterricé en el carro a su lado. Sorprendido, vi que me abandonaba de inmediato y me colocaba el revólver en las manos temblorosas mientras me gritaba al oído:

—¡Voy delante!

Y se fue a gatas hacia el asiento y las riendas que eran nuestra única esperanza de sobrevivir. No había disparado un arma en mi vida, pero lo hice, disparé a las enormes formas que nos perseguían hasta vaciar el tambor y dejar el cañón humeante. Salían de detrás de los árboles; saltaban del interior de la tumba de Eliza, decenas de ellos, corriendo con los brazos extendidos y las bocas abiertas, con la incolora piel radiante a la luz de las estrellas, como si todos y cada uno de los sepulcros hubieran vomitado su repugnante contenido.

Estaba claro que nos alcanzarían. Contemplé, entre horrorizado e impotente, el enjambre de demonios que se acercaba. La edad de la vieja Bess empezó a pesar más que sus instintos, y el ritmo comenzó a flojear.

Detrás de mí, el doctor lanzó una sarta de imprecaciones dignas de un marino mercante y, con el horroroso crujido de la madera destrozada, el carro se detuvo de golpe y el impacto me lanzó de espaldas. Lo único que evitó que me rompiera la cabeza contra las bastas tablas fue el flexible cuerpo de Eliza Bunton. Me senté y vi que el viejo rocín se había metido entre dos enormes arces; el animal había logrado pasar, pero el carro no. Estábamos encajados.

El doctor Warthrop reaccionó de inmediato. Saltó al interior de la plataforma conmigo. Los *Anthropophagi* estaban a unos treinta metros, y podía olerlos, un aroma que no se parecía a nada que hubiera conocido, una pestilencia comparable a la de la fruta podrida.

—¡Apártate, Will Henry! —me gritó el doctor.

Me arrastré hasta la parte delantera del carro. Él metió los brazos bajo los hombros del cadáver de la joven y, con un rugido tan primigenio como las criaturas que nos perseguían, la tiró del carro. El peso muerto golpeó el suelo con un ruido nauseabundo.

—¡El arnés! —gritó—. ¡Suelta el arnés, Will Henry!

Comprendí su orden, pasé por encima del asiento y me tiré al suelo al lado del caballo, que forcejeaba. El pobre animal estaba loco de miedo, con los ojos desorbitados, las fosas nasales dilatadas y espuma en la boca. Una silueta se dejó caer en el suelo, al otro lado de la yegua, y solté un grito involuntario, pero era el doctor, que se puso a desabrochar las hebillas del flanco contrario.

—¡Will Henry! —gritó.

—¡Ya! —grité a mi vez.

Se subió al caballo, metió la mano bajo la axila del brazo que le ofrecía y me alzó a lomos del animal, tras él. Bess no necesitó más indicaciones y salió disparada, guiada por la mano firme del doctor, hacia el camino periférico que nos llevaría a las puertas del cementerio y la carretera de más allá. Me volví una vez, solo una, y después aparté la vista, apreté la mejilla contra la espalda del doctor y cerré los ojos mientras me aferraba a su cintura, obligándome a olvidar lo que había entrevisto en aquel instante.

La desesperada apuesta del doctor había tenido éxito: la manada había abandonado la caza para atacar el cadáver y destrozarlo en un frenesí voraz; le arrancaron los brazos, las piernas y la cabeza del torso, y se metieron los pedazos de carne en las bocas hambrientas. Lo último que vi antes de ocultar el rostro en la chaqueta del doctor fueron los sedosos tirabuzones castaños de la muchacha colgando de una de sus mandíbulas.

Hasta la puerta principal... y el otro lado. Hasta la carretera del cementerio de Old Hill... y después hacia Nueva Jerusalén. Bess pasó del galope al trote y luego se limitó a arrastrar los cascos, exhausta, con la cabeza gacha y la cruz empapada en sudor. Nos relajamos y disfrutamos de un silencio que resultaba atronador tras nuestra loca huida, y lo único que recuerdo que el doctor dijera durante el largo camino de regreso a casa fue:

—Bueno, Will Henry, al parecer, debo replantearme mi hipótesis original.

CUATRO

«Se hace tarde»

Al regresar a la casa de Harrington Lane, el doctor me envió arriba a lavarme y cambiarme de ropa; estaba cubierto de tierra y vísceras de pies a cabeza, y llevaba la parte derecha de la cara tatuada de sangre seca, fragmentos de cráneo y grises trocitos de cerebro, todo lo que había mantenido con vida a Erasmus Gray durante más de sesenta años. Guijarros y ramitas me cayeron del enredado pelo al lavabo y atascaron el desagüe, que se llenó a toda prisa de agua manchada del delicado rosa de su sangre. Con una mueca de asco, metí la mano en el agua sucia para desatascarlo, y una curiosidad morbosa empujó mi infantil mirada hacia las gotas grises de porquería que flotaban en la superficie. Lo que se apoderaba de mi imaginación no era horror, sino asombro: sesenta años de sueños y deseos, de hambre y esperanza, de amor y anhelo, eliminados en un explosivo instante, mente y cerebro. La mente de Erasmus Gray ya no existía; los restos de su vasija flotaban en el agua tan ligeros e insustanciales como palomitas. ¿En cuál de aquellos esponjosos pedazos residía tu ambición, Erasmus? ¿Y tu orgullo? ¡Ah, qué absurdo el acicalado y el envanecimiento de nuestra especie! ¿No es la arrogancia personificada creer que somos más de lo que contiene nuestra biología? ¿Qué contraargumentos pueden presentarse, qué objeciones pueden resultar válidas para refutar la afirmación del Eclesiastés: «Vanidad de vanidades: todo es vanidad»?

—¡Will Henry! —me llegó la voz del doctor desde abajo—. Will Henry, ¿dónde demonios estás? ¡Espabila, Will Henry!

Me lo encontré en la biblioteca, encaramado a la escalera sujeta a los estantes que iban del suelo al techo, todavía con su capa de viaje y sus zapatos embarrados; al parecer, no tenía tiempo de cambiarse y lavarse. Sin decir palabra, señaló los estantes de su derecha, así que empujé la escalera para que rodara hasta allí. Detrás de nosotros, sobre la mesa que ocupaba gran parte de la habitación, había cuatro pilas de libros que sujetaban las esquinas de un mapa de Nueva Jerusalén y sus alrededores.

—Bueno, ¿dónde está? —masculló mientras recorría con su fino dedo los lomos agrietados de una fila de volúmenes antiguos—. ¿Dónde? ¡Ah, aquí está! ¡Cógelo, Will Henry!

Sacó un enorme libro del estante y lo dejó caer tres metros hasta aterrizar con un ruido sordo en la alfombra, a mi lado. Miré al doctor, que me observaba con rabia; tenía un lado del rostro manchado de tierra y el pelo sobre la frente, apelmazado y sucio como el de un chucho.

—Te he dicho que lo cogieras —dijo en voz baja y controlada.

—Lo siento, señor —masculle mientras recogía el libro del suelo y lo llevaba a la mesa.

Eché un vistazo al título: *Historias*, de Heródoto. Hojeé las delicadas páginas. El texto estaba en el griego original. Después miré al monstrumólogo.

El doctor bajó corriendo por las escaleras.

—¿Por qué me miras así?

—El señor Gray... —empecé, pero él me interrumpió.

—Todos somos esclavos, Will Henry, todos —dijo mientras me quitaba el libro de la mano y lo dejaba en la pila más cercana—. Algunos, del miedo. Otros, de la razón... o de los instintos básicos. Nuestro destino es ser esclavos, Will Henry, así que la pregunta debe ser: ¿a quién debemos servidumbre? ¿A la verdad o a la falsedad, a la esperanza o a la desesperación, a la luz o a la oscuridad? Yo elijo servir a la luz, aunque esa esclavitud suela llevarme a la oscuridad. No fue la desesperación la que me empujó a disparar, Will Henry, sino la piedad.

Sin decir nada, tragué saliva con dificultad mientras los ojos se me llenaban de lágrimas. No intentó consolarme, y dudo de que ese fuera su objetivo. Le daba igual que lo perdonase o no por quitarle la vida al anciano. Era un científico. El perdón no importaba; la comprensión lo era todo.

—Estaba condenado en cuanto la criatura lo atacó —siguió—. No hay un principio más absurdo e insidioso que el que dice que «donde hay vida, hay esperanza». Igual que la trucha está condenada una vez que muerde el anzuelo, no había esperanza para él en cuanto esos dientes se cerraron. Me habría dado las gracias, de poder. Como te las habría dado yo, Will Henry.

—¿A mí, señor?

—Si un día mi destino es el mismo, rezo para que actúes conmigo de la misma forma.

El corolario de su blasfema plegaria, aunque tácito, quedaba claro en sus ojos oscuros: «Como tú deberías rezar para que actuara contigo». Si el monstruo me hubiera atrapado a mí en aquel agujero, estoy seguro de que el doctor no habría vacilado en ofrecerme la misma piedad de la bala. Sin embargo, no discutí con él; no tenía las palabras necesarias. Con doce años, solo contaba con las protestas incoherentes de un niño que ve corrompido su agudo sentido de la justicia por las piadosas racionalizaciones de un adulto autoritario. No discutí porque no podía. Así que asentí con la cabeza. ¡Asentí! Aunque me ardía el rostro de justa indignación. Puede que fuera esclavo de algo que a él le parecía tonto y supersticioso: la idea de que merecía la pena defender toda vida y que nada justificaba rendirse a las fuerzas de la destrucción. De haber sabido aquella noche lo que iba a brotar de las oscuras entrañas de la tierra, quizás hubiera sentido menos ganas de estrellarle mis puñitos en su petulante rostro y más de lanzarme a sus brazos para recibir el consuelo que solo puede ofrecer alguien que ha recorrido las sendas más tenebrosas de la vida.

—¡Pero basta de filosofía! ¡Pasemos a temas más prácticos y urgentes, Will Henry! —gritó mientras hacía mi cuerpo a un lado con la misma indiferencia con la que había hecho a un lado las preocupaciones de mi alma. Rodeó la larga mesa y se asomó al mapa; ya había dibujado un círculo rojo alrededor de Nueva Jerusalén—. Es evidente que los sucesos de esta noche demuestran que mi hipótesis original era incorrecta. Se trata de una manada madura de *Anthropophagi* cuyo macho alfa cuelga ahora del techo de nuestro sótano. De veinte a veinticinco hembras en edad de procrear y un puñado de crías. Quizá treinta en total, aunque las circunstancias nos impiden calcular el número exacto. —Levantó la mirada del mapa—. ¿Lograste contarlas, Will Henry? —preguntó, muy serio, como si hubiera sido plausible contarlas mientras corría para no perder la vida.

—No, señor.

—Pero ¿te parece que mis cálculos se acercan al número correcto? ¿De veinticinco a treinta? Basándote en la observación, claro.

Ciento treinta se acercaba más al número correcto, según mis observaciones, pero esa habilidad quedaba empañada por el terror. El cementerio me había parecido rebosante de ellos, como si brotaran de todas las sombras y aparecieran por detrás de todos los árboles.

—Sí, señor. Diría que veinticinco. De veinticinco a treinta.

—¡Tonterías! —gritó mientras estrellaba la palma de la mano contra la mesa. Di un respingo—. Nunca me digas lo que crees que quiero escuchar, Will Henry. ¡Nunca! No puedo confiar en ti si decides convertirte en un loro. Es un vicio detestable que no se limita a los niños. ¡Di siempre la verdad, toda la verdad, para todo y en todo momento! Ningún hombre ha alcanzado la gloria siendo un farsante servil. Ahora, sé sincero: en realidad no sabes si eran treinta, cincuenta o doscientos cincuenta.

—Sí, señor —respondí, con la cabeza gacha—. No sabría decirlo.

—Ni yo —reconoció—. Solo puedo hacer una suposición basada en la bibliografía con la que cuento.

Cogió el libro de Heródoto de la pila y hojeó rápidamente las antiguas páginas hasta dar con un pasaje y leerlo para sí en el griego original. Al cabo de unos segundos, cerró el libro de golpe, volvió a colocarlo en la pila y regresó al mapa. Se sacó una regla del bolsillo, midió la distancia más corta entre Nueva Jerusalén y la costa, y procedió a hacer cálculos en un cuadernito sin dejar de mascullar mientras yo, tras haber acaparado su atención hacía un momento, quedaba completamente olvidado. Su poder de concentración superaba en fuerza e intensidad al de cualquier otro hombre de los muchos que he conocido durante mi larga vida. Después de que la deslumbrante luz de su interés me hubiera dejado de enfocar, me sentí como si cayera a un pozo, como si pasara de la clara luz del día a la oscuridad más absoluta.

Tomó varias medidas, desde las fronteras de nuestro condado a distintos puertos a lo largo de la costa, y las anotó con cuidado en su cuaderno; después dibujó con trazo suave varias líneas de conexión a lo largo del borde de la regla. Nuestra ciudad se encontraba a menos de un día a caballo de la costa, y pronto el pergamino quedó cubierto de decenas de entrecruzadas líneas que me recordaban al intrincado diseño de la tela de una araña. No estaba seguro, pero me parecía que intentaba descubrir la ruta elegida por los monstruos para llegar a Nueva Jerusalén.

Confieso que me resultó extremadamente raro que, después de nuestra huida por los pelos, él perdiera un tiempo precioso en un ejercicio tan interesante como fútil. ¿Qué más daba de dónde procedieran aquellas criaturas o cómo hubieran llegado hasta allí? ¿No habría sido más productivo invertir nuestro tiempo en reunir a todos los hombres sanos del lugar para improvisar una cacería? Los *Anthropophagi* andaban entre nosotros... y estaba claro que tenían hambre. No lograba quitarme de la cabeza la imagen del pelo de Eliza Bunton saliendo de entre las fauces de un *Anthropophagus* voraz. ¿Por qué nos demorábamos allí, leyendo libros, estudiando mapas y tomando medidas mientras una manada de treinta monstruos de pesadilla merodeaba por nuestra campiña? Deberíamos haber despertado a los residentes para que huyeran de la matanza de las criaturas o para que levantaran barricadas con las que protegerse del asedio que se avecinaba. El momento para desentrañar el misterio de su presencia en Nueva Jerusalén era después de erradicarlos, no entonces, cuando nuestra supervivencia pendía de un hilo. «¿Quién más perecerá esta noche del mismo modo indescriptible que Erasmus Gray mientras el doctor traza sus líneas, lee en griego y garabatea en su cuadernito? —me pregunté—. ¿Quién más morirá sacrificado en el altar de la ciencia?». Si tales preguntas se le ocurrían a un niño de doce años, seguro que tenían que habérsele ocurrido a un hombre del intelecto del doctor Warthrop.

Medité respecto a aquel enigma mientras recordaba sus advertencias sobre los peligros del miedo. ¿Se trataba de eso? ¿Acaso aquel hombre, el mayor monstrumólogo de su época, estaba paralizado de miedo y aquellas investigaciones que me parecían frívolas en aquel momento de desesperación no eran más que una forma de evitar la dura verdad de las circunstancias? Resumiendo, ¿acaso el gran Pellinore Warthrop estaba asustado?

Diciéndome que no lo hacía por una egoísta necesidad de consuelo sino por mis congéneres, al fin hablé. Por los inocentes que dormían sin saber qué peligro mortal les rodeaba, por el anciano que soñaba en su cama y por el tierno bebé que descansaba en su cuna, hablé.

—¿Doctor Warthrop, señor?

—¿Qué ocurre, Will Henry? —preguntó sin detenerse.

—¿Debería ir ya a buscar a la policía?

—¿A la policía? ¿Con qué fin?

—Para... para ayudar —tartamudeé.

—¿Para ayudar a quién? ¿Con qué?

—Para ayudarnos, señor. Con la... plaga...

Agitó una mano en mi dirección para desestimar la idea, enfrascado en sus mediciones.

—Los *Anthropophagi* no volverán a alimentarse esta noche, Will Henry —me aseguró, y el pelo le ocultó la frente cuando se inclinó sobre el mapa con los labios fruncidos, concentrado.

Habría dejado el tema de no ser por el disparate de su hipótesis original: el predicamento, afirmado con convicción, de que no podía haber más de uno o dos devorahombres acechando en las inmediaciones de Nueva Jerusalén, un error que le había costado la vida a una persona. Así que insistí como nunca.

—¿Cómo lo sabe, señor?

—¿Cómo sé el qué?

—¿Cómo sabe que no atacarán de nuevo?

—Porque sé leer. —Ahora hablaba con algo de enfado. Le dio una palmadita a la pila de libros más cercana—. Dos mil años de observaciones apoyan mi deducción, Will Henry. Lee a Heródoto; estudia a Plinio y los escritos de Walter Raleigh. Los *Anthropophagi* se atiborran; cazan, comen todo lo que pueden y descansan (a veces días, a veces semanas) antes de matar de nuevo. —Me miró—. ¿Qué insinúas, Will Henry? ¿Que es culpa mía? ¿Que la sangre del ladrón de tumbas me mancha las manos? Quizá sea cierto. ¿Me equivoqué con su número? Evidentemente. Pero era un cálculo basado en todos los datos disponibles, cimentado en la lógica. Si me dieran esos datos de nuevo, me arriesgaría del mismo modo, puesto que consideraba que cada minuto contaba. Su descubrimiento me obligó a actuar más deprisa de lo que me habría gustado, y estoy seguro de que, con más tiempo para reflexionar, habría analizado la posibilidad de que se hubieran adaptado a su nuevo entorno de un modo inesperado, lo que sin duda ha ocurrido. Pero debes comprender, Will Henry, que posibilidad no es probabilidad. Es posible que el sol salga por el oeste mañana, pero es muy poco probable. Me mantengo firme en mi decisión, aunque la premisa que me condujo a ella haya demostrado ser errónea.

El monstrumólogo me apoyó una mano en el hombro, y la fuerza tras sus ojos se ablandó hasta cierto punto.

—Lamento su pérdida. Si te sirve de consuelo, recuerda que era un anciano que vivió una larga vida... Una vida de sufrimiento y privaciones, añadiría. El hombre lo sabía; aceptó el peligro; no le pedí nada que no me pidiera a mí mismo. No lo obligué a acompañarnos ni le pedí que aceptara un riesgo mayor del que yo estaba dispuesto a correr.

Quizá notara que el cuerpo me temblaba bajo su mano, porque a continuación, de nuevo con mirada de pedernal, añadió:

—Y debo decir, Will Henry, que me resulta curioso que te obceques con la pena y la injusticia de su muerte y no con tu fortuna, con la vida que habrías perdido de no haber acabado yo con la suya. ¿No lo ves, no comprendes por qué dije que, de haber podido, me daría las gracias?

—No, señor, no lo entiendo.

—Entonces te valoro más de lo que te mereces. Creía que eras un chico listo.

Me zafé de su mano y le grité:

—¡No lo entiendo! Perdóneme, doctor, pero no entiendo nada. No deberíamos haber ido allí esta noche. Deberíamos haber esperado a que saliera el sol para devolverla al cementerio. Si hubiéramos esperado y hubiéramos llevado al jefe de policía, ¡Erasmus seguiría vivo!

—Pero esos no son los hechos —contestó con calma—. No esperamos. No fuimos a por el jefe de policía. Sigues sin entender lo esencial, Will Henry. James Henry lo habría hecho. Tu padre lo habría comprendido, no me habría reprendido ni juzgado. Me habría dado las gracias.

—¿Las gracias?

—Como deberías dármelas tú por salvarte la vida, Will Henry.

Era ofensivo; era irritante, teniendo en cuenta lo que le había sucedido a mi padre por haber servido al monstrumólogo sin reservas. Su muerte, que yo hubiera perdido todo lo que me era preciado, se debía a aquel hombre, ¡y ahora ese hombre se atrevía a exigirme gratitud!

—De haberle perdonado la vida —siguió explicando—, habrías perdido la tuya, Will Henry, y, como le dije al anciano, tus servicios me son indispensables.

Qué más debo decir sobre aquella figura extraña y solitaria, aquel genio que trabajó toda su vida en las sombras de la más sombría de las ciencias, del que el mundo sabría poco y no recordaría durante mucho tiempo, pero a quien el mundo debía tanto; sobre aquel hombre que, al parecer, no tenía ni una pizca de humildad ni de calidez, que carecía de empatía, compasión y habilidad para leer los corazones de los hombres... o el corazón de un niño de doce años cuyo mundo había quedado hecho añicos en un instante. ¡Mencionar a mi padre en un momento así! ¿Qué más prueba puedo ofrecer de que la soberbia de aquel hombre alcanzaba cotas (o se hundía a profundidades) rara vez vistas fuera de los confines del teatro griego o las tragedias de Shakespeare? No era ambiguo conmigo. No envolvía sus palabras en tópicos reconfortantes o manidos clichés: me había salvado la vida porque mi vida era importante... para él. Me había salvado la vida por él, por su ambición. Por tanto, hasta su piedad estaba enraizada en su ego.

—Dame las gracias, Will Henry —dijo en voz baja, en un tono amable pero insistente, como el profesor paciente al alumno reacio—. Dame las gracias por salvarte la vida.

Mascullé las palabras mientras me miraba los pies. Aunque apenas fueron un susurro, pareció satisfecho. Me dio una palmadita en el hombro, se volvió y rápidamente cruzó la habitación con sus largas zancadas.

—¡No lo olvidaré! —me dijo por encima del hombro. Creí que todavía hablaba de mi padre; pero no—. Puede que sus motivos no fueran del todo puros, pero está claro que su descubrimiento ha salvado vidas y, quizás, haya sacado a la luz a una especie nueva. Propondré a la Sociedad que le pongan su nombre: *Anthropophagus americanus erasmus*.

Me parecía una recompensa nimia, pero me mordí la lengua.

—Si mis sospechas son correctas, eso es lo que hemos descubierto: una generación de *Anthropophagi* que se ha adaptado a su nuevo entorno, radicalmente distinto al de su África nativa. Nueva Inglaterra no es la sabana, Will Henry. ¡Ja! Ni mucho menos.

Mientras hablaba, rebuscaba periódicos entre las estanterías. El monstrumólogo estaba suscrito a docenas de diarios, semanarios y revistas mensuales, desde la *New Jerusalem Gazette* al *Globe*, desde el *Times* de Nueva York a la publicación más diminuta de la aldea más insignificante. Todos los martes nos dejaban una gran pila en el portal, que después se llevaba a la biblioteca (la llevaba yo) y se clasificaba (también yo) por orden alfabético y fecha de publicación. Al principio de mi aprendizaje, me pareció extraño que, a pesar de todos los periódicos a los que estaba suscrito, nunca lo hubiera visto leer ni una mancheta. Sin embargo, siempre parecía bien informado de los acontecimientos del día, del más portentoso al más nimio. Por ejemplo, era capaz de parlotear durante varias horas sobre las vicisitudes del mercado de valores o la última moda de París. Concluí que debía de leerlos por la noche, después de que me hubiese retirado a mi pequeño desván, y durante un tiempo estuve convencido, ya que carecía de pruebas de lo contrario, de que el monstrumólogo no dormía. Nunca había sido testigo de ello, ni siquiera durante los periodos de intensa melancolía, que duraban dos semanas o más, en los que se recluía en su cama y nada lograba aliviar su malestar.

En los primeros meses de mi vida en Harrington Lane, no lograba dormir. Lo deseaba y lo temía, pues necesitaba descansar, pero padecía pesadillas, horribles reencarnaciones de la noche en que mis padres habían fallecido. Pasaban muchas horas oscuras hasta que me derrotaba el agotamiento, y de vez en cuando bajaba en silencio las escaleras, me asomaba a su dormitorio de la primera planta y encontraba su cama vacía. Después seguía bajando las escaleras hasta la planta baja, donde a veces descubría que la luz de la biblioteca bañaba el vestíbulo u oía un débil repiqueteo de ollas y sartenes, o el tintineo de los cubiertos en la porcelana. No obstante, lo más habitual era que el doctor se encontrara en su laboratorio, donde se entretenía hasta las tantas de la noche con sus ampollas, sus tarros de especímenes y sus cajones llenos de huesos y vísceras secas, hasta que, al alba, subía las escaleras, salía con el sol de aquel pozo de peculiaridades y putrefacción para preparar nuestro ágape mañanero (o para comer a toda prisa lo que yo había preparado) con la bata salpicada de sangre, pedacitos de tejido y otras sustancias biológicas sobre cuyo origen y naturaleza yo prefería no especular.

Sin embargo, en otras ocasiones, no eran necesarias las indagaciones nocturnas. Siempre después de la hora bruja, o eso me parecía, justo cuando por fin me dejaba llevar por el sueño que tanto necesitaba, llegaba su rápido golpeteo en la escalera o, si eso no conseguía despertarme, aparecía como un rayo por la abertura de la trampilla y pegaba puñetazos en el techo inclinado mientras gritaba: «¡Arriba, arriba, arriba, Will Henry! ¡Espabila! ¡Te necesito abajo de inmediato!». Y yo arrastraba mis cansados huesos escaleras abajo, normalmente hasta el lugar que más temía, el sótano, donde sentaba mi fatigado cuerpo en el taburete mientras él me dictaba una carta o el último artículo para la Sociedad Monstrumológica, una tarea que, para mi cerebro falto de sueño, podría haber esperado hasta la mañana.

Por otro lado, a veces me sacaba de la cama sin motivo aparente. Me sentaba en el taburete, bostezando, mientras él le daba a la lengua sobre algún conocimiento arcano o el último descubrimiento científico hasta pasada el alba. Aunque en aquellos momentos me desconcertaba (y me irritaba, porque siempre conseguía despertarme después de haber ganado una larga y amarga batalla contra Somnus), al final se me ocurrió que aquel servicio le era tan indispensable como cualquier otro, quizá más. Puede que se tratara del servicio más vital: aliviar la terrible carga de su soledad.

Ya había recorrido varios circuitos entre los estantes y la larga mesa cargado de periódicos cuando me di cuenta de que quizá necesitara mi ayuda. Pero en cuanto entré en acción, la rechazó y me ordenó que fuera a por papel y pluma. Siguió examinando la prensa (en especial las necrológicas) y tomando notas mientras dictaba, y de vez en cuando dejaba a un lado tanto los periódicos como el cuaderno para apuntar algo en el mapa. Los puntos que había dibujado empezaban a juntarse; se movían, en general, de oeste a este, hacia la costa atlántica. El objetivo de su trazado era evidente: el doctor seguía el rastro de una migración.

La primera carta que escribí iba dirigida a la Sociedad, y en ella les informaba de su descubrimiento y ofrecía una historia parcial de los sucesos acontecidos después de que el ladrón de tumbas encontrara al macho sepultado con los restos de Eliza Bunton. No mencionó nuestra loca huida ni que habíamos escapado por poco; quizá temió parecer un cobarde, aunque sospecho que tenía más que ver con proteger su reputación y ocultar la dolorosa verdad de que se había equivocado en su hipótesis original. Añadió una posdata en la que informaba a la Sociedad de que por correo especial enviaría sus notas de la autopsia en cuanto las transcribiera, así como al ejemplar adulto.

Trabajaba metódicamente mientras citaba: tomaba notas en su cuaderno y, tras examinar los periódicos, los dividía en dos pilas. Era una tarea formidable, porque ante sí tenía casi tres años de artículos. A veces se interrumpía con un grito o una exclamación demasiado gutural para interpretarla. Otras veces se reía sin ganas y sacudía la cabeza con tristeza mientras escribía a toda prisa en su cuaderno.

—Ahora, otra al doctor John Kearns, a cargo de la Smithsonian Institution, de Washington, D.C. —me ordenó el doctor—. «Querido Jack...» —empezó, pero se detuvo con el ceño fruncido y se mordió el labio inferior—. Debería ser Stanley, obviamente —murmuró para sí—. Stanley es el experto, pero está en Buganda... Aunque partiera de inmediato, el asunto habría terminado para cuando su barco llegara a Bermudas... Pero ¿quién, si no Kearns?

Siguió con su dictado con una pizca de disgusto. Yo nunca había oído hablar de aquel John Kearns; supuse que se trataba de un colega monstrumólogo o de un experto en otro campo relacionado de la historia natural. Me equivocaba en ambos casos. Era mucho más... y, como descubriría por desgracia, mucho menos. La carta al doctor Kearns era más corta que la dirigida a sus colegas monstrumólogos y rezaba así:

Querido Jack:

Cabe la posibilidad de que una nueva especie de Anthropophagus haya establecido su residencia en los alrededores de Nueva Jerusalén. Una manada de entre veinticinco y treinta especímenes maduros más grandes y considerablemente más agresivos que sus primos africanos. Se requieren tus inestimables servicios. ¿Podrías acudir de inmediato? La expedición se financiará al completo, con todos los gastos pagados.

Espero que al recibir la presente goces de buena salud, etcétera.

Tu humilde servidor,

Pellinore Warthrop

113

Al concluir el dictado de la carta, el doctor guardó silencio varios minutos. Se apoyó en la mesa, tan encorvado que los hombros casi le quedaron al nivel de las orejas, y contempló el mapa y el grupo de puntos que había dibujado, que zigzagueaba como una serpiente en su marcha inexorable hacia el mar. Después se enderezó con un profundo suspiro, se llevó las manos a la parte baja de la espalda y, nervioso, se peinó con los dedos, largos y pálidos. Recogió el cuaderno y examinó sus cálculos mientras daba golpecitos rítmicos con el extremo del lápiz en la página, y se mordisqueaba el labio inferior, de nuevo olvidada mi presencia a pocos metros de distancia. No era una novedad sentir aquel extraño aislamiento en su compañía, aunque todavía no me había acostumbrado al efecto que provocaba en mí: según mi experiencia, no hay soledad más profunda que la indiferencia de tu único compañero en la vida. Días enteros transcurrían sin que me dirigiera la palabra, ni siquiera cuando cenábamos o trabajábamos en el laboratorio, o cuando dábamos nuestro paseo diario nocturno por Harrington Lane. Cuando me hablaba, rara vez era para darme conversación; nuestros papeles estaban muy bien definidos: el suyo consistía en hablar; el mío, en prestar atención. Él parloteaba; yo escuchaba. Él era el orador; yo, su público. Muy pronto aprendí a no hablar a no ser que me hablara; a obedecer cualquier orden al instante y sin cuestionarla, por desconcertante o absurda que me pareciera; a estar listo, como un buen soldado que dedica su sagrado honor a una causa digna, aunque rara vez comprendiera de qué se trataba.

Las estrellas empezaban a difuminarse en el cielo; por fin nos zafábamos del férreo abrazo de la noche; pero el monstrumólogo seguía trabajando con sus mapas, libros y periódicos, seguía tomando medidas y garabateando en su cuadernito. A veces se levantaba de la mesa de trabajo presa de una gran agitación, retorciéndose las manos y acariciándose la frente, mientras mascullaba entre dientes y se paseaba de un lado a otro. Se mantenía a flote gracias al peculiar interés por su pasión y a las tazas de té negro que consumía sin mesura, ya que tal era su libación preferida durante aquellos maníacos episodios de intenso esfuerzo mental. En todos los años que lo conocí, nunca lo vi llevarse un licor a los labios. El doctor censuraba la bebida y solía expresar su asombro ante el hecho de que hubiera hombres dispuestos a quedar como imbéciles.

Mientras le preparaba la quinta tetera en la cocina, ya casi al amanecer, me permití darle unos bocaditos a una rancia galleta salada para aumentar mi resistencia, minada casi por completo, pues lo único que había tomado desde que despertara, quizá lo recuerden, fueron dos tragos apresurados de la repugnante sopa que el monstrumólogo había preparado con ingredientes de dudoso origen. Me dolía la espalda, y todos y cada uno de mis músculos se quejaban por el cansancio mientras yo me movía envuelto en una densa bruma; la adrenalina que me había mantenido despierto desde nuestro regreso del cementerio había desaparecido, y estaba al borde del agotamiento. Lento de ideas y torpe de cuerpo, con la desconcertante sensación de ser un huésped no deseado dentro de los familiares confines de mi propia piel, llevé la tetera a la biblioteca, donde descubrí al doctor tal y como lo había dejado, en completo silencio salvo por el tictac del reloj de la chimenea y sus suspiros, largos, cansados y frustrados. Repasó la pila de periódicos hasta que encontró uno que ya había leído.

Examinó otro par de minutos el artículo que había marcado, masculló la misma palabra varias veces y dejó caer el periódico encima de la pila para después pasar a examinar el correspondiente círculo coloreado en el mapa: Dedham.

—Dedham. Dedham —masculló—. ¿Por qué me resulta tan familiar ese nombre?

Se inclinó hasta dejar la nariz a pocos centímetros del pergamino. Después tamborileó sobre aquel punto con el índice y repitió la palabra tres veces, cada una acompañada por un toquecito.

—Dedham. —Toquecito—. Dedham. —Toquecito—. Dedham. —Toquecito.

Entonces volvió su serio semblante hacia mí, lo que me sacó de mi estupor parcial, porque, de repente, volvía a existir. Estaba muerto; había renacido. Estaba olvidado y, en un abrir y cerrar de ojos (de sus ojos), el mundo me recordó de nuevo.

—¡Dedham! —gritó, agitando el periódico sobre su cabeza. El papel chasqueó al golpear el aire atrofiado de la polvorienta biblioteca—. ¡Dedham, Will Henry! ¡Sabía que lo había oído antes! Deprisa, baja al sótano. Bajo las escaleras encontrarás un baúl antiguo. Tráemelo. De inmediato, Will Henry. ¡Espabila, espabila!

El primer *espabila* se debía a la costumbre; el segundo lo exclamó con furia apenas contenida porque no espabilé al instante. No había oído la primera orden, puesto que la palabra *sótano* me había ensordecido temporalmente (no por el volumen, sino por su significado), aunque solo a un sordo se le habría pasado por alto el segundo *espabila*.

Salí de la biblioteca a toda velocidad; más despacio, entré en la cocina; más despacio aún, empujé la puerta de las escaleras que se zambullían en la oscuridad, en el fondo de la cual colgaba el monstruo de su gancho de acero y reposaba el tarro de cristal con el espantoso fruto de sus entrañas, el que habíamos sacado entero, resbaladizo y pataleando del vientre de la anfitriona virgen que lo había dado a luz, un hijo bastardo en el más pesadillesco de los sentidos, una masa acéfala de garras manchadas de sangre humana, con larguiruchos brazos blancos y un pecho lleno de colmillos afilados como cuchillas que habían mordido y masticado el aire vacío en plena rabia primigenia.

La luz de la mañana entraba con su gloriosa abundancia de primavera a través de las ventanas abiertas e inundaba la estrecha escalera, aunque, aun así, daba la impresión de que la oscuridad del fondo la repelía o actuaba de dique en el que la luz se estrellaba y rompía, impotente, ante su inflexible superficie. El sol bajaba por las escaleras; el olor a *Anthropophagus* muerto subía,

117

un hedor nauseabundo a fruta podrida mezclado con el inconfundible aroma a descomposición biológica. Volví el rostro para apartarlo del umbral, respiré hondo y contuve el aliento mientras bajaba los escalones con una mano sobre la nariz y la boca, y la otra en la barandilla que recorría la fría pared de piedra. Las tablas desgastadas crujían y gruñían bajo mis pies; se me erizó el vello de la nuca; y noté un cosquilleo y un entumecimiento en las pantorrillas cuando mi imaginación superó a mi intelecto. Con cada paso me latía más deprisa el corazón porque en mi mente lo veía bajo las escaleras, agachado a cuatro patas sobre el sudoroso suelo de piedra, una bestia sin cabeza con vacíos ojos negros en los hombros y una boca rebosante de una hilera tras otra de relucientes colmillos, como un león entre la maleza de la sabana, como un tiburón en la sombra de los arrecifes, mientras que yo era la gacela que pastaba, la pequeña foca que jugueteaba entre las olas. Se levantaría cuando bajara. Se introduciría entre los listones abiertos y me agarraría el tobillo con sus cuchillas de ocho centímetros. Cuando me tuviera entre sus zarpas, estaría tan condenado como Erasmus Gray cuando la criatura de la tumba de Eliza Bunton se alzó del sepulcro en el que habían fecundado a la muchacha. Si el monstrumólogo oía mis gritos, ¿vendría con su revólver para cumplir la promesa hecha hacía un par de horas? Mientras la bestia destrozaba las desvencijadas escaleras para meterme entre sus fauces, ¿me demostraría él su compasión pegándome un tiro en la cabeza?

A medio camino, me quedé paralizado, pues no lograba reunir el valor necesario para seguir bajando. Estaba mareado de tanto contener el aliento, me latía el corazón muy deprisa y temblaba de los pies a la descubierta cabeza («¿Dónde habré metido mi sombrero? —me pregunté en un instante de pánico—. ¿Lo perdí en la tumba?»). Me quedé inmóvil y contemplé mi sombra, absurda de tan larga, deslizarse hacia la cortina de oscuridad. Dejé escapar el aire, despacio, y estaba lo bastante frío como para que se me solidificara el aliento y me diera vueltas alrededor de la cabeza. Tragué un poco del aire fétido, esperaba que lo bastante para mantenerme vivo el resto del camino. «Ahora, ¡date prisa, Will Henry! —me regañé—. ¡El doctor te está esperando!». Regresar a él con las manos vacías era impensable.

Así que dejé el miedo a un lado, ese enemigo común a todos los combatientes, y me recordé que había sido testigo del desmembramiento parcial de la criatura. Una vez dejado claro, más allá de toda duda, que estaba muerta, bajé corriendo los escalones que faltaban. Encontré el baúl bajo las escaleras, contra la pared, cubierto de una buena pátina de polvo, ya que ni lo habían movido ni abierto desde hacía años. Dejó escapar un fuerte chirrido de protesta contra el suelo de piedra cuando lo saqué a rastras de su cómodo rincón, como un animal al que despiertan sin miramientos de una larga siesta de invierno. Lo agarré por las desgastadas asas de cuero y lo levanté unos centímetros: pesaba, pero no tanto como para no poder subirlo por las escaleras. Lo solté de nuevo y lo arrastré hasta el primer escalón con la vista fija al frente, aunque con el rabillo del ojo veía una sombra más negra que la penumbra que la rodeaba y que era la normal en los viejos sótanos. El *Anthropophagus*. Cuando levanté el baúl para subirlo por las escaleras, la voz de mi enemigo habló; el miedo me susurró al oído y repitió las palabras de Warthrop: «El óvulo fertilizado en la boca de su pareja, donde reposa en una bolsa situada a lo largo de la mandíbula inferior. Tiene dos meses para encontrar un anfitrión para su descendencia antes de que el feto salga de su bolsa protectora y el macho se lo trague o se ahogue con él».

¿Y si se le había pasado por alto en la autopsia? ¿Y si otro bebé monstruoso se escondía en la gran boca del macho, se había liberado de su capullo de carne y correteaba por el suelo hacia mí? «Son trepadores consumados», me había asegurado el doctor en la carretera del cementerio. ¿Y si, gracias a sus uñas de sierra, ahora colgaba del techo sobre mí y, en lo que tardara yo en volver a respirar, la bestia caía sobre mi cabeza, bajaba sus pálidos bracitos y me arrancaba los ojos de sus cuencas? Me vi dando vueltas por el laboratorio mientras la sangre manaba de mis vacías cavidades oculares, y una criatura no mayor que mi puño se arrastraba por mi cara y silenciaba mis gritos de horror arrancándome la lengua con sus diminutos dientes y su minúscula garra. Era una idea ridícula nacida del pánico, pero no hay pánico ridículo en el momento de su concepción. El pánico posee su propia integridad lógica. Me aguijoneó durante todo el camino escaleras arriba, y me otorgó una fuerza y una resistencia sobrenaturales. No me fijé en el calambre de los dedos, en lo que me ardían los hombros por culpa del peso del baúl, ni en los golpes de la caja contra mis rodillas mientras subía. El sol que inundaba los escalones de arriba me bañaba con la ducha luminiscente de su benéfica claridad. Solté la caja en el suelo de la cocina y la deslicé hacia el interior del cuarto, subí los tres últimos escalones, crucé el umbral de un salto y cerré la puerta de golpe mientras abría la boca en busca de aire, la cabeza me daba vueltas y veía puntos negros que danzaban como duendes oscuros ante mis ojos; me sentía como si hubiera escapado por poco, pero ¿de qué? A menudo, los monstruos que pueblan nuestras mentes no son más que la extraña progenie de nuestras propias fantasías temerosas.

—¡Will Henry! —me llamó el doctor—. ¿Te has dormido? ¿Te has agenciado algo de comer? Ya tendrás tiempo para dormir y comer más tarde. ¡Espabila, Will Henry, espabila!

Tras respirar hondo (¡qué dulce sabía el aire de arriba!), recogí el baúl y lo llevé por el pasillo hasta la biblioteca, en cuya puerta me esperaba el doctor, impaciente. Me quitó la caja de las manos y la soltó al lado de la mesa de trabajo, donde aterrizó con tanta fuerza que noté que temblaban las tablas del suelo.

—Dedham, Dedham —murmuró al arrodillarse ante el viejo baúl.

Abrió los cierres de latón y levantó la tapa. Las bisagras del antiguo contenedor respondieron con un chirrido de protesta. Me acerqué más; a pesar de haber pasado casi todo el año anterior en aquella macabra cámara, nunca me había percatado de la presencia de la caja escondida en las sombras que había bajo las escaleras, y ahora sentía curiosidad por lo que contenía y por cómo dicho contenido estaría relacionado con el rompecabezas que en aquel momento desconcertaba al monstrumólogo, un acertijo que, a todas luces, le parecía más urgente que el apremiante problema de los *Anthropophagi* que campaban entre nosotros, hasta entonces sin que fuéramos conscientes de ello.

El primer objeto que sacó del polvoriento baúl fue una cabeza humana momificada y encogida de tal modo que era del tamaño de una naranja, con la piel del color de la melaza. Los párpados estaban cosidos. La boca, sin dientes, abierta en un grito silencioso. La dejó a un lado sin mirarla. Al notar mi proximidad, levantó la vista, y algo en mi expresión debió de hacerle gracia. Una sonrisa poco frecuente, tan fugaz como un relámpago, le cruzó el rostro.

—Es de mi padre —dijo.

Mi morboso interés se convirtió de inmediato en horror ante la confesión. Sabía que el doctor era un ser extraño, pero aquello se trataba de una faceta inimaginable de lo antinatural y lo estrambótico. ¿Qué clase de hombre guarda la cabeza encogida de su padre bajo las escaleras del sótano?

Él se percató de mi incredulidad y se permitió otra diminuta sonrisa.

—No es la cabeza de mi padre, Will Henry, sino una curiosidad que adquirió durante sus viajes.

Siguió vaciando el baúl. De él salieron varias pilas de papeles, manojos de cartas y lo que parecían ser documentos legales, un enorme paquete envuelto en cordel deshilachado y una bolsa de cuero llena de objetos que debían ser metálicos, a juzgar por el tintineo al dejarla en el suelo.

—Es el principal misterio de su presencia aquí, Will Henry —me dijo, con referencia a los *Anthropophagi*—. Seguro que se te ha pasado por la cabeza la extraordinaria coincidencia que supone, dado que soy el único monstrumólogo practicante en ochocientos kilómetros a la redonda. ¿Qué probabilidades hay, Will Henry, de que una especie de particular interés para una vocación como la mía, tan poco común y esotérica, aparezca a menos de veinte kilómetros de la ciudad en la que practico mi arte? Un observador objetivo concluiría que, como la probabilidad es desmesuradamente remota, cabría pensar que no se trata de una coincidencia, que yo debo ser responsable, de algún modo, de su inesperada aparición tan cerca de mi residencia. Como es evidente, no he tenido nada que ver; el asunto me desconcierta tanto como a este hipotético jurado. Por supuesto, no podemos descartar la posibilidad de una coincidencia realmente extraordinaria, ya que coincidencia podría ser, aunque lo dudo. Lo dudo.

Unas gafas. Un monedero de terciopelo con un reloj de hombre y una alianza. Una pipa vieja con la madera de la cazoleta de color crema tras décadas de uso. Una cajita de madera con una colección de figuritas de marfil a las que el doctor dio mil vueltas entre las manos; los objetos entrechocaban en su mano medio cerrada mientras repasaba lo que quedaba al fondo del baúl.

—No hay universidad alguna que enseñe la ciencia de la monstrumología, Will Henry. Periódicamente, la Sociedad organiza seminarios, por invitación, en los que los más prominentes expertos de nuestra profesión hablan sobre los puntos más importantes de su campo. Casi todos nosotros, si no todos, aprendemos el arte bajo el tutelaje de un maestro oficial reconocido por la Sociedad. Ah, ¡aquí está!

Triunfante, alzó en el aire un libro de tapas de cuero envuelto en un viejo bramante, con la cubierta y el lomo desgastados hasta brillar de tanto tocarlo a lo largo de los años.

—Toma, Will Henry, sujeta esto un momento —dijo mientras me soltaba las figuritas de marfil en la mano.

Después arrancó el cordel del libro mientras yo examinaba las figuras, todavía cálidas por su mano. Había seis, todas talladas como esqueletos con grandes cráneos desproporcionados y los brazos cruzados sobre las costillas, que no eran cilíndricas como puros, sino planas por delante y por detrás, como dominós. Aunque el doctor estaba absorto en el viejo libro (que parecía ser una especie de diario escrito con una letra elegante y algún que otro bosquejo en los márgenes), debió de percibir mi curiosidad, ya que dijo:

—Huesos de adivinación de Nueva Guinea. En sus últimos años, a mi padre le fascinaban las prácticas ocultistas de ciertas tribus chamanistas. Los que tienes en tus manos los talló un sacerdote con los huesos de uno de sus rivales.

—Así que no se trataba de huesos de ballena, sino humanos. El doctor siguió hablando—. Aunque quizás el verbo «fascinar» no sea el más adecuado. «Obsesionar» sería el más oportuno. Lo aterrorizaba su mortalidad; como ocurre con muchas personas, veía su muerte inminente como una ofensa a su dignidad, el insulto definitivo, y en sus últimos años lo consumió el deseo de engañar al orden natural o, al menos, arrebatarle al helado abrazo de la muerte un par de instantes más de lo que le estaba destinado. Se supone que los huesos que sostienes predicen el futuro de quien los lanza, como la proverbial tirada de dados cósmica. Interpretar su caída (las distintas combinaciones de cráneo arriba o abajo) es un asunto complicado que nunca dominó del todo, aunque dedicó muchas horas a ello; no fue negligente en sus esfuerzos. No recuerdo la fórmula, pero sí que seis cráneos hacia arriba son de suma importancia porque indican muerte inminente, condena eterna o alguna tontería por el estilo.

De repente se levantó con un grito alegre. Sorprendido, retrocedí un par de pasos; los huesos se me cayeron y bajaron en cascada en dirección a la alfombra con un repiqueteo. Inquieto, me agaché para recogerlos, ya que temía ver seis esqueletos sonrientes mirándome con malas intenciones. Cuatro arriba. Dos abajo. Evidentemente, no sabía interpretar mi tirada involuntaria, aunque de todos modos me sentí aliviado. Sin pensar, me los metí en el bolsillo.

—¡Dedham! —gritó el monstrumólogo—. ¡Sabía que lo había visto antes! Aquí está, Will Henry, en la entrada con fecha del 19 de noviembre de 1871: «Dedham. He visitado Motley Hill por última vez. No soy capaz de volver, de mirar de nuevo su torturado rostro y ver reflejada en él la perfidia de mi pecado. Mi visita lo dejó perturbado, me exigió que corroborara de una vez por todas su historia de sufrimiento y desgracia, para así conseguirle el indulto completo y la posible liberación, pero, por la amarga necesidad de los intereses de la ciencia y de mí mismo, me vi obligado a negarme. Ceder y confesar tal cosa quizá lograra el efecto contrario. Es muy probable que garantizara su encarcelación para el resto de sus días..., y también para el resto de los míos. A eso no podía arriesgarme, y se lo intenté explicar, pero él amenazó mi integridad física y me vi obligado a marcharme... ¡Pobre criatura atormentada! ¡Perdóname, V., perdóname! ¡No eres el primero que paga por los pecados de otro! Perdona mi falta, que, me temo, no es la primera ni la última de muchas. Volveremos a vernos el día del Juicio Final. Responderé por lo que te he hecho... No puedo continuar... Se acerca la hora de las brujas, "cuando los camposantos dan bostezos y el propio infierno echa su vaho contagioso hacia el mundo".* Aunque me repugna hasta la médula, debo atender a la temida llamada. La

---

* Traducción de Tomás Segovia en: Shakespeare, William. *Obras completas II. Tragedias. Hamlet.* Acto III, escena II, pág. 365 (DeBolsillo, 2012). (*N. de la t.*)

campana suena, la hora llega, y hasta Cristo es objeto de burla...».

Warthrop dejó de leer y cerró el libro sobre su dedo. Algo oscuro surcó su magro rostro. Suspiró, levantó los ojos al techo y se rascó bajo la barbilla con cuidado.

—Sigue así. Más tonterías tediosas, más hurgar en la herida de la culpa y el arrepentimiento. En la plenitud de sus facultades, mi padre tenía pocos rivales, Will Henry. Lo único mayor que su intelecto era su incesante curiosidad, su implacable búsqueda del conocimiento y la verdad. Nuestra disciplina le debe mucho a sus años de juventud, pero, al envejecer, se hundió cada vez más en el pozo de la superstición y la culpa inútil. Murió asustado y ridículo, nada que ver con el científico brillante que llegó a ser; acabó consumido por el miedo, enloquecido por la culpa, sepultado en un arca de vergüenza ficticia. —Suspiró de nuevo, una exhalación más larga y triste—. Y murió completamente solo. Mi madre había sucumbido a la tisis veinte años antes; yo estaba en Praga; y, uno a uno, sus colegas lo habían ido abandonando a lo largo de los años, a medida que él se hundía en la senilidad decrépita y la manía religiosa. Regresé a América para arreglar sus asuntos y, durante ese viaje, descubrí esto —sostuvo el diario en alto—, un registro sorprendente del lento descenso de mi padre a la locura, lo que no es más que uno de muchos volúmenes, aunque este es el único que, por alguna razón que no logro desentrañar, decidió no destruir. Durante mucho tiempo me he preguntado por el significado de esta entrada en concreto, y hasta ahora no estaba del todo convencido de que, como muchas de las que la preceden y la siguen, no fueran los desvaríos de una mente antes aguda que se desmorona por culpa del arrepentimiento y de una enfermedad debilitante llamada *duda*.

»No vuelve a mencionar Dedham ni Motley Hill, ni a ese misterioso V. en este diario, y no he leído nada al respecto en sus tratados ni en sus informes a la Sociedad. —Cogió un periódico de lo alto de la pila que tenía ante él—. No he visto referencias en ninguna parte hasta hoy, aquí, en este periódico que poseo desde hace más de tres años. ¡Tres años, Will Henry! Y ahora temo que el pecado de mi padre haya acabado pesando sobre los hombros del hijo.

Dejó caer el periódico en la pila y se presionó los ojos con los nudillos.

—Si es que puede llamarse pecado —murmuró—. ¡Un concepto ajeno a la ciencia, aunque no tanto a los científicos! Porque esta es la pregunta esencial y... científica, Will Henry: ¿cuántos *Anthropophagi* inmigraron a estas costas? La respuesta es la clave de todo, puesto que sin ella no sabemos cuántos hay ahora, no solo en Nueva Jerusalén, sino en toda Nueva Inglaterra. La plaga podría ser más extensa de lo que indica nuestro encuentro en el cementerio.

Examinó el mapa unos segundos más; después le dio la espalda a la mesa a toda velocidad, propinándole una patada al viejo baúl, como si percibiera los ojos de Medusa en las líneas que había trazado, en el artículo olvidado durante tres años, en la atormentada caligrafía de un hombre muerto un otoño tiempo atrás, y eso lo obligara a volver la vista para no acabar convertido en piedra.

—Se hace tarde —dijo el monstrumólogo—. No tenemos más de dos, o quizá tres, días antes de que ataquen de nuevo. Vete ya, Will Henry, deprisa, y envía las cartas. No te detengas por nada ni por nadie. Directo al correo y de vuelta a casa. Esta noche partimos hacia Dedham.

CINCO

«A veces me siento bastante solo»

Menos de una hora después, tras seguir sus instrucciones al pie de la letra (derecho a la oficina de correos y de vuelta a casa, sin hacer paradas por el camino, aunque mi ruta me llevara por delante de la panadería, donde el aroma de las madalenas y el pan fresco me tentó con su suculencia), regresé a la casa de Harrington Lane y fui directamente a la biblioteca, esperando encontrar allí a mi señor, pero no estaba. Allí seguían la mesa cubierta de sus papeles, el baúl volcado con la tapa abierta como un bostezo y su contenido tirado por el suelo (los regurgitados efluvios de la vida de su padre), y la cabeza reducida de lado, con la boca abierta para siempre en el apogeo de un grito..., pero no Pellinore Warthrop. Había entrado por la puerta de atrás, a través de la cocina, y no lo había visto. Regresé a la cocina, vacilé en la puerta entreabierta del sótano, pero no había luces encendidas abajo ni se oía nada procedente de sus entrañas. Por si acaso, lo llamé en voz baja. Nadie respondió. Quizá se hubiera dejado llevar por el agotamiento profundo que padecía su ayudante y estuviera tumbado en la cama, aunque tal posibilidad parecía remota. Como he dicho, el doctor, cuando entraba en acción, o no estaba dispuesto o era incapaz de satisfacer las necesidades humanas normales de descanso y sustento. Vivía gracias a una insospechada reserva oculta para el observador casual de su figura, delgada y angulosa. No obstante, subí las escaleras para mirar en su dormitorio. La cama estaba vacía.

Al recordar mi miedo irracional a los escalones del sótano (¿había sobrevivido una cría del monstruo que colgaba del techo?), regresé abajo a toda prisa, a la puerta entreabierta, y volví a llamarle.

—¿Doctor Warthrop? Doctor Warthrop, señor, ¿está usted ahí abajo?

Silencio. Me volví, troté por el pasillo y dejé atrás la biblioteca para entrar en el estudio. Aquel retiro favorito en tiempos de crisis también estaba vacío, al igual que la sala de estar y las demás habitaciones de la planta principal. De haber salido de casa, seguro que me habría dejado una nota que explicara su ausencia. Regresé a la biblioteca. Mientras me encontraba junto a su mesa de trabajo, mis ojos dieron con el artículo que había señalado, el mismo que había despertado su notable memoria («¡Sabía que lo había visto antes!»), y lo cogí para leerlo:

EL CAPITÁN VARNER REGRESA AL PSIQUIÁTRICO

Ayer, tras casi veinte años exactos de reclusión, el tribunal general de apelaciones tomó una decisión en la última sesión de la petición de clemencia del capitán Hezekiah Varner. El capitán Varner fue condenado en marzo de 1865 por romper el bloqueo y negligencia en alta mar cuando su barco, el carguero Feronia, se fue a pique en la costa, cerca de Swampscott. En su juicio original, el capitán Varner testificó que lo habían contratado unos simpatizantes de los confederados para suministrar a la rebelión «mercancías y enseres», y que tanto su cargamento como su tripulación habían sido víctimas de unas «criaturas que no eran de este mundo, sino que procedían de las entrañas del infierno». En su audiencia, el capitán Varner, que ahora tiene setenta y dos años y no goza de buena salud, se representó a sí mismo, repudió su anterior testimonio y afirmó que los dos días perdido en el mar después de abandonar su barco le habían provocado un grave caso de insolación. El capitán Varner no presentó testigos a su favor. El doctor J. E. Starr habló por el Estado y afirmó que, en su opinión, el capitán no estaba en pleno uso de sus facultades mentales. «Estaba loco hace veinte años y sigue loco hoy», dijo el doctor Starr. Tras el veredicto del tribunal, el capitán Varner fue trasladado de nuevo al psiquiátrico de Motley Hill, la institución privada del doctor Starr, en Dedham, donde ha estado confinado desde que se celebró el juicio original.

«Criaturas que no eran de este mundo, sino que procedían de las entrañas del infierno». Pensé en la bestia que colgaba de un gancho en el cuarto que tenía debajo de mí; en el brazo pálido y musculoso que atravesó la tierra suelta de la tumba de Eliza Bunton; en el nauseabundo sonido de sus uñas al atravesar la pierna del anciano; en la masa de enfermiza piel blanca, en los relucientes ojos negros y en las bocas babeantes repletas de dientes triangulares que brillaban a la luz de las estrellas de abril; en las enormes monstruosidades acéfalas que brotaban de las sombras, y corrían y saltaban con grandes zancadas; en el cadáver de Eliza Bunton desmembrado y en su cabeza dentro de la boca de una criatura que cualquier persona racional consideraría salida del infierno. Tras leer el artículo y escuchar la críptica entrada del diario, no me cabía duda de que el doctor Warthrop acertaba en su análisis: este capitán Varner (V., como lo había llamado su padre) se había encontrado con los *Anthropophagi*. Pero ¡hacía veintitrés años! ¿Cómo habían logrado sobrevivir aquellos depredadores tan extraños y aterradores (por no hablar de crecer y reproducirse) tanto tiempo sin que nadie los detectara?

Sumido en mis cábalas, no oí que se cerraba la puerta de atrás ni los pasos del monstrumólogo al acercarse a la habitación. No fui consciente de su regreso hasta que apareció en la puerta con las mejillas enrojecidas, el cabello pegado a la cabeza por la tierra y la suciedad, los zapatos cubiertos de barro y un viejo sombrero de paja en la mano. Reconocí el sombrero: me lo había puesto en la cabeza un anciano cuyos sesos me había limpiado del pelo unas horas atrás.

—Will Henry —dijo el doctor en voz baja—, ¿qué haces?

El rubor me acudió a las mejillas antes de responder:

—Nada, señor.

—Eso es evidente —contestó, seco—. ¿Has enviado las cartas?

—Sí, señor.

—¿Directo a la oficina de correos y después derecho a casa?

—Sí, señor.

—¿Y no has hablado con nadie?

—Solo con el jefe de correos, señor.

—¿Y has enviado ambas misivas por correo urgente?

—Sí, señor.

Asintió. Guardó silencio un instante, como si hubiera perdido el hilo. Tenía la mirada desenfocada y, aunque estaba inmóvil, la inquietud le rebosaba por los poros. Me fijé que en la otra mano llevaba un trozo de tela sucia que en un primer momento tomé por un trapo, hasta que me di cuenta de que era un jirón del vestido de Eliza Bunton.

—¿Y qué haces ahora? —preguntó.

—Nada, señor.

—Sí, sí. Eso ya me lo has dicho, Will Henry.

—No sabía dónde estaba usted, así que...

—Así que no hacías nada.

—Lo buscaba.

—¿Y quizá se te ocurrió que me había refugiado dentro del baúl de mi padre?

—Pensé que quizás hubiera dejado una nota.

—¿Por qué iba a hacer tal cosa?

La idea de que me debiera una explicación sobre su paradero le era completamente ajena.

—¿Ha ido al cementerio? —pregunté.

Mejor cambiar de tema, pensé. Su genio podía ser terrible, y sabía que estaba angustiado.

Mi treta funcionó, ya que asintió y dijo:

—Había al menos dos docenas de huellas distintas. Suponiendo que tengan a cuatro o cinco crías sin madurar recluidas en su madriguera, un total de treinta o treinta y cinco. Un número alarmante y extraordinario, Will Henry.

Verle el sombrero en la mano me recordó al mío, mi única posesión, que se había perdido en nuestra loca huida de la noche anterior. ¿Me atrevería a preguntarle si lo había encontrado? Vio que lo miraba y dijo:

—Lo he limpiado todo lo mejor que he podido. He rellenado su tumba. He recuperado casi todos nuestros suministros y he desperdigado los fragmentos del carro por el bosque. Con un poco de suerte, quizá terminemos con esto antes de que nos descubran.

Habría preguntado por qué era preferible que no nos descubrieran, pero su forma de actuar indicaba que la respuesta era obvia. Ahora sospecho que tenía más que ver con el descubrimiento de la posible implicación de su padre que con el peligro de desatar el pánico. Al doctor le preocupaba más la reputación de su padre (y, por extensión, la suya) que la seguridad de los demás.

Quizá lo juzgué con dureza. Quizá creyera que el precio del descubrimiento excedía con creces las ventajas de advertir a la ciudad antes de que los monstruos atacaran de nuevo. Quizás. Aunque, tras muchos años para meditar sobre el asunto, lo dudo. El ego del monstrumólogo, como ya he mencionado, no parecía tener límites, al igual que el inconmensurable universo. Incluso durante los periodos de intensa melancolía a los que era proclive, nada le importaba más que su percepción de sí mismo, que su valía como científico y su lugar en la historia. Sentir lástima de uno mismo no es más que egocentrismo sin diluir: egolatría en estado puro.

—Voy a subir a lavarme —siguió diciendo—. Guárdalo todo en el baúl, Will Henry, y déjalo donde estaba. Ensilla los caballos y prepárate algo de comer. Espabila.

Empezó a alejarse por el pasillo, recordó algo, se volvió, y lanzó el viejo sombrero y la tela ensangrentada hacia el cuarto.

—Y quema esto.

—¿Que lo queme?

—Sí.

Vaciló un instante, y después entró en la habitación y

recogió el diario de su padre de la mesa. Me lo colocó en la mano.

—Y esto, Will Henry. Quema esto también.

Así lo hice, junto con el jirón ensangrentado del vestido con el que enterraron a la muchacha y el viejo sombrero de paja, y me quedé acuclillado un momento frente a las crepitantes llamas de la chimenea de la biblioteca para sentir su calor en las rodillas y las mejillas, la punta de la nariz y la frente, tirante a causa del intenso calor, como si me retiraran la piel del cráneo. Después del incendio que acabó con las vidas de mis padres, me pasé varios días creyendo oler el humo en mi pelo y en mi piel. Me restregué con jabón de sosa hasta que la carne se me quedó roja y despellejada. Tenía la sensación de que el humo me envolvía como un paño mortuorio, y así transcurrieron semanas hasta que por fin dejé de sentirlo. Sin embargo, durante esas pocas semanas, estoy seguro de que fui el niño de doce años más limpio de toda Nueva Inglaterra.

Aunque estaba exhausto y hambriento, también estaba decidido a ordenar la biblioteca antes de dirigirme a la cocina a preparar la comida. Enderecé el viejo baúl, en el que solo quedaban una docena de cartas dentro de sus sobres. La curiosidad me pudo, porque en una vi su nombre en la dirección del remitente: «Sr. Pellinore Warthrop». Dirigida al Dr. A. F. Warthrop del 425 de Harrington Lane, el matasellos de la carta era de Londres, en Inglaterra. Estaba claro que la letra era del doctor, aunque mucho más cuidada que los ejemplos que yo había visto, como si se hubiera realizado un esfuerzo consciente por resultar legible. El lacre original estaba intacto, igual que el del resto de las cartas que examiné, un total de quince, todas con el mismo remite. Tras viajar grandes distancias, aquellas cartas de un hijo a su padre se habían metido en un viejo baúl y guardado en un rincón oscuro y húmedo. ¡Ay, Warthrop! ¡Ay, humanidad! ¿Lo sabría? Había leído el diario, lo recordaba lo bastante bien como para encontrar la entrada en la que se mencionaba al capitán Varner; al hacer inventario de la vieja caja, ¿se habría percatado alguna vez de que las cartas nunca llegaron a abrirse? ¿Notaría si ahora se abría una?

Era una impertinencia, una desobediencia, una atroz invasión de su intimidad. ¿Debería? ¿Me atrevería? Miré hacia la puerta y contuve el aliento. No se oía más que el tictac del reloj de la chimenea y el rugido de la sangre en mis oídos. Aquel hombre con el que compartía todos mis momentos de vigilia y a cuya vida estaba inextricablemente unida la mía seguía siendo un misterio para mí. No sabía casi nada sobre él y nada sobre su pasado. La carta que tenía en la mano contendría pistas, sin duda. «Ahora o nunca, Will Henry —me dije—. Suéltala o ábrela... ¡Ahora o nunca!».

La abrí.

El sobre contenía un único folio redactado por la misma mano que había escrito la dirección en el sobre. Con fecha del 14 de marzo de 1865, decía:

Querido padre:

Como ya han pasado casi tres semanas desde mi última carta, he pensado que debía escribirle de nuevo para que supiera que he dedicado a mi hogar los pensamientos que se merece. No ha sucedido nada digno de mención desde mi última misiva, salvo que he sufrido un catarro bastante grave con fiebre, tos, etcétera, aunque le agradará saber que no he perdido ni un solo día de clase. El director dice que está muy satisfecho con mi evolución y que pretende enviarle a usted una nota personal sobre mi adaptación a la escuela, etcétera. Por favor, léala y, si no es mucha molestia, tenga la gentileza de contestar. Le tiene en un pedestal, igual que yo y todos los que lo conocen, por supuesto.

Ojalá me escribiera. Cada semana llegan cartas de América, y las espero con el resto de mis compañeros de clase, pero nunca dicen mi nombre. No me quejo, padre, y espero que no se lo tome como una torpe confesión de que sí. A veces me siento solo y no del todo como en casa. Cuando no estoy en clase, lo más habitual es que me quede en mi cuarto y, a veces, como hoy, cuando hace frío y está nublado, cuando el cielo se niega a llover o a nevar pero insiste en permanecer gris, como si una mortaja cubriera el mundo, me siento muy solo. Una carta suya iluminaría la penumbra porque, como ya sabe, tiendo a padecer la melancolía típica de nuestra familia. Sé que está muy ocupado con su investigación y sus viajes. Me imagino mis cartas acumuladas en la entrada, a la espera de su regreso. Y, por supuesto, me preocupa que pueda haberle ocurrido algo y nadie se haya molestado en informarme. Si recibe esto, ¿podría dedicar un momento a escribirme un par de líneas? Significaría mucho para mí Se despide atentamente.

Su hijo,

Pellinore.

Oí el crujido de las tablas del suelo de arriba. Plegué la carta a toda prisa, la metí en su sobre y apreté con el pulgar el sello de cera, aunque se trataba de un acto desesperado, puesto que estaba tan duro como un clavo después de veintitrés años. La solapa se abrió de golpe un centímetro. Dejé caer el sobre en el baúl y desperdigué algunos de sus compañeros intactos sobre él.

«Significaría mucho para mí». Al parecer, no para su padre. Lo que el hijo escribió, el padre desatendió. ¿Estaría de verdad inmerso en alguna aventura durante el tiempo en que Warthrop residía en Londres, un niño más o menos de mi edad, solitario y alejado de su entorno, deseando saber de su lejano hogar? De ser así, ¿por qué Warthrop padre no había abierto esas cartas a su regreso? ¿Por qué las había guardado, si no le importaba su hijo? No se me escapaba la ironía de que, al abrir la carta en busca de pistas, no había conseguido más que aumentar el misterio que pretendía resolver.

No obstante, la lectura de la carta había servido para algo. Como suele ser el caso, lo que buscamos no es siempre lo que encontramos: lo veía con claridad en mi imaginación, acurrucado sobre su catre, con su camisón, escribiendo la carta en pleno estado febril, entre ataques de tos; un niño no muy distinto a mí, apartado de su familia y de sus amigos, sin nada ni nadie que lo consolara. Por primera vez sentí algo aparte de asombro y miedo por el monstrumólogo. Por primera vez, sentí lástima. Me dolía el corazón al pensar en el niñito enfermo que se encontraba tan lejos de casa.

Mis sentimientos durarían poco. Apenas había ocultado la misiva agraviada cuando el doctor bajó corriendo las escaleras y entró en el cuarto.

—¡Will Henry! ¿Qué estás haciendo?

—Nada... Nada, señor —tartamudeé.

—¡Nada! ¡De nuevo me respondes que nada cuando te pregunto por lo que haces! Parece ser tu principal ocupación, Will Henry.

—Sí, señor. ¡Quiero decir, no, señor! Lo siento, señor. Lo dejaré.

—¿Dejar el qué?

—De hacer nada.

—Si cada vez que te pido que hagas algo decides hacer lo contrario, no me sirves para nada, Will Henry. ¡Espabila! Son tres horas de duro viaje a caballo hasta Dedham.

En vez de esperar a mi respuesta, salió disparado por el pasillo en dirección a la cocina. Oí que se cerraba la puerta del sótano. Con el rostro ardiendo tras haber estado a punto de ser descubierto, me apresuré a terminar; metí los distintos recuerdos y curiosidades en el baúl, y me prohibí mi aprensión natural para recoger del suelo la cabeza reducida, sin vacilar. Era más ligera de lo que suponía. Me pregunté por la historia de aquella pobre criatura de origen indeterminado. ¿Sería otro regalo a Warthrop padre de un jefe tribal salvaje con el que había trabado amistad en sus viajes o existiría una conexión personal? Era imposible saber su sexo y su edad, y el proceso y el paso del tiempo habían borrado también su raza; el tiempo, lo que nos hace a todos iguales y se burla de nuestras distinciones pasajeras de rey y siervo, de hombre y mujer, de héroe, truhan e idiota. ¡De vuelta a la caja, anónimo Yorick, con tus ojos suturados y tu grito eterno! La humillación de tu confinamiento no es peor que la nuestra.

Lancé la cabeza al interior del baúl, donde rebotó contra un lateral antes de caer rodando de lado y acabar sobre los demás recuerdos. La fuerza del impacto debió de desencajar el objeto introducido en el hueco de su diminuto cráneo, puesto que vi asomar por el cuello un trozo de tela rojo chillón. Saqué de nuevo la cabeza, agarré el extremo de la tela y tiré de ella hasta que el objeto del otro extremo salió de su cadavérico capullo. Era una llave; no sabía lo que abriría, pero era demasiado grande para tratarse de un baúl o una puerta.

—¡Will Henry! —me gritó el doctor desde los escalones del sótano.

Dejé de nuevo la cabeza en la caja y me guardé la llave en el bolsillo. Decidí enseñársela después. El doctor había hecho inventario del contenido del baúl, así que quizá supiera de la existencia de la llave dentro de la cabeza hueca.

—¡Caballos, Will Henry! ¡Comida, Will Henry!

Mi descenso al laboratorio no tuvo nada que ver con el terror de mi anterior expedición, ya que las luces brillaban abajo y Warthrop estaba dentro, de pie ante el cadáver colgado del *Anthropophagus* macho. No se volvió hacia mí cuando bajé las escaleras con mi carga, sino que siguió dándome la espalda, con los brazos cruzados y la cabeza ladeada, observando a la bestia. Empujé el baúl de su padre bajo las escaleras y me acerqué a él, algo jadeante.

—Doctor —lo llamé en voz baja—, ¿qué quiere comer? No se volvió. Levantó la mano derecha y agitó el aire con las puntas de los dedos en un gesto de desdén, sin decir palabra. Pensé mencionar la llave, pero decidí esperar a que mejorara su humor. Regresé arriba para arañar cualquier sustento disponible de nuestra empobrecida alacena. Estaba muerto de hambre.

Entró en la cocina media hora después y, a pesar de haberse lavado y cambiado al volver del cementerio, el hedor a muerte lo había impregnado y lo rodeaba como un empalagoso aerosol. Me vio sentado a la mesa, se fijó en el cuenco que tenía delante y después descubrió el gemelo del mío, colocado en el otro extremo, junto al que había dejado una servilleta cuidadosamente doblada y una cuchara limpia, además de la tetera y una taza de té cuyo vapor aromático brotaba de la superficie de ébano.

—¿Qué es esto? —preguntó.

—Sopa, señor.

—¿Sopa? —dijo como si jamás hubiera oído esa palabra.

—Sopa de patata.

—Sopa de patata —repitió.

—Sí, señor. He encontrado dos en buenas condiciones en la cesta, algunas zanahorias y una cebolla. No teníamos nata ni carne, así que he usado agua y harina para espesarla.

—Para espesarla.

—Sí, señor; harina, señor, para espesarla.

—Harina.

—No está mala. Pasé por la panadería de camino a la oficina de correos, pero me dijo que no me detuviera, así que no lo hice, y no tenemos pan para acompañar. Debería comer, señor.

—No tengo hambre.

—Pero me dijo que debíamos comer antes...

—Sé lo que dije —me interrumpió enfadado—. Hay pocas cosas más irritantes que repetirle a alguien sus palabras como si fuera un imbécil incapaz de recordarlas, Will Henry. Tú eres el que no recuerda lo que dije: que tú deberías comer algo antes de partir.

—Pero ya estoy comiendo algo, señor.

—¡Por Dios! —exclamó él—. ¿Es que eres corto de entendederas, William James Henry? ¿Sufres de algún defecto mental del que no soy consciente?

—No, señor; vamos, no lo creo. Solo he pensado que le apetecería un poco de sopa —respondí mientras me temblaba el labio inferior.

—Una conclusión basada en una premisa falsa. No tengo hambre.

Dejé caer la mirada: la intensidad de la suya era insoportable. Sus ojos oscuros brillaban con una furia insondable; todo su ser vibraba con ella. ¿A qué se debía? ¿Acaso percibía mi consideración como lo opuesto, como un acto consciente de desobediencia? O, al haber recordado la relación fría y tensa con su padre, ¿sería aquel pequeño acto de amabilidad y devoción como echar sal en una herida que, por ser su padre inalcanzable para siempre, jamás se curaría?

Aunque sobre mi cuerpo agachado y tembloroso se erguía un adulto en la plenitud de la vida, en mi cabeza veía al niño enfermo y solitario, a un extraño en tierra extraña que escribía al hombre cuya atención y afecto deseaba con desesperación, al hombre que recompensaría la devoción filial con la humillación última del rechazo paternal: cartas sin abrir y lanzadas en un viejo baúl, olvidadas. ¡Qué extraña maravilla, qué terrible tragedia las irónicas vueltas y revueltas que da la vida! A menudo obtenemos nuestra venganza mucho después de que se produzca el hecho, a costa de algún sustituto inocente, y repetimos los pecados de los que pecaron contra nosotros, perpetuando *ad infinitum* el dolor que nos infligieron. Su padre rechazó sus súplicas, así que él rechazaba las mías, y yo (en el giro más inesperado de todos) era él, el niño aislado y solitario que buscaba la aprobación y la aceptación de quien más le importaba. Aquello lo hería en su orgullo y redoblaba su rabia: rabia contra su padre por hacer caso omiso de sus necesidades y rabia contra mí simplemente por necesitar algo de él.

—Déjalo de una vez —gruñó—. Basta de lloriqueos insoportables. No te traje a esta casa para que fueras mi cocinero ni mi doncella, ni por otro motivo que no fuera la obligación que sentía para con tu padre por su abnegado servicio. Tienes potencial, Will Henry. Eres listo y curioso, cualidades indispensables para un ayudante y, quizás, un futuro científico, pero no te engañes pensando que para mí eres más que eso: un ayudante al que me veo forzado a aceptar por unas circunstancias desafortunadas. No has venido para mantenerme, sino para que te mantenga. Ahora termínate esa estupenda sopa de la que, por motivos inexplicables, estás tan orgulloso, y ve a la cochera a preparar los caballos. Saldremos al anochecer.

SEIS

«¿Qué pasa con las moscas?»

Aquella noche cabalgamos hasta Dedham, un viaje de tres horas por carreteras bastas y aisladas durante el que solo nos detuvimos una vez para que descansaran los caballos y otra vez, justo a la entrada de la ciudad, para introducirnos en silencio en el bosque y evitar que nos viera un carruaje que se acercaba. La noche era lo bastante fresca como para que el aliento del caballo brotara en forma de vaho cuando nos escondimos entre las profundas sombras de los árboles. El doctor esperó a que los cascos y el traqueteo de las ruedas de madera se alejaran antes de seguir nuestro camino. No frenamos hasta llegar a las primeras casas que ocupaban las afueras. Dentro de aquellas acogedoras casitas ardía la cálida luz de las lámparas, y me imaginé a las familias que descansaban dentro, disfrutando de la mutua compañía y compartiendo una noche de martes normal, con el padre junto al fuego y la madre con sus pequeños, sin preocuparse por monstruos que acechaban en la oscuridad, salvo en las mentes de los niños más imaginativos. El hombre que cabalgaba a mi lado no se engañaba con las ilusiones inocentes de los padres bienintencionados que, con voz tranquila y una caricia amable, apagaban las relucientes brasas de la feroz imaginación infantil. Él sabía la verdad. «Sí, mi querido niño —le diría, sin duda, a un niño pequeño aterrado y trémulo que buscara auxilio—, los monstruos son reales. De hecho, tengo uno colgado del techo de mi sótano».

No llevábamos mucho trecho recorrido de la calle principal de Dedham cuando Warthrop desvió su caballo por un camino estrecho que serpenteaba a través de un denso bosquecillo de álamos, al principio del cual se veía un cartelito discreto colgado de una pica de acero oxidado: «Psiquiátrico de Motley Hill». Los árboles, las enredaderas y las malas hierbas nos rodearon a medida que avanzábamos, ya más despacio, por una elevación del terreno. El bosque se cerraba a nuestro alrededor; el dosel arbóreo cada vez bajaba más y nos tapaba las estrellas, como si nos hubiéramos internado en un túnel oscuro y retorcido. No había más sonido que el rítmico golpeteo de los cascos en la tierra dura. No se oía el estridor de los grillos ni el croar de las ranas. Nada perturbaba el profundo y espeluznante silencio que, más que caer sobre nosotros durante aquel camino tenebroso, nos aplastaba la cabeza. Nuestros caballos se pusieron nerviosos, resoplaban y pisoteaban el suelo en su subida. El doctor parecía bastante tranquilo, pero a mí no me iba mucho mejor que a mi pequeña yegua, ya que ninguno de los dos dejaba de lanzar miradas nerviosas a la creciente negrura. El sendero (sería poco preciso seguir llamándolo *camino*) se allanó por fin; los árboles se retiraron y, con enorme alivio tanto de mi yegua como mío, salimos a una extensión de terreno que, aunque algo descuidada, estaba abierta e iluminada por la luna.

A unos cien metros de nosotros había una casa de estilo federal, blanca con contraventanas negras y enormes columnas que guardaban la fachada. Las ventanas estaban a oscuras y la propiedad tenía un aire de abandono, como si sus ocupantes hubiesen huido tiempo atrás a climas más propicios. Lo primero que pensé fue que debían de haber cerrado y abandonado el manicomio después del internamiento del capitán Varner, hacía tres años. Miré al doctor, que tenía los labios apretados y los ojos oscuros relucientes, como iluminados desde atrás.

—Will Henry —dijo en voz baja mientras cabalgábamos hacia la casa—, no debes hablar. No debes mirar a nadie a los ojos. Si alguien te habla, no digas nada. No les hagas caso. No te dirijas a ellos ni respondas. Ni siquiera un gesto de cabeza o un guiño. ¿Lo entiendes?

—Sí, señor.

Suspiró.

—Creo que preferiría enfrentarme a una docena de *Anthropophagi* antes que a las desdichadas almas recluidas entre esas cuatro paredes.

Al examinarla mejor, me di cuenta de que la casa era

un par de tonos más cercana al gris que al blanco; había sido blanca muchas estaciones antes, pero la pintura se había descolorido y pelado. Largas tiras de ella colgaban de las tablas desnudas y cubiertas de moho. Las ventanas llevaban meses sin limpiarse. Unas telarañas temblorosas se pegaban a sus rincones. De haber tenido una mente más orientada hacia lo metafísico, habría dado por hecho que la casa estaba encantada, pero, como el monstrumólogo, rechazaba la idea de que existieran posesiones y demás fenómenos sobrenaturales. Sin duda, más cosas hay en el cielo y en la tierra que las que se sueñan en nuestra filosofía, pero esas cosas eran, como los *Anthropophagi*, muy físicas, del todo naturales, capaces de satisfacer más que de sobra nuestra curiosa y siempre desconcertante necesidad de dar con un horror con intenciones malignas.

El doctor llamó con brío a la puerta usando el pomo de su bastón, una exquisita gárgola de jade en pleno rugido. No hubo respuesta inmediata. Warthrop llamó de nuevo, tres golpes cortos, una pausa, después tres más: toc-toc-toc, toc-toc-toc.

Silencio, salvo por el viento que susurraba entre los árboles y el traqueteo seco de las últimas hojas del otoño que correteaban por los viejos tablones del porche combado. El doctor apoyó las manos en su bastón y esperó con la paciencia de Buda.

—Está abandonada —susurré algo aliviado.

—No, es que no esperaban nuestra visita.

Al otro lado de la puerta oí unos pies que se arrastraban con dificultad, como si alguien muy viejo o rengo fuera a atender la insistente llamada del doctor. Oí también el fuerte chirrido metálico y el gruñido de varios cerrojos al correrse, y entonces la puerta se abrió una rendija, la titilante luz de una llama inundó el porche y, de pie en la puerta entreabierta, vimos a una mujer arrugada vestida de negro, con la lámpara agarrada entre sus abultados nudillos y sostenida en alto para iluminarnos las caras.

—¡No se aceptan visitas después de las nueve! —graznó la anciana desdentada.

—No se trata de una visita de cortesía —repuso Warthrop.

—¡No se aceptan visitas después de las nueve! —repitió ella alzando la voz, como si el doctor fuera duro de oído—. ¡Sin excepciones!

—Quizá puedan hacer una en mi caso —insistió con calma el doctor, y le enseñó su tarjeta—. Dígale al doctor Starr que Pellinore Warthrop ha venido a verlo.

—El doctor Starr se ha retirado a descansar y ha dado órdenes estrictas de no molestarlo.

—Mi buena señora, le aseguro que al doctor no le gustaría que nos impidiera la entrada.

—El doctor está dormido.

—¡Pues despiértelo! —gritó Warthrop, que ya había perdido la paciencia—. Mi misión es de extrema urgencia.

La mujer examinó la tarjeta con los ojos entornados, casi desaparecidos entre la plétora de carne que los rodeaba.

—Doctor Warthrop —leyó—. ¡Ja! Sé que el doctor Warthrop está muerto. Usted es un impostor.

—No, soy su hijo.

La anciana movió los labios un momento, sin hablar, y los viejos ojos volaron varias veces entre la tarjeta y el rostro del doctor.

—Nunca mencionó que tuviera un hijo —dijo al fin.

—Estoy seguro de que no mencionó muchas cosas de carácter personal —respondió Warthrop, seco—. Como ya he dicho, vengo por un asunto de suma importancia, así que, si no es molestia, le agradecería que informara a su empleador de mi presencia a la mayor celeridad que le permitan sus avanzados años, y que lo avise de mi urgencia por hablar con él, a ser posible antes de que despunte el alba.

Ella nos cerró la puerta en las narices. El doctor dejó escapar un suspiro exagerado. Los segundos se transformaron en minutos, pero él no se movió, sino que permaneció allí cual estatua, apoyado en su bastón, con la cabeza gacha y los ojos entornados, como si pretendiera conservar su energía y recuperar la calma antes de la inminente tormenta.

—¿Volverá? —pregunté cuando ya no lo soportaba más. Me daba la impresión de haber estado esperando en el porche durante varias horas. Al ver que no respondía, insistí—: ¿Volverá?

—No ha corrido los cerrojos. Por lo tanto, tengo esperanzas.

Por fin oímos pasos apresurados acercándose a la puerta, que se abrió de golpe y nos permitió contemplar a un anciano, aunque no tan vetusto como la arpía que permanecía algo por detrás de él. Se había vestido a toda prisa con una bata polvorienta encima del camisón, pero no se había molestado en solucionar el asunto del cabello apelmazado por la almohada: los escasos mechones de pelo blanco le colgaban casi hasta los hombros como una cortina diáfana que le tapaba las enormes orejas y le dejaba al aire el moteado cuero cabelludo. Su nariz era larga y afilada; sus legañosos ojos azules, pequeños; y su barbilla, floja y con barba de tres días.

—Doctor Starr —dijo el monstrumólogo—, me llamo Pellinore Warthrop. Creo que conocía a mi padre.

—Es un caso lamentable —dijo el anciano mientras bajaba la taza con mano trémula. La porcelana tintineó, y una lágrima de té marrón surcó el lateral del recipiente—. Tu padre sentía un interés especial por él.

—No solo mi padre.

Estábamos sentados en el pequeño salón cercano al vestíbulo de entrada. La sala estaba como el resto de la casa: helada, mal iluminada y mal ventilada. Un extraño olor empalagoso flotaba en el aire. Me había fijado en él al entrar, en eso y en el ruido vago y amortiguado de gente oculta en alguna parte de la vieja casa envuelta en sombras: gemidos, toses, gritos, chillidos de desesperación, bramidos de rabia, llantos de miedo y, en contrapunto con esa cacofonía, carcajadas histéricas de risa aguda. Tanto mi señor como el doctor Starr hicieron caso omiso del alboroto entre bambalinas, salvo por el detalle de elevar algo más la voz. Yo, por el contrario, estaba nervioso hasta el punto de distraerme y me vi obligado a recurrir a mis últimas reservas de fortaleza estoica para no preguntarle al doctor si podía esperar fuera, con los caballos.

—Así que también se dedica a la extraña profesión de su padre —se aventuró a conjeturar el alienista—. Seré sincero con usted, doctor Warthrop: hasta esta noche ni siquiera sabía que tuviera un hijo.

—Mi padre era un hombre extremadamente reservado —repuso el doctor—. La intimidad humana le parecía... de mal gusto. Yo era su único hijo y apenas lo conocía.

—Como a menudo ocurre en los hombres como su padre. Su trabajo lo era todo para él.

—Siempre he supuesto que se debía más al hecho de que yo no le gustaba.

El doctor Starr se rio, y algo se agitó dentro de su pecho.

—Perdóneme —dijo, y sacó un pañuelo blanco manchado, en el que escupió una copiosa cantidad de flema. Después se lo acercó a pocos centímetros de los ojos legañosos y examinó con atención el contenido. Miró al doctor y le ofreció una sonrisa triste—. Mis disculpas, doctor Warthrop. Me temo que me estoy muriendo.

—¿Cuál es el diagnóstico? —preguntó Warthrop con educación. En aquel momento era un modelo de paciencia, aunque daba rápidos toquecitos con el pie en la moqueta desgastada.

—No lo hay. No he dicho que me esté muriendo, sino que temo estarlo.

—Un temor al que todos somos susceptibles de cuando en cuando.

—En mi caso es una constante. Pero mi reticencia a pedir un diagnóstico aumenta en proporción directa al miedo.

—Interesante —respondió el doctor, no muy convencido.

—A diferencia de su padre y, por lo que veo, de su hijo, no tengo a nadie que recoja el testigo cuando ya no esté.

—Will Henry no es mi hijo.

—¿No?

—Es mi ayudante.

—¡Su ayudante! Es bastante joven para un puesto tan importante, ¿no?

Los débiles ojos del alienista cayeron sobre mí, y yo aparté la mirada de inmediato mientras las palabras del doctor resonaban en mis oídos: «No debes mirar a nadie a los ojos. Si alguien te habla, no digas nada».

—Me vi obligado a ocuparme de él tras la desafortunada muerte de sus padres.

—Ah, un caso de caridad.

—En absoluto. Puede que sea joven, pero el chico tiene potencial.

—Te acompaño en el sentimiento —me dijo el doctor Starr, pero me negué a levantar la cabeza, y ni siquiera asentí para agradecer su pésame. «No les hagas caso», me había advertido el doctor, y no había hecho excepción con el propietario del psiquiátrico de Motley Hill.

—Bueno, Warthrop —continuó Starr—. Desea hablar con el capitán Varner.

—No me atrevería a solicitarlo si el asunto no fuera absolutamente necesario.

—¡No me cabe duda de que solo una emergencia lo traería hasta aquí a estas horas sin invitación y sin avisar! El paciente no ha guardado en secreto durante todos estos años su extraña historia de canibalismo y asesinato. De haberlo hecho, quizá ya fuera un hombre libre... o muerto, porque no me cabe duda de que lo habrían ejecutado tras condenarlo.

—Mi padre nunca me habló del caso —dijo el monstrumólogo—. Me tropecé con él por una mención en sus papeles privados.

—Y la curiosidad lo ha traído hasta mi puerta.

—Una curiosidad singular —respondió el doctor con precaución.

—¡Me lo imagino, mi querido doctor Warthrop! ¡Una curiosidad singular, sin duda! —Su frágil figura volvió a estremecerse con un ataque de tos que duró un minuto largo. Repitió el ritual de sacar el pañuelo mugriento y depositar los efluvios en sus apestosos pliegues—. Pero ni el más permisivo de los lingüistas calificaría una curiosidad, por muy intensa o singular que fuera, de necesidad o, como se la describió a la señora Bratton, «un asunto de suma importancia».

—Al parecer, mi padre creía en la veracidad de sus afirmaciones.

—Bueno, dada su profesión, no me extraña.

—Hasta el punto de sentir el impulso de venir hasta aquí, como yo esta noche. Sé que el paciente es anciano y no goza de buena salud...

—Así que ha cabalgado durante tres horas desde Nueva Jerusalén sin hacer primero las indagaciones oportunas porque sintió el impulso de venir hasta aquí... ¿Por qué, en concreto?

—Como le he dicho —contestó el doctor con precaución—, el estado de Varner, la avanzada edad del caso y los demás factores pertinentes me impulsaron a...

—¡Ah, eso! «Los demás factores pertinentes». Eso es lo que despierta mi curiosidad, doctor Warthrop. Dígame, se lo suplico, ¿de qué «factores pertinentes» se trata?

El doctor respiró hondo, se enderezó en la silla y dijo con voz tensa:

—Las circunstancias me impiden responder.

—En tal caso, perdóneme, pero las circunstancias me obligan a decirlo —repuso el doctor Starr, sarcástico—. *Anthropophagi. Anthropophagi*, ¿verdad? ¿Creía que no había oído hablar de ellos? El viejo lobo de mar le ha contado la historia a todo el que estuviera dispuesto a escucharla... ¡y al que no! No soy un ignorante, Warthrop; he leído a Shakespeare: «Los antropófagos, y de hombres cuyas cabezas / bajo los hombros crecen». Sí, ¡sé muy bien lo que lo ha traído hasta mi puerta!

—Muy bien, pues —repuso el monstrumólogo con calma—. ¿Puedo verlo ya?

El doctor Starr lanzó una mirada hacia la puerta del salón y después volvió a concentrarse en el doctor:

—Tal como había supuesto usted, se trata de un hombre muy anciano y con una salud aún más endeble que la mía. Puede que yo tema estar muriéndome, pero el capitán Varner se muere de verdad. Y, por desgracia, su mente también está bastante deteriorada. Su visita ha sido en vano, doctor Warthrop.

—¿Se niega a permitirme verlo? —preguntó Warthrop, a punto de perder la paciencia—. Solo he venido para aclarar algunas cuestiones sin resolver sobre un antiguo caso de mi padre, pero no tengo problema en dejarlas sin resolver. No siento tanto interés por ello.

—No es la impresión que le dio a mi ama de llaves, ni la que me ha dado a mí, doctor.

—Eso no me incumbe —gruñó el doctor, que se levantó con los hombros rectos y las manos cerradas en puños y pegadas a los costados—. Vamos, Will Henry. Perdemos el tiempo.

—No pretendía darle esa idea —dijo Starr con una sonrisa astuta—. Solo señalaba que su tiempo y el interés de la ciencia quizá se vieran mejor recompensados si hablara conmigo sobre el caso. El capitán Varner, como sabe, lleva veintitrés años a mi cuidado. He oído su historia cientos de veces y dudo que quede algún detalle que no conozca tan bien como él. Me atrevería a decir que, de hecho, algunos los conozco mejor, dado el deterioro de sus facultades.

—Desearía oírlo de boca del capitán.

—¿A pesar de que ya le he avisado de su escasa lucidez?

—Prefiero juzgar eso yo mismo.

—Sin duda es usted un tipo muy culto, Warthrop: doctor en psicología, además de doctor en... ¿Cómo se llama esa supuesta ciencia suya? Ah, sí, monstrumología.

El doctor no respondió. En la tensión de aquella cargada espera, temí que perdiera el control, cruzara la habitación de un salto y estrangulara al anciano. El vetusto alienista no conocía a Warthrop tan bien como yo: aunque, aparentemente, el doctor parecía tranquilo y sereno, dentro de él ardía un fuego tan caliente como el sol, y solo a través del esfuerzo supremo de su inestimable voluntad era capaz de contenerlo.

Starr miró de nuevo hacia la puerta, como si esperase algo. Después siguió hablando, todavía con la misma sonrisa sigilosa.

—No pretendo ofenderlo, Warthrop. Mi área de especialidad está tan mal considerada como la suya. No deseo burlarme ni ridiculizar la obra de su vida, porque, al menos en un sentido, imita a la mía: nos hemos dedicado a perseguir fantasmas. La diferencia estriba en la naturaleza de esos fantasmas. Los míos existen entre las orejas de los hombres; los de usted, solo entre las suyas.

Llegados a ese punto, esperaba que el doctor invitara a Starr a Nueva Jerusalén para que viera con sus propios ojos lo fantasmagórica que era la naturaleza de su trabajo. Pero se mordió la lengua y miró también hacia la puerta. Ambos parecían esperar algo.

—Es una vida difícil y solitaria —susurró el viejo, que suavizó un poco el tono—. Los dos somos voces que gritan en el desierto. Durante cincuenta años he proporcionado un servicio de incalculable valor a mis congéneres. Me he sacrificado, he subsistido gracias a donaciones exiguas y ayudas filantrópicas. Podría haber aceptado un puesto más seguro y lucrativo en una universidad, pero dediqué mi vida a asistir a los pobres desgraciados que el destino y las circunstancias han empujado hasta mis orillas. No se equivoque, no me quejo, pero es difícil. ¡Muy difícil!

Comprobé con sorpresa que su amplia sonrisa desaparecía; después empezó a temblarle el labio y una lágrima solitaria le recorrió la curtida mejilla.

—¡Y así termino mis días! —exclamó en voz baja—. Convertido en un desdichado indigente sin tan siquiera lo justo para cubrir los gastos de su funeral. Me ha preguntado por el diagnóstico de mi enfermedad, y le he ofrecido una respuesta sincera: no lo hay, ya que no puedo permitirme los honorarios de un médico. Yo, que también soy doctor, que he sacrificado mi bienestar en el altar del altruismo, me veo obligado a sufrir un final humillante porque me negué a adorar al becerro de oro. Ay, Warthrop, es una pena, ¡pero no pido nada! Este orgullo es mi perdición, ¡pero no renunciaré a él! No tengo pesares. Ni tampoco pulmones, pero prefiero morir honradamente pobre que vivir sin honra.

Otro estridente ataque de tos le sacudió el cuerpo, y se llevó las manos esqueléticas al pecho desplomado. Las mangas de la bata se le resbalaron de los hombros, lo que dejó al descubierto sus brazos huesudos. Pareció encoger ante nosotros, marchitarse hasta quedar convertido en una masa temblorosa de carne arrugada y descomunales dientes amarillentos.

El doctor no se movió. No habló. Se quedó mirando en silencio al anciano mientras este repetía el ritual del pañuelo, aunque los ojos volvían a parecer iluminados desde atrás, con el mismo fuego desconcertante que antes, y seguía apretando los puños junto a los costados.

Esperó hasta que Starr paró; después dio un paso adelante con mucha calma y dejó caer una moneda de oro al lado de su taza de té. Los ojos llorosos del viejo lanzaron una mirada rápida a la moneda y volvieron al doctor a la misma velocidad.

—No necesito su caridad, doctor Warthrop —graznó el cascarrabias—. Acaba de echar sal en la herida.

—No era mi intención, doctor Starr —contestó el doctor—. Es un préstamo que tendrá que devolverme. La única condición es que lo use para consultar a un médico.

A un lado y al otro volaron de nuevo los ojos.

—Mi única esperanza consiste en encontrar a un especialista.

Una segunda moneda se unió a la primera.

—En Boston.

Una tercera. Cuando Starr dejó de hablar, pero se le escapó un sonoro suspiro al oír el delicado tintineo del metal contra el metal, Warthrop añadió una cuarta moneda. El alienista tosió, y el consiguiente estertor de su pecho sonó como alubias chocando con las paredes de una calabaza hueca. Warthrop añadió una quinta moneda a la pila; Starr se sentó de golpe, dejó caer las manos junto a los costados y gritó con voz clara y alta:

—¡Señora Bratton! ¡Señora Braaatton!

La mujer apareció en la puerta al instante, la arpía irascible que nos había recibido en la puerta, como si hubiera esperado oculta en algún sitio esperando la llamada. Con ella entró el inconfundible aroma de la lejía.

—Acompañe al doctor Warthrop a la habitación del capitán Varner —le ordenó Starr, que no intentó unirse a nosotros, sino que se quedó en su silla, bebiéndose los restos de su té mientras sostenía la taza con una mano mucho más firme que la de hacía unos instantes. El oro que el doctor había soltado al lado del platillo le había infundido fuerzas.

—Sí, doctor —respondió la anciana—. Sígame —le dijo a Warthrop.

Cuando nos dirigíamos a la puerta, Starr añadió:

—Puede que lo mejor fuera que el chico se quedara aquí, conmigo.

—El chico es mi ayudante —le recordó con frialdad mi señor—. Sus servicios me son indispensables.

Después siguió a la anciana y no me ordenó que fuera con ellos ni miró atrás para comprobar si lo hacía; Warthrop sabía que lo haría.

Conducidos por la señora Bratton, vestida de negro y con aroma a cloro, subimos por la mal iluminada escalerita que llevaba a la planta superior. A medio camino, el doctor me murmuró al oído:

—Recuerda lo que te he dicho, Will Henry.

Conforme subíamos, aumentaba el volumen de los espeluznantes gritos y gemidos que parecían originarse en una región crepuscular, no del todo fantástica, tampoco humana. Una voz gutural se alzó por encima del barullo farfullando un monólogo furioso salpicado de obscenidades. Una mujer gritaba, desesperada, una y otra vez, el hombre de alguien llamado Hanna. Un hombre sollozaba sin parar. Como una corriente submarina bajo aquel mar alborotado de clamor incorpóreo, la risa frenética que llevaba oyendo desde que habíamos entrado en el manicomio. También ganaba fuerza a medida que subíamos el mismo olor empalagoso que había percibido en el salón de abajo, aunque, al intensificarse, su composición resultaba inconfundible: un popurrí nauseabundo de cuerpos sucios, orina y heces humanas.

A ambos lados del largo pasillo de la planta superior había unas pesadas puertas de madera, todas ellas con cerrojos de seguridad de hierro y candados del tamaño de mi puño, con una ranura de quince centímetros de ancho a la altura de los ojos, cubierta por una pieza de metal móvil. Las viejas tablas del suelo crujían y alertaban de nuestra presencia a los ocupantes de aquellas habitaciones atrancadas, de modo que sus gritos alcanzaron nuevas cotas febriles, y se triplicaron en volumen e intensidad. Una puerta se sacudió sobre sus viejas bisagras cuando el morador del cuarto se lanzó contra ella. Pasamos junto a la habitación del monologuista soez, momento en el cual apretó los labios contra la ranura y dejó escapar una sarta de execraciones dignas del más impúdico de los marineros. Los agudos gritos de desesperación de la mujer que llamaba a Hannah nos vibraban en los oídos. Levanté la vista para mirar el rostro del doctor en busca de algún consuelo en aquella apestosa Babel de sufrimiento y miseria humanos, pero no lo encontré. Su expresión era tan tranquila como la de un hombre paseando por el parque en un cálido día de verano.

Aquel deprimente pasillo parecía medir más de un kilómetro de largo y encontrarse a millones de kilómetros de cualquier parque. Cuando nos detuvimos ante la última puerta, yo estaba sin aliento, obligado a no respirar hondo por la boca entreabierta para evitar el hedor. Nuestra guía sacó una larga anilla del bolsillo de su delantal y empezó a repasar las docenas de llaves que colgaban de ella, una operación en apariencia más compleja de lo que cabría imaginar, puesto que se encorvó para realizarla mientras recorría con un dedo torcido los dientes de cada una de las llaves, como si pudiera identificarlas por el tacto. Estuve a punto de dar un brinco cuando la puerta que tenía detrás se estremeció con violencia y una voz ronca susurró:

—Hola, ¿quién anda ahí? ¿Quién anda ahí? —Oí a alguien que olisqueaba con la nariz apretada contra la puerta—. Sé que estás ahí. Puedo olerte.

—El paciente no estaba despierto la última vez que me pasé a verlo —informó la señora Bratton mientras acariciaba sus llaves.

—Entonces lo despertaremos —dijo el doctor.

—No le sacará mucho. Hace varias semanas que no dice ni pío.

Warthrop no contestó. La señora Bratton por fin encontró la llave y abrió el viejo candado, corrió los tres pestillos que había sobre él y empujó la pesada puerta con el hombro.

La habitación era diminuta, apenas mayor que mi cuartito de Harrington Lane, sin más muebles que una cama desvencijada colocada a dos pasos de la puerta. A su lado, en el suelo, la llama humeante de una lámpara de queroseno era la única fuente de luz. Proyectaba nuestras sombras en el techo y en el yeso descascarillado de la pared opuesta a la mugrienta ventana, bajo la cual, en el alféizar polvoriento, se acumulaban los cadáveres secos de varias moscas. Sobre ellos, una congregación de sus vecinas supervivientes zumbaba por el aire y se arrastraba por el cristal. Empezaron a llorarme los ojos porque el olor a lejía era insoportable, y deduje la razón por la que habían retrasado al doctor abajo: la señora Bratton necesitaba tiempo para restregar y desinfectar antes de presentarnos al capitán Varner.

El hombre estaba tumbado en la cama, bajo varias capas de mantas y sábanas, de las cuales la superior era tan blanca y lisa como una mortaja, y dejaba al aire solo su cabeza y su cuello. La cama no era grande, aunque parecía más pequeña debido al enorme tamaño de su ocupante. Me lo había imaginado como un anciano frágil y encogido, reducido a un mero atisbo de humanidad después de veinte años de confinamiento y privaciones. Sin embargo, lo que tenía ante mí era un hombre de proporciones monstruosas que pesaba más de ciento ochenta kilos, calculaba, y quedaba acunado en una especie de artesa creada en el colchón por su asombrosa gordura. Su cabeza también era enorme; comparada con ella, la almohada sobre la que descansaba parecía del tamaño de un alfiletero. Sus ojos se perdían en pliegues de carne grisácea; la nariz era escarlata y bulbosa, y brotaba de las mejillas hundidas como una patata roja sobre un paisaje reseco; y la boca era un túnel oscuro y desdentado en el que su lengua hinchada se deslizaba sin parar sobre las encías desnudas.

El doctor se acercó a su lecho. La vieja, nerviosa, le daba vueltas al llavero en sus garras raquíticas. El tintineo de las llaves, la respiración trabajosa del enfermo y el zumbido de las moscas contra la ventana era lo único que se oía en aquel espacio diminuto y claustrofóbico.

—Yo de usted no lo tocaría —le advirtió la anciana—. El capitán Varner odia que lo toquen. ¿Verdad, capitán Varner?

El hombre no respondió. Aunque apenas se le veían los ojos entre los surcos carnosos, me di cuenta de que los tenía abiertos. Se humedeció los labios con la punta de la lengua, que era de un gris moteado, como su piel. La barbilla, que no era más que un bulto del tamaño de un nudillo encajado entre el cuello y el labio inferior, le brillaba de saliva.

Warthrop contempló en silencio al desdichado objeto de su búsqueda durante un buen rato sin permitir que su rostro desvelara lo que pensaba. Al final pareció salir de su ensimismamiento y se volvió con aire brusco hacia la anciana.

—Déjenos.

—No puedo —contestó ella, seca—. Va contra las normas.

El doctor repitió la orden sin alzar la voz, pero recalcando las sílabas, como si la mujer no lo hubiera escuchado la primera vez por el motivo que fuera.

—Dé-je-nos.

Debió de verle algo en los ojos, y lo que vio la amedrentó, puesto que apartó la vista de inmediato, sacudió las llaves con furia (eran los símbolos de su autoridad absoluta) y dijo:

—Informaré al doctor de esto.

Warthrop ya se había girado hacia el gigante varado en la cama. El tintineo de las llaves se perdió por el pasillo; se había dejado la puerta entreabierta. El doctor me pidió que la cerrara. Entonces, mientras yo apoyaba la espalda en su reconfortante solidez, Warthrop se inclinó sobre la cama y acercó el rostro a la cara hinchada del anciano para decir en voz alta y fuerte:

—¡Hezekiah Varner! ¡Capitán!

Varner no respondió. Sus ojos permanecieron fijos en el techo; la boca abierta; la lengua moviéndose sin parar sobre el labio inferior antes de retirarse a las sombras de su boca desdentada. Del interior de su pecho surgió algo entre ronroneo y gemido. Sin embargo, salvo por la lengua inquieta, no movió ni un músculo, si es que le quedaba algún músculo funcional bajo los rollos de grasa.

—Varner, ¿me oye? —preguntó el doctor.

Esperó una respuesta con los hombros tensos y la mandíbula apretada mientras las moscas seguían zumbando contra el cristal. El calor era asfixiante, y apestaba a lejía. Yo procuraba no respirar muy hondo y me preguntaba si al doctor le importaría que abriese un poco la ventana para que entrara aire fresco.

Warthrop alzó la voz y prácticamente le gritó en la cara al postrado:

—¿Sabe quién soy, Varner? ¿Le han explicado quién ha venido a verlo esta noche?

El inválido obeso gimió. El doctor suspiró y me miró.

—Me temo que quizá lleguemos demasiado tarde.

—¿Quién...? —gimió el anciano marinero, como para refutarlo—. ¿Quién ha venido?

—Warthrop —respondió el monstrumólogo—. Me llamo Warthrop.

—¡Warthrop! —gritó el capitán.

Sus ojos, como si los hubiera soltado la mención de aquel nombre, se contagiaron de la inquietud de su lengua y empezaron a ir de un lado a otro de sus cuencas, aunque negándose a concentrarse en la cara del doctor. Recorrían sin parar el techo, donde bailaba la sombra distorsionada de Warthrop, la que proyectaba la lámpara del suelo y se cernía sobre Varner como un espíritu demoniaco, oscuro, grotesco, enorme.

—Conoce el nombre —dijo el doctor.

La enorme cabeza asintió de manera casi imperceptible.

—Que Dios me ayude, claro que conozco el nombre de Warthrop —fue la gutural respuesta, ahogada en saliva—. ¡Fue todo culpa de Warthrop, que el diablo y toda su caterva lo maldigan mil veces!

—Una maldición lo explicaría todo —comentó el doctor con ironía—. Aunque yo me inclino más bien por

Darwin. Las pruebas están de mi parte, aunque quizá con el tiempo se demuestre lo contrario y tenga usted razón, Hezekiah Varner. Alistair Warthrop era mi padre.

No hubo más respuesta que aquellos extraños gemidos resollantes.

—Mi padre —siguió diciendo el monstrumólogo—, que calculo que sobre finales de 1863 o principios de 1864 le encargó que navegara hasta África Occidental, quizá Senegambia o el sur de Guinea, y regresara con un cargamento que le era de especial interés. ¿No es así? ¿Me equivoco?

—No... —murmuró el anciano.

—¿No? —repitió el doctor con el ceño fruncido.

—Ni Senegambia ni Guinea. Benín. ¡El reino de Benín! Hogar de aquella burla pagana de monarquía, del condenado gobernante de aquella tierra maldita, el Oba, ¡y le juro que no existe un bárbaro más infame ni un libertino más aborrecible en ningún otro rincón del mundo!

—¿El Oba de Benín había capturado ejemplares vivos de *Anthropophagi*? —preguntó el doctor sorprendido.

—Alberga una tropa entera de esas horribles bestias en una cámara bajo su palacio.

—Pero no pueden sobrevivir en cautividad, se morirían de hambre.

—Estos no, Warthrop —jadeó el viejo contrabandista—. ¡Estos monstruos estaban gordos y felices, se lo aseguro! ¡Lo vi con mis propios ojos y, de ser un hombre más valiente, ya me los habría arrancado ante tal afrenta!

—¿Los alimentaban? —La voz del doctor denotaba incredulidad—. ¿Cómo?

—Niños, sobre todo. Niñas de doce o trece años. Muchachas en la flor de la vida, a punto de madurar. Aunque a veces se trataba de criaturas más pequeñas, bebés desnudos que chillaban al lanzarlos al agujero. Porque en el centro del templo hay un pozo conectado mediante un túnel a la cámara donde los guardan. Los sacerdotes la tiraron al pozo; lo he visto, Warthrop; ¡lo he visto! Lanzada seis metros más abajo, al fondo del pozo, donde la muchacha se pega a las lisas paredes del abismo artificial para buscar un asidero con las uñas, pero por supuesto que no lo hay. ¡No hay escapatoria! El sumo sacerdote da la señal; las grandes puertas de madera se abren; y ellos entran. Primero los hueles: un hedor a podrido como el de la muerte; después, unos fuertes jadeos y el ruido de sus colmillos al cerrarse. Y entonces la pobre inocente rompe a gritar y suplica piedad a los insensibles jueces de arriba. ¡Piedad, Warthrop! Ellos la miran con sus rostros cincelados en mármol y, cuando las bestias entran en el pozo, el terror de la muchacha le roba los últimos restos de su dignidad: se le vacía la vejiga, se le sueltan las tripas. Se derrumba sobre la tierra, cubierta de su propia porquería, mientras caen sobre ella, en una avalancha demencial, en la que los animales más grandes cubren de un salto los casi diez metros que los separan de ella; de ella, el cordero del sacrificio bajo aquellos señores paganos cuyo loco capricho la condenaba a un destino que no se merece ni el malhechor más atroz. Sin embargo, sus dioses sedientos de sangre exigen; así que ellos suministran.

»La cabeza es el premio más codiciado. El primero en llegar se la agarra y se la arranca del cuello, y el corazón todavía palpitante lanza su sangre a través del improvisado orificio; un géiser humeante sale disparado y pinta de carmesí sus cuerpos de alabastro. Las bestias gruñen y lanzan dentelladas para hacerse con un trozo de carne, porque ahora ella es carne; ya no es humana. Jirones de su cuerpo salen volando por encima del borde del pozo y salpican a los espectadores de los ensangrentados restos de su figura de doncella. La perdí de vista en la melé, pero fue una bendita ceguera después de la maldición de aquellas imágenes. Nada hay en el infierno que pueda superarlo, Warthrop. ¡Ninguna imagen ni palabra nacida de mente humana es capaz de igualar lo que vi aquel día!

(Aunque he transcrito fielmente las palabras del anciano según las recuerdo, en aquel momento no fluyeron con elegancia, como una lectura superficial podría dar a entender. Tachonadas de los mismos gemidos, gruñidos y comentarios ininteligibles que acompañaron toda la entrevista, el anterior soliloquio duró casi media hora, con algunas intervenciones del doctor para animarlo a seguir hablando tras muchas pausas para recuperar el aliento o tragar flemas. En ciertos momentos, las palabras se pronunciaban tan bajo que el doctor tenía que inclinarse hasta que su oreja estaba a punto de tocar los labios grisáceos del marinero. Por compasión, he decidido ahorrarle al lector esas divagaciones algo tediosas y frustrantes.)

—O eso creía yo —gimió Varner después de un silencio inquieto que solo perturbó el zumbido de las moscas.

—¿Que eso creía? ¿Qué quiere decir?

—El rey no estaba dispuesto a renunciar a ellos, pues ¿qué precio se pone a las cabezas de tus dioses?

—Pero el Oba al final los vendió —comentó el doctor—. Tuvo que hacerlo.

—Sí, sí, por supuesto. Tras quince días de duras negociaciones, lo hizo, aunque no el número de ejemplares que Warthrop deseaba. Él quería cuatro, una pareja madura y dos de sus infernales retoños. Pero partimos con tres: un cachorro de dos años, un macho joven y... —Cerró los ojos y tomó una temblorosa bocanada de aire—. La diabla, la más grande de su feroz tropa; más grande que el mayor de los machos, y eso que el macho medía casi dos metros y medio. Era a la que el Oba más temía. Esa fue la que nos llevamos. Nos la llevamos.

Horrorizado por la idea, a pesar de haber transcurrido más de veinte años, todavía mortificado, se estremeció bajo aquellas sábanas tan bien remetidas.

—Pero ¿por qué quería cuatro? ¿Se lo dijo?

—Por amor de Dios, hombre, ¡ni me lo dijo ni se lo pregunté! Cuando partí hacia ese condenado país ni siquiera sabía lo que eran esas malditas criaturas. Warthrop me ofreció una fortuna por el trabajo, ¡así que a mí me daba igual si quería cuatro o cuarenta! La guerra había supuesto muchos problemas para el Feronia. Acepté su oferta sin pensármelo dos veces.

Warthrop le dio la espalda a la cama y llegó junto a la

ventana en dos pasos. Allí entrelazó las manos a la espalda y, en apariencia y para mi sorpresa, se puso a examinar el alféizar. Recogió con cuidado una de las moscas muertas sujetando las delicadas alas entre el pulgar y el índice, y después la sostuvo en alto, como si deseara descubrir la causa de su fallecimiento. El leviatán postrado en cama no lo miraba, sino que seguía con la vista clavada en el techo y en el consuelo que le ofreciera su superficie amarillenta e irregular, mientras su enorme cuerpo seguía tan inmóvil como el de un cadáver bajo las sábanas impolutas. Me pregunté cuánto tiempo llevaría allí paralizado, incapaz de mover la cabeza ni las extremidades, obligado a contemplar hora tras hora, día tras día, aquel lienzo en blanco, y qué terribles escenas del infierno desatado, sin las restricciones de nuestra sensibilidad victoriana, habría pintado allí su imaginación en los vivos colores proporcionados por sus despiadados recuerdos. «¡Pobre criatura paralizada, con razón te abandonó el padre de Warthrop!». ¿Qué auxilio podía ofrecerle a alguien cuya mente había traicionado al cuerpo que la mantenía? Y, aunque la mente lo deseara, ¿podía un intelecto ser más fuerte que el horror que congela hasta la médula y traba las extremidades? ¡Más fuertes que la más gruesa de las cadenas de una mazmorra son las cuerdas metafóricas que te sujetaban, Hezekiah Varner!

—O eso creía —murmuró el doctor mientras le daba la vuelta a la mosca—. Nada podía igualarse a la visión del infierno que contempló aquel día... o eso creía.

Varner se rio, un sonido tan débil y crepitante como las hojas de otoño bajo los pasos de un hombre corpulento.

—Algo horrible sucedió en el viaje de regreso a América, ¿no es cierto? —insistió el monstrumólogo.

—Intentó advertirme —fue la resollante respuesta.

—¿Quién? ¿Quién intentó advertírselo?

—¡El Oba! El viejo diablo, la mañana de nuestra partida, me miró con ojos brillantes y una sonrisa reluciente en sus mejillas de cuervo, y me preguntó qué precauciones habíamos tomado para ellos. Me dijo que podían volverse bastante «irascibles» al cabo de varios días sin su «avituallamiento» y me ofreció dos de sus esclavos para que nos sacaran del apuro durante el viaje. Reprendí al repulsivo salvaje porque, por muy rey que se hiciera llamar, eso es lo que era: un bárbaro pagano. ¡Le dije que yo era un cristiano temeroso de Dios!

—Pero llegó a arrepentirse de su increpación.

—Me habían ofrecido garantías —masculló Varner—. Tenía instrucciones estrictas del monstrumólogo. Reforzamos la bodega, soldamos barrotes de hierro a los ojos de buey y colocamos dobles cierres en las puertas. A bordo teníamos noventa kilos de tocino, y en Sapele subimos el ganado del tipo y la cantidad exactos que Warthrop había prescrito: doce cabras, cinco terneros jóvenes y siete chimpancés. «Pruebe con los chimpancés si lo demás falla —me dijo—. Son el pariente más cercano de su presa favorita». ¡El pariente más cercano! ¡Que el cielo nos asista!

Warthrop dejó caer la mosca muerta al suelo y pisó su cadáver con la punta de la bota.

—Moscas —murmuró, pensativo—. ¿Qué pasa con las moscas? —Contempló durante unos instantes sus constantes golpes y aleteos contra el cristal manchado antes de volverse hacia Varner—. Se negaron a comer —dijo. No era una pregunta.

—Sí, se negaron, como ya sabe, igual que sabe el resto, así que no hablaré más del tema. No sé por qué ha venido aquí en plena noche para hacerme preguntas cuyas respuestas ya conoce. No sé por qué ha venido, salvo para atormentar a un anciano enfermo y moribundo. No sé qué placer le produce mi dolor, Warthrop, ¡pero vive Dios que es usted el hijo de su padre! Ya conoce la orden especial dada por su padre y el destino que corrió la tripulación del Feronia. ¿Qué sádico motivo lo trae hasta mi lecho de muerte? ¿Recordarme esos días horribles de muerte y terror para darle un último giro al cuchillo que me clavó su padre antes de que me lleve el último abrazo del ángel de la muerte? ¡Tenga piedad de mí! Tenga piedad de mí, Warthrop. Tenga piedad.

El doctor hizo caso omiso de su diatriba, de aquella súplica angustiada repleta de gemidos y lloriqueos. Sin escucharle, dijo:

—Mataban de inmediato cualquier cosa que les echaran, pues son ferozmente territoriales, pero no se la comían. En cuestión de días, la bodega del barco apestaría peor que un matadero.

—No —susurró Varner, cerrando los ojos—. Ya no más. Se lo suplico.

—Así que lograron escapar. No hay nada en los libros que indique que saben nadar, así que no huyeron del barco, sino que se hicieron con él. Y al menos dos sobrevivieron hasta que el barco quedó varado en Swampscott. Los adultos, supongo.

Varner suspiró, una exhalación profunda que sonó como un zapato pisando guijarros. Abrió los ojos, también la boca, la lengua asomó y la voz escapó.

—Se comieron al pequeño. Era su cachorro, o eso me había contado el Oba. La diabla lo destrozó. Lo vi con mis propios ojos, ¡ay, estos malditos ojos! La vi meterse su corazón todavía palpitante en la maldita boca. Los escasos restos que le sobraron se los dejó a su compañero.

—¿Era la dominante?

—Al otro lo tenía aterrado; de eso no cabe duda.

—Pero no se volvió contra él... ¿Por qué?

Varner no respondió. Había cerrado de nuevo los ojos. Quizás al cerrarlos nosotros también desapareceríamos, como las aterradoras imágenes que bailaban por el techo. Por un momento se quedó tan quieto que creí que ya no respiraba.

—Me ha preguntado por qué he venido —empezó a decir Warthrop, que regresó a su lado—. Ella me envió, Hezekiah, porque, como usted, sobrevivió al viaje del Feronia, y su progenie ha prosperado en su hogar de adopción. Sus hijos, quizá más de treinta, están a tres horas de viaje de esta habitación.

Varner gimió. Llevábamos tanto tiempo soportando sus gemidos que no eran más que ruido de fondo, como el de las moscas golpeándose contra el cristal. «¿Qué pasa con las moscas?», se había preguntado Warthrop. ¿Qué pasaba con las moscas?

—Su destino, Varner, atormentaba a mi padre —dijo—. Pero no parecía preocupado por el destino de su cargamento. Aunque era muchas cosas, primero era un científico, así que jamás habría dado por sentado que los *Anthropophagi* se habían perdido o que habían muerto de hambre en el barco. Algo o alguien le habría asegurado que no era necesario seguir pendiente de aquel asunto, y solo quedaba un testigo que pudiera hacerlo: el único superviviente del carguero Feronia. ¿Por eso vino a buscarlo tras veinte años, para preguntarle por su destino?

La piel de Varner brillaba con un enfermizo tono gris a la luz de la lámpara mientras sudaba bajo los montículos de ropa de cama, y por primera vez me llegó un olor que no era a cloro, sino el tenue tufillo de la putrefacción; ¿había muerto una rata bajo la cama? Eso habría explicado lo de las moscas. Miré hacia la ventana ennegrecida. «¿Qué pasa con las moscas?».

—Dos cosas condenaron al Feronia: la veleidad de la naturaleza y la estupidez del hombre —gruñó Varner, que por fin cedió a las demandas del monstrumólogo—. El decimonoveno día no hacía viento y el mar cristalino estaba tan liso como una pradera de Kansas; el despiadado sol tropical caía sobre nuestras cabezas día tras día; ocho días estuvimos así, hasta que la tripulación empezó a inquietarse y aburrirse, y casi siempre estaba borracha. Se dedicaron a atormentar a las criaturas para divertirse. Apostaban sobre cuánto tiempo duraría viva la desdichada pieza de ganado que lanzaban a la bodega y sobre qué monstruo la mataría. Abrían la trampilla y los provocaban a través de los barrotes, les lanzaban cosas y disfrutaban de su ira. La grande, la hembra, saltaba desde el fondo, que estaba a seis metros, y se quedaba a pocos centímetros de los barrotes; también apostaban sobre eso, sobre lo cerca que llegarían sus zarpas sin tocarlos. Wilson, el primer oficial de cubierta, se inventó gran parte de aquel deporte. Y el que pagaría primero por su estupidez.

Varner nos contó que, el último día antes de que el viento aliviara la mortífera calma que había frenado su viaje, tras otro día caluroso, indolente y bañado en ron, Wilson y dos de sus compañeros decidieron matar a uno de los terneros para ofrecerle un ensangrentado pedazo a los *Anthropophagi*. El razonamiento de borracho de Wilson era el siguiente: «¡Las bestias no se comen lo que les ofrecemos porque saben lo que es! Ningún caníbal que se precie se dignará a alimentarse de una maldita cabra. Pero si no saben de dónde viene la carne, ¡quizá la confundan con la de un hombre y se la coman!». El plan no lo aprobó el capitán, recluido en su camarote con lo que sospechaba que podría ser malaria. Su tripulación mató al berreante ternero del sacrificio en cubierta y lanzó sus vísceras al agua para dárselas a los tiburones que las esperaban, sin percatarse los marineros, en su estado embrutecido por la bebida, de que el frenesí de los peces no era más que un preludio, un terrible presagio de lo que estaba por llegar.

Wilson y un grumete llamado Smith rebanaron un grueso pedazo del lomo del becerro y lo engancharon en un rezón que ataron al extremo de una cuerda de nueve metros, Wilson bajó el cebo a través de los barrotes, tumbado boca abajo para ser testigo del resultado de su experimento.

Anochecía, una hora soñolienta para los *Anthropophagi*, ya que era cuando se enterraban en sus alcobas de paja; el capitán nos contó que las criaturas se habían pasado varias horas construyendo aquella especie de nidos y más horas aún manteniéndolos en condiciones. Son cazadores nocturnos y se pasan casi todo el día durmiendo, cuidando de sus crías o realizando rituales con los que establecer vínculos entre ellos, el principal (y más extraño) de los cuales consistía en la práctica de sacarse unos a otros los restos de carne humana de entre los dientes con la punta de su uña más larga, la que salía del dedo corazón. La operación era un delicado ejercicio de confianza y autocontrol, puesto que el receptor de esta debía quedarse inmóvil completamente mientras su compañero introducía el dedo en los huecos de su boca repleta de dientes para limpiar los de atrás. Si se movía, la afilada uña podía rajarle las encías y disparar el reflejo de cerrar la mandíbula de golpe, lo que supondría cercenarle la mano al compañero que realizaba aquel inestimable servicio.

Wilson apenas los veía acurrucados en su nido de la esquina más lejana de la bodega. Los barrotes de hierro soldados a los ojos de buey tapaban parte de la luz incluso en los días más soleados, y en aquel momento se ponía el sol; los monstruos no eran más que sombras oscuras entre sombras claras, y casi no se les distinguía de los montículos de paja que los rodeaban; de hecho, nadie estaba seguro de si aquellas sombras jorobadas eran su presa o meros bultos. Wilson movió la cuerda adelante y atrás mientras les decía en voz baja que despertaran, que la cena estaba servida. Hacía más de tres semanas desde la última vez que se habían alimentado, así que debían de estar famélicos. Sus compañeros, Smith y el piloto, Burns, estaban uno a cada lado, agachados, asomándose a la penumbra, incapaces de contener sus risitas alegres. Animaban a Wilson. «¡Más abajo!», lo exhortaban. «¡Balancéalo para que se les acerque más y lo huelan!». Siguieron con sus llamadas al oscuro agujero fétido, aquella prisión que antaño alojara quinientos kilos de cargamento humano, esclavos para los campos de algodón de Georgia y las plantaciones de índigo de Luisiana, porque el Feronia había sido un barco negrero que se dedicaba al comercio ilegal durante los años anteriores a la guerra. Y ahora estaba repleto de cadáveres podridos de cabras, de los restos irreconocibles de los pobres chimpancés que habían tenido su mismo fin y de los apestosos excrementos de las bestias que habían despedazado los cuerpos de los animales con la misma facilidad con la que los niños les arrancan las alas a las moscas.

«¡Vamos, bestias! ¡Despertad y venid a comer!». Pero no prestaban atención a su llamada. Incapaces de acercar el cebo lo suficiente para que los carnívoros durmientes lo olieran, Wilson metió el brazo derecho entre los barrotes y dejó caer la cuerda otro metro. «Estad atentos para sacarme, amigos —les dijo a sus compañeros mientras sujetaba la cuerda con el trozo de ternero engordado, que todavía goteaba sangre por la punta—. Ya sabéis lo rápido que...».

Nunca llegó a acabar la frase. No obstante, la vida de Wilson terminó en menos de treinta aterradores segundos. Más tarde, antes de sucumbir al mismo horroroso destino que el idiota de Wilson, mientras se escondía medio muerto de miedo dentro del camarote del capitán, detrás de una barricada improvisada, Burns le contó a Varner lo que había sucedido en aquel espantoso medio minuto.

Nadie sabía decir si salió del lecho de paja o de otro lugar; Burns porque no lo vio, y Wilson y Smith porque estaban muertos. Wilson, por miedo a soltar la cuerda, se la había enrollado dos veces a la muñeca, así que, cuando la hembra atacó, tiró con todo su peso del gancho, y el hombro del marinero se metió entre los barrotes, aunque había soltado el cebo en cuanto comenzó el ataque. La cuerda se le desenrolló de la muñeca y cayó al suelo, pero el hombro de Wilson se había quedado atascado en el estrecho espacio entre los barrotes de hierro. Con una voz ronca por el ron y alimentada por la histeria, gritó para que lo sacaran. ¿La vio en la oscuridad? ¿Se encontraron los oscuros y fríos ojos de la hembra, aquellos que brillaban como un sol moribundo, con los de Wilson antes de que la boca hambrienta se abriera y la criatura diera un salto de seis metros de altura?

Las uñas le atravesaron el músculo y el tendón del antebrazo y, al bajar arrastradas por la enorme envergadura de la bestia, levantó la otra garra y se sujetó con ella a uno de los barrotes, que le habían resultado inaccesibles antes de que Wilson hubiera tenido la generosidad de ofrecerle una mano para subir. Sus compañeros retrocedieron de miedo y horror entre los gruñidos salvajes de la hembra y los gritos de terror y dolor del idiota de Wilson; agitaba las piernas; empujaba con los pies los tablones de madera del suelo en su intento por liberarse, pero el peso de la bestia en su brazo atrapado lo había atascado aún más. Echó la cabeza atrás y giró la cara a un lado y otro, porque ella le había soltado el brazo destrozado y sus uñas ensangrentadas le rajaban el rostro y el cuello que tan amablemente había dejado a su alcance. Una de las uñas debió de dar con la arteria carótida porque Burns contó que los gritos de Wilson se cortaron de repente con un borboteo y un verdadero géiser de sangre, la mayor parte de la cual descendió como un caño en la boca del monstruo que la esperaba. La cabeza del marinero cayó hacia delante y se golpeó contra los barrotes con un ruido nauseabundo. Tras un espasmo paroxismal de sus piernas, Wilson se quedó inmóvil.

Smith recordó demasiado tarde el revólver Colt que llevaba al costado. Para cuando lo sacó de su pistolera, la bestia ya había arrancado dos barras de sus grandes pernos con «la misma facilidad con la que un hombre parte un palillo de dientes». Eran los dos barrotes que estaban justo debajo del cuerpo sin vida de Wilson, así que su brazo quedó al fin libre, y el hombre cayó en el asqueroso vacío de la bodega, donde el macho, al que había despertado el alboroto y, sin duda, el olor a sangre fresca, lo esperaba.

Smith disparó a lo loco mientras la hembra, colgada de una garra, arrancaba otros dos barrotes con la otra mano. Burns no sabía si alguno de los disparos alcanzó su objetivo; se volvió y salió corriendo. Las tablas se estremecían bajo sus pies. El rugido de los disparos y los gritos histéricos de Smith retumbaban en las paredes. Mientras Burns subía corriendo por las estrechas escaleras que daban al alcázar, los disparos terminaron de golpe: o Smith se había quedado sin munición o la criatura había atravesado el agujero y Smith, como Wilson, había dejado de ser un habitante del mundo de los vivos.

En cualquier caso, cuando las tropas unionistas subieron al Feronia cuando el barco quedó varado, lo que quedaba de Smith podría haber cabido «en un saco de arpillera», en palabras de Varner.

Llegados a este punto de su lúgubre narración, Varner hizo una pausa. Había perdido todo el color del rostro y el cuerpo le temblaba bajo las sábanas. Los recuerdos pueden traer consuelo a los viejos y los enfermos, pero también ser enemigos implacables, un ejército malicioso de fantasmas del tiempo que no dejan de saquear la tan deseada paz de nuestro ocaso. Le había suplicado a Warthrop que no lo obligara a rememorar aquellos sucesos que era incapaz de olvidar, porque a veces los recuerdos, como sé, siguen frescos en la mente muchas décadas después de nacer.

No obstante, cuando guardó silencio, Warthrop no lo presionó para que continuara. Quizá comprendía (como yo he llegado a comprender, por más que lo lamente) que una vez que llegamos a ciertos caminos de nuestra memoria no es posible cambiar de rumbo ni volver atrás: deben recorrerse hasta su amargo fin. Es la misma compulsión que nos empuja a mirar un accidente horrible o a observar con vergonzosa curiosidad a la lamentable víctima de una atracción de feria. Los recuerdos de aquellos espantosos últimos días a bordo del condenado Feronia poseían al capitán; no al contrario.

—Nos colamos con sigilo abajo, recogimos toda la comida y el agua que pudimos, y sellamos las cubiertas inferiores —dijo al fin el anciano—. Apostamos guardias armados las veinticuatro horas. El tiempo se puso de nuestro lado; a sotavento y con el cielo despejado, avanzamos a buen ritmo. Los días eran tranquilos, pero se trataba de una paz espeluznante, una calma engañosa, porque, cuando se ponía el sol por la proa, empezaban los porrazos y aquellos incesantes chillidos infernales. Los oíamos intentar entrar por las tablas que teníamos bajo los pies; las golpeaban, las arañaban y las tanteaban en busca de un punto débil en la madera. Los hombres echaban a suertes el turno de noche, pero los ganadores no dormían más de un par de horas, y cada una de esas horas parecía durar más de un día; y cada noche parecía durar más de un año. La tripulación estaba dividida y las riñas eran continuas. Algunos pensaban que debíamos abandonar el barco, subir a los botes salvavidas y rezar por un rescate. «Le prendemos fuego —decían—. ¡Quemamos hasta la última tabla!». Otros afirmaban que nuestra única esperanza era un ataque sorpresa, caer sobre ellos mientras dormían. «Es cuestión de tiempo que consigan salir —decían—. Mejor enfrentarse a ellos en el lugar y el momento que elijamos nosotros». Yo prohibí ambas propuestas. Íbamos a un ritmo excelente; la nave parecía resistir sus embates; abandonarla habría sido cambiar el peligro de acabar como Wilson por los peligros de la insolación y la inanición. Seguimos navegando.

Al principio, la decisión del capitán parecía sabia, puesto que la tregua impuesta se mantuvo, al igual que el buen tiempo. Durante una semana y después dos, hasta la mañana del cuadragésimo primer día en el mar, cuando vieron al norte el archipiélago de las Bermudas. Los vientos que llevaban varios días soplando del este sin parar cambiaron de repente. El cielo meridional se tornó tan negro como el carbón y las aguas subieron treinta centímetros en una hora, después sesenta, después metro veinte, mientras que el sol desaparecía tras una mortaja de nubes veloces; el Feronia cabeceaba presa del turbulento océano y las olas de seis metros se estrellaban contra la barandilla. El viento empezó a soplar a cincuenta nudos y obligó a la tripulación a arriar las velas para que no las arrancara de los mástiles. Caían mantas de lluvia, un aguacero implacable empujado por una tempestad despiadada. Los hombres estuvieron muchas horas acurrucados en cubierta, expuestos a los elementos, mientras que las bestias devoradoras de carne humana permanecían abajo, calentitas y secas, una ironía que no se les pasaba por alto e hizo que se reanudara el debate. Ya habían perdido a un hombre arrastrado por una ola. Con cada hora que pasaba, la tormenta iba a peor; los rayos tronaban y chisporroteaban alrededor del palo mayor; el viento lanzaba la lluvia de lado, cegadora, con lo que hasta el paso más insignificante suponía un grave peligro; y, al avanzar el día y desplomarse la temperatura, también existía el peligro de hipotermia. Se abandonaron los turnos y las patrullas. Conforme caía la noche, la tripulación del Feronia se transformaba en una única masa de temblorosa humanidad apiñada en el alcázar, y su miedo a la ira de la naturaleza superó el miedo que les producía la insaciable progenie de la bestia.

—No sé quién lo vio primero —confesó Varner—. Nuestras lámparas no permanecían encendidas; los relámpagos eran el único respiro frente a la oscuridad de la noche. «¡Algo ha caído a bordo!», gritó alguien. Esperamos sin respirar al siguiente relámpago, pero no vimos nada cuando llegó, solo sombras y una cortina de lluvia. Un segundo relámpago, un tercero, y otro gritó: «¡Ahí! ¿Lo veis? ¡Junto al palo de mesana!». Alzaron los fusiles, pero ordené que los bajaran... Para haber acertado al blanco en aquel torbellino habría sido necesario el más afortunado de los disparos. Le juro que no se me ocurrió que aquellas sombras pudieran ser las bestias de abajo. El hombre la había visto pasar por encima de la barandilla y ¿cómo iba a haber podido subir aquella criatura por los resbaladizos costados del Feronia con unos vientos de cincuenta nudos o más? Lo más probable era que un tiburón o un pez vela hubiera surgido de las profundidades salinas. Era imposible.

—No —repuso Warthrop en voz baja—. No lo es. Estaba apoyado en la pared, junto al cabecero de la cama, con los brazos cruzados sobre el pecho, la barbilla gacha y los ojos cerrados, escuchando. Recordé su advertencia en el cementerio: «Atento ahora, Will Henry. Son trepadores consumados».

—Lo más probable es que usara un ojo de buey —conjeturó Varner—. Y que después subiera por el costado del barco, aunque es una suposición. Había visto el cráneo de una de sus víctimas en Benín, con un patrón de agujeros con forma de media luna en los puntos en los que las uñas habían atravesado el hueso; son tan largas como las de los perezosos, Warthrop, y tan duras como el acero de tungsteno. Ahora resulta difícil creerlo (entonces era imposible), pero tuvo que trepar por el casco del Feronia abriendo asideros sobre la marcha, aunque sigo sin saber por qué decidió abandonar su refugio cuando mayor era el peligro.

—Quizá lo impulsara el hambre —dijo el doctor—. Aunque lo dudo. El miedo, quizá, ya fuera a unas condiciones meteorológicas que le eran completamente desconocidas... o, lo más probable, a su hembra. Tienen eso en común con nosotros: en momentos de estrés extremo, se vuelven unos contra otros.

—No aquella noche, Warthrop —gruñó Varner—. Aquella noche, el macho eligió presas más fáciles. Lo impulsara el miedo o el hambre, el caso es que atacó, y lo hizo más deprisa que el relámpago: dio un salto de doce metros desde la cubierta de abajo y aterrizó entre nosotros. Después se desató un estrépito infernal: los gritos y chillidos de mi sorprendida tripulación, los rugidos y gruñidos de la bestia que nos atacaba, los estallidos de los fusiles y las armas más pequeñas por todos lados, el aullido del viento, el batir de las olas, el estruendo de los truenos... Y en medio de aquella condenada locura, me empujaron por las escaleras y me arrastraron hasta la puerta de mi camarote.

Fue el piloto, Burns, el único superviviente del primer ataque, el que metió al capitán en su alojamiento y cerró la puerta mientras la batalla seguía sobre ellos. El capitán, perplejo y débil después de su fiebre tropical, se derrumbó en el suelo, y Burns apartó el pesado armario de la pared y lo empujó contra la puerta a modo de barricada. Después regresó junto al capitán, quien, en vez del quizás esperado agradecimiento, procedió a insultarlo y a amonestarlo sin miramientos. Había perdido la pistola en la retirada forzosa, así que estaban atrapados como ratas, un poco más secos que las pobres ratas de arriba, pero atrapados de todos modos. Burns soportó la reprimenda estoicamente y sin comentarios mientras arrastraba a su comandante hasta la cama y le advertía que no se moviera de allí. Desde aquella posición, la puerta era un blanco perfecto y quedaban ocultos a la vista si algo miraba por las ventanas de detrás de la cama.

—En mi armario —gritó el capitán para hacerse oír por encima del ruido de la cubierta de arriba—. ¡Deprisa, Burns!

Burns corrió agachado, ya que temía llamar la atención por las ventanas si se enderezaba, y llegó al armario, donde encontró un rifle para elefantes y munición. Varner se lo quitó de las manos y se rio amargamente al cargarlo.

«Un regalo del rey de Ashanti. Nunca se ha disparado. ¡Esperemos que no tengamos que probarlo esta noche, Burns!».

Se sentaron codo con codo a los pies de la cama. Los relámpagos iluminaban las ventanas y proyectaban largas sombras fugaces por el suelo. El barco seguía balanceándose y cabeceando con violencia, a merced del mar agitado por el viento, mientras los disparos iban menguando hasta reducirse a un par de tiros errantes. Los gritos de la tripulación cesaron por completo. Se oía el estruendo del mar, los truenos ensordecedores, el aullido del viento... y nada más. Se esforzaron por captar cualquier sonido de los hombres de arriba. ¿Acaso habían huido de la matanza en dirección a la cubierta inferior y se habían escondido allí donde habían podido? ¿Cuántos habían sobrevivido, si había sobrevivido alguno? ¿Y qué pasaba con el monstruo? Tenía que estar muerto o herido de gravedad. Ni siquiera una criatura tan enorme y veloz era capaz de superar a veinte hombres bien armados en una pelea dentro de un espacio reducido... ¿O sí? Era lo que se preguntaban entre susurros, sin aliento, acompañados por los deslumbrantes estallidos de luz blanca y su consorte, los cañonazos de truenos que hacían temblar la madera. Les castañeteaban los dientes, empapados como estaban, y acariciaban con aire nervioso los gatillos de sus armas mientras meditaban y especulaban, pero sin pensar en qué hacer a continuación. Cada segundo que transcurría sin incidentes era una victoria; cada segundo que seguían tranquilos, un triunfo.

Sin embargo, pasaron los segundos, después los minutos, y al cabo de un rato guardaron silencio, agotados por las preguntas para las que no tenían respuesta. Ninguno de los dos hablaba, hasta que Varner, en tono serio y controlado, le preguntó a Burns cuántas balas tenía en su arma.

—He disparado dos veces arriba, señor. Así que hay cuatro más en las recámaras.

—Reserva dos —dijo Varner.

—¿Dos, señor?

—Dispara dos, si debes hacerlo, pero guarda las dos últimas. Una para mí y otra para ti, Burns, por si llegamos a esa situación. No quiero acabar como Wilson.

Burns tragó saliva y se tomó un momento para responder. Quizás estuviera intentando elaborar un argumento, una objeción que apelara a la fe o la razón; seguramente fracasó, ya que respondió:

—Sí, capitán.

—Dime, Burns, ¿eres un hombre religioso?

—Soy cristiano, señor.

Varner se rio entre dientes y movió el arma que tenía sobre el regazo. Era pesada y le cortaba la circulación de las piernas.

—Yo también, pero las dos cosas no siempre coinciden, Burns. ¿Sueles rezar?

—No cuando era joven —confesó Burns—. Ahora más, capitán.

—Bien, pues reza una plegaria, Burns, y habla bien de tu capitán en ella.

Burns, obediente, agachó la cabeza y empezó a recitar el padrenuestro. Lo hizo despacio y con gran sentimiento. Al terminar, ambos hombres estaban emocionados, y Varner le preguntó si conocía el salmo 23.

—Es mi favorito —dijo Varner—. «Aunque camine por un valle tenebroso...». ¿Lo conoces, Burns? Si lo conoces, adelante.

Burns lo conocía, y Varner cerró los ojos mientras lo recitaba: «El Señor es mi pastor; nada me falta...». Las palabras lo reconfortaban; le recordaban a su infancia, a su madre y la forma en que lo cogía de la mano cuando estaban en misa, a los largos recorridos en carruaje las cálidas tardes de domingo y las maravillosas cenas familiares que duraban hasta entrada la noche. «Confortará mi alma...». ¡Qué efímeros los felices días de la juventud! ¡Qué extraño que el futuro parezca tan lejano y qué deprisa llega! En un abrir y cerrar de ojos, el rechoncho niño sentado junto a su madre en el banco familiar se transforma en un hombre de mediana edad encogido de miedo en la oscuridad. «Preparas mesa ante mí, en presencia de mis enemigos...».

—Bien, Burns —murmuró—. Muy bien.

—Gracias, señor. Ya estoy mejor.

Se le sacudieron las piernas. Su cabeza cayó hacia atrás y se golpeó con fuerza contra el estribo de los pies de la cama. Los ojos se le pusieron en blanco y la sangre le manó de la boca abierta y bajó en cascada por su camisa para acabar entre sus piernas temblorosas. El estómago se le hinchó y dilató como un globo que se llena de aire. Un botón salió volando por el camarote. Entonces, la mano, dos veces más grande que la de un hombre normal, atravesó la tela empapada de sangre; era una piel de alabastro manchada de carmesí, con trozos de intestinos destrozados enganchados a las uñas de ocho centímetros. El musculoso antebrazo la siguió, rotó noventa grados, y en un segundo encontró la cabeza de Burns y la atrapó con su enorme zarpa. Con un nauseabundo ruido seco, la bestia le arrancó la cabeza de los hombros y se la llevó a través del agujero que le había abierto en el vientre.

Con un grito de sorpresa, Varner se alejó corriendo, arrastrando la pesada arma con él. No se detuvo a levantarse, sino que giró el fusil hacia el cuerpo sin cabeza de su amigo. Temblando sin parar, con el antebrazo dolorido por el peso del arma, intentando no perder el equilibrio con los movimientos del barco sobre las olas, Varner contuvo el aliento y obligó a su embravecido corazón a calmarse. La luz luchaba contra la oscuridad; estalló un relámpago y, en un instante, la oscuridad volvió a caer sobre él.

Pero la bestia de debajo de la cama era paciente; esperaría a que la oscuridad ganara la batalla. Reanudaría su ataque cuando su presa estuviera en su momento más vulnerable, cuando perdiera el sentido que le era más preciado. Un millón de años de evolución la habían preparado para ese momento. Era el depredador por excelencia de la naturaleza, a diferencia de su presa, que solo hacía unos diez mil años que había sobrepasado a los suyos como señores de la tierra. Expulsados de su hogar ancestral de la sabana y la planicie costera, aquellos *Anthropophagi* que no habían acabado muertos o secuestrados por tribus como la de Benín, que los usaban en sus deportes religiosos, se habían refugiado bajo tierra o en las vastas selvas del Congo y la costa de Guinea, y su número había menguado con los años. Aun así, el ascenso de la humanidad había beneficiado a la bestia, y no solo por proporcionarle presas para alimentarse: para sobrevivir en un hábitat cada vez más pequeño, los *Anthropophagi* se habían hecho más grandes, rápidos y fuertes. Cuando las pirámides surgieron de las arenas de Egipto, el *Anthropophagus* macho medio medía poco más de metro ochenta de los pies a los hombros; al cabo de cinco mil años, un suspiro en términos evolutivos, había llegado a alcanzar más de dos metros. Sus uñas eran más largas, al igual que sus piernas y sus poderosos brazos. Sus ojos habían crecido hasta ser tres veces más grandes que los nuestros, puesto que los habíamos condenado a la noche, de su emparrado en la acacia al frío suelo del bosque o las húmedas cuevas de Kinshasa y la cordillera del Atlas. Puede que la naturaleza diseñara a la bestia de debajo de la cama, pero la escalada del hombre la había perfeccionado.

Varner solo tenía una oportunidad: había abandonado la caja de munición en su loca huida por el suelo. Si fallaba, la tendría encima en un segundo. Por la cabeza le pasó la imagen de la doncella desnuda del pozo, de su cadáver sin cabeza sacudiéndose en el barro y de sus excrementos. Y entonces, como si el recuerdo fuera una pregunta, la bestia le dio la respuesta atacándolo.

La tabla del suelo se partió por la mitad cuando la hembra salió de su escondite; el estruendo de madera rota alertó a Varner. Disparó, sin saber bien a qué. Algo le tiró con fuerza de la pierna: le había clavado las uñas en el tacón de la bota. Golpeó a la criatura entre los hombros encorvados con el cañón del arma mientras ella lo arrastraba hacia su boca, ya abierta. El capitán apoyó la punta de la bota en el tacón atrapado de la otra y empujó con fuerza. El pie se zafó de la trampa, y corrió hacia su escritorio, manteniendo a duras penas el equilibrio con los movimientos de la cubierta.

Años atrás, en Borneo, había comprado un *kris* a un herrero malayo conocido por su habilidad con la metalurgia militar; era una daga de hoja ondulada que Varner usaba para abrir cartas o, cuando no había nada mejor a mano, para limpiarse los dientes. La providencia le sonrió en aquel momento, puesto que el cuarto se iluminó con un relámpago y aquella llamarada se reflejó en la hoja del escritorio. Agarró el *kris* y se volvió para acuchillar la oscuridad a ciegas.

—No sé qué fue —resolló el anciano postrado, veintitrés años después—, si el azar o el destino. O la suerte o mi ángel de la guarda guiaron la mano que acertó en el ojo negro de la maldita bestia. ¡Sí, a ciegas fue la cuchillada que la cegó! Sus rugidos de miedo y dolor mientras retrocedía se alzaron por encima del restallar de las olas y los ensordecedores truenos, y la oí caer sobre los restos de mi cama. Quizá tropezara con el pobre Burns; no lo sé. Yo ya estaba en la puerta.

El azar o el destino le habían dado una oportunidad. Después, el miedo y su bienhechora progenie, la adrenalina, le dieron la fuerza necesaria para aprovecharla: apartó el armario de su camino, abrió la puerta del camarote y se lanzó al amparo de la lluvia.

—No miré a izquierda ni a derecha —dijo—. No me importaba si me golpeaba una ola solitaria o un perno errante. Fui derecho a los botes salvavidas.

Pero la cuerda que enganchaba el bote al Feronia se había enredado y retorcido de mala manera con el incesante viento. Agachado en el agua helada que encharcaba el fondo de la barca, con los ojos entornados para protegerlos de la lluvia, Varner tiraba de los nudos con dedos entumecidos.

Con la cabeza todavía agachada y los ojos cerrados, Warthrop dijo en voz baja:

—El cuchillo.

—¡Sí, Warthrop! El cuchillo. ¿Y sabe que seguí deshaciendo aquellos nudos un rato, con la hoja entre los dientes para que no se me rompieran de tanto entrechocarlos? Entre risas histéricas por mi estupidez, asombrado por mi buena fortuna, corté la cuerda y dejé caer el bote al mar, de golpe.

Nadie dijo nada tras concluir el relato. Warthrop permaneció contra la pared, y Varner siguió tumbado igual que desde que llegáramos, inmóvil como un cadáver, con la lengua moviéndose entre los labios amoratados y los ojos volando por el techo amarillento. Yo estaba junto a la puerta, donde llevaba apostado lo que me parecían horas. De no haber visto a Eliza Bunton en aquel obsceno abrazo o sido testigo del fallecimiento de Erasmus Gray, no me cabe duda de que habría tomado aquella historia como el producto de una mente torturada, una ilusión nacida de la demencia senil de un viejo marino y con el mismo valor que los cuentos sobre sirenas y leviatanes capaces de tragarse enteros un barco y a su tripulación. ¿Hay ironía más cruel que esta? Que, al rescatarlo, la verdad lo hubiera llevado hasta allí, a una casa para locos, pues solo un loco cree lo que saben todos los niños: que hay monstruos agazapados bajo nuestras camas.

—Qué gran suerte —dijo el doctor, rompiendo por fin el silencio—, no solo haber escapado aquella noche, Hekeziah, sino haber sobrevivido hasta su rescate.

—Los perdí a todos, a todos —respondió Varner—. Y me he pasado veintitrés años en este horrible lugar, los cinco últimos postrado en esta cama con mis recuerdos y esa espantosa mujer del llavero para hacerme compañía. ¡Suerte, dice! Porque si la vida es una pregunta, ya tengo mi respuesta: no hay forma de escapar. No se puede engañar al destino. Yo era el capitán. El Feronia me pertenecía, y yo le pertenecía a él y lo traicioné. Lo traicioné y lo abandoné, pero el destino no acepta ninguna de las dos cosas; solo puede posponerse. Estaba condenado a morir devorado, ¿sabe?, y aunque me retiré a tiempo hace veintitrés años, ahora la casa reclama la apuesta y debo pagarla.

Warthrop se tensó. Contempló durante un momento su rostro hinchado, los ojos legañosos e inquietos, la lengua escurridiza. Recogió la lámpara del suelo y se me acercó.

—Sostén esto, Will Henry —me ordenó—. Más arriba. Ahora, da un paso atrás.

Agarró las sábanas con ambas manos. Los ojos de Varner se deslizaron hacia él, y el anciano susurró:

—No.

Sin embargo, no se movió cuando Warthrop tiró de la ropa de cama, y yo retrocedí tambaleándome sin poder reprimir un grito ahogado.

Hezekiah Varner estaba desnudo como un recién nacido; bajo varios rollos de grasa gelatinosa, su cuerpo era del mismo tono grisáceo que su rostro y lucía un rompecabezas de trozos de gasa aplicados a toda prisa sobre distintas zonas de su colosal anatomía. No había visto nunca a un ser humano tan obeso, aunque no fue eso lo que me hizo retroceder y jadear, sino el olor. El dulzón aroma a carne podrida que había detectado antes se multiplicaba por diez, aquel nauseabundo olor que había atribuido a una rata muerta que se descomponía debajo de la cama. Miré al doctor, que a su vez observaba con rostro lúgubre al capitán.

—Aquí arriba, Will Henry —me dijo—. Sostenla sobre él mientras echo un vistazo.

Obedecí, por supuesto, procurando respirar poco y por la boca, pero notaba un leve sabor en la lengua, la acidez cosquilleante que acompaña a cualquier olor fuerte. Mientras sostenía la lámpara por encima del cuerpo inmóvil del capitán, el doctor se inclinó sobre él y empezó a apartar con cuidado una de las vendas. Varner gruñó, pero no movió ni un músculo.

—No —gimió—. ¡No me toque!

Warthrop desatendió su súplica.

—Qué estúpido he sido al no notarlo de inmediato.

Solo podía haber una explicación para su presencia, Will Henry.

Asentí con la lámpara en una mano, y la nariz y la boca tapadas con la otra. Asentí, aunque no lo entendía. ¿Una explicación para la presencia de quién? La piel de Varner se estiró al tirar Warthrop de la gasa. La venda, como las otras que lo cubrían, parecía sorprendentemente blanca sobre la piel gris. Era reciente. La señora Bratton había estado muy ocupada mientras Starr nos entretenía en la sala; había limpiado el cuarto con lejía, le había quitado a Varner su camisón mugriento, le había puesto las vendas y lo había tapado con sábanas limpias, todo para ocultar... ¿el qué? No las escaras, que eran de esperar en un hombre postrado del tamaño de Varner. La respuesta, por supuesto, zumbaba y revoloteaba contra la ventana que teníamos detrás.

«¿Qué pasa con las moscas?».

—No me toque —susurró el despojo humano que teníamos bajo nosotros.

La venda que Warthrop había retirado le cubría casi todo el costado derecho. Bajo ella había una herida del tamaño aproximado de un plato de postre, ovalada, con los bordes irregulares e inflamados, una cavidad supurante que le llegaba hasta las costillas, que le brillaban con un tono gris tormentoso a la titilante luz de la lámpara. Pus ensangrentado goteaba del borde del agujero y bajaba por un pliegue formado por dos rollos de grasa del vientre hacia la mohosa sábana bajera. La señora Bratton no había sido capaz de cambiarla; Varner pesaba demasiado.

Warthrop gruñó y acercó el rostro a pocos centímetros de la herida para asomarse a sus sucios recovecos.

—No —murmuró, negando con la cabeza—. Aquí no... ¡Ah! Sí, a nuestra querida señora Bratton se le han escapado unos cuantos. ¿Los ves, Will Henry? Fíjate, ¿ves bajo la segunda costilla, ahí?

Seguí su dedo hasta el punto en el que reptaban y se retorcían en el fango orgánico del torso violado de Varner tres gusanos absortos en un sinuoso ballet dentro de la carne infectada, sus cabezas negras relucientes como cuentas bruñidas.

—No... me... toque...

—Somos miopes en nuestras percepciones, Will Henry —dijo el doctor en voz baja—. Poblamos nuestras pesadillas de los carnívoros equivocados. Piénsalo: el humilde gusano consume más carne cruda que los leones, los tigres y los lobos juntos. Pero ¿qué es esto?

Pasó junto a mí en dirección a los pies de la cama. Me había equivocado al pensar que el capitán estaba completamente desnudo. No era así. Llevaba las botas puestas. El cuero estaba cuarteado; los cordones se habían deteriorado hasta reducirse a trocitos de cuerda anudada. El doctor apretó con cuidado la piel roja hinchada justo encima de la bota del pie derecho de Varner, y el capitán respondió con un ronco grito de dolor. Warthrop metió una mano entre el talón y el colchón, y ese simple toque hizo que el enfermo se tensara de angustia.

—¡Por amor de Dios, si le queda una chispa de compasión, Warthrop...!

—El pie está hinchado, muy infectado, igual que el izquierdo, sospecho —murmuró el monstrumólogo, haciendo caso omiso de su súplica—. Acerca la lámpara, Will Henry. Quédate aquí, al pie de la cama. Si tuviera un cuchillo afilado, la cortaría.

—Mis botas no. ¡Mis botas no, por favor!

Warthrop agarró el zapato putrefacto con ambas manos y lc dio un fuerte tirón. ¿Serían las mismas botas que le habían salvado la vida veintitrés años atrás?, me pregunté. ¿Llevaba allí tumbado todo ese tiempo, negándose a quitárselas por miedo supersticioso? Los músculos del cuello del doctor se tensaron por el esfuerzo de sacar la bota. Varner empezó a llorar desconsoladamente. Maldecía. Dejó escapar una lista de blasfemias e insultos entre sollozos desgarradores.

El zapato se rompió en las manos de Warthrop al liberarse. El hedor a carne descompuesta nos envolvió como una insólita nube nauseabunda. Cuando salió la bota, con ella salió entera, convertida en una masa cuajada, la piel que antes envolvía, y un chorro de pus denso y viscoso del color de las algas de un estanque se derramó sobre las sábanas.

El doctor dio un paso atrás con cara de asco y consternación.

—Malditos sean mil veces por esto —dijo en voz baja y peligrosa.

—¡Vuelva a ponerla! —gritó el capitán—. Duele. ¡Duele!

—Demasiado tarde —masculló Warthrop.

Después miró mi rostro surcado por las lágrimas.

—La infección se le ha extendido hasta los huesos —me susurró—. Le quedan horas, no más de un día.

Dejó caer el zapato destrozado en el suelo y regresó junto a Varner. Con gran ternura, le puso una mano en la frente y lo miró a los ojos.

—Hezekiah, ¡Hezekiah! Está muy mal. Haré todo lo que pueda, pero...

—Solo quiero una cosa —susurró Varner.

—Dígamela; haré todo lo que esté en mi mano.

Con un esfuerzo sobrecogedor, un triunfo de la voluntad humana sobre las circunstancias inhumanas, el anciano levantó la cabeza un par de centímetros de la almohada y susurró:

—Máteme.

El doctor no respondió. Guardó silencio un instante, sin dejar de acariciar el ceño febril. Después se enderezó despacio y asintió de manera casi imperceptible. Se volvió hacia mí.

—Will Henry, espérame fuera.

—¿Fu... fuera, señor?

—Si la ves acercarse por el pasillo, llama dos veces a la puerta.

Se giró hacia el moribundo, seguro, como siempre, de mi obediencia inmediata. Metió una mano bajo la cabeza de Varner y, con la otra, cogió la almohada por debajo. Sin volverse hacia mí, dijo con la voz tomada:

—Haz lo que te pido, Will Henry.

Dejé la lámpara en el suelo, y la sombra que se proyectó sobre la cama oscureció el rostro del doctor y del hombre sobre el que se inclinaba: una mortaja negra para un negro asunto. Los dejé así, paralizados en aquella triste escena, cerré la puerta y respiré el aire del pasillo hasta el fondo de mis necesitados pulmones, como un nadador que se zafa del puño de acero de la ola más cruel. Apoyé la espalda en la pared, entre la puerta de Varner y la de su vecino, y me dejé caer poco a poco hasta el suelo, donde me abracé las piernas dobladas y escondí el rostro, ya mojado, entre las rodillas. Oí un arañazo detrás de la puerta de al lado acompañado de la misma voz gutural que había oído antes:

—Hola otra vez, pequeño. ¿Has vuelto para verme? No seas tímido. Sé que estás ahí. —La persona de detrás de la puerta olisqueó con un ruido que ponía la piel de gallina—. Puedo olerte. Vamos, sé un buen chico y abre la puerta. Podemos jugar. Seré bueno; te lo prometo.

Me solté las rodillas y me tapé las orejas con las manos.

No sabría decir cuánto tiempo pasé allí acurrucado, en aquel miserable pasillo, mientras la voz incorpórea me susurraba y suplicaba que le abriera la puerta. Estaba hundido, desconsolado, torturado por los recuerdos de los enloquecedores zumbidos de las moscas y de sus golpes contra la ventana, y por el gorgoteante grito de Hezekiah Varner: «¡Mis botas no, por favor!». El tiempo transcurre de un modo distinto en los sitios como el psiquiátrico de Motley Hill. Como ocurrió en la desdichada expedición del Feronia, una hora parecía durar más de un día, y las noches, más de un año. ¿Qué consuelo se puede obtener de la certeza de que el día sigue a la noche en un lugar como aquel, en el que el día se compone de la misma tediosa rutina, de un purgatorio de horas idénticas? ¿Qué significa una hora cuando no se distingue en nada de las demás? Amanece un nuevo día, otra estación llega y se va, pasa un año y después otro, y otro, hasta que veintitrés años se pierden en el olvido. ¡Ay, Hezekiah, con razón recuerdas tu último viaje como si ayer te hubieras lanzado al agua, a merced de las profundidades saladas! Los años intermedios los absorbieron estos pasillos luciferinos, igual que un agujero negro succiona la luz y te deja tambaleándote en el horizonte de sucesos, donde el tiempo se mide por el aleteo de una mosca en el aire estancado.

De repente me sentí muy estúpido por haberle recriminado al doctor que acabara con la vida de Erasmus Gray. «No hay un principio más absurdo e insidioso que el que dice que "donde hay vida, hay esperanza"», había afirmado, y ¿qué más prueba que el caso de Hezekiah Varner, capitán del condenado Feronia? Vida había, pero ¿esperanza? Su destino no era muy distinto del de la joven virgen lanzada al pozo de los sacrificios del Oba... No, era peor, porque aquel frenesí salvaje la devoró en segundos, mientras que el de los gusanos duraba semanas. ¿Había un destino más horroroso y desesperado que ese? Sin duda, Erasmus habría suplicado que lo mataran, como hizo Varner, y, como el doctor había dicho, de haber podido le habría dado las gracias.

Por tanto, fue una sorpresa que, cuando el doctor abrió la puerta (y la lámpara proyectó su larga sombra sobre el suelo y la pared de enfrente), se agachara a mi lado en una pose similar de cansada resignación, se apretara los ojos ojerosos con los puños y dijera:

—No puedo hacerlo, Will Henry. —Se rio sin ganas y añadió—: No consigo determinar si es un triunfo de la voluntad o todo lo contrario. Quizás ambas cosas. Ya ves por qué prefiero la ciencia a la moral, Will Henry. Lo que es, es. Lo que quizá sea, quizá sea. Lo han dejado ahí tumbado, en esa cama, sin moverlo, hasta que su propio peso le ha producido las llagas infectadas en las que las moscas han puesto sus huevos, y ahora la infección le ha llegado a los huesos. Está condenado, Will Henry; no hay esperanza de recuperación.

—Entonces ¿por qué no puede...? —susurré.

—Porque no me fío de mis motivos. No sé qué manos sujetarían la almohada: si las suyas... o las mías.

Se levantó mientras sacudía la cabeza con tristeza y me pidió que yo también me pusiera en pie.

—Vamos, Will Henry. Tenemos un último asunto del que ocuparnos. El quid de la cuestión, al final, es la responsabilidad y la recompensa. ¡«Qué pasa con las moscas», efectivamente! Los gusanos que se ceban del cuerpo de Varner; los gusanos de la duda y la culpa que se cebaron del alma de mi padre. Existen monstruos como los *Anthropophagi* y monstruos de una naturaleza más banal. ¡Lo que es, es, Will Henry, y siempre será!

Se alejó por el pasillo sin mirar atrás. Corrí tras él, mareado de alivio al pensar que nuestra estancia allí tocaba a su fin. Recorrimos el pasillo, donde, incluso a aquellas horas, se oían los gritos y llantos, los chirridos y chillidos de los «huéspedes» confinados en la casa; bajamos por las estrechas escaleras desvencijadas hasta el vestíbulo de abajo, y allí nos esperaba la arisca señora Bratton, con la ganchuda nariz de bruja manchada de polvo blanco. Lucía tanto un delantal como una sonrisa forzada.

—¿Ha acabado con el paciente, pues, doctor?

—No he acabado —le espetó Warthrop—. Aunque él casi lo está. ¿Y Starr?

—El doctor Starr se ha retirado a su cuarto —respondió ella, fría, a todas luces indignada por su tono—. Es muy tarde.

El monstrumólogo dejó escapar una amarga carcajada.

—¡Y, tanto, buena mujer! ¿Qué tienen aquí para el dolor?

Entonces apareció un ceño fruncido que parecía mucho más natural que la sonrisa.

—¿Para el dolor, doctor?

—Láudano... o morfina, si la tienen.

Ella negó con la cabeza.

—Tenemos aspirina. O, si el paciente está muy incómodo, el doctor les permite dar un par de traguitos de whisky.

—Ninguno de los dos servirá en este caso.

—¿Varner no se siente bien? —preguntó la mujer sin que se le cayera la cara de vergüenza—. A mí no se me ha quejado.

—No llegará vivo al alba —respondió el doctor con las mejillas enrojecidas. Tuvo que aplicar hasta la última gota de su inestimable autocontrol para no agarrarla por el escuchimizado cuello y estrangularla—. Tráigame el whisky.

—No puedo hacerlo sin el permiso del doctor —protestó ella—. Y me ha dejado instrucciones estrictas de no molestarlo.

—Tiene mi permiso para «molestarlo», señora Bratton —gruñó Warthrop—. O le pediré al jefe de policía local que lo haga por usted.

Después se volvió y se dirigió de nuevo hacia las escaleras. El alma se me cayó a los pies. Nuestra estancia, como aquella noche, parecía no acabar. Al pasar junto a la sala, Warthrop me pidió que cogiera la pequeña mecedora que había junto a la chimenea. Lo seguí escaleras arriba, cargado con la silla.

—¡El whisky, señora Bratton! —gritó el doctor, volviendo la mirada atrás—. ¡Y un frasco de aspirinas!

Regresamos al cuarto de Varner. Warthrop lo había cubierto otra vez, pero el olor a putrefacción humana todavía flotaba en el aire. Coloqué la silla junto a la cama, Warthrop se sentó, y así comenzó la vigilia en el lecho de muerte. La señora Bratton llegó con el whisky y las aspirinas; se negó a cruzar el umbral y lanzó miradas asesinas a Warthrop mientras yo recogía la bandeja.

Con una despreocupación extraña dadas las dolorosas circunstancias, preguntó:

—He horneado unas madalenas de arándanos. ¿Les apetece una a usted o al chico, doctor?

—No, gracias —contestó Warthrop. Después tragó saliva con dificultad—. No tengo hambre.

—Como desee —repuso ella con aire de superioridad—. ¿Necesita algo más, doctor?

Él no le hizo caso. Ella me miró. Yo aparté la vista. Se fue.

—Cierra la puerta, Will Henry —dijo el doctor en voz baja. Después levantó la cabeza de Varner y le metió cuatro aspirinas en la boca entreabierta. Después le llevó la botella a los labios descoloridos—. Beba, Hezekiah. Beba.

Durante la siguiente hora, el capitán estaba consciente a ratos, y murmuraba incoherencias tanto despierto como desmayado, gruñía y suspiraba, resoplaba y gemía sin dejar de mover los ojos, incluso cuando estaban cerrados. El doctor Starr no apareció en ningún momento.

—En este asunto tenemos una hidra, Will Henry —dijo Warthrop mientras le acariciaba la frente a Varner—: por cada rompecabezas que resolvemos, aparecen dos más. Ahora sabemos que solo llegaron dos criaturas hasta nuestras orillas. Teniendo en cuenta una tasa de nacimiento de dos crías al año, más los fallecimientos por accidentes y enfermedades (además de algún que otro macho perdido durante la época de apareamiento), diría que ambas sobrevivieron a la varada del Feronia, y que la manada que encontramos es la única progenie de la pareja original. De treinta a treinta y cinco individuos, entonces... no más. —Suspiró—. Lo que nos plantea la pregunta del porqué. ¿Por qué quería mi padre más de uno? Si deseaba estudiar la especie, ya fuera en estado salvaje o en cautividad en Benín, ¿por qué no fue él a África? Mi madre ya había muerto; yo estaba internado en el colegio; nada lo ataba a Nueva Jerusalén. En el pasado nunca había dudado en acudir allá donde lo llevaran sus investigaciones, y las expediciones peligrosas no le eran desconocidas. Quería ejemplares vivos aquí y pagó una fortuna por ello. ¿Por qué? —Acarició la frente del anciano con aire ausente, como si con sus cuidados pudiera obtener la respuesta—. ¿Por qué?

Ni el moribundo ni yo teníamos una explicación plausible: él estaba inconsciente y yo había llegado al límite de mi resistencia. Me senté en el suelo con la espalda apoyada en la pared, incapaz de reprimir los bostezos y de mantener abiertos mis pesados párpados. La vista se me desenfocaba, y el sonido de la voz del doctor se esfumó entre las sombras del cuartito. El zumbido de las moscas, la respiración agitada del capitán, el rítmico crujido de la mecedora, incluso la lejana sinfonía de los enfermos del pasillo... Todo se fundía en mis oídos hasta transformarse en una monótona nana. Me quedé dormido a poco de llegar el alba, pero no así el doctor. Con la espalda inclinada, cargó con el peso legado por su padre. No descansó; continuó con su vigilia. Y aunque estaba inmóvil, su mente trabajaba sin parar.

Me desperté con el cuello rígido y un horrendo dolor de cabeza. El cristal sucio filtraba el merecido sol de la mañana, cuya luz rompía como las olas contra el dique de polvo y mugre. En la penumbra distinguí al doctor, todavía en la pequeña mecedora, alerta, con la barbilla en la mano mientras examinaba con ojos inyectados en sangre la forma inerte ante él. En algún momento entre quedarme dormido y despertar, Warthrop había cubierto la cabeza del capitán con la sábana.

Hezekiah Varner ya no estaba entre nosotros.

Me levanté con piernas temblorosas y usé la pared para apoyarme. El doctor no me miró, aunque dejó escapar un suspiro y se restregó la cara. Oía la palma de su mano rasparse con la mejilla sin afeitar.

—Se acabó, Will Henry.

—Lo siento, señor —respondí sumiso.

—¿Lo sientes? Sí, yo también. Todo esto... —hizo un gesto hacia la cama— es para sentirlo en el alma, Will Henry.

Se puso en pie y se balanceó un momento, ya que sus piernas no parecían más recias que las mías. Lo seguí al pasillo. Lo recorrimos, soñolientos, acompañados como siempre por los gritos y llantos de los atormentados. La señora Bratton nos esperaba al pie de las escaleras. Saludó al doctor con un impasible gesto de cabeza.

—Bueno, ¿cómo está el capitán esta mañana, doctor Warthrop?

—Muerto. ¿Dónde está Starr?

—El doctor Starr ha tenido que salir por un asunto urgente.

El monstrumólogo la miró un buen rato y después se rio sin ganas.

—¡No me cabe duda! —exclamó—. Y usted estará bastante ocupada en su ausencia. Habrá mucho que hacer después de que avise a la policía estatal, ¿verdad, señora Bratton?

—No sé a qué se refiere, doctor Warthrop —replicó ella, fría.

—Me temo que quizá sea así —dijo el doctor en tono helado—. ¡Y eso es aún más espantoso! Considerar que su vergonzosa negligencia es normal y humana resulta más que deplorable; es directamente inhumano. Puede informar a su señor de que no he terminado aquí. Yo no he terminado, pero Motley Hill, sí. Me encargaré personalmente de que se le castigue con todo el peso de la ley por el homicidio de Hezekiah Varner. —Dio un paso hacia la mujer, que se encogió de miedo ante la ferocidad de su justa indignación—. Y rezo (cosa que él no debería hacer) por que la ley le demuestre (y a usted también) la misma compasión que él ha demostrado a las pobres almas confiadas a su cuidado.

Pasó junto a su silueta encogida sin esperar respuesta. Después abrió la puerta de tal empujón que se estrelló contra la pared con estrépito. A medio camino por el descuidado patio, el doctor tiró de las riendas y volvió su montura para mirar la vieja casa con su pintura descascarillada y su tejado hundido, cabizbajo ante la reluciente luz del sol.

—Aunque Varner pudiera decirlo sobre su vida, no podrá decirse sobre su muerte, Will Henry: no será en vano. Habrá justicia para Hezekiah Varner y todos los que han sufrido dentro de esas malditas paredes. Me aseguraré de ello. ¡Vive Dios que me aseguraré de ello!

INFOLIO II

Residuos

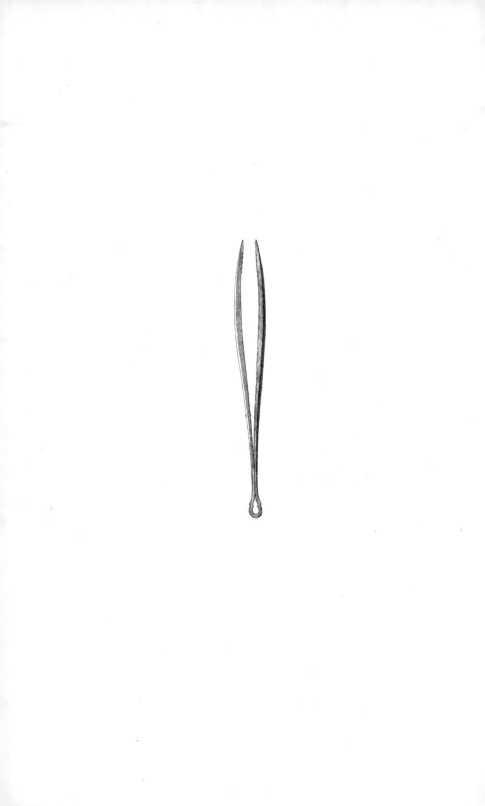

SIETE

«Me has fallado»

No sabía qué esperar a mi regreso al 425 de Harrington Lane, aparte de algún alimento para mi estómago vacío y una almohada para mi agotada cabeza. Por las escue-
tas localizaciones que había enviado por correo urgente
el día anterior, sospechaba que el doctor pretendía esperar a la llegada de John Kearns antes de proceder contra
los *Anthropophagi*, pero no me atrevía a preguntar porque había caído en uno de sus estados taciturnos, y con
cada kilómetro que recorríamos se encerraba más en sí
mismo.

Me dejó guardando los caballos mientras él desaparecía en el interior de la casa. Una vez que estuvieron provis-
tos de agua y comida, y cepillados para sacudirles el polvo
del camino, tras una breve visita a la vieja Bess, me arrastré

hasta la casa con toda mi escasa esperanza depositada en encontrarme algo medianamente comestible en la mesa. La puerta del sótano estaba abierta; las luces de abajo, encendidas; por las escaleras me llegaba un estrépito de cajones al cerrarse y objetos pesados arrastrados o empujados por el suelo de piedra. Al cabo de unos minutos de escándalo, subió las escaleras, sin aliento y con las mejillas en llamas. Sin prestarme atención, recorrió el pasillo y se metió en el estudio, donde empezó a abrir y cerrar cajones. Cuando me asomé al cuarto, estaba sentado a su escritorio, rebuscando en uno de ellos.

—Tiene que haber algo —mascullaba—. Una carta, un conocimiento de embarque, un contrato de servicios, algo...

Di un brinco cuando cerró el cajón de golpe. Me miró, sorprendido, como si yo, su único compañero en esta vida, fuera la última persona a la que esperaba ver.

—¿Qué ocurre? —preguntó—. ¿Por qué te quedas ahí agazapado, Will Henry?

—Iba a preguntarle...

—Sí, sí, pues pregunta. Pregunta.

—Sí, señor. Iba a preguntarle, señor, si quiere que vaya al mercado.

—¿Al mercado? ¿Para qué, Will Henry?

—Para comprar comida, señor. No tenemos nada en la casa, y no ha comido desde...

—Por amor de Dios, muchacho, ¿es en lo único que piensas?

—No, señor.

—¿En qué más, entonces?

—¿En qué más?

—Sí, en qué más. Además de en la comida, ¿en qué más piensas?

—Bueno... Pienso en muchas cosas, señor.

—Sí, pero ¿en cuáles? Esa era mi pregunta. —Me miró con rabia, con los dedos tamborileando en la madera pulida del escritorio—. Ya sabes lo que es la gula, Will Henry.

—Sí, señor. Y también lo que es el hambre, señor.

Reprimió una sonrisa. Al menos, eso me dije; también puede ser que reprimiera el impulso de lanzarme a la cabeza el objeto más pesado que tuviera a mano.

—¿Y bien? —preguntó.

—¿Señor?

—¿En qué más ocupas tu mente?

—Intento... comprender, señor.

—¿El qué?

—Mi lugar... dentro del propósito de... las cosas que me intenta enseñar, señor... Pero, sobre todo, para serle sincero, señor, porque mentir es la peor de las bufonadas, intento no pensar en más cosas de las que intento pensar, si es que eso tiene sentido, señor.

—No mucho, Will Henry. No mucho. —Tras un gesto de desdén, añadió—: Ya sabes dónde guardamos el dinero. Ve al mercado, si te place, pero ve derecho hasta allí y vuelve sin hacer paradas. No hables con nadie, y si alguien te habla, todo va bien; estoy ocupado con mi último tratado, lo que te parezca más natural, siempre que no sea la verdad. Recuerda, Will Henry, a veces la falsedad nace de la necesidad y no de la estupidez.

Como si me hubieran quitado un pequeño peso de encima, lo dejé con su búsqueda. Me alegraba contar con aquel breve respiro, ya que no era fácil ser el aprendiz de un monstrumólogo con el genio del doctor; y me alegré el doble de contar con las mundanidades que la mayoría de los legos da por sentadas e incluso tiene la cortedad de miras de despreciar. Las tareas y los quehaceres que ocupaban mis días eran alivios temporales de los oscuros asuntos nocturnos, llenos de visitas inesperadas, paquetes misteriosos, noches en el laboratorio y peregrinaciones a regiones lejanas y olvidadas del mundo en las que los nativos no habían sufrido la civilización hasta el punto de olvidar que debían temer lo que acecha entre las sombras. Para mí, los deberes diarios no eran aburridos. Tras catalogar los órganos internos de una criatura salida de mis peores pesadillas, lavar los cubiertos era un placer.

Así que subí alegremente las escaleras para lavarme. Me cambié de camisa (la que llevaba olía un poco al cuarto del capitán Varner, una peculiar amalgama de lejía y putrefacción). Sin embargo, faltaba un pequeño objeto, así que antes de salir fui a hablar con el doctor. Lo encontré en la biblioteca, sacando libros al azar de los estantes y hojeándolos antes de lanzarlos al suelo sin orden ni concierto.

—¿Ya has vuelto? Bien, necesito tu ayuda. Empieza por el otro extremo de aquel estante.

—En realidad, todavía no me he ido, señor.

—Siento discrepar, Will Henry. Has pasado fuera un buen rato.

—Solo para lavarme, señor.

—¿Estabas sucio? —No esperó respuesta—. Así que al final has decidido que no tenías hambre, ¿no?

—No, señor.

—¿No tienes hambre?

—Tengo hambre, señor.

—Pero me acabas de decir que no.

—¿Señor?

—Te he preguntado si habías decidido que no tenías hambre y me has contestado que no. Así es como yo lo recuerdo, en todo caso.

—No, señor. Quiero decir, sí, señor. Quiero decir... Me preguntaba... En fin, quería preguntarle si encontró mi sombrero.

Se me quedó mirando sin entender nada, como si le hablara en una lengua extranjera y exótica.

—¿Sombrero?

—Sí, señor. Mi sombrero. Creo que lo perdí en el cementerio.

—No sabía que tuvieras un sombrero.

—Sí, señor. Lo llevaba puesto esa noche, en el cementerio, y debió de caérseme cuando las..., cuando nos fuimos, señor. Me preguntaba si lo había encontrado cuando regresó para... para ponerlo todo en orden.

—No vi ningún sombrero, salvo el que te di para que lo destruyeras. ¿Cuándo te has comprado un sombrero, Will Henry?

—Ya era mío cuando llegué, señor.

—¿Cuándo llegaste... dónde?

—Aquí, señor. A vivir aquí. Era mi sombrero, señor. Me lo dio mi padre.

—Ya veo. ¿Era suyo?

—No, señor. Era mío.

—Ah. Creía que quizá tuviera algún valor sentimental.

—Lo tenía, señor. Quiero decir, que lo tiene.

—¿Por qué? ¿Qué tiene de especial un sombrero, Will Henry?

—Que me lo dio mi padre —repetí.

—Tu padre. Will Henry, ¿puedo darte un consejo?

—Sí, señor. Por supuesto, señor.

—No sientas demasiado apego por las cosas materiales.

—No, señor.

—Evidentemente, ese sabio consejo no es idea mía. Aun así, es más valioso que cualquier sombrero. ¿Hemos satisfecho tu curiosidad, Will Henry?

—Sí, señor. Supongo que se ha perdido para siempre.

—Nada se pierde del todo, Will Henry. A no ser que hablemos de la prueba que mi padre tuvo que dejar atrás sobre este nefasto asunto. O de la razón por la que sigues ahí parado sin hacer nada útil mientras yo la busco.

—¿Señor? —pregunté, puesto que me había perdido por completo.

—¡O vas al mercado o me ayudas, Will Henry! ¡Espabila! No sé cómo consigues arrastrarme a estas distracciones filosóficas.

—Solo quería saber si había encontrado mi sombrero.

—Bueno, pues no.

—Es lo único que quería saber.

—Si me estás pidiendo permiso para comprar uno nuevo, pásate por una mercería, Will Henry, con la condición de que lo hagas hoy mismo.

—No quiero un sombrero nuevo, señor. Quiero mi antiguo sombrero.

Suspiró. Me alejé rápidamente antes de que se le ocurriera una respuesta. Para mí se trataba de un asunto muy sencillo: había encontrado mi sombrero en el cementerio o no lo había encontrado. Me habría bastado con un simple: «No, no he encontrado tu sombrerito, Will Henry». No me sentía del todo responsable de la naturaleza enrevesada de nuestro diálogo. Algunas veces, el doctor, a pesar de ser nacido en América y educado en Inglaterra, parecía desconcertado con los preceptos de la conversación normal.

Llegué a la ciudad sin sombrero pero feliz. Durante unos preciados minutos, al menos, era libre de todo lo monstrumológico. Los dos últimos días habían sido especialmente complicados. ¿Solo habían pasado dos días de la aparición del viejo ladrón de tumbas en nuestra puerta, cargado con su espantoso paquete? Me habían parecido doscientos. Mientras me apresuraba por las calles adoquinadas del bullicioso centro de Nueva Jerusalén e inspiraba el aire limpio y fresco de principios de primavera pensé, como muchas otras veces desde mi llegada a la casa del doctor (como le ocurriría a cualquiera en mi posición), en escapar.

Warthrop no tenía barrotes en las ventanas; no me encerraba dentro de mi cuartito por las noches como a un pájaro enjaulado ni me esposaba a un poste durante el día. De hecho, cuando no necesitaba mis «indispensables» servicios, apenas se fijaba en mí. Si huía mientras él se regodeaba en la miseria de uno de sus ataques de melancolía, podría pasar un mes antes de que se diera cuenta de mi ausencia. Como el esclavo atribulado que trabajaba en los campos de algodón del viejo Sur, no me preocupaba adónde ir, cómo llegar hasta allí ni qué hacer cuando llegara. Esos detalles me parecían triviales. Al fin y al cabo, el objetivo de la libertad es la libertad en sí misma.

A menudo, a lo largo de los años, me he preguntado por qué nunca hui. ¿Qué me ataba a él, aparte de la inercia a la que somos susceptibles todos los seres humanos? No había vínculos de sangre. No había prestado ningún juramento. No había nada en la ley que me lo impidiera. No obstante, cada vez que la idea de escapar me revoloteaba por la mente consciente, después desaparecía como un efímero fuego fatuo, un *ignis fatuus*, un resplandor huidizo sobre el pantano de mi psique. Abandonarlo no era impensable (confieso que lo pensaba a menudo), pero estar lejos de él sí que lo era. ¿Era el miedo lo que me mantenía a su lado, el miedo a lo desconocido, el miedo a vagar solo y sin rumbo, el miedo a sufrir un destino mucho más aterrador que el de servir a un monstrumólogo? ¿Era porque un mal «conocido» era preferible a un bien impredecible y «por conocer»?

Quizá fuera en parte por eso; quizá fuera en parte por miedo, aunque no del todo. Durante mis primeros once años de vida había sido testigo de la estima (no, de la profunda y completa admiración) que sentía mi querido padre por él. Mucho antes de conocer a Pellinore Warthrop en persona, ya me había reunido con él incontables veces en mi mente; era un genio imponente a quien mi familia se lo debía todo, una presencia acechante bajo cuya larga sombra vivíamos. «El doctor Warthrop es un gran hombre dedicado a grandes obras, y jamás le daré la espalda...». No resulta exagerado afirmar que mi padre lo quería con un afecto rayano en la adoración idólatra, igual que no resulta exagerado decir que ese mismo amor lo condujo a su sacrificio final: mi padre murió por Pellinore Warthrop. Quererlo le había costado la vida.

Quizá, pues, fuera el amor lo que me frenaba. No por el doctor, por supuesto, sino por mi padre. Al quedarme, honraba su memoria. Abandonarlo habría significado desautorizar su creencia más preciada, lo único que hacía soportable su servicio al monstrumólogo (y el terrible coste de ese servicio): la idea de que Warthrop se dedicaba a «grandes obras» y que ser su ayudante implicaba que tú también formabas parte de esa grandeza; que, de hecho, sin ti, su «obra» ni siquiera habría alcanzado tales cotas. Huir habría sido un reconocimiento tácito de que mi padre había muerto en vano.

—¡Vaya, vaya, mira quién está aquí! —exclamó Flanagan, que se apresuró a acudir a la puerta tras sonar la campanilla—. ¡Mujer, ven a ver lo que ha entrado por la puerta!

225

—¡Estoy ocupada, señor Flanagan! —respondió su mujer en tono quejumbroso desde el almacén—. ¿Quién es?

El tendero, que además de tener las mejillas como dos manzanas, las vendía, me apoyó las manos en los hombros y se asomó con sus relucientes ojos verdes a mi rostro alzado. Olía a canela y a vainilla.

—¡El pequeño Will Henry! —gritó, volviendo la vista atrás—. Dulce madre de Dios, creo que llevo un mes sin verte —dirigió hacia mí sus facciones querúbicas, resplandecientes de alegría—. ¿Cómo te va, muchacho?

—¿Quién? —bramó la señora Flanagan desde el almacén.

Flanagan me guiñó un ojo y se volvió para responder:

—¡El señor del 425 de Harrington Lane!

—¡Harrington Lane! —gritó ella a su vez, y apareció de inmediato en el umbral con un pesado cuchillo de trinchar en su enorme mano de nudillos rojos.

La señora Flanagan doblaba en tamaño a su marido y lo triplicaba en estridencia. Cuando hablaba, hasta las ventanas temblaban en sus marcos.

—¡Oh, señor Flanagan! —tronó cuando me vio—. Si no es más que Will Henry.

—Que no es más que Will Henry... Escucha lo que dices, mujer. —Me sonrió—. No le hagas caso.

—No, señor —respondí automáticamente. Temiendo que mis palabras ofendieran a su compañera amazona armada, añadí—: Hola, señora Flanagan, ¿cómo está usted?

—Estaría mucho mejor sin estas interrupciones constantes —rugió—. Mi marido, con quien mi santa madre me advirtió que no me casara, cree que no tengo nada mejor que hacer en todo el día que ser la víctima de sus bromas tontas y sus acertijos ridículos.

—Está de mal humor —me susurró el tendero.

—¡Siempre estoy de mal humor! —gritó ella en respuesta.

—Lo está desde la hambruna de la patata del cuarenta y ocho —susurró Flanagan.

—¡Te he oído!

—Cuarenta años, Will Henry. Cuarenta años —dijo con un suspiro teatral—. Pero la quiero. ¡Te quiero, mujer!

—Ay, déjalo ya. ¡Si ya sabes que puedo oír todo lo que dices! Will Henry, has perdido peso, ¿no? Y no me mientas.

—No, señora Flanagan. Lo que pasa es que he crecido un poco.

—Eso es, mujer. No es que lo haya perdido, es que lo ha redistribuido, ¿eh? ¿Verdad?

—Paparruchas —tronó ella—. ¡Todavía no estoy tan ciega! Míralo, señor Flanagan. Mira las mejillas hundidas y lo que le sobresale la frente. ¡Pero si esas muñecas no abultan más que el pescuezo de un pollo! ¡Y dices tú de hambruna! ¡Ahora mismo tenemos una en esa horrible casa de Harrington Lane!

—Más que hambruna, si es que las historias que oigo son ciertas —repuso Flanagan arqueando su ceja de elfo—. ¿Eh, Will Henry? Ya sabes las cosas que oímos: idas y venidas misteriosas, paquetes entregados al amparo de la oscuridad, visitantes nocturnos y repentinas ausencias de tu señor... Lo sabes, ¿no?

—El doctor no habla de su trabajo conmigo —respondí con cautela, porque recordaba su consejo: «A veces la falsedad nace de la necesidad y no de la estupidez».

—El doctor, sí. Pero ¿de qué es doctor exactamente? —ladró la señora Flanagan, como un espeluznante eco de las palabras de Erasmus Gray.

Y yo repetí la misma respuesta débil:

—De filosofía, señora.

—Es un gran pensador —asintió el señor Flanagan con aire serio—. ¡Y sabe Dios que nos hacen falta todos los posibles!

—Es un hombre raro con costumbres raras —contraatacó ella mientras agitaba el cuchillo en sus narices—. Como lo era su padre y el padre de su padre. Todos los Warthrop eran raros.

—Me caía muy bien, su padre —dijo su marido—. Era mucho más... ¿Cuál es la palabra? Era mucho más... afable que Pellinore. Muy simpático, aunque a su elegante manera. Reservado, sin duda, y un poco... Ay, ¿cómo era...? Un poco esquivo, pero no altivo ni arrogante. Un hombre con cultura y educación. De buena cepa, podría decirse.

—Sí, marido, podría decirse lo que se quiera, y tú lo haces siempre, pero Alistair Warthrop no era distinto de los otros Warthrop. Tacaño, estirado y frío, eso es lo que era, y no tenía más amigos que los indeseables que a menudo ensombrecían su puerta.

—Eso son cotilleos, mujer —insistió Flanagan—. Cotilleos y rumores sin fundamento.

—Era un simpatizante. Eso no es cotilleo.

—No le hagas caso, Will. Le encanta parlotear.

—¡Te he oído! Los oídos me funcionan tan bien como los ojos, señor Flanagan.

—¡Me da igual que me oigas o no!

Nervioso ahora en presencia de aquella riña doméstica que iba a peor, agarré una manzana del contenedor que tenía al lado. Quizá si elegía mis compras, la pelea se dispersara ante la arremetida del comercio.

—Vinieron preguntando por él —replicó su mujer con el ancho rostro tan rojo como la manzana que tenía en la mano—. Te acuerdas tan bien como yo, señor Flanagan.

Flanagan no respondió. El brillo de sus alegres ojos irlandeses había desaparecido. Tenía los labios tan fruncidos que debían de dolerle.

—¿Quién vino preguntando por él? —solté, incapaz de contenerme.

—Nadie —gruñó Flanagan—. Mi señora está...

—¡Los Pinkerton, esos vinieron!

—¡... formando tormentas en un vaso de agua! —terminó su marido, ya gritando.

—¿Quiénes son los Pinkerton?

—¡Detectives! —respondió ella—. Un montón de ellos.

—Había dos —repuso Flanagan.

—Venían de Washington —siguió su mujer sin hacerle caso—. La primavera de 1861.

—La primavera de 1862.

—Con órdenes del Departamento de Guerra... ¡Del mismísimo secretario Stanton!

—No, no fue Stanton.

—¡Claro que fue Stanton!

—Entonces no podía ser la primavera de 1861, mujer. A Stanton no lo nombraron secretario hasta enero de 1862.

—No me digas, señor Flanagan. Yo mismo vi la orden.

—¿Por qué iban unos hombres de incógnito del Gobierno a enseñarte su orden a ti, la mujer del tendero?

—¿Qué querían? —pregunté.

El año (o los años) en cuestión coincidían con la misión a Benín. ¿Sería algo más que una simple coincidencia la proximidad de ambos acontecimientos: la visita de los detectives de la Unión y la partida del Feronia dos años después? ¿Había sabido el Gobierno del plan de Warthrop padre para traer a los *Anthropophagi* a América? El corazón se me aceleró, ya que me parecía que aquel encuentro fortuito quizá me proporcionara la clave para resolver el enigma que atormentaba al doctor, la respuesta a su angustioso por qué junto al lecho de muerte del capitán.

¿Qué pensaría si regresaba con la respuesta a aquel misterio después de haber insinuado que yo no tenía nada entre las orejas; que yo era, resumiendo, un niño estúpido incapaz de responder a una simple pregunta sin liarme y tartamudear? ¡Cuánto crecería ante sus ojos! Quizá demostrara ser realmente «indispensable».

—Querían saber si de verdad era un hombre de la Unión, cosa que era, de pies a cabeza —contestó Flanagan antes de que pudiera hacerlo su alterada esposa—. Y en realidad no preguntaban por él, si lo recuerdas bien, mujer. Era por esos dos caballeros canadienses... No recuerdo sus nombres ahora, pero es que han pasado veintiséis años.

—Slidell y Mason —le espetó ella—. Y no eran canadienses, señor. Espías rebeldes, eso es lo que eran.

—No fue lo que dijeron los Pinkerton —me aclaró él con un guiño.

—A los dos los vieron en esa casa —dijo la señora Flanagan—. La de Harrington Lane. Más de una vez.

—Eso no demuestra nada sobre Warthrop —repuso él.

—¡Demuestra una relación con agitadores y traidores! Demuestra que era un simpatizante.

—Bueno, eso es lo que tú piensas y dices, mujer, como todo el mundo entonces y ahora, pero eso no significa que sea cierto. Los Pinkerton se fueron y el doctor Warthrop se quedó, ¿no? Si hubieran tenido pruebas de algo, se lo habrían llevado preso, ¿verdad? Ahora no paras de hablar de ese hombre, de ese buen hombre que nunca ha hecho daño a nadie, que yo sepa, pero no son más que habladurías. No está bien hablar mal de los muertos, mujer.

—¡Era un simpatizante de los rebeldes! —insistió ella. A mí empezaban a pitarme los oídos de sus gritos—. Estaba distinto después de la guerra, y lo sabes, señor Flanagan. Se enclaustraba en esa casa durante semanas y, cuando salía, iba llorando por las esquinas como si hubiera perdido a su mejor amigo. Ni un «cómo está usted» le cruzaba los labios, ni siquiera cuando pasabas junto a él en la calle, como si estuviera sobrecogido, como a un hombre al que le han partido el corazón.

—Puede que sea cierto, mujer —reconoció Flanagan con un profundo suspiro—. Pero no sabes si fue por la guerra. El corazón del hombre es algo complicado, un poco menos que el de la mujer, eso es verdad, pero complicado. Quizá se lo rompieran, como dices, pero no puedes saber qué se lo rompió.

Yo tampoco, pero me lo imaginaba: al final de la guerra, las manos de Alistair Warthrop estaban manchadas de sangre. No de la sangre derramada en el campo de batalla, sino de la que bañó las cubiertas del Feronia; esa y la de todas las futuras víctimas de los monstruos que tanto esfuerzo le había costado traer a nuestras costas, de todas las víctimas sacrificadas en el altar de su «filosofía».

Encontré al doctor en su estudio, sentado en su sillón favorito, junto a la ventana. Las persianas estaban echadas y, la habitación, a oscuras; a punto estuve de no verlo al mirar al interior. Primero lo había buscado en el sótano y, como no había nada más que cajas volcadas y carpetas tiradas por la mesa, después miré en la biblioteca, donde encontré un desorden similar: libros sacados de las estanterías, viejos periódicos y revistas desperdigados sin orden ni concierto por el suelo. El estudio no había terminado mucho mejor que la biblioteca; los contenidos de cajones y armarios estaban amontonados en todas las superficies de la habitación. Era como si unos bandidos hubieran saqueado la casa.

—Will Henry —dijo, y sonó indescriptiblemente cansado—. Espero que te fuera mejor en tu búsqueda que a mí en la mía.

—Sí, señor —contesté sin aliento—. Habría regresado

antes, pero se me olvidó pasar por la panadería, y sé lo mucho que le gustan los bollitos de frambuesa, así que regresé. Conseguí los últimos, señor.

—¿Bollitos?

—Sí, señor. Y también pasé por la carnicería, y por la tienda del señor Flanagan. Le envía saludos, señor.

—¿Por qué jadeas de ese modo? ¿Es que estás enfermo?

—No, señor. He vuelto corriendo.

—¿Corriendo? ¿Por qué? ¿Te perseguían?

—Por una cosa que ha dicho la señora Flanagan.

Estaba a punto de estallar, convencido de que su melancolía quedaría pronto barrida por mi inteligencia.

—Algo sobre mí, sin duda —gruñó él—. No deberías hablar con esa mujer, Will Henry. Hablar con las mujeres, en general, es peligroso, pero con esa es un riesgo máximo.

—No era sobre usted, señor, al menos no lo importante. Era sobre su padre.

—¿Mi padre?

Se lo conté todo sin pararme a respirar, lo de Slidell y Mason, y las preguntas de los detectives Pinkerton por la ciudad (confirmadas por el carnicero, Noonan, y el panadero, Tanner), de la extendida creencia de que su padre era un simpatizante de los confederados, de la reacción hermética y afligida a la caída del Sur, todo lo cual coincidió con la expedición del Feronia. El doctor solo me interrumpió una vez para que le repitiera los nombres de los hombres con los que lo acusaban de relacionarse; por lo demás, escuchó sin cambiar de expresión, examinándome con rostro impasible por encima de sus dedos entrelazados. Esperé, conteniendo el aliento, al terminar mi historia, seguro de que se levantaría de un salto del sillón, me rodearía con sus brazos y me bendeciría por deshacer su nudo gordiano.

Por desgracia, lo que hizo fue negar con la cabeza y decir en voz baja:

—¿Y ya está? ¿Por eso has venido corriendo, para contarme esto?

—¿Es que ya lo sabía? —pregunté alicaído.

—Mi padre era culpable de muchas cosas, pero la traición no se encontraba entre ellas. Es posible que se reuniera con esos hombres y que su misión fuera de naturaleza sediciosa. Quizá tuvieran algún objetivo artero en mente (la peculiar vocación de mi padre no era desconocida en ciertos círculos), pero él habría rechazado cualquier conspiración desde el principio.

—Pero ¿cómo puede saberlo, señor? Usted no vivía aquí.

—¿Cómo puedes saber dónde vivía yo? —me preguntó, con el ceño fruncido.

Dejé caer la cabeza para evitar la intensidad de su mirada.

—Me dijo que lo enviaron a un internado durante la guerra.

—No recuerdo haberte dicho tal cosa, Will Henry.

Por supuesto que no lo había hecho; lo había deducido yo después de leer la carta que había hurtado del viejo baúl. Sin embargo, algunas mentiras nacen de la necesidad.

—Fue hace mucho tiempo —sugerí sumiso.

—Bueno, eso imagino, porque no lo recuerdo. En cualquier caso, la cercanía en el tiempo entre ambos sucesos no significa que estén relacionados, Will Henry.

—Pero podría tener algo que ver —insistí decidido a impresionarlo con la elegancia de mi razonamiento—. Si eran espías confederados, no se lo habría contado a nadie ni habría dejado rastro de su contrato con el capitán Varner. ¡Por eso no encuentra nada, señor! Y explicaría por qué quería a más de una de esas criaturas aquí. Usted dijo que no podía haber sido para su estudio, así que ¿para qué? Quizá no fueran para su padre, sino para ellos, para Slidell y Mason. ¡Quizás ellos quisieran a los *Anthropophagi*, doctor!

—¿Y para qué los iban a querer? —preguntó él mientras me veía saltar de un pie al otro, en mi agitación.

—No lo sé, para criarlos, puede. ¡Para formar un ejército! ¿Se imagina a las tropas de la Unión enfrentadas a cientos de esas criaturas? ¿Que las soltaran entre ellos en plena noche?

—Los *Anthropophagi* solo tienen un par de crías al año —me recordó—. Haría falta bastante tiempo para producir cien, Will Henry.

—Solo hicieron falta dos para acabar con toda la tripulación del Feronia.

—Una circunstancia afortunada... Para los *Anthropophagi*, me refiero, claro. No les habría ido tan bien contra un regimiento curtido. Es una teoría interesante, Will Henry, aunque no se sustente en los hechos. Incluso dando por supuesto que estos misteriosos visitantes buscaron a mi padre para que suministrara a la rebelión unos seres que mataran y aterrorizaran al enemigo, existen otra media docena de opciones que no entrañarían el mismo riesgo y tantos gastos como aparear a unos *Anthropophagi*. ¿Me entiendes, Will Henry? Si fuera su objetivo, teniendo en cuenta todo lo que sé de mi padre, se habría negado. E incluso, de haber aceptado, no habría elegido esta especie en particular.

—Pero no puede estar seguro —protesté, poco dispuesto a dejar el asunto.

Estaba desesperado por tener razón; no tanto con demostrar que él se equivocaba, sino que yo estaba en lo cierto.

Su reacción fue inmediata: salió disparado de su sillón, con el anguloso rostro desfigurado por la ira. Palidecí: nunca lo había visto tan enfadado. Esperaba que me abofeteara por mi obstinación.

—Pero ¡cómo te atreves a hablarme así! —gritó—. ¿Quién eres tú para cuestionar la integridad de mi padre? ¿Quién eres tú para mancillar el buen nombre de mi familia? ¡No basta con que toda la ciudad difunda calumnias sobre mí; ahora es mi propio ayudante, el chico al que no he demostrado más que amabilidad y compasión, con el que comparto mi casa y mi trabajo, por quien he sacrificado mi sagrado derecho a la intimidad, el que se une a su maldiciente conducta! ¡Y por si eso fuera poco, el chico que me lo debe todo, incluso la vida, desobedece la única orden, la única, que le doy! ¿Cuál era esa orden, Will Henry? ¿Te acuerdas o estabas tan distraído por tus ansias de bollitos que se te ha olvidado? ¿Qué te dije antes de salir?

Tartamudeé y farfullé, superado por la ferocidad de su diatriba.

—¡¿Qué te dije?! —rugió erguido ante mi figura encogida.

—Q-q-que no hablara con nadie —gemí.

—¿Qué más?

—Que si alguien me preguntaba, todo iba bien.

—¿Y qué impresión crees que les has dejado, Will Henry, con todas esas preguntas sobre espías confederados, detectives gubernamentales y la casa de Warthrop? Explícame.

—Yo solo intentaba... Solo quería... ¡No saqué yo el tema, lo juro! ¡Fueron los Flanagan!

—Me has fallado, Will Henry —me escupió entre dientes. Después me dio la espalda y cruzó el cuarto propinándoles patadas a los montones de porquería—. Peor aún: me has traicionado. —Se volvió hacia mí y me gritó en la penumbra—: Y ¿para qué? Para jugar al detective aficionado, para satisfacer tu insaciable curiosidad, para humillarme participando en los mismos cotilleos y calumnias que condujeron a mi padre a la reclusión y, al final, a la tumba, convertido en un hombre amargado y roto. Me has colocado en una posición insostenible, señor Henry, porque ahora sé que tu lealtad solo alcanza hasta los límites de tu egoísmo, y la lealtad ciega y absoluta es la única cualidad indispensable que te exijo. Nadie me pidió que te acogiera en mi hogar ni que compartiera mi trabajo contigo. Ni siquiera la fidelidad a tu padre me lo requería. Pero lo hice, ¡y esta es mi recompensa! ¿Qué? ¿Te has enfadado? ¿Te he ofendido? ¡Habla!

—¡Yo no pedí venir aquí!

—¡Y yo no pedí que se presentara la oportunidad!

—¡No la habría habido si no fuera por usted!

Dio unos pasos hacia mí. En la penumbra, no le veía la cara. Había una sombra entre nosotros.

—Tu padre comprendía el riesgo —dijo en voz baja.

—¡Pero mi madre, no! ¡Yo, no!

—¿Qué quieres que haga, Will Henry? ¿Que los resucite?

—¡Odio estar aquí! —le grité a la sombra del monstrumólogo, mi mentor..., mi torturador—. ¡Odio estar aquí y lo odio a usted por traerme! ¡Lo odio!

Salí corriendo por el pasillo y escaleras arriba hasta llegar a mi cuartito del desván, donde entré y cerré la puerta. Me tiré en la cama y enterré la cara en la almohada mientras gritaba a todo pulmón, sobrepasado por la ira, la tristeza y la vergüenza. Sí, la vergüenza, porque él era lo único que tenía, y le había fallado. El doctor tenía su trabajo; yo lo tenía a él; y, para los dos, aquello era lo único que teníamos.

Sobre mí, las nubes correteaban por el vitriolo azul del cielo de abril, y el sol se desmoronaba hacia el horizonte y pintaba de oro los suaves vientres de las nubes. Cuando me quedé sin lágrimas, rodé para ponerme boca arriba y contemplé la huida de la luz. Me dolía el cuerpo por falta de comida y descanso, y el alma por falta de un consuelo más permanente. Quizá comiera y durmiera, pero ¿acaso servía para aliviar aquella soledad aplastante, aquella tristeza desconsolada, aquel temor incurable? Como Erasmus Gray cuando estaba metido en la tumba, incapaz de escapar del monstruo, o Hezekiah Varner, muriendo en el guiso fermentado de su propia carne, ¿había dejado atrás la oportunidad de salvación? ¿De verdad había muerto toda esperanza en el incendio que había devorado a mis padres, igual que el *Anthropophagus* había devorado a Erasmus y, los gusanos, a Hezekiah? La muerte había puesto fin a sus miserias. ¿Sería la visita del mismo ángel oscuro lo único capaz de acabar con las mías?

Esperé a dormirme, a que se me llevara aquella amable imitación de la muerte. Anhelaba la bendición del olvido. Pero su paz me eludía, así que me levanté de la cama con la cabeza palpitando por culpa de mi salado torrente de lágrimas y el profundo dolor de estómago. Abrí la trampilla y bajé de puntillas las escaleras. Me fui derecho a la cocina, donde vi que la puerta del sótano estaba cerrada. No me cabía duda de que estaba allí; era, como mi cuartito, su refugio preferido. Trabajando con todo el silencio y la rapidez posibles, puse la olla a hervir y preparé una comida digna de mi apetito voraz: dos buenas chuletas de cordero cortesía de Noonan, el carnicero. Limpié el plato con la misma velocidad con la que lo había llenado, porque jamás había degustado mejores viandas, y mejores si cabe por haberlas cocinado yo, aunque apenas me tomé el tiempo necesario para que mi lengua las saboreara.

Mientras rebañaba el jugo del cordero con un trozo de pan fresco, cortesía de Tanner, el panadero, la puerta del sótano se abrió y el doctor apareció por ella.

—Has cocinado algo.

—Sí —respondí, omitido adrede el *señor*.

—¿Qué has preparado?

—Cordero.

—¿Cordero?

—Sí.

—¿Chuletas?

Asentí.

—Y guisantes y zanahorias frescos —añadí.

Llevé mi plato al fregadero. Lo notaba observarme mientras lavaba los platos. Dejé mi taza y mi plato en el escurridor, y me volví. No se había movido de la puerta del sótano.

—¿Me necesita para algo? —pregunté.

—No... No, para nada.

—Entonces estaré en mi cuarto.

No dijo nada cuando pasé junto a él, hasta que llegué al pie de las escaleras, momento en el que dobló la esquina y me llamó desde el otro extremo del pasillo:

—¡Will Henry!

—¿Sí?

Vaciló, y después dijo en tono resignado:

—Que duermas bien, Will Henry.

Mucho más tarde, con la misma sorprendente habilidad que había demostrado en el pasado para molestarme justo cuando, después de muchas horas de dar vueltas, empezaba a dormirme, el doctor empezó a llamarme con voz una aguda y etérea que penetraba en mi pequeño santuario.

—¡Will Henry! ¡Will Henryyy!

Mareado por mi breve trago del dulce néctar del sueño, bajé de la cama con un suspiro de conformidad. Conocía aquel tono; lo había oído muchas veces. Me arrastré por las escaleras hasta la planta de abajo.

—¡Will Henry! ¡Will Henryyy!

Lo encontré en su dormitorio, tumbado encima de la ropa de cama, completamente vestido. Escudriñó mi silueta en la puerta y me pidió que entrara con un gesto impaciente de la muñeca. Todavía escocido por nuestra pelea, no me acerqué a su cama; di un solo paso y esperé.

—Will Henry, ¿qué estás haciendo?

—Me ha llamado usted.

—No, ahora, Will Henry. ¿Qué estabas haciendo ahí fuera? —preguntó, y agitó la mano hacia el pasillo para indicar a qué se refería con «ahí fuera».

—Estaba en mi cuarto, señor.

—No, no. Estoy seguro de que te he oído dar golpes en la cocina.

—Estaba en mi cuarto —repetí—. A lo mejor ha oído un ratón.

—¿Un ratón usando ollas y sartenes? Dime la verdad, Will Henry: estabas cocinando algo.

—Le digo la verdad: estaba en mi cuarto.

—¿Insinúas que alucino?

—No, señor.

—Sé lo que he oído.

—Bajaré a investigar, señor.

—¡No! No, quédate aquí. Habrá sido cosa de mi imaginación. Quizás estuviera dormido. No lo sé.

—Sí, señor. ¿Es esto todo, señor?

—No estoy acostumbrado, como sabes.

Guardó silencio, esperando a que le hiciera la pregunta obvia, pero yo estaba agotado de interpretar aquel agotador drama: el doctor había caído de nuevo víctima de una de sus frecuentes malas rachas, en las que su psique se veía abrumada por el peso de sus peculiares tendencias. Mi papel estaba bien definido y normalmente lo interpretaba con todo el coraje que lograba reunir, pero los acontecimientos de los últimos días me habían dejado sin fuerzas. Simplemente, no me sentía con ánimos.

—A compartir la casa con otra persona —explicó al ver que no le preguntaba—. He estado pensando en insonorizar esta habitación. Cada ruidito que oigo...

—Sí, señor —respondí, y bostecé visiblemente.

—Puede que me lo haya imaginado —reconoció—. La mente puede jugarte malas pasadas cuando se le niega el descanso oportuno. No recuerdo cuándo fue la última vez que dormí.

—Hace al menos tres días.

—O que comí algo en condiciones.

No dije nada. Si no era capaz de pedírmelo directamente, no se lo ofrecería. Si él iba a ser tozudo, bueno, yo también.

—Will Henry, ¿sabes que, cuando era más joven, me podía pasar una semana entera sin dormir y comiendo solo una rebanada de pan? Una vez recorrí los Andes con una manzana en el bolsillo por único sustento... Entonces ¿me aseguras con total certeza que no estabas abajo?

—Sí, señor.

—El ruido se detuvo después de llamarte. Quizás estuvieras caminando en sueños.

—No, señor. Estaba en mi cama.

—Por supuesto.

—¿Es esto todo, señor?

—¿Todo?

—¿Necesita algo más?

—Puede que no quieras decírmelo por los bollitos.

—¿Los bollitos, señor?

—Que te has escabullido a la cocina para un tentempié de medianoche, y como sabes que me gustan mucho...

—No, señor. Todavía tenemos los bollitos.

—Ah. Bueno, eso está bien.

No había forma de evitarlo. No iba a ir él mismo, ni tampoco me lo iba a pedir. Si regresaba a mi cama sin más, justo cuando estuviera a punto de dormirme, mi nombre volvería a retumbar por la casa, «¡Will Henryyy!», hasta quebrar mi voluntad. Así que marché a la cocina, donde puse una olla de agua a hervir y emplaté los bollitos. Le preparé el té, apoyándome en el fregadero y bostezando sin parar mientras esperaba a la infusión. Después cargué la bandeja y la llevé de vuelta a su cuarto.

El doctor se había sentado en mi ausencia. Estaba con la espalda apoyada en el cabecero, los brazos cruzados y la cabeza gacha, sumido en sus pensamientos. Levantó la vista cuando dejé la bandeja sobre la mesita, a su lado.

—¿Qué es esto? ¡Té y bollitos! Qué considerado por tu parte, Will Henry.

Hizo un gesto hacia una silla. Con un suspiro interno, me senté: tampoco había forma de evitar aquello. Si me retiraba, al cabo de un momento me llamaría de nuevo para que me sentara con él. Si me dormía, alzaría la voz, chasquearía los dedos y después, con perfecta candidez, me preguntaría si estaba cansado.

—Estos bollitos son muy buenos —opinó tras un delicado mordisco—. Pero no me puedo comer los dos. Toma uno, Will Henry.

—No, gracias, señor.

—Verás, podría considerar tu falta de apetito una prueba de que sí que estuviste antes abajo. Por cierto, ¿has visto algo?

—No, señor.

—Puede que fuera un ratón. ¿Pusiste una trampa, ya que estabas?

—No, señor.

—No vayas ahora, Will Henry —dijo, a pesar de que yo no había movido ni un músculo—. Puede esperar a mañana. —Bebió de su té—. ¡Aunque para armar tanto escándalo debía de ser un ratón enorme! Estaba pensando en eso mientras estabas abajo. Quizá, como Proteo, posea el poder de cambiar de forma, de ratón a hombre, y estaba preparando una salsa de queso para su familia. ¡Ja! Qué idea más absurda, ¿no, Will Henry?

—Sí, señor.

—No soy una persona alegre por naturaleza, como sabes, a no ser que esté cansado. Y estoy muy cansado, Will Henry.

—Yo también estoy cansado, señor.

—Entonces ¿qué haces ahí sentado? Vete a la cama.

—Sí, señor. Creo que lo haré.

Me levanté y le di las buenas noches sin mucha convicción, puesto que sabía que la mía no era la última palabra. Salí del dormitorio, pero no del pasillo. Empecé a contar y, al llegar a quince, me llamó de nuevo.

—No concluí mi historia —explicó después de indicarme que me sentara de nuevo—. Pensar en nuestro hipotético ratón me recordó al *Proteus anguinus.*

—No, señor, mencionó a Proteo —le recordé.

Él negó con la cabeza, impaciente, frustrado por mi torpeza.

—*Proteus anguinus,* Will Henry, una especie de anfibios ciegos que se encuentra en los montes Cárpatos. Y eso, por supuesto, me recordó a Galton y el asunto de la eugenesia.

—Por supuesto, señor —respondí, aunque no tenía ni idea de dónde me encontraba dentro de la densa maleza de sus pensamientos: jamás había oído hablar del *Proteus anguinus,* de Galton ni de la eugenesia.

—Criaturas fascinantes —dijo el monstrumólogo—. Y excelentes ejemplos de la selección natural. Moran en lo más profundo de las oscuras cuevas montañosas, pero conservan ojos vestigiales. Galton se llevó los primeros ejemplares de vuelta a su Inglaterra natal después de su expedición a Adelsberg. Era amigo de mi padre... y de Darwin, claro. Mi padre era un devoto de su trabajo, sobre todo en el campo de la eugenesia. Hay una copia firmada de *Hereditary Genius* en la biblioteca.

—¡Ah!, ¿sí? —murmuré mecánicamente.

—Sé que se escribían con regularidad, aunque parece que, al igual que hizo con sus diarios y casi todas las cartas que recibió a lo largo de su vida, destruyó toda prueba de ello.

«Casi todas las cartas». Pensé en el fajo de misivas del hijo al padre, mensajes sin abrir escritos en tinta desvaída sobre pergamino amarillo y guardados en el fondo de un viejo baúl olvidado. «Ojalá me escribiera».

—Cuando regresé de Praga en 1883 para enterrarlo, quedaba poco más que sus libros. Tan solo el baúl y algunas notas sobre distintas especies que le interesaban, notas que supongo que no fue capaz de destruir. Destruyó o descartó casi todos sus efectos personales, hasta el último calcetín y cordón de zapato, y habría hecho lo mismo con el baúl, estoy seguro, de haber recordado que lo guardaba bajo las escaleras. Es como si en el declive de su vida decidiera erradicar toda evidencia de ella. En aquel momento lo achaqué al desprecio morboso que sentía por su persona en sus últimos años, a esa mezcla corrosiva de inexplicable remordimiento y fervor religioso. Podría decir que cerró el círculo de su vida: el ama de llaves lo encontró una mañana tumbado en su cama, destapado y desnudo, en posición fetal. —Suspiró—. La noticia me sorprendió. No tenía ni idea de que hubiera degenerado hasta ese punto. —Cerró los ojos un momento—. Era un hombre muy decoroso en sus buenos tiempos, Will Henry, bastante maniático con su aspecto; vanidoso, incluso. La idea de que acabara su vida de un modo tan humillante era impensable. Al menos, para mí.

Guardó silencio y miró al techo, y yo pensé en Hezekiah Varner, que no había tenido posibilidad de elegir.

—Pero estaba atrapado en el ámbar de su memoria; yo llevaba casi diez años sin verlo, y aquel Alistair Warthrop era un ser humano distinto, no el caparazón desnudo con el que me encontré hace cinco años.

Entonces salió de su ensimismamiento melancólico, rodó para ponerse de lado y mirar hacia mi silla, y apoyó la cabeza en la palma de la mano. Sus ojos oscuros brillaban a la luz de la lámpara.

—He vuelto a divagar, ¿verdad, Will Henry? Tienes que leer *Hereditary Genius* alguna vez. Después de *El origen de las especies*, pero antes de *El origen del hombre*, porque ese es su lugar tanto temática como cronológicamente. Su influencia se ve por todo *El origen del hombre*. La idea de que la progenie de un organismo hereda sus rasgos tanto mentales como físicos es algo revolucionario. Mi padre lo entendió de inmediato e incluso me escribió al respecto. Una de las pocas cartas que me envió; todavía la guardo por alguna parte. Galton le había enseñado uno de sus primeros borradores, y mi padre creía que la teoría podía aplicarse en su campo de estudio, que era una alternativa prometedora a la captura o la erradicación de las especies más malignas, como nuestros amigos *Anthropophagi*. Si los rasgos deseables podían fomentarse a la vez que se suprimían los indeseables a través de la cría selectiva, eso transformaría nuestra disciplina. La eugenesia podría ser la clave para salvar a nuestros sujetos de la extinción, puesto que mi padre creía que la supremacía de los humanos tenía los días contados si no encontrábamos el modo de «domesticar» estas especies, igual que el traicionero lobo se transmutó en el perro fiel.

Hizo una pausa, al parecer a la espera de una respuesta por mi parte. Como no se la ofrecí, se sentó y gritó, emocionado:

—¿Es que no lo ves, Will Henry? Eso responde a la pregunta del porqué. Por eso necesitaba a una pareja de *Anthropophagi*: para poner en práctica la teoría de Galton, para suprimir su salvajismo y su gusto por la sangre humana. Un proyecto abrumador, de enorme alcance y asombroso coste, mucho más del que podía permitirse, lo que quizás explique por qué se reunió con esos agentes misteriosos en 1862. No es más que una suposición, imposible de demostrar, a no ser que encontremos a esos hombres, si siguen vivos, o algún registro de su acuerdo, si es que existe... o existió.

Se detuvo, de nuevo a la espera de mi reacción. Dio una palmada en el colchón y dijo:

—Bueno, no te quedes ahí callado. ¡Dime lo que piensas!

—Bueno, señor —empecé, despacio. Lo cierto es que no sabía qué pensar—. Usted lo conocía, y yo no.

—Apenas lo conocía —respondió, como si nada—. Menos que la mayoría de los hijos a sus padres, diría, pero la teoría encaja en lo que conocemos de los hechos. Solo la pasión por su trabajo lo impulsaría a asociarse con traidores. Era lo único que tenía; su único amor. El único.

Cayó de nuevo sobre la espalda, con la cabeza entre las manos y los ojos clavados en el lienzo vacío del techo. Las posibilidades de lo que podía pintar en él no conocían más límites que los de su hiperbólica imaginación. Nuestra ignorancia de las personas que nos rodean abre de par en par la puerta a las suposiciones más descabelladas, aunque la persona en cuestión sea nuestro padre. En ese vacío existencial entran en tromba nuestros deseos y dudas, nuestros anhelos y lamentos tanto por el padre que era como por el padre que podría haber sido. Aunque el mío no fuera un hombre frío y distante como el suyo, éramos hermanos en algo: nuestros padres no nos habían legado más que recuerdos. Un incendio me había arrebatado todos los símbolos tangibles, salvo mi sombrerito; Alistair Warthrop le había arrebatado a Pellinore casi todo lo que le pertenecía. Lo que quedaba de ellos éramos nosotros, y, cuando desapareciéramos, también lo harían ellos. Éramos los cuadernos en los que estaban escritas sus vidas.

—El único —repitió el monstrumólogo—. Nada más.

Permanecí junto a su cama toda la noche, en una agotadora vigilia que poco se diferenciaba a la de la noche anterior, mientras el doctor dormía a ratos un sueño inquieto. Indefectiblemente, cuando empezaba a dormirme, se despertaba de golpe y, en un tono de voz al filo del pánico, exclamaba:

—¡Will Henry! Will Henry, ¿estás dormido?

A lo que yo respondía:

—No, señor; estoy despierto.

—Ah. Pues deberías descansar, Will Henry. Necesitamos reponer fuerzas para lo que nos espera. Ya habrá recibido mi carta y, conociendo a John Kearns como lo conozco, tomará el primer tren que pueda.

—¿Quién es John Kearns? ¿Un monstrumólogo?

—No en la definición estricta del término, no —repuso, tras dejar escapar una risa mordaz—. Es cirujano... Un cirujano notable, cabe añadir. Pero su temperamento es algo completamente distinto. Habría preferido a Henry Stanley, de saber dónde encontrarlo. Los dos han cazado *Anthropophagi* en su hábitat natural, y Stanley es un caballero de la vieja escuela, no como Kearns.

—¿Es un cazador?

—Supongo que podría llamársele así, en cierto modo. Sin duda, tiene más experiencia que yo, ya que la mía con respecto a los *Anthropophagi* es nula. Debo advertirte, Will Henry —añadió en tono más serio—, que no te internes demasiado en la filosofía de John Kearns. Y evítale, si puedes.

—¿Por qué? —pregunté con la curiosidad natural de un niño, aguijoneada, como toda curiosidad infantil, por las advertencias de los adultos.

—Lee demasiado —fue la extraña respuesta del doctor—. O no lo suficiente. Nunca lo he tenido claro. En cualquier caso, ¡aléjate del doctor John Kearns, Will Henry! Es un hombre peligroso, pero las circunstancias requieren la presencia de hombres peligrosos, y debemos emplear todas las herramientas a nuestra disposición. Han pasado dos noches desde que se alimentaron por última vez; cazarán de nuevo, y pronto.

—¿Y si ya lo han hecho? —pregunté, y la idea me espabiló por completo. La habitación pareció encogerse y llenarse de sombras amenazadoras.

—Te aseguro que no. El pobre señor Gray debería mantenerlos satisfechos al menos otro par de días.

No expresé en voz alta la objeción que de inmediato me vino a la mente: «¿Y si se equivoca?». Había intentado antes aquella táctica y lo había pagado caro. Así que me mordí la lengua. Que Dios me perdone, no dije nada. Quizás, de haber hablado, se habría cuestionado su hipótesis. Quizás, de haber insistido, quizás, de haber sido implacable en mi duda y negligente en mi confianza y deferencia, seis personas inocentes no habrían sufrido unas muertes casi inimaginables. Porque, mientras me tranquilizaba con aquellas palabras, una familia moría descuartizada. Mientras, soñolientos, esperábamos a que pasaran las adormecidas horas nocturnas, las bestias se afanaban por teñirlas de sangre.

O(HO

«Soy un científico»

Ya había despuntado el alba cuando por fin conseguí llegar tambaleándome hasta la cama. Me quité la ropa y me metí bajo las sábanas, pero las horas de sueño que robé al día fueron escasas y salpicadas de vívidas visiones de voraces alimañas: gusanos, y las criaturas incoloras, anónimas y ciegas que moran en la oscuridad bajo las rocas y los troncos húmedos podridos. Me desperté más exhausto que antes, con un sabor agrio en la lengua y el peso muerto del miedo en el corazón. Sobre mí, el cielo de media mañana se presentaba sin nubes, de un azul reluciente, una alegre burla primaveral de mi humor macabro. Por más que lo intentaba, no lograba sacudirme de encima la sensación de que algo terrible esperaba a la vuelta de la esquina. Decidí no mencionar mis malos augurios al doctor, que los desdeñaría con una carcajada seguida de una lección sobre la superstición como eco de nuestro pasado primitivo, cuando las premoniciones eran respuestas eficientes a un entorno poblado por depredadores más que dispuestos a confirmar nuestros temores.

Arrastré los pies escaleras abajo hasta llegar a la cocina, y me fijé, medio atontado, en que la puerta del sótano estaba entreabierta y que abajo las luces se habían encendido. Puse el agua para el té y me apoyé en la encimera, luchando contra los demonios gemelos de la fatiga extrema física y mental. Quizá me perdonen las almas compasivas que, tras recorrer un camino paralelo al mío, recuerden que sus pensamientos les resultaban ajenos, y sus cuerpos, poseídos. Entenderán, pues, que el urgente golpeteo de los nudillos en la puerta no me llamara la atención en un primer momento, mientras me tambaleaba junto al fuego de la cocina, esperando que hirviera el agua. No les sorprenderá en absoluto que se me escapara un gritito un momento después, no por los golpes que oía a pocos metros, sino por el bramido del doctor desde el sótano bajo mis pies:

—¡Will Henry! ¡Abre la puerta! ¡Abre la puertaaa!

—¡Sí, señor! —respondí—. ¡Ahora mismo, señor!

Abrí la puerta de golpe. Se trataba de una figura alta y delgada, encorvada sobre el escalón y con la cabeza envuelta en la nube de humo dulce que brotaba a placer de su pipa de espuma de mar, con su frágil figura precariamente apoyada en un bastón. El sol de la mañana se reflejaba en las lentes de sus quevedos, lo que, junto con el óvalo perfecto de su rostro y lo poblado del bigote, le daban un solemne aspecto de búho.

—Ah, eres tú, Will Henry. ¡Bien, bien! —exclamó el jefe de policía Morgan mientras cruzaba el dintel con talante tembloroso—. ¿Dónde está Warthrop? ¡Tengo que hablar con él!

El doctor apareció en el umbral del sótano, con rostro impasible. La inesperada visita del representante del cuerpo policial de la ciudad no pareció afectarle.

—¿Qué ocurre, Robert? —le preguntó el doctor en un tono de voz tranquilo y controlado.

Aquella calma absoluta era el contrapunto de la obvia agitación del policía.

—¡Una abominación! —contestó el recién llegado. La saliva le salía volando entre los labios y se le pegaba a los pelos del bigote—. Eso es lo que es. ¡Horrible! Más allá de los límites de mi experiencia.

—Aunque, supone, no así de los de la mía.

El jefe de policía asintió con un gesto brusco de cabeza.

—Ha sucedido algo —dijo sin aliento—. Debe acompañarme enseguida.

A los pocos minutos nos encontrábamos dentro del carruaje del policía, trotando de cualquier manera por las estrechas calles adoquinadas de Nueva Jerusalén. Los dos hombres alzaron la voz para hacerse oír por encima del estrépito de las ruedas, el tronar de los cascos de los caballos y el silbido del viento que entraba por las ventanas abiertas.

El jefe de policía, cuyo propósito sin duda había sido sonsacar respuestas al doctor sobre los inquietantes imponderables del horripilante descubrimiento del día, al instante se descubrió convertido en el objeto del pretendido interrogatorio, como le había sucedido a tantos antes que a él. Los finos poderes inquisitivos del doctor lo arrastraron como una marea. Como víctima de inundaciones semejantes, me compadecí del frustrado intento del jefe de policía. Las preguntas brotaban deprisa, ladradas con la cadencia de un martillo.

—¿Cuándo se informó del crimen?

—Esta mañana, poco después del alba.

—¿Testigos?

—Sí. Uno, el único superviviente. Hasta que vi la escena con mis propios ojos, creía, como creería cualquier hombre sensato, que no era solo el único testigo, sino también el autor. Su historia era tan estrafalaria que debía ser falsa.

—¿Lo detuvo?

El policía asintió mientras daba golpecitos nerviosos con la punta del bastón en los tablones, entre sus botas. Como estaba pegado a él, no pude evitar percatarme del empalagoso olor que emanaba como una nube de su ropa: el ya demasiado familiar hedor de la muerte, que ni la ardiente cazoleta de su pipa era capaz de camuflar.

—Y todavía lo tenemos retenido, no para acusarlo de nada, sino por protección, Warthrop. Después de examinar el lugar... Ningún ser humano es capaz de un crimen tan nauseabundo. Y temo que lo que vio le haya arrebatado la cordura.

—¿Qué vio?

—Esa historia se la dejo a él, pero lo que yo vi en la casa corrobora su historia. Es... No hay palabras, Warthrop, ¡no hay palabras!

El doctor no respondió. Se volvió para mirar el paisaje, donde las verdes colinas y las exuberantes praderas rebosantes de flores disfrutaban del baño de luz dorada de la primavera. «Han descubierto al anciano (o lo que queda de él) y a la chica (o lo que queda de ella) —pensé, y me pregunté si el doctor estaría pensando lo mismo—. Nos lleva de vuelta al cementerio».

Me sorprendió que el conductor se introdujera en una callecita perpendicular a la carretera del cementerio de Old Hill, y que nos llevara más allá del osario (aunque seguíamos viendo su pared occidental) y frenara cuando la calle se estrechó y se elevó el suelo. El sol era cálido, y la brisa nos acariciaba a través de la ventana abierta. Aunque era suave, se llevó el nauseabundo hedor que me llegaba del otro lado. Fuera, olía a madreselva. Aliviado, inspiré.

La tregua duró poco. El cochero tiró de las riendas en lo alto de la colina. Warthrop saltó del carruaje antes de que nos detuviéramos por completo. Más por sentido del deber (al fin y al cabo, mis servicios le eran indispensables) que por ganas de enfrentarme a lo que el jefe de policía consideraba una «abominación», salí trotando unos pasos por detrás de él. Ante nosotros, en la cima, había una iglesia y, al lado, su rectoría, construida en piedra y con un tejado de dos aguas. Los macizos de flores estaban repletos de capullos en un desorden de blanco, rosa, índigo y dorado, y el conjunto era tan pintoresco (y agorero) como la casa en la que los pobres Hansel y Gretel estuvieron a punto de morir asados. En la puerta esperaban dos hombres con fusiles en los brazos. Se tensaron al vernos aparecer y acariciaron los gatillos de las armas hasta que vieron al jefe, que intentaba seguirnos el ritmo. Sin embargo, su actitud cambió de nuevo al reconocer al doctor; oscuras miradas de desconfianza y miedo les cruzaron los rostros: Warthrop no era un hombre popular en Nueva Jerusalén. En otra época, no me cabe duda de que lo habrían acusado de contubernio con el diablo y quemado vivo.

—¡Gracias a Dios que no es domingo! —exclamó Morgan, sin aliento por la caminata—. Al rebaño del buen reverendo le costaría creer en la Divina Providencia en este aciago día. —Detrás de sus gafas, sus ojos, como los de un búho salvo por la falta de la serenidad etérea de ese audaz cazador aviar, se volvieron hacia mí—. Aunque seguro que Warthrop ha visto cosas peores en sus viajes, tú no eres más que un niño, Will Henry, y no estás acostumbrado a tales espectáculos. No deberías entrar con nosotros.

—Claro que va a entrar con nosotros —repuso el doctor, impaciente.

—Pero ¿por qué? ¿Con qué propósito?

—Es mi ayudante —respondió Warthrop—. Tiene que acostumbrarse a estos «espectáculos».

El jefe de policía conocía lo suficiente al doctor como para saber que no tenía sentido seguir discutiendo. Tras dejar escapar un profundo suspiro y chupar por última vez del bálsamo benefactor de su pipa, se la quitó de la boca, se la entregó a uno de sus nerviosos agentes, se sacó el pañuelo del bolsillo, y se tapó la nariz y la boca con él.

Mi presencia debía de seguir inquietándolo; observó mi rostro alzado un instante más antes de decir en voz baja y amortiguada por el pañuelo:

—No hay palabras, Will Henry. ¡No hay palabras!

Abrió la puerta sobre la que colgaba un cartel en el que habían grabado unas palabras que parecían un irónico prefacio al osario de dentro: «El Señor es mi pastor».

Había un cuerpo tirado boca abajo a dos metros de la entrada, con ambos brazos estirados, envuelto en los restos ensangrentados de su camisón. Le faltaban las piernas. También cinco de los dedos de las manos: dos de la izquierda y tres de la derecha. Tenía la cabeza apoyada en un brazo, casi perpendicular al cuerpo, puesto que en parte le habían arrancado el cuello de los hombros, dejando a la vista la columna vertebral, los zarcillos serpentinos de los principales vasos sanguíneos y los fibrosos tendones del tejido conjuntivo. Le habían aplastado la parte de atrás de la cabeza y sacado los sesos, cuyos restos carnosos rodeaban la herida como unas natillas grisáceas en el borde de un cuenco roto. Durante la autopsia, el doctor me había informado, en aquel tono suyo tan sombrío y docente, de la peculiar debilidad de los *Anthropophagi* por el más noble de los órganos, esa cima del diseño de la naturaleza: el cerebro humano.

La habitación apestaba a sangre, y en el aire flotaba el mismo desagradable olor a fruta podrida que había detectado en el cementerio. Los aromas no competían entre sí, sino que se combinaban para crear una atmósfera nauseabunda que quemaba las fosas nasales y prendía fuego a los ojos. Con razón el jefe de policía se había tapado la nariz y la boca al iniciar nuestra expedición.

Morgan y yo vacilamos en el umbral abierto, entre el mundo de la luz y el de la oscuridad, por decirlo así, pero Warthrop no sufría de la misma aversión: corrió al cadáver dejando huellas en la sangre pegajosa que lo rodeaba por los cuatro costados, como un foso poco profundo, se agachó cerca de la cabeza y se inclinó para examinar de cerca la herida abierta. La tocó. Comprobó la textura de la masa encefálica entre los dedos pulgar e índice.

Se quedó un momento inmóvil, con los antebrazos apoyados en las rodillas abiertas mientras examinaba los restos que tenía ante él. Estaba muy inclinado, manteniendo apenas el equilibrio para estudiar el rostro de la víctima, o lo que quedaba de él.

—¿Es Stinnet? —preguntó.

—Es el reverendo, sí —confirmó Morgan.

—¿Y los demás? ¿Dónde está el resto de la familia?

—Dos en la sala de estar: su mujer y la hija menor, Sarah, creo. Otro niño en el pasillo. Un cuarto en uno de los dormitorios.

—Y el que escapó. Así que nos falta uno.

—No, Warthrop, el que falta está aquí.

—¿Dónde?

—Por todas partes —contestó el jefe de policía en un tono cargado de asco y lástima.

Y era cierto. El reverendo, cuyo cuerpo había quedado más o menos intacto, había llamado nuestra atención como el epicentro de la matanza, pero a nuestro alrededor, como fragmentos lanzados por una siniestra centrifugadora, en las paredes y suelos, e incluso en el techo, había trozos de carne humana, irreconocibles efluvios pegados con sangre a casi todas las superficies: mechones de pelo, pedacitos de entrañas, astillas de hueso, peladuras de músculo. En algunos lugares, las paredes estaban tan saturadas que, literalmente, lloraban sangre. Era como si hubieran metido al niño en una trituradora para después escupirlo en todas direcciones. Tirado a pocos centímetros del zapato derecho del doctor estaba el pie cercenado del muchacho, la única porción reconocible que quedaba tras el saqueo de los *Anthropophagi*.

—Se llamaba Michael —dijo el policía—. Tenía cinco años.

El doctor no respondió. Se giró en un lento círculo, con las manos en las caderas, pivotando para examinar la matanza con una expresión mezcla de fascinación y frialdad, maravillado por la brutalidad del ataque pero alejado de su absoluto horror, el corazón separado de la mente, las emociones del intelecto, el científico por excelencia, apartado de la raza a la que pertenecía. Allí permaneció, como un templo vivo entre las ruinas aplastadas, en el sentido más literal de la expresión, y lo que pensara quedó oculto en los sacrosantos rincones de su mente consciente.

Cada vez más impaciente, quizá con la desconcertante reticencia del doctor en aquel momento de máxima urgencia, el jefe de policía entró en el cuarto y dijo:

—¿Y bien? ¿Le gustaría ver a los demás?

Así comenzó el macabro recorrido. Primero, el cuarto en el que dormían los hijos mayores. Allí estaban los restos de una niña que, según nos informó Morgan, se llamaba Elizabeth; la habían dejado hecha trizas, como a su hermano, aunque su torso destripado estaba intacto sobre lo que quedaba de la ventana destrozada. Las cortinas de encaje, salpicadas de sangre, revoloteaban con la agradable brisa y, más allá del cristal roto que todavía colgaba del marco, vi brillar a la luz del sol el bello prado de hierba primaveral.

—¿El punto de entrada? —masculló Morgan.

—Quizás —respondió el doctor, que se inclinó para examinar el marco y los fragmentos de cristal que lo rodeaban—. Aunque no lo creo. La salida improvisada de nuestro testigo, diría.

A continuación, Morgan nos llevó por el pasillo, donde, al doblar una esquina, encontramos a la cuarta víctima, también desmembrada y destripada, con el cráneo aplastado y vaciado, y trozos de sus órganos vitales desperdigados por el suelo y pegados a las paredes por la sangre. Y allí, en aquel pasillo, sobre el viscoso suelo de madera, descubrimos la primera prueba de la presencia de los *Anthropophagi*: huellas de su paso entre la sangre coagulada de su presa. El doctor dejó escapar un grito de alegría al verlas, se arrodilló y dedicó varios segundos a estudiar su hallazgo, muy emocionado.

—De ocho a diez, al menos —murmuró—. Hembras, aunque puede que esto y esto sea un macho joven.

—¿Hembras? ¿Hembras, dice? ¿Con huellas más grandes que las de un hombre adulto?

—Una hembra madura mide más de dos metros de los pies a los hombros.

—¿Una hembra madura de qué, Warthrop?

El doctor vaciló medio segundo antes de responder:

—De una especie de homínidos carnívoros llamados *Anthropophagi*.

—*Anthro... popi...*

—*Anthro-po-phagi* —lo corrigió el doctor—. Pliny los llamaba *blemias*, pero la denominación aceptada es *Anthropophagi*.

—¿Y se puede saber de dónde diablos han salido?

—Son nativos de África y de algunas islas junto a la costa de Madagascar —respondió el doctor con cautela.

—Eso está bastante lejos de Nueva Inglaterra —comentó el jefe de policía en tono sarcástico, y esperó con los ojos entornados a que el doctor contestara.

—Robert, tiene mi palabra como hombre de ciencia y caballero de que no he tenido nada que ver con su aparición aquí.

—Y usted tiene mi palabra, Warthrop, como agente de la ley, de que es mi deber averiguar quién es el responsable de esta masacre, si es que lo hay.

—Yo no soy el responsable —afirmó el doctor, rotundo—. Estoy tan sorprendido como usted por su presencia, y llegaré al fondo del asunto, Robert, le doy mi palabra.

Morgan asintió, aunque no parecía muy convencido.

—Es que me resulta muy extraño que unas criaturas tan monstruosas aparezcan justo en la ciudad en la que vive el experto en estos asuntos más importante del país (si no del mundo).

Aunque lo había planteado de la forma más amable posible, el comentario del jefe de policía consiguió que el doctor se tensara y que le brillaran los ojos de indignación.

—¿Me está llamando mentiroso, Robert? —preguntó en un tono grave y peligroso.

—Mi querido Warthrop, nos conocemos de toda la vida. Aunque sea el hombre más reservado que conozco y casi todo lo que haga me resulte un misterio, jamás lo he oído pronunciar una mentira deliberada. Si me dice que la presencia aquí de estos seres lo sorprende tanto como a mí, me lo creo, pero mi fe no cambia el hecho de que la coincidencia sea sumamente extraña.

—No se me ha escapado esa ironía, Robert. Podría decirse que lo extraño es mi oficio, y este caso tiene esa cualidad más que de sobra. —Después añadió a toda prisa, antes de que Morgan pudiera seguir insistiendo—: Vamos a ver a los demás.

Regresamos por el pasillo a la parte delantera de la rectoría. Allí, en la acogedora sala de estar en la que el reverendo se reunía con su familia alrededor del piano para una noche de alegres canciones o descansaba en los mullidos sillones y sofás al calor de la chimenea mientras soplaba el viento del norte, nos enfrentamos a la terrible escena final: un cadáver sin cabeza en el centro de la habitación, aferrado a los restos de una niña pequeña. El camisón, que antes fuera blanco y ya no, ocupaba en el suelo el lugar donde deberían haber estado las piernas de la madre. Una la encontramos tirada y medio destrozada bajo la ventana rota que daba a la callecita de la casa. La otra no apareció, al igual que su cabeza, aunque el doctor me pidió que me pusiera a gatas para buscarla bajo los muebles. Examinó el cadáver de la madre mientras Morgan esperaba en el umbral y su respiración entrecortada movía las esquinas de su improvisada máscara.

—Le han dislocado ambos hombros —dijo el doctor. Después recorrió con las manos los brazos de la mujer para tantear con sus diestros dedos la carne todavía flexible—. El húmero derecho está roto. —Tocó los dedos que sujetaban el cuerpo diminuto—. Cinco dedos rotos, dos en la mano derecha, tres en la izquierda.

Intentó quitarle al bebé de las manos y tuvo que apretar la mandíbula por el esfuerzo. Entorpecido por la tozuda voluntad del *rigor mortis*, se rindió y examinó a la niña sin apartarla de los brazos paralizados de su madre.

—Múltiples heridas de punción y laceraciones —dijo—. Pero el cuerpo está intacto. El bebé se desangró o le aplastaron los pulmones. O se ahogó entre los pechos de su madre. Una cruel ironía, si así fuera. ¡Qué fuerte es el instinto maternal, Will Henry! Aunque le desencajaron los hombros y le rompieron los huesos con los que la sujetaba, no entregó a su hija. Se resistió. Aunque le rompieron los brazos y le arrancaron la cabeza, resistió. ¡Resistió! Incluso después de convertirse en una cruel imitación de las criaturas que habían devorado a sus hijos, ¡resistió! Es digno de asombro, una maravilla.

—Me perdonará, Warthrop, si no considero que lo que ha sucedido aquí sea maravilloso en modo alguno —repuso Morgan, asqueado.

—Me malinterpreta —contestó el doctor—. Y juzga antes de tiempo aquello que desconoce. ¿Juzgamos al lobo o al león? ¿Culpamos al salvaje cocodrilo por obedecer a los imperativos de su naturaleza?

Mientras hablaba, contemplaba la ensangrentada Pietà a sus pies; su actitud era ahora completamente introspectiva y remota, y su rostro, inescrutable e impasible. ¿Qué tempestades, si las había, rugían bajo la superficie de aquella fachada helada? ¿Acaso la macabra escena le recordó las palabras pronunciadas pocas horas antes? «El pobre señor Gray debería mantenerlos satisfechos al menos otro par de días», palabras pronunciadas con la característica seguridad que a menudo se confundía con arrogancia... ¿O no sería un error calificarla de tal? Pecaría de falta de sinceridad si dijera que entendía a aquel hombre al que tanto le debía, a aquel hombre que acogió a un niño huérfano y sin hogar, y lo transformó en el hombre que soy. ¡Con cuánta frecuencia nos rescatan o nos arruinan, ya sea por capricho, por intención o por ambas cosas, los adultos a quienes confiamos nuestro cuidado! La verdad que confieso es que no entiendo al doctor. Incluso con el regalo del gran tiempo transcurrido y la perspectiva que eso nos ofrece, sigo sin entender al doctor Pellinore Xavier Warthrop. ¿Aceptaba sinceramente la premisa de que no era culpable de la horrible matanza de seis personas inocentes? ¿Qué vueltas y piruetas de la lógica empleaba para hacer caso omiso del significado simbólico de mancharse las manos con la sangre de los Stinnet? ¿O contemplaba los hechos con la misma mirada implacable recibida por Eliza Bunton para llegar a una conclusión que resultaba obvia incluso para un niño de doce años? Cualquiera de las posibilidades era igual de probable, y ninguna discernible por su estoica expresión. No revelaba nada, observaba en silencio a la madre sin cabeza y al bebé roto contra su pecho, los dos acurrucados a sus pies como ofrendas descartadas a un dios sediento de sangre.

—¿Dónde está su testigo? —preguntó.

Nos detuvimos en el patio para limpiarnos los pulmones de la sucia miasma de la muerte y para que el jefe de policía rellenara su pipa. Estaba ruborizado, y los dedos que sostenían la cerilla temblaron cuando bajó la llama para acercarla a la cazoleta de alabastro.

—Debo confesarle, Warthrop, que todo este asunto se sale del ámbito de mi experiencia.

La mirada de Morgan vagó hasta dar con las palabras grabadas en la puerta de la rectoría: «El Señor es mi pastor». No parecieron consolarlo. De hecho, parecía helado hasta su espiritual médula. Como jefe de policía de la ciudad, había sido testigo de la inhumanidad del hombre para con el hombre, desde hurtos menores a agresiones graves. No obstante, nada lo había preparado para enfrentarse a aquella muestra de la injusticia pura, aquel horrendo recordatorio de que, a pesar de todos los honores con los que nos adornamos, al final no somos más que abono, carne para las criaturas inferiores sin alma con las que yo había soñado la noche anterior, que son, como nosotros, criaturas del Señor. Para un hombre de la limitada experiencia y el temperamento sensible del jefe de policía no tuvo que ser fácil vérselas con la salvaje burla de los *Anthropophagi* a nuestras aspiraciones humanas, a nuestras absurdas grandezas y ambiciones, a nuestro orgullo jactancioso.

—Está en el santuario —dijo—. Por aquí.

Lo seguimos por el camino de grava hacia la pequeña iglesia que daba a la calle que conducía a la carretera del cementerio. Allí había otro guardia apostado. Sin decir palabra, se apartó para dejarnos pasar. Dentro hacía fresco y estaba oscuro. La luz de la mañana entraba en rayos rotos a través de las vidrieras de las ventanas, de modo que los haces azules, verdes y rojos cortaban el aire polvoriento. Nuestros pasos retumbaron en el antiguo suelo de madera. Dos figuras en sombra estaban encorvadas en el banco más cercano al altar. Al llegar nosotros, una se levantó con un fusil en los brazos. La otra no se movió, ni siquiera alzó la cabeza.

El jefe de policía alzó la voz para informar al hombre del arma de que pronto llegarían los coches fúnebres, por lo que debía esperar fuera para ayudar a sacar a las víctimas. El interpelado no parecía especialmente contento con el encargo, pero aceptó la orden con un breve gesto de cabeza antes de marcharse.

Los pasos del guardia se perdieron a lo lejos. Nos habíamos quedado solos con el testigo. Hundido en el banco, con los brazos cruzados sobre el pecho y las manos aferradas a los bordes de la manta que le tapaba el torso desnudo, era un crío de no más de quince o dieciséis años, calculé, de pelo oscuro y largo, y relucientes ojos azules que parecían más grandes por lo estrecho de su rostro. Aunque estaba sentado, distinguí que era alto para su edad; sus piernas parecían alargarse un kilómetro ante él.

—Malachi —dijo con delicadeza el jefe de policía—. Malachi, este es el doctor Warthrop. Ha venido para... —Hizo una pausa, sin saber bien qué servicio podría prestarles el doctor—. Bueno, para ayudarte.

Pasó un momento. Malachi no dijo nada. Sus carnosos labios se movían en silencio mientras contemplaba, como un místico oriental, un espacio más allá de nuestra esfera mortal, mirando el exterior pero viendo el interior.

—No estoy herido —dijo al fin en un susurro apenas audible.

—No es esa clase de doctor.

—Soy científico —aclaró Warthrop.

Los llamativos ojos azules de Malachi dieron con mi cara y permanecieron fijos en ella, sin parpadear, durante unos segundos que me resultaron dolorosamente incómodos.

—¿Quién eres tú?

—Este es Will Henry —respondió el doctor—. Es mi ayudante.

Aunque los ojos de Malachi permanecieron fijos en mi rostro, él había dejado de verlo. La transición de ver a no ver era inconfundible, la pérdida de enfoque o, mejor dicho, el cambio del enfoque a algo completamente distinto, algo que solo él veía. Pugnábamos por su atención contra aquella cosa invisible. Yo no sabía lo que pensaban los demás; en cuanto a mí, temía por su estado. Estaba claro que su psique había sufrido unas heridas horrendas aunque hubiera salido indemne del feroz ataque. ¿Cómo era posible?

El doctor hincó una rodilla en el suelo, frente a él. El movimiento no distrajo al afligido muchacho; su vista permaneció fija en mis rasgos y no movió ni una pestaña cuando Warthrop le puso una mano en el muslo estirado. El doctor repitió su nombre en voz baja y le apretó el flácido músculo, como si le pidiera regresar de aquel lugar lejano e inalcanzable.

—Malachi, ¿me puedes contar qué ha sucedido?

De nuevo movió los labios en silencio. Su mirada sobrenatural me inquietaba, pero como quien se cruza con un terrible accidente, no lograba apartar los ojos de la espantosa gravedad de los suyos.

—¡Malachi! —llamó el doctor en voz baja mientras le sacudía la pierna—. No puedo ayudarte si no me cuentas...

—¿Es que no ha estado allí? —gritó Malachi—. ¿Es que no lo ha visto?

—Sí, lo he visto todo.

—Entonces ¿por qué me pregunta?

—Porque me gustaría saber lo que has visto tú.

—Lo que he visto...

Sus ojos, grandes, azules y tan insondables como la boca giratoria de Caribdis, se negaron a librarme de las aguas revueltas de su mirada. Se dirigió al doctor, aunque me hablaba a mí:

—¡He visto abrirse la boca del infierno, y por ella han salido los engendros del demonio! ¡Eso es lo que he visto!

—Malachi, las criaturas que han matado a tu familia no son de origen sobrenatural. Son depredadores que pertenecen a este plano, tan mundanos como el lobo o el león, y nosotros somos, por desgracia, sus presas.

Si oyó al doctor, no dio muestras de ello. Si lo entendió, no nos lo hizo saber. Temblaba sin control bajo la manta, aunque no corría el aire ni hacía frío en el santuario. Abrió la boca y se dirigió a mí:

—¿Lo has visto?

Vacilé. El doctor me susurró al oído, apremiante:

—¡Responde, Will Henry!

—Sí, lo he visto.

—No estoy herido —me repitió Malachi, como si temiera que no lo hubiera escuchado antes—. Estoy ileso.

—Algo extraordinario y providencial después de semejante experiencia —comentó el doctor.

De nuevo, no le hizo caso. Con un resoplido de frustración, Warthrop me hizo un gesto para que me acercase. Al parecer, Malachi quería hablar, pero solo conmigo.

—¿Cuántos años tienes? —me preguntó.

—Doce.

—Como mi hermana. Elizabeth. Sarah, Michael, Matthew y Elizabeth. Yo soy el mayor. ¿Tienes hermanos, Will Henry?

—No.

—Will Henry es huérfano —dijo el doctor.

—¿Qué sucedió? —me preguntó Malachi.

—Hubo un incendio.

—¿Estabas allí?

—Sí.

—¿Qué pasó?

—Hui.

—Yo también.

No le cambió la expresión; el semblante siguió impasible; pero una lágrima le recorrió la hueca mejilla.

—¿Crees que Dios nos perdonará, Will Henry?

—No... no lo sé —contesté con sinceridad.

Tenía doce años y todavía era un neófito en los matices de la teología.

—Es lo que siempre decía mi padre —susurró Malachi—: si nos arrepentimos; si lo pedimos. —Su mirada vagó hacia la cruz que colgaba de la pared, detrás de mí—. He estado rezando. He estado pidiendo perdón. Pero no oigo nada. ¡No siento nada!

—El instinto de conservación es tu primer deber y tu derecho inalienable, Malachi —dijo el doctor impaciente—. Nadie puede considerarte responsable por ejercitar ese derecho.

—No, no —murmuró Morgan—. No lo estás entendiendo, Warthrop.

Se agachó para meterse en el banco, al lado del joven, y rodearle los estrechos hombros con un brazo.

—Quizá te salvaras por un motivo, Malachi —dijo el jefe de policía—. ¿Lo has pensado? Todo ocurre por un motivo... ¿No es esa la base de nuestra fe? Tú estás aquí... Todos estamos aquí porque formamos parte de un plan preparado antes de que se creara la tierra. Nuestro humilde deber consiste en encontrar nuestro papel en ese plan. No pretendo saber cuál es el mío ni el de nadie, pero quizá se te perdonara para que no se perdieran más vidas inocentes. Porque si hubieras permanecido en el interior de esa casa, habrías fallecido con tu familia, y entonces, ¿quién nos habría advertido de lo que ocurría? Al salvar tu vida, salvarás la vida de muchos.

—Pero ¿por qué yo? ¿Por qué me he salvado yo? ¿Por qué no mi padre? ¿O mi madre? ¿O mis hermanas y mis hermanos? ¿Por qué yo?

—Eso nadie puede saberlo —contestó Morgan.

El doctor dejó escapar un bufido y abandonó toda pretensión de compadecer al atormentado muchacho, al que habló en tono brusco.

—Sentir lástima de ti es una burla de tu fe, Malachi. Y cada minuto que dedicas a regodearte en ella es un minuto perdido. Las grandes mentes de la Europa medieval discutían sobre cuántos ángeles podían bailar en la cabeza de un alfiler, mientras una plaga arrebataba la vida a veinte millones de personas. ¡Ahora no es el momento de dedicarse a un debate esotérico sobre los caprichos de los dioses! Dime, ¿querías a tu familia?

—¡Por supuesto que la quería!

—Entonces, destierra tu culpa y entierra tu pena. Están muertos, y por mucho que te arrepientas o te duela, no volverán contigo. Te ofrezco una elección, Malachi Stinnet, la elección a la que, al final, todos nos enfrentamos: ¡puedes quedarte en las costas de Babilonia y llorar o enfrentarte a tu enemigo! A tu familia la atacó y consumió un depredador que atacará de nuevo, tan seguro como que el sol se pondrá esta noche, y otros sufrirán el mismo destino que los tuyos si no me cuentas lo que has visto.

Mientras hablaba, el doctor se fue acercando cada vez más al encogido Malachi hasta que tuvo las dos manos apoyadas en el banco, a ambos lados del chico. El rostro de Warthrop quedó a pocos centímetros del suyo, con los ojos iluminados por el fuego de su apasionado discurso. Compartían una carga, aunque solo Warthrop lo sabía y, por tanto, solo este podía exorcizarla. Yo también lo sabía, claro, y ahora, como anciano que soy mirando, por así decirlo, a través de los ojos de mi yo de doce años, veo la amarga ironía del asunto, el extraño y terrible simbolismo: ¡Malachi creía tener las impolutas manos manchadas con la sangre de su familia, mientras que el hombre cuyas manos estaban literalmente manchadas con ella lo reprendía por abandonarse a los sentimientos de responsabilidad y remordimiento!

—No lo he visto todo —respondió el chico con voz ahogada—. Hui.

—Pero estabas dentro cuando empezó, ¿no?

—Sí. Por supuesto. ¿Dónde iba a estar? Estaba durmiendo. Todos estábamos durmiendo. Oí un ruido muy fuerte. El cristal al romperse cuando atravesaron las ventanas. Hasta las paredes temblaron con la violencia de su invasión. Oí gritar a mi madre. Una sombra apareció en mi puerta, y el cuarto se llenó de un olor asqueroso que me cerró la garganta. No podía respirar. La sombra ocupó todo el umbral..., enorme y sin cabeza..., olisqueando como un cerdo. Me quede paralizado. Entonces, la sombra se marchó. Se fue; no sé por qué.

»Se oían gritos por todas partes. Los nuestros. Los suyos. Elizabeth se metió en mi cama de un salto. ¡No me podía mover! Tendría que haber bloqueado la puerta. Podría haber roto la ventana, que estaba a medio metro, y escapado. ¡Pero no hice nada! Me quedé tumbado en la cama abrazado a Elizabeth, con la mano sobre su boca para que sus gritos no los atrajeran, y a través de la puerta los vi pasar, sombras sin cabeza, con brazos tan largos que sus nudillos casi rozaban el suelo. Dos de ellos se enzarzaron en una pelea ante mi umbral, entre gruñidos y bufidos de enfado, ladrando y lanzando dentelladas por ver quién se quedaba con el cuerpo de mi hermano. Sabía que tenía que ser Matthew; era demasiado grande para ser Michael.

»Lo despedazaron ante mis ojos. Lo hicieron jirones y lanzaron su torso desmembrado al pasillo, donde su cabeza golpeó el suelo, y entonces los golpes y gruñidos crecieron a su alrededor. Noté que Elizabeth se había desmayado.

»Los gritos ya casi habían terminado, aunque todavía oía a las bestias en el pasillo y en la parte delantera de la casa, sus ladridos y siseos, sus horrendos gruñidos, y el chasquido de los huesos. Seguía sin moverme. ¿Y si me oían? Se movían muy deprisa; aunque lograra llegar a la ventana, temía que me cayeran encima antes de abrirla, y... ¿qué horror me esperaría fuera? ¿Habría más patrullando el exterior de la casa? Intenté obligarme a salir de la cama, pero no podía. No podía. No podía.

Guardó silencio. De nuevo, había vuelto su mirada hacia el interior. El jefe de policía, que se había levantado del banco mientras el chico hablaba, se había acercado con paso cansado a las vidrieras y contemplaba la escena de Cristo representado como el buen pastor que guía a su rebaño.

—Pero, por supuesto, te levantaste —lo animó a seguir hablando el doctor.

Malachi asintió, despacio.

—No podías abrir la ventana —dijo Warthrop.

—¡Sí! ¿Cómo lo sabe?

—Así que la rompiste.

—¡No tenía elección!

—Y el ruido los alertó.

—Tuvo que ser eso, sí.

—Pero no huiste, aunque la libertad y la seguridad estaban a unos metros.

—No podía abandonarla.

—¿De vuelta a la cama a por ella?

—Se acercaban.

—Los oíste.

—La cogí en brazos. Estaba tan inerte como una muerta. Me acerqué a trompicones a la ventana, se me resbaló, la solté. Me agaché para recogerla. Y entonces...

—Lo viste en la puerta.

Malachi asintió de nuevo, ahora más deprisa, con los ojos muy abiertos por el asombro.

—¿Cómo lo ha sabido?

—¿Era macho o hembra, pudiste verlo?

—¡Por amor de Dios, Pellinore! —exclamó el jefe de policía, consternado.

—Muy bien —repuso él suspirando—. Abandonaste a tu hermana y huiste.

—¡No! ¡No, jamás habría hecho eso! —gritó Malachi—. Nunca la habría dejado allí para que... esa... cosa... La agarré por los brazos y tiré de ella hacia la ventana.

—Era demasiado tarde —murmuró el doctor—. Ya tenías a la criatura encima.

—¡Se movía muy deprisa! Cruzó el dormitorio de un salto, la agarró por el tobillo y me la arrancó de las manos con la misma facilidad que un hombre arrebataría un muñeco a un bebé. La lanzó hacia arriba, y la cabeza de Elizabeth se golpeó contra el techo con un ruido nauseabundo; se le rompió el cráneo y su sangre me llovió en la cabeza... ¡La sangre de mi hermana sobre mi cabeza!

Entonces perdió toda compostura, se tapó la cara con las manos y el cuerpo se le estremeció, presa de unos sollozos desgarradores.

El doctor soportó aquello, pero solo unos segundos.

—Descríbeme a la bestia, Malachi —ordenó—. ¿Qué aspecto tenía?

—Dos metros..., puede que más. Brazos largos, piernas fuertes, pálida como un cadáver, sin cabeza pero con ojos en los hombros... o un ojo, mejor dicho. Le faltaba el otro.

—¿Le faltaba?

—Había un... agujero donde debería haber estado el ojo.

El doctor me miró. No hacía falta decirlo; los dos lo pensábamos: «O la suerte o mi ángel guardián guiaron la mano que acertó en el ojo negro de la maldita bestia».

—No te persiguieron —dijo Warthrop mientras se volvía de nuevo hacia Malachi.

—No. Me tiré por la ventana rota y no me hice ni un arañazo, ¡ni un arañazo! Después cabalgué todo lo deprisa que pudo mi montura hasta la casa del jefe de policía.

El doctor apoyó una mano manchada con la sangre de su familia en el estremecido hombro del chico.

—Muy bien, Malachi —le dijo—. Lo has hecho bien.

—¿Qué he hecho bien? —gritó Malachi—. ¿Qué?

El doctor me pidió que me quedara en el banco con el muchacho mientras Morgan y él se retiraban a debatir sobre las medidas que debían tomarse, o eso supuse por los acalorados fragmentos de conversación que me llegaban.

Del jefe de policía: «... agresivo e inmediato... todos los hombres capaces de Nueva Jerusalén...».

Y el doctor: «... innecesario e imprudente... seguro que sembrará el pánico...».

Malachi recuperó la compostura durante sus fervientes deliberaciones; sus sollozos remitieron hasta transformarse en un goteo de trémulas lágrimas y sus temblores de miedo dieron paso a algún que otro estremecimiento ocasional, como las pequeñas réplicas después de un violento terremoto.

—Qué hombre más extraño —dijo refiriéndose al doctor.

—No es tan extraño —respondí a la defensiva—. Su... su vocación es extraña, nada más.

—¿Y cuál es?

—Es un monstrumólogo.

—¿Caza monstruos?

—No le gusta que los llamen así.

—Entonces ¿por qué se hace llamar monstrumólogo?

—Él no eligió el nombre.

—No sabía que existiera esa profesión.

—No hay muchos. Su padre lo era, y sé que existe una Sociedad Monstrumológica, pero no creo que tenga muchos miembros.

—¡No es de extrañar! —exclamó.

Al otro lado del santuario, la discusión subía y bajaba como magma sobrecalentado borboteando en la superficie de un lago volcánico.

Morgan: «¡... evacuar! ¡Evacuar de inmediato! ¡Evacuar a todo el mundo!».

Warthrop: «¡... estúpido, Robert, estúpido e imprudente! El caos que produciría esa noticia excedería con mucho las ventajas. Esto puede contenerse... controlarse... No es demasiado tarde...».

—Nunca he creído en monstruos —dijo Malachi.

De nuevo, volvió la vista hacia dentro, y supe con el genio de la intuición infantil que había perdido su asidero al presente y había caído tan deprisa como Ícaro por el reluciente y sangriento recuerdo de aquella noche. Allí moraba ahora su familia, como las almas torturadas del sueño de Dante que sufrían el tormento eterno, siempre devoradas pero nunca consumidas, sus estertores finales repetidos una y otra vez mientras él, Malachi, yacía paralizado por el terror, incapaz de ayudar a detener la matanza; y, a su lado, su hermana muerta se desmayaba, la que había acudido a él en busca de salvación, la única a la que había tenido la oportunidad de socorrer, pero a la que ni siquiera el amor de un hermano pudo salvar.

El vis a vis bajo la luz fracturada de la vidriera llegaba a su *crescendo*. El doctor enfatizaba cada punto clavándole el dedo en el pecho al jefe de policía, y su voz estridente retumbaba en los cavernosos confines de la iglesia:

—¡Nada de evacuación! ¡Nada de partidas de caza! Yo soy el experto. El único, ¡el único! cualificado para tomar las decisiones en este caso.

La comedida respuesta de Morgan fue reposada pero insistente, igual que un padre que habla con un hijo reacio... o igual que el asustado objeto de la atención de un loco.

—Warthrop, de tener la más ligera duda sobre tu pericia, no te habría traído hoy. Puede que entiendas este horrible fenómeno mejor que nadie; por la naturaleza de tus peculiares investigaciones, te ves obligado a entenderlos, como yo me veo obligado, en virtud de mi deber, a proteger las vidas y propiedades de los ciudadanos de esta ciudad. Y ese deber me insta a actuar con celeridad y sin demora.

El doctor hizo uso de toda la paciencia que pude reunir y habló entre dientes:

—Le aseguro, Robert..., de hecho, estoy preparado para apostar mi reputación en ello, que no volverán a atacar hoy, esta noche, ni hasta dentro de varias noches más.

—No puede suponerlo sin más.

—¡Por supuesto que sí! El peso de tres mil años de pruebas directas apoya mi afirmación. Me ofende usted, Robert.

—No era mi intención, Pellinore.

—Entonces ¿por qué primero reconoce mi pericia para después informarme de que ha decidido olvidarse de ella? Me trae aquí en busca de consejo y después lo desprecia sin pensárselo dos veces. Afirma que desea evitar el pánico general, ¡pero toma decisiones basadas en el suyo!

—Cierto, aunque, en este caso, ¡puede que el pánico sea la respuesta más adecuada!

—Muy bien. Rechaza mi opinión. Es una elección peligrosa, Robert, pero también es una opinión, claro. Como dice, su deber lo insta a ello, y las consecuencias de esa reacción caerán únicamente sobre sus hombros. Sin embargo, cuando esa decisión lo destruya, incluso a costa de su propia vida y las de sus hombres, esa culpa no será mía. No seré responsable. Mis manos están limpias.

Por supuesto que no lo estaban, ¡ni mucho menos! Tanto literal como figuradamente, la sangre de las víctimas de los *Anthropophagi* le manchaba las manos: la del viejo ladrón de tumbas, la de todo el clan de los Stinnet... Estaba empapado hasta los huesos.

—¡Vamos, Will Henry! —gritó el doctor—. ¡Aunque se han requerido nuestros servicios, ahora no se aceptan! Buen día, jefe, y buena suerte, señor. Si me necesita, ya sabe dónde encontrarme. —Se alejó por el pasillo central camino a las puertas mientras su voz retumbaba en las viejas tablas de madera—. ¡Will Henry! ¡Espabila!

Me levanté del banco y, cuando lo hice, Malachi se enderezó de golpe, sus dedos buscaron mi muñeca y tiraron de ella.

—¿Adónde vas? —me preguntó con expresión desesperada.

—Con él —respondí señalando al doctor con la cabeza.

—¡Will Henryyy!

—¿Puedo ir contigo?

El jefe de policía apareció delante de nosotros.

—No temas, Malachi. Te quedarás conmigo hasta que encontremos una solución.

Al llegar a la puerta me volví y comprobé que la imagen no había variado: Malachi y Morgan con la cruz de fondo, uno hundido en el banco delantero y el otro de pie, con la mano sobre el hombro del muchacho.

En el exterior, el doctor respiró hondo el cálido aire primaveral, como un hombre que bebe un trago de láudano para asentar los nervios; después, sin prestar atención a los dos guardias apostados en la puerta de la rectoría, cuyos rostros se ensombrecieron al verlo aparecer, se fue derecho al carruaje del jefe de policía, donde esperaba el cochero, que se entretenía dándole vueltas al tambor de su revólver con cara de estudiado aburrimiento.

—¡Harrington Lane! —le espetó el doctor tras abrir de golpe la puerta y meterse dentro. Chasqueó los dedos, impaciente, en mi dirección, y subí a su lado.

Nos apartamos del estrecho camino para dejar paso a tres coches fúnebres negros. Nos detuvimos por segunda vez para que pasara un carro cargado de hombres con fusiles y perros de caza; los animales estaban nerviosos, ladraban y tiraban de las correas, en claro contrapunto al apagado humor de sus adiestradores. El doctor sacudió la cabeza y masculló con sorna para sí:

—Sé lo que estás pensando, Will Henry —dijo entre dientes—, pero ni los dogmas de fe de la víctima consideran que un error sea pecado. Soy un científico. Baso mis acciones o la falta de ellas en la probabilidad y las pruebas. ¡Por algo decimos que la ciencia es una disciplina! ¡Las mentes inferiores huyen o encienden piras para quemar a sus brujas! Es falso afirmar que solo porque no veamos bailar a las hadas en el campo se descarte su existencia. Las pruebas engendran teorías, y las teorías evolucionan al surgir nuevas pruebas. Tres mil años de investigación, de declaraciones de testigos directos, de indagaciones científicas serias... ¿Debía abandonar todo eso para dejarme llevar por la especulación y la duda? En todas las crisis, ¿debemos exigir la renuncia a la razón o, peor, apoyar la traición de nuestros instintos básicos? ¿Somos hombres o gacelas inquietas? ¡Un examen imparcial de los hechos habría llevado a cualquier persona razonable a concluir que estoy libre de culpa, que reaccioné con prudencia y contención en este caso, y que, de hecho, un hombre menos prudente habría malgastado sus energías persiguiendo hadas por el campo, aunque nadie las viera! —Dejó caer el puño manchado de rojo sobre su muslo—. Así que deja a un lado tus juicios infantiles, William James Henry. Soy tan culpable de esta tragedia como el muchacho que la presenció. Menos aún, ¡sí!, si se aplican los mismos crueles criterios a mis acciones.

No contesté a su apasionada diatriba porque, en realidad, no iba dirigida a mí, sino a los peculiares demonios de su conciencia; yo no era más que un testigo del exorcismo. Notaba, como también debía de notar él, el nauseabundo olor que desprendía nuestra ropa, la tóxica tintura de la muerte pegada a nuestra piel y nuestro pelo, y su ácido cosquilleo en la lengua.

Al llegar a Harrington Lane, el doctor bajó al sótano, donde se quedó inmóvil ante el cadáver colgado del *Anthropophagus* macho. ¿Era su inmovilidad pura ilusión? ¿Soplaba un ciclón bajo la superficie de aquella tranquila fachada? Sospecho que, como la saludable luz que se astillaba al atravesar los cristales de colores de la pequeña iglesia, la psique de Warthrop también se había dividido y, aunque ahora estuviera lejos, parte de él todavía permanecía en el holocausto de la mañana, arrodillado, por así decirlo, ante el cráneo vaciado del buen reverendo Stinnet. Lo oía mascullar variaciones del discurso pronunciado en el carruaje, como un compositor que se enfrenta a una conexión difícil, que intenta imponer un equilibrio melódico a los acordes discordantes de sus obstinados remordimientos.

Por fin dejó de murmurar. Guardó silencio durante varios minutos; no se movía. Quieto como una estatua, la vorágine de su interior estaba tan bien oculta como los vientos de un huracán vistos desde el espacio.

—Es ella —dijo al fin, admirado—. La matriarca cegada por Varner. Por algún malévolo giro del destino, ha venido, Will Henry. Es casi como si... —Dudó en decir en voz alta lo que pensaba. Iba en contra de todo aquello en lo que creía—. Es como si hubiera venido a buscarlo.

No le pregunté a quién se refería, me hacía falta; lo sabía.

—Me pregunto —añadió, pensativo, mirando al monstruo colgado ante sí— si le bastará con su hijo.

NUEVE

«Tengo que enseñarle algo»

El jefe de policía regresó a Harrington Lane aquella misma tarde, algo que el monstrumólogo ya había previsto.

—Tenemos que ponernos manos a la obra para ordenar esto, Will Henry. Nuestro buen jefe de policía no tardará en aparecer para solicitar (o volver a solicitar, mejor dicho) nuestra ayuda. Cuando sus frustrados sabuesos se cansen o se rinda su incrédula partida de caza, volverá a llamar.

Había mucho que «ordenar» después de la frenética búsqueda del doctor. Él se metió en el estudio mientras yo me encargaba de la biblioteca, donde volví a colocar los libros en sus estantes, amontoné papeles y tiré los fragmentos ennegrecidos del sombrero del viejo ladrón de tumbas y el lomo doblado por el calor del diario de su padre, que había sobrevivido al fuego. Me sentía como un malhechor limpiando el lugar del delito, y, en cierto sentido, así era. No oí ruido alguno en el estudio mientras trabajaba. Sospechaba de la razón de aquel silencio y, cuando entré en el cuarto para informar de que había acabado, mis sospechas se vieron confirmadas: el doctor no había estado limpiando. Sin decir palabra, me puse a trabajar mientras él observaba con una expresión similar a la contemplación interior de Malachi Stinnet, mirándome, pero viendo algo muy distinto.

Llamaron a la puerta a las tres y cuarto. El doctor se levantó y dijo:

—Puedes terminar después, Will Henry. Por ahora, cierra la puerta y acompaña al jefe de policía a la biblioteca.

Morgan no venía solo. A su lado estaba su cochero, con una insignia de plata en la solapa y un revólver a la vista, en la pistolera; les acompañaba Malachi Stinnet, cuyo semblante alicaído se animó al verme abrir la puerta.

—¿Está el doctor en casa, Will Henry? —preguntó el jefe en tono rígido y formal.

—Sí, señor. Lo espera en la biblioteca.

—¿Me espera? ¡Ya me imagino!

Me siguieron hasta la habitación. Warthrop estaba de pie junto a la larga mesa en la que yo había dejado el mapa marcado con sus brillantes líneas entrecruzadas, y sus torpes garabatos de círculos, estrellas, rectángulos y cuadrados. Con las prisas, había olvidado enrollarlo, pero el doctor no parecía ser consciente de tenerlo a plena vista, o no le importaba.

Se tensó cuando entramos y le dijo a Morgan:

—Robert, qué sorpresa.

—¡Ah!, ¿sí? —respondió él con frialdad. Su actitud era de desprecio apenas contenido—. Will Henry ha dicho que nos estaba esperando.

El doctor señaló con la cabeza al agente y al único superviviente de la matanza de aquella mañana.

—A usted. No a ellos.

—Malachi ha querido acompañarme. Y le he pedido a O'Brien que se nos uniera.

El jefe de policía lanzó algo sobre la mesa. Se deslizó unos cuantos centímetros por la resbaladiza superficie del mapa y acabó junto a los dedos de Warthrop.

Era mi querido sombrero, el que había perdido en el cementerio y ahora reaparecía.

—Creo que esto pertenece a su ayudante.

El doctor no dijo nada. No miraba el sombrero, sino a Malachi.

—Will, ¿no son tus iniciales las que están bordadas en la banda interior, «W. H.»? —me preguntó Morgan, aunque no había apartado la mirada acusadora de Warthrop.

—Will Henry, ¿podrías llevarte a Malachi a la cocina, por favor? —preguntó el doctor en voz baja.

—Nadie sale de este cuarto —ladró Morgan—. ¡O'Brien!

Con una sonrisa cómplice, el forzudo agente se colocó en el umbral.

—Creo que lo mejor sería que Malachi... —empezó a decir el doctor.

—Yo decidiré lo que es mejor —lo interrumpió Morgan—. ¿Desde cuándo lo sabe, Warthrop?

—Desde la mañana del día 15 —respondió él tras vacilar un momento.

—Desde la... —Morgan estaba espantado—. ¿Hace cuatro días que lo sabe y no se lo ha contado a nadie?

—Creía que la situación no...

—¡Creía!

—Consideré que...

—¡Consideró!

—Basándome en los datos disponibles, decidí y pensé que... podría encargarme de la plaga con una meticulosidad imparcial sin provocar un pánico innecesario y el uso... irracional y desproporcionado de la fuerza.

—Esta mañana se lo pregunté —dijo Morgan, al que al parecer no impresionaba la racionalización del doctor.

—Y le conté la verdad, Robert.

—Me dijo que su presencia aquí lo asombraba.

—Y es cierto, me asombraba y me asombra. El ataque de anoche fue una sorpresa, y en ese sentido no mentí. ¿Pretende detenerme?

Los ojos del policía lanzaron destellos de rabia desde detrás de sus gafas, y le tembló el bigote.

—Usted los ha traído.

—No.

—Pero sabe quién lo hizo.

El doctor no respondió. No tuvo oportunidad. En

aquel momento, Malachi, que había estado escuchando cada vez más consternado, que había insistido en acudir sin saber de la deducción de Morgan, que ahora estaba delante del hombre cuyo silencio había condenado a su familia, se volvió no hacia el acusado, sino hacia O'Brien, a quien pilló desprevenido. Le sacó el arma de la pistolera y se abalanzó sobre Warthrop para ponerle el cañón en la frente. El clic del martillo al llegar al tope retumbó en la habitación, donde el asombro nos había callado a todos.

Malachi, que estaba sobre el cuerpo caído del doctor, acercó su rostro a pocos centímetros del de Warthrop y escupió dos palabras:

—¡Fue usted!

O'Brien intentó detenerlo, pero el jefe de policía le colocó una mano en el pecho para pararlo y le dijo al afligido muchacho:

—¡Malachi! ¡Malachi, así no resolverás nada!

—¡No quiero resolver nada! —chilló Malachi enloquecido—. Quiero justicia.

Morgan dio un paso hacia él.

—Esto no es justicia, hijo. Es asesinato.

—¡Él es el asesino! ¡Ojo por ojo, diente por diente!

—No, juzgarlo es asunto de Dios, no tuyo.

El policía se iba acercando al joven muy despacio mientras hablaba, y Malachi respondía apretando la punta de la pistola contra el cráneo de Warthrop. Le temblaba el cuerpo debido a la fuerza de su pasión.

—¡Ni un paso más! Lo haré. ¡Le juro que lo haré!

La violencia de sus temblores consiguió que el cañón de la pistola arañara la frente del doctor, de modo que su reluciente sangre se acumuló alrededor del acero que le desgarraba la piel.

Sin pararme a pensar (porque, de haberlo hecho, quizá no hubiera arriesgado su vida y la mía), adelanté a Morgan y me arrodillé junto a ellos, el atormentado Malachi y el postrado Warthrop, y el chico volvió hacia mí su rostro suplicante, surcado de lágrimas y desfigurado por la rabia y el desconcierto, como si en mis ojos pudiera encontrar la respuesta a aquella pregunta sin posible respuesta: «¿Por qué?».

—¡Me lo ha quitado todo, Will! —me susurró.

—Y tú me lo estarías quitando todo a mí —respondí.

Fui a cogerle la mano con la que sostenía la muñeca. Dio un respingo. Su dedo se tensó sobre el gatillo. Me detuve.

—Es lo único que tengo —le dije; era cierto.

Con una mano, le sujeté la temblorosa muñeca; con la otra, le despegué el arma de los dedos. En dos pasos, Morgan llegó junto a mí, me quitó el revólver y se lo entregó al avergonzado O'Brien.

—Ten un poquito más de cuidado con esto la próxima vez —le espetó el jefe de policía.

Coloqué la mano, ahora presa de los mismos temblores que afectaban a Malachi, en su hombro. Él se apartó del doctor y cayó en mis brazos, donde enterró la cara en mi pecho mientras los sollozos lo estremecían. El doctor se puso en pie como pudo, se apoyó en la mesa y se llevó el pañuelo a la herida de la frente. Estaba pálido y salpicado de sangre.

—Si lo hubiera sabido... —murmuró.

—Sabía lo suficiente —lo interrumpió Morgan—. Y ahora lo confesará todo, Pellinore, todo, o lo detendré esta misma noche, sin demora.

El doctor asintió. Miraba al pobre Malachi Stinnet, a quien yo acunaba entre mis brazos.

—Tengo que enseñarle algo —le dijo a Morgan—. Pero solo a usted, Robert. Creo... —empezó a decir, pero se contuvo—. Considero... —Se contuvo de nuevo y se aclaró la garganta—. A Malachi no le conviene verlo.

Yo sabía adónde iban, por supuesto, y no podría haber estado más de acuerdo con el doctor: era evidente que a Malachi no le convenía ver lo que colgaba del techo del sótano. El fornido O'Brien empezó a seguirlos, pero Morgan le ordenó que se quedara con nosotros, así que permaneció en la puerta con cara de pocos amigos, mirándome con rabia como si, de algún modo, yo fuera el culpable del sangriento giro de los acontecimientos. Quizá lo fuera, en parte, y en aquel momento me sentía así. La sombra de la culpa del doctor era alargada y, aunque se lo había preguntado la noche de nuestra loca huida del cementerio, no había insistido hasta sus últimas consecuencias. Al fin y al cabo, el doctor no me había encerrado en mi cuarto ni me había encadenado a un poste. Podría haber corrido a ver al jefe de policía aquella noche para dar la alarma, pero no lo hice. Los factores atenuantes (mi edad, mi condición servil, mi respeto por el intelecto superior y la madurez del criterio del doctor) parecían poco sólidos en presencia del dolor de Malachi, de su indescriptible pérdida.

Al levantar la vista, con la visión nublada por mi lástima por él y, lo confieso, por mí mismo, vi a O'Brien mirarme con rabia y con el labio superior torcido en una mueca de desdén.

—Espero que lo cuelguen por esto —dijo.

Aparté la vista y miré a los ojos rojos y muy abiertos de Malachi.

—¿Lo sabías? —susurró.

Asentí. El doctor me había enseñado que mentir era la peor de las bufonadas.

—Sí.

Regresaron tras lo que me parecieron horas, aunque no debieron de ser más de unos minutos. El rostro de búho de Morgan había perdido todo el color, y sus pasos hasta llegar a la silla en la que se sentó con cautela recordaban a los torpes movimientos de un soldado conmocionado. Llenó la pipa con dedos temblorosos y logró encenderla tras dos intentos. Warthrop, que acababa de asomarse al borde del negro abismo de la muerte, también parecía afectado y aturdido; la herida redonda de la frente estaba cubierta de sangre seca y situada en el centro perfecto, dos centímetros por encima de los ojos, como la marca de Caín.

—Will Henry —dijo en voz baja—, llévate a Malachi arriba, a uno de los dormitorios de invitados.

—Sí, señor —contesté de inmediato.

Ayudé al muchacho a levantarse, me eché su brazo sobre los hombros y dejé que se apoyara en mí para salir de la habitación arrastrando los pies, con las rodillas casi dobladas bajo su peso; era una cabeza más alto que yo. Cargué con él escaleras arriba y lo metí en el dormitorio más cercano, donde habían encontrado el cuerpo desnudo de Alistair Warthrop cinco años antes. Lo tumbé en la cama, donde, como el padre del monstrumólogo, se acurrucó en posición fetal, hasta tener las rodillas casi rozándole la barbilla. Cerré la puerta y me dejé caer en el sillón junto a la cama para recuperar el aliento.

—No debería haber venido —dijo.

Asentí a modo de respuesta ante aquella observación tan obvia.

—Se ofreció a llevarme a su casa —siguió, refiriéndose a Morgan—. No tengo adonde ir.

—¿No tienes más familia?

—Todos están muertos.

—Lo siento, Malachi.

—Lo haces todo por él, ¿no? Incluso disculparte.

—Él no quería que pasara.

—No hizo nada. Lo sabía y no hizo nada. ¿Por qué lo defiendes, Will? ¿Quién es para ti?

—No es eso. Es lo que yo soy para él.

—¿Qué quieres decir?

—Soy su ayudante —respondí, no sin una pizca de orgullo—. Como mi padre. Después de que... Después del incendio, el doctor me acogió.

—¿Te adoptó?

—Me acogió.

—¿Por qué lo hizo? ¿Por qué te acogió?

—Porque no había nadie más.

—No. No me refiero a eso. ¿Por qué decidió acogerte?

—No lo sé —respondí algo desprevenido. Nunca se me había ocurrido—. No se lo he preguntado. Supongo que le parecería lo correcto.

—¿Por los servicios de tu padre?

—Sí. Mi padre lo adoraba. —Me aclaré la garganta—. Es un gran hombre, Malachi. Es... —Y, de repente, las palabras que tan a menudo repetía mi padre me brotaron de los labios—. Servirle es un honor.

Intenté excusarme. Mi declaración me había recordado que mi lugar estaba junto al doctor. Malachi reaccionó como si hubiera amenazado con estrangularlo. Me agarró por la muñeca y me suplicó que no me fuera, así que al final no pude negarme. Mi rendición no se debía del todo a una maldición congénita (parecía que mi misión en la vida era sentarme junto al lecho de los afligidos), sino también al doloroso recuerdo de otro niño abandonado que yacía incómodo en una cama extraña noche tras noche, olvidado en un cuartito durante horas, como una reliquia de familia heredada por un pariente lejano que resulta demasiado vulgar para exhibirla, pero demasiado valiosa para desprenderse de ella. Algunas veces, al principio de mi servicio al monstrumólogo, estaba seguro de que debía de haber oído mis fuertes llantos nocturnos; de que los había oído y no había hecho nada. Apenas mencionaba a mis padres o la noche de su muerte. Cuando lo hacía, solía ser para reprenderme, como la noche en que regresamos del cementerio: «Tu padre lo habría comprendido».

Así que me quedé unos minutos más con él, sentado al borde del lecho de muerte de Alistair Warthrop, sosteniendo la mano de Malachi. Como resultaba evidente que estaba exhausto tras su calvario, le insistí en que descansara, pero él quería saberlo todo. ¿Cómo habíamos descubierto a las criaturas que acabaron con su familia? ¿Qué había hecho el doctor mientras, entre el momento del descubrimiento y el ataque? Le conté lo de la visita a medianoche de Erasmus Gray con su carga de pesadilla, nuestra expedición al cementerio y la loca huida posterior, nuestro viaje a Dedham y la historia de Hezekiah Varner. Omití la participación de Warthrop padre en la llegada de los *Anthropophagi* a Nueva Jerusalén, pero enfaticé la inocencia del doctor en el asunto, así como sus esfuerzos por responder a las importantes preguntas que planteaba su presencia. Malachi parecía poco satisfecho con mi defensa del doctor.

—Si un perro rabioso anda suelto, ¿qué clase de loco se dedica a buscar primero a la criatura que lo enfermó? —preguntó—. Primero se dispara al perro y después se investiga el origen de su locura, en caso necesario.

—Creía que teníamos tiempo...

—Bueno, pues se equivocaba, ¿no? Y ahora mi familia

está muerta. Y yo también, Will —añadió sin más, sin una pizca de lástima ni melodrama—. Yo también estoy muerto. Noto tu mano; te veo aquí sentado; respiro. Pero por dentro no hay nada.

Asentí. ¡Qué bien lo comprendía! Le apreté la mano.

—Mejorará —le aseguré—. A mí me pasó. Nunca será lo mismo, pero mejorará. Y te prometo que el doctor matará a esos seres. No quedará ni uno.

Malachi negó despacio con la cabeza, con los ojos en llamas.

—Es tu señor y te rescató de la desoladora vida del orfanato —susurró—. Lo entiendo, Will. Te sientes obligado a excusarlo y perdonarlo, pero yo no puedo excusarlo y no perdonaré a ese... ese... ¿Qué has dicho que era?

—Un monstrumólogo.

—Sí, eso. Un cazador de monstruos. Caza a otros como él.

Guardó silencio tras aquellas palabras de condena, sus párpados aletearon, cayeron y, por fin, se cerraron. No obstante, seguía aferrado a mi mano, incluso cuando el cansancio pudo con él; tuve que abrirle los dedos para sacar los míos antes de escapar de allí.

Di un respingo al bajar las escaleras porque, de repente, el silencio de la noche quedó interrumpido por unos golpes en la puerta principal y el bramido del doctor para que abriera. «¿Qué ha pasado? —me pregunté—. ¿Han atacado de nuevo?». La noche caía; quizás hubiera dado comienzo otra locura nocturna... o quizá se había filtrado la muerte de los Stinnet y un grupo de conciudadanos llamaba a nuestra puerta armado con brea y plumas.

«Caza a otros como él», había dicho Malachi. No lo creía, pero entendía que Malachi lo juzgara, al igual que el resto de la ciudad cuando se enterara de la matanza de los *Anthropophagi*.

Yo no creía que el doctor fuera un monstruo que cazaba monstruos, aunque estaba a punto de conocer a un hombre que lo hacía... y lo era.

DIEZ

«El más indicado para el trabajo»

El hombre que aguardaba en la puerta del doctor era bastante alto, más de metro ochenta, constitución atlética y guapo de un modo aniñado, con rasgos delicados y cabello largo y rubio, a la moda. Sus ojos eran de un curioso tono de gris; a la luz de las farolas parecían casi negros, pero después, al verlos al sol, adquirían un color más suave, el gris ceniza del polvo de carbón o la tonalidad de un barco de guerra acorazado. Vestía una capa de viaje y guantes, botas de montar y un sombrero de fieltro elegantemente torcido. El bigote era pequeño y bien recortado, dorado como su melena, tan diáfano que parecía flotar sobre sus labios carnosos y sensuales.

—¡Bueno, bueno! —exclamó con algo de sorpresa—. Buenas noches, joven.

Hablaba con un refinado acento británico y una voz melódica y tranquilizadora, como un ronroneo leonino.

—Buenas noches, señor.

—Estoy buscando la casa de un buen amigo mío y me temo que mi cochero se ha perdido. Se llama Pellinore Warthrop. —Con ojos brillantes, añadió—: Mi amigo, no el cochero.

—Esta es la casa del doctor Warthrop.

—Ah, así que ahora es «doctor» Warthrop, ¿eh? —se rio por lo bajo—. ¿Y quién eres tú?

—Soy su ayudante. Su aprendiz —me corregí.

—¡Un aprendiz ayudante! Bien por él. Y por ti, no me cabe duda. Dime, señor aprendiz ayudante...

—Will, señor. Me llamo Will Henry.

—¡Henry! Ese apellido me resulta familiar.

—Mi padre sirvió al doctor durante muchos años.

—¿Se llamaba Benjamin?

—No, señor. Era...

—Patrick —dijo chasqueando los dedos—. No. Eres demasiado joven para ser su hijo. O el hijo de su hijo, si su hijo hubiera tenido uno.

—Se llamaba James, señor.

—¿Ah, sí? ¿Seguro que no era Benjamin?

El doctor me llamó desde el interior:

—¡Will Henry! ¿Quién es?

El hombre de la capa se inclinó sobre mí hasta que sus ojos estuvieron a la altura de los míos y me susurró:

—Díselo.

—Pero no me ha dicho su nombre —le recordé.

—¿Es necesario, Will Henry? —Se sacó del bolsillo una carta y la agitó ante mis ojos. Reconocí la letra de inmediato, por supuesto, ya que era la mía—. Sé que Pellinore no escribió esta carta; compuesto, sí; escrito, ¡imposible! La caligrafía de ese hombre es atroz.

—¡Will Henry! —exclamó el doctor detrás de mí—. Te he preguntado que quién... —Cortó la frase en seco al ver al alto inglés en la entrada.

—Es el doctor Kearns, señor.

—Mi querido Pellinore —ronroneó Kearns, cordial, mientras me apartaba para darle la mano al doctor y estrechársela con fuerza—. ¿Cuánto hace, viejo amigo? ¿Desde Estambul?

—Tanzania —respondió Warthrop, tenso.

—¡Tanzania! ¿De verdad ha pasado tanto tiempo? ¿Y qué diablos le has hecho a tu condenada frente?

—Un accidente —murmuró el monstrumólogo.

—Ah, eso está bien. Temía que te hubieras convertido en un condenado hindú. Bueno, Warthrop, tienes un aspecto horrible. ¿Cuánto hace que no duermes ni comes como Dios manda? ¿Qué ha sucedido? ¿Has despedido a la doncella y a la cocinera o han dimitido por asco? Y cuéntame, ¿cuándo te convertiste en doctor?

—Es un alivio que hayas podido acudir con tan poco tiempo, Kearns —respondió el doctor con la misma voz tensa, sin prestar atención al interrogatorio—. Me temo que la situación ha ido a peor.

—Era cuestión de tiempo, viejo amigo.

El doctor bajó la voz.

—El jefe de policía está aquí.

—Tan mal está la cosa, ¿eh? ¿A cuántos se han comido esos granujas desde que enviaste la carta?

—A seis.

—¡Seis! ¿En solo tres días? Muy curioso.

—Justo lo que yo pensaba. Muy poco característico de la especie.

—¿Estás seguro de que son *Anthropophagi*?

—Sin duda. Hay uno colgado del techo de mi sótano, si quieres...

En aquel momento, el jefe Morgan apareció en la puerta de la biblioteca y entornó los ojos con suspicacia detrás de sus gafas. Kearns se asomó por encima del hombro del doctor, y su semblante angelical se iluminó. Sus dientes eran blancos y rectos, algo asombroso en un inglés.

—Ah, Robert, bien —dijo Warthrop, que parecía aliviado, como si la presencia del policía lo hubiera librado de una carga intolerable—. Jefe de policía Morgan, este es el doctor...

—Cory —dijo Kearns mientras alargaba la mano en dirección a Morgan—. Richard Cory. ¿Cómo está usted?

—Pues no muy bien. Ha sido un día muy largo, doctor Cory.

—Por favor, llámame Richard. Doctor es un título más o menos honorífico.

—¿Ah, sí? —Morgan levantó la barbilla; sus lentes reflejaron la luz—. Warthrop me contó que era usted cirujano.

304

—Bueno, hice alguna incursión en ese campo de joven. Ahora es más una afición. Llevo años sin abrir a nadie.

—¿No me diga? —preguntó Morgan, cortés—. ¿Y a qué se debe?

—Lo cierto es que resulta aburrido al cabo de un tiempo. Me aburro con facilidad, señor Morgan, por eso lo dejé todo para aceptar la amable invitación de Pellinore. Este condenado asunto es un gran deporte.

—Condenado, sin duda —contestó el jefe—, aunque no lo llamaría deporte.

—Reconozco que no es críquet ni *squash*, pero mucho mejor que cazar zorros o codornices. ¡Palidece en comparación, Morgan! —Se volvió hacia el doctor—. Mi cochero espera en la acera. Hay que encargarse del coste del viaje. Y de las maletas, por supuesto.

Warthrop tardó un momento en entender lo que decía.

—¿Pretendes quedarte aquí?

—He creído que era lo más prudente. Cuanto menos se me vea por la ciudad, mejor, ¿no?

—Sí —coincidió el doctor al cabo de un momento—. Por supuesto. Toma, Will Henry —me dijo mientras se metía la mano en el bolsillo y sacaba su billetera—. Págale al doctor Kear..., Cory...

—Richard —intervino Kearns.

—Págale su viaje —concluyó el doctor—. Y lleva su equipaje a la habitación de invitados.

—¿La de invitados, señor?

—El antiguo dormitorio de mi madre.

—Vaya, Pellinore, es un honor.

—Espabila, Will Henry. La noche será larga, y esperamos contar con té y algo de comer.

Kearns se sacó los guantes, se quitó la capa, y lo dejó todo en mis brazos, junto con el sombrero.

—Hay dos maletas, tres contenedores y una gran caja de madera, señor Henry —me informó—. Seguro que puedes con las maletas. Con la caja y los baúles no va a ser tan fácil, pero quizás el cochero te eche una mano si le ofreces el incentivo adecuado. Te sugiero que lleves los baúles a la cochera de atrás. Las maletas y la caja deben ir a mi dormitorio. Y una tacita de té sería el colmo de la satisfacción. ¿Sabes que no tenían en el tren? Me sorprende que América siga siendo un país tan poco civilizado. El mío con leche y dos azucarillos, por favor, señor Henry; buen chico.

Después me guiñó un ojo, me alborotó el pelo, juntó las manos y dijo:

—Bueno, caballeros, ¿nos ponemos manos a la obra? Quizás haya sido un día largo, Robert, pero la noche lo será más, ¡se lo aseguro!

Los hombres se retiraron a la biblioteca mientras el cochero y yo, una vez que lo hube untado con la cantidad de dinero apropiada, nos dispusimos a descargar el equipaje de nuestro huésped. La caja de madera resultó ser el artículo más voluminoso. Aunque menos pesada que los grandes baúles que habíamos llevado a la cochera, medía al menos metro ochenta de largo y estaba envuelta en un resbaladizo material sedoso que costaba asir. Torcer en el recodo de las escaleras nos supuso especial dificultad, y al final lo conseguimos poniéndola de pie y haciéndola pivotar en la esquina. El cochero maldecía, blasfemaba, sudaba copiosamente y no dejó de quejarse durante todo el proceso del dolor de espalda, de manos y de piernas, y de que él no era una bestia de carga, sino el que las conducía. Los dos palpamos unos agujeros en la madera que habrían servido de excelentes asideros, y él se preguntó en voz alta a qué venía eso de envolver con sábanas una caja de madera.

Después me fui a la cocina para preparar té y pasteles, y por fin entré en la biblioteca cargado con la bandeja. Al acceder me percaté de que solo había preparado tres tazas; tendría que volver a por otra; y entonces vi que O'Brien se había ido; quizá Morgan lo enviara a casa para evitar más testigos de su incipiente conspiración.

Los hombres se inclinaban sobre la mesa y examinaban las marcas del mapa mientras Warthrop señalaba un punto de la costa.

—Esto marca el lugar en el que atracó el Feronia. Por supuesto, resulta imposible saber la ubicación exacta en la que tomaron tierra, pero aquí —dijo, y levantó el primer periódico de la pila— hay una noticia sobre un chico desaparecido que las autoridades creían huido al mar; eso fue dos semanas después, treinta kilómetros tierra adentro. Cada círculo, aquí, aquí, aquí —siguió explicando, tocando cada uno de ellos—, representa una víctima potencial, casi todas desaparecidas o descubiertas días o semanas más tarde con heridas atribuidas a animales salvajes. He anotado las fechas en cada círculo. Como ven, caballeros, aunque no podemos achacar todos los casos a los hábitos alimentarios de nuestros indeseables huéspedes, estas notas indican un cono de distribución, una migración gradual que conduce hasta aquí, Nueva Jerusalén.

Nadie respondió. Morgan chupó su pipa, apagada desde hacía rato, y miraba el mapa a través del cuadrante inferior de sus quevedos. Kearns dejó escapar un gruñido neutro y se alisó el casi invisible bigote con el pulgar y el índice. Warthrop siguió hablando en el mismo tono aleccionador al que yo tantas veces me había visto sometido. Decía ser consciente de que era poco probable que aquella migración de veinticuatro años hubiera ocurrido sin que nadie descubriera la causa de las misteriosas muertes y desapariciones, pero, como no encontraba otra explicación, tenía que haber sido así.

Llegados a ese punto, Kearns lo interrumpió:

—Se me ocurre otra.

—¿Otra qué? —preguntó Warthrop tras levantar la mirada del mapa.

—Otra explicación razonable.

—Me encantaría escucharla —dijo el doctor, aunque estaba claro que no era así.

—Perdona mi descaro, Pellinore, pero tu teoría es una sandez. Una bobada completamente ridícula, retorcida en exceso e irracionalmente complicada. Es tan probable que nuestras criaturitas hayan llegado a pie como que lo hiciera yo.

—¿Y cuál es tu teoría, que tomaron el tren?

—Yo tomé el tren, Pellinore. Su medio de transporte tuvo que ser más privado, no me cabe duda.

—No lo entiendo —dijo Morgan.

—Es obvio, Morgan —repuso Kearns con una risita—. Hasta un niño lo vería. Seguro que Will lo ve. ¿Qué me dices, Will? ¿Cuál es tu respuesta a nuestro endiablado acertijo?

—¿Mi... mi respuesta, señor?

—Eres un chico listo; si no, Warthrop no te habría empleado como su aprendiz ayudante. ¿Cuál es tu teoría en este caso?

Con las puntas de las orejas ardiendo, respondí:

—Bueno, señor, creo... —Los tres se volvieron para mirarme. Tragué saliva y seguí—. Están aquí, evidentemente, y tienen que haber llegado de algún modo, lo que significa que o bien llegaron solos sin que nadie lo supiera o... o...

—Sí, muy bien. Sigue, Will Henry. O... ¿qué? —insistió Kearns.

—O alguien lo sabía. —Miré al suelo.

La mirada del doctor me resultaba muy incómoda.

—Exacto. Y ese alguien lo sabía porque había organizado su viaje de África a Nueva Inglaterra.

—¿Qué insinúas, Kearns? —exigió saber Warthrop, perdiendo la compostura al ver que la conversación se internaba en aguas peligrosas.

—¿Kearns? —preguntó Morgan—. Creía que su nombre era Cory.

—Kearns es mi segundo apellido —explicó como si nada el cirujano retirado—. Por mi familia materna.

—Tu teoría es tan absurda como dices que es la mía —insistió Warthrop—. Insinuar que alguien los trajo aquí sin que nadie lo supiera, los alojara y los alimentara... ¿Cómo? Y ¿quién?

—De nuevo, mi querido Warthrop, las respuestas a esas preguntas son obvias. ¿No te parece, Will Henry? Tan obvias que resulta cómico. Entiendo tu miopía en el asunto, Pellinore. Debe de ser bastante doloroso de aceptar, así que le has dado vueltas a los hechos hasta retorcerlos, has masticado y desgarrado las pruebas hasta conseguir que arriba sea abajo, lo blanco sea negro, y lo cuadrado, redondo.

—Me ofendes, John —gruñó Warthrop.

—¿John? Pero me dijo que se llamaba Richard —objetó Morgan.

—Un apodo, por John Brown, el agitador. Mi madre era americana, ¿sabe?, y toda una abolicionista.

—Soy científico —insistió el doctor—. Voy allá donde me lleven los hechos.

—Hasta que los sentimientos te alejan de ellos. Venga, Pellinore, ¿de verdad crees en esta teoría disparatada tuya? Vagan hasta llegar a tierra sin que nadie los detecte y, durante los siguientes veinticuatro años, nada menos, consiguen alimentarse de la población local y engendrar *anthropophaguitos* sin dejar pruebas directas, supervivientes ni testigos, hasta que, milagrosamente, llegan a la puerta de la misma persona que solicitó el placer de su compañía. Eres como los sacerdotes del templo: ¡cuelas el mosquito y te tragas el camello!

—Es posible; los hechos encajan —insistió el doctor.

—¿Cómo?

—Adaptación, selección natural y algo de suerte, lo reconozco. Es concebible.

—Ay, Pellinore, de verdad. Es concebible que la luna sea de queso azul.

—Eso no lo concibo yo —intervino Morgan.

—No puede demostrar que no lo sea —replicó Kearns. Después le puso una mano en el hombro al doctor, una mano de la que Warthrop se apresuró a zafarse—. ¿Cuándo murió? ¿Hace cuatro, cinco años? Mira tus círculos de aquí. Los has dibujado tú mismo; ¡míralos, Pellinore! Mira las fechas. ¿Ves que se agrupan aquí y aquí? ¿Ves el espacio de tiempo transcurrido entre este círculo a veinte kilómetros de aquí y este, que está a un kilómetro escaso del cementerio? Estos de aquí, dentro de un radio de quince kilómetros, empiezan a finales de 1883 y llegan hasta el presente... Estos representan los verdaderos ataques; el resto no es más que castillos en el aire. Los sacaron de ese barco, los transportaron hasta aquí, y los mantuvieron sanos y salvos hasta que su protector no pudo seguir proporcionándoles alimento.

Warthrop le dio una bofetada. El sonido de la carne contra la carne fue muy fuerte, y todos guardaron silencio durante un rato. La expresión de Kearns apenas cambió; esbozaba la misma sonrisita irónica desde el instante en que había pisado el interior del 425 de Harrington Lane. Morgan se puso a juguetear con la pipa. Yo, con una taza de té. El té llevaba frío bastante tiempo.

—Lo tienes delante de las narices —insistió Kearns en voz baja—. Solo debes abrir los ojos.

—Este John Richard Kearns Cory tiene razón, Pellinore —dijo Morgan.

—O Dick —intervino Kearns—. Alguna gente me llama Dick, por Richard. O Jack, por John.

—Él no haría algo así —dijo Warthrop—. No el hombre que yo conocía.

—Entonces no era el hombre que conocías —dijo Kearns.

—Me refiero a abrir los ojos —aclaró el jefe de policía—. Para ver lo que tenemos delante de nosotros. Cómo llegaron aquí no es la razón por la que nos encontramos reunidos ante este mapa. Debemos decidir, y deprisa, cómo vamos a exterminarlos.

—Pensaba que eso ya estaba decidido —dijo Kearns—. ¿O se me ha invitado por alguna otra razón?

—Por la mañana voy a ponerme en contacto con el despacho del gobernador para solicitar la movilización de la milicia del Estado —anunció Morgan—. Y voy a ordenar la evacuación de la ciudad... O, al menos, de mujeres y niños.

—Completamente innecesario —dijo Kearns agitando la mano—. ¿Cuántos decías que había, Pellinore? ¿De treinta a treinta y cinco? ¿Una manada típica?

Warthrop asintió con la cabeza. Todavía parecía alterado por la teoría de Kearns.

—Sí —masculló con voz débil.

—Diría que no necesitamos más que a cinco o seis de sus mejores tiradores, Morgan. Hombres capaces de mantener la boca cerrada, a ser posible con historial militar, y mejor aún si dos o tres son diestros en el uso del martillo y la sierra. He preparado una lista de materiales que deben adquirirse con discreción; el resto lo he traído conmigo. Podemos ponernos a primera hora de la mañana y haber terminado para el anochecer.

—¿Cinco o seis hombres, dice? —exclamó Morgan incrédulo—. ¿Es que no ha visto de lo que son capaces esas bestias?

—Sí, lo he visto.

—John ha cazado a muchos de ellos en África —explicó el doctor con un suspiro.

—Jack —dijo Kearns—, prefiero Jack.

—No puedo esperar a mañana. Debemos actuar esta noche, antes de que ataquen de nuevo —insistió Morgan.

—No atacarán esta noche —le aseguró Kearns.

El jefe de policía miró a Warthrop, pero el doctor se negó a devolverle la mirada.

Morgan miró de nuevo a Kearns y preguntó:

—¿Cómo lo sabe?

—Porque acaban de comer. En su hábitat natural comen una vez al mes y se pasan el resto del tiempo repantigados como indolentes lotófagos. ¿Contento, jefe?

—No.

—Da igual. Eso sí, antes de proceder, deben satisfacerse algunas condiciones.

—¿Condiciones para qué? —preguntó Morgan.

—Para contratar mis servicios. Pellinore se lo habrá contado, ¿no?

—Pellinore decidió no contarme muchas cosas.

—Ah. Vaya, no puede culparlo, ¿verdad? Ya se ha comprometido a cubrir mis gastos, pero queda el asuntillo de mis honorarios.

—¿Sus honorarios?

—Cinco mil dólares, en efectivo, pagaderos en cuanto se complete el trabajo con éxito.

A Morgan se le abrió la boca. Se volvió hacia el doctor y dijo:

—No me dijo que hubiera que pagar a este hombre.

—Lo pagaré de mi propio bolsillo —respondió el doctor en tono cansado.

Se apoyó en la mesa con el rostro pálido y demacrado. Temí que se desmayara. Sin pensar, di un paso hacia él.

—Parece justo —dijo Kearns.

—Jack, por favor —le suplicó el doctor—. Por favor.

—¡Bien! Pues ya está aclarado. El otro requisito es algo que solo usted puede concederme, jefe Morgan: en ninguna circunstancia se me hará responsable, dentro o fuera de la ley, de la pérdida de vidas o extremidades que pudiera acontecer durante nuestra caza, lo que incluye cualquier ley que pudiera romper o retorcer en la ejecución de esta.

—¿Qué quiere decir, Cory, Kearns o como demonios se llame? —ladró Morgan.

—Es Cory; pensaba que ya lo había dejado claro.

—¡Por mí como si es John Jacob Jingleheimer Schmidt!

—Bueno, Jacob es el nombre con el que me bautizaron.

—No me importa a qué acuerdos haya llegado con Warthrop, sigo siendo un agente de la ley...

—Sin inmunidad, no hay exterminación, Robert...
¿O puedo llamarlo Bob?

—Me da igual lo que me llame; ¡no pienso garantizarle
tal cosa!

—Muy bien, pues. Creo que lo llamaré Bobby. No me
gustan los palíndromos.

Ahora era Morgan el que parecía dispuesto a abofetear a Kearns. El doctor intervino antes de que pudiera
hacerlo.

—Tenemos pocas opciones, Robert. Es el más capacita-
do para este trabajo; si no, no lo habría traído.

—En realidad —puntualizó Kearns—, soy el único ca-
pacitado para este trabajo.

La discusión se prolongó hasta bien entrada la noche;
Warthrop se encerró en sí mismo, hundido en su sillón,
mientras Morgan y Kearns fintaban, esquivaban y se estu-
diaban con recelo, en busca de los puntos débiles del contrario. Warthrop rara vez intervenía y, cuando conseguía
salir de su estupor, era en un intento por devolver la conversación al asunto que más lo obsesionaba: no el cómo
exterminarlos sino el cómo habían llegado hasta Nueva
Jerusalén. En general, los otros dos le ignoraban.

Kearns estaba empeñado en que el jefe de policía le
concediera el control absoluto de la operación.

—Para que una campaña tenga éxito, solo puede haber un general —dijo—. No puedo garantizar el éxito sin
una lealtad absoluta y ciega de los que estén a mis órde-

nes. Cualquier confusión en este aspecto, prácticamente asegura el fracaso.

—Por supuesto; eso lo entiendo —repuso Morgan.

—¿Qué parte? ¿La necesidad de una cadena de mando clara o que yo esté a la cabeza de dicha cadena?

—Serví en el ejército, Cory —respondió Morgan, que ya había dejado de intentar llamarlo por los otros nombres que le ofrecía Kearns—. No me hable como si fuera tonto.

—Entonces ¿estamos de acuerdo? ¿Dejará claro a sus hombres quién está al mando?

—Sí, sí.

—¿Y les ordenará que hagan todo lo que les pida, por extraño o absurdo que les resulte?

Morgan se humedeció los labios, nervioso, y miró a Warthrop. El doctor asintió. El gesto no reconfortó al jefe de policía.

—Ahora mismo me siento un poco como Fausto, pero sí, se lo diré.

—¡Ah, un hombre de letras! Lo sabía. Cuando esto termine, Bobby, estaré encantado de pasar una tarde con usted, los dos solos junto a una buena chimenea con una copa de brandy. Podemos hablar sobre Goethe y Shakespeare. Dígame, ¿alguna vez ha leído a Nietzsche?

—Pues no.

—Ah, pues debe hacerlo. Es un genio y, no del todo por casualidad, gran amigo mío. Tomó prestadas (no diré que me las robara) un par de mis ideas favoritas, pero así son los genios.

—Nunca he oído hablar de él.

—Le prestaré mi ejemplar de *Jenseits von Gut und Böse*. Sabe leer alemán, ¿no?

—¿Por qué me habla de esto? —exclamó Morgan, que por fin había perdido la paciencia—. Warthrop, ¿a qué clase de hombre me ha traído?

—Ya se lo dijo antes —contestó Kearns, que perdió por un momento su alegre fachada.

La chispa de su mirada se extinguió y, de repente, sus ojos parecieron muy oscuros, negros, tan negros e inexpresivos como los de un tiburón. El rostro, que antes se había mostrado vivaracho en todo momento (todo guiños y sonrisas, rebosante de jovialidad), ahora estaba tan inexpresivo como los ojos, tan inmóvil como una máscara, aunque la impresión era la contraria: la de una máscara que caía y mostraba la verdadera naturaleza escondida. Aquel personaje no poseía personalidad, alegre ni avinagrada; como el depredador a cuyos ojos se parecían los suyos, no lo impulsaba ninguna emoción ni lo limitaba ningún reparo. Durante un momento revelador, John Kearns permitió que cayera la máscara y lo que ocultaba me provocó escalofríos.

—No... No pretendía ofender —tartamudeó Morgan, ya que él también debía de haber atisbado lo inhumano de la mirada del otro—. Es que no deseo confiar mi vida y las vidas de mis hombres a alguien con problemas mentales.

—Jefe Morgan, le aseguro que estoy cuerdo, tal como yo entiendo la palabra; quizá sea la persona más cuerda de esta habitación, ya que yo no me engaño con ilusiones. Verá, me he liberado de la farsa que pesa sobre la mayoría de los hombres. Como nuestra presa, no impongo orden donde no lo hay; no finjo que haya más de lo que hay, ni que usted y yo seamos más de lo que somos. Esa es la esencia de su belleza, Morgan, la pureza aborigen de su existencia y la razón de que los admire.

—¡Que los admira! ¡Y afirma que no tiene problemas mentales!

—Podemos aprender mucho de los *Anthropophagi*. Soy su alumno y su enemigo.

—¿Hemos terminado aquí? —preguntó Morgan a Warthrop—. ¿Es todo o debo soportar más estupideces antes de terminar?

—Robert tiene razón; es muy tarde —dijo el monstrumólogo—. A no ser que quieras decir más estupideces, John.

—Por supuesto que quiero, pero puedo esperar.

En la puerta principal, Morgan se volvió hacia Warthrop.

—Casi se me olvida: Malachi...

—Will Henry —dijo el doctor, y señaló las escaleras.

Morgan se lo pensó mejor y dijo:

—No, es probable que esté dormido. No lo despiertes. Enviaré a alguien a buscarlo por la mañana. —Su mirada se posó en la herida de la frente del doctor—. A no ser que crea...

—No hay problema —lo interrumpió Warthrop, al que ya no parecía importarle nada—. Que se quede esta noche.

Morgan asintió y respiró hondo el frío aire nocturno.

—Qué hombre más extraño, el británico, Warthrop.

—Sí, sumamente extraño. Pero muy bien preparado para la tarea que tenemos entre manos.

—Rezo para que esté en lo cierto. Por el bien de todos nosotros.

Nos despedimos del jefe de policía, y yo seguí al doctor de vuelta a la biblioteca, donde Kearns, tras haberse apropiado del sillón de Warthrop, bebía el té frío. Esbozó una sonrisa de oreja a oreja y alzó la taza. La máscara volvía a estar en su sitio.

—Es un metomentodo insufrible, ¿no? —preguntó refiriéndose al jefe de policía.

—Está asustado.

—Debería.

—Te equivocas, ¿sabes? Sobre mi padre.

—¿Por qué, Pellinore? ¿Porque no puedo demostrar que te equivocas tú?

—Si por un momento dejas a un lado su personalidad, tu teoría no es más satisfactoria que la mía. ¿Cómo logró esconderlos durante tanto tiempo? ¿Y mantenerlos con su asquerosa dieta? Incluso aceptando tu indignante hipótesis de que Alistair fuera capaz de tamaña inhumanidad, ¿dónde encontraba a sus víctimas? ¿Cómo pudo suministrarles carne humana durante veinte años sin que lo descubrieran y no despertara sospechas?

—Sobrestimas el valor de la vida humana, Pellinore. Siempre lo has hecho. A todo lo largo de la costa oriental, las ciudades están abarrotadas de basura, de refugiados llegados de las pocilgas de Europa. No es necesario realizar un esfuerzo hercúleo para atraerlos aquí con promesas de empleo u otros incentivos o, si eso no funcionara, limitarse a secuestrarlos en el gueto con la ayuda de ciertos hombres que no adolecen de tu pintoresco idealismo romántico. Créeme, ¡el mundo está lleno de esos hombres! Obviamente, es del todo posible (aunque diría que no probable) que consiguiera convencer a sus mascotas para adaptar su dieta a una forma de vida inferior, suponiendo que ese fuera, como dices, su objetivo. Es posible que ahora sientan debilidad por el pollo. Posible, aunque no probable.

Warthrop negaba con la cabeza.

—No me convence.

—Y a mí no me preocupa. Pero siento curiosidad. ¿Por qué te resistes a una explicación que tiene más sentido que la tuya? En serio, Pellinore, ¿quieres calcular la probabilidad de que migraran aquí, a tu patio, por casualidad? En el fondo tienes que saber la verdad, pero te niegas a aceptarla. ¿Por qué? ¿Porque no eres capaz de pensar tan mal de él? ¿Quién era para ti? O mejor aún, ¿quién eras tú para él? Defiendes a un hombre que a duras penas toleraba tu existencia. —Su rostro infantil se iluminó—. ¡Ah! ¿Es por eso? ¿Intentas demostrar que eres merecedor de su amor? ¿Incluso ahora, cuando es imposible que te lo dé? ¡Y tú te haces llamar científico!

»Eres un hipócrita, Pellinore. Un hipócrita tonto y sentimental, demasiado sensible para tu bien. A menudo me he preguntado por qué te convertiste en monstrumólogo.

Eres un hombre digno con atributos admirables, pero este negocio es oscuro y sucio, y nunca me diste esa impresión. ¿También eso tuvo que ver con él? ¿Para agradarlo? ¿Para que por fin se fijara en ti?

—No sigas hablando, Kearns. —El doctor estaba tan perturbado por aquellas puñaladas insertadas con exquisita precisión quirúrgica que temí que volviera a golpear a Kearns, esta vez con algo más duro que la mano, quizá con el atizador—. No te he invitado para esto.

—Me has invitado para matar dragones, ¿no? Bueno, pues eso intento.

Me escabullí del cuarto poco después de aquel enfebrecido intercambio. Me resultó bastante doloroso observarlo, y aun hoy, décadas más tarde, recordarlo con detalle. Mientras subía las escaleras a la planta de arriba, pensé en sopa y en las palabras del doctor: «No te engañes pensando que para mí eres algo más que eso: un ayudante al que me veo forzado a aceptar por unas circunstancias desafortunadas». En aquel momento no sabía por qué recordaba esas palabras. Ahora, por supuesto, la razón me resulta evidente.

Me detuve delante de la puerta de Malachi y me asomé. No había movido ni un músculo desde la última vez que lo viera, y me quedé contemplando su sueño un instante antes de cerrar la puerta. Después subí las escaleras hasta mi desván para dormir o, al menos, intentarlo. No obstante, una hora después volvía a estar en pie, ya que oí que una voz angustiada me llamaba. Al principio, medio atontado, supuse que sería el doctor; sin embargo, al bajar, me di cuenta de que la voz salía del dormitorio de Malachi. Mi ruta me llevó a pasar por delante de la habitación ahora ocupada por Jack Kearns, y me detuve allí, ya que la puerta estaba entreabierta y de ella salía una luz que se derramaba por el oscuro pasillo.

Dentro vi a Kearns arrodillado delante de la larga caja de madera. Había quitado la seda que cubría la tapa, que había dejado en el suelo, junto a él. Me percaté de que habían taladrado varios agujeros del tamaño de una moneda de un cuarto de dólar. Kearns metió la mano en la maleta que tenía al lado y sacó un objeto fino con forma de lápiz que parecía de cristal. Le dio dos capirotes con el dedo y se inclinó sobre la caja. Estaba de espaldas a la puerta, así que no vi más, ni quería hacerlo. Entré a toda prisa en el cuarto de Malachi y cerré la puerta.

Estaba sentado, con la espalda contra el cabecero, y sus ojos azules rebosaban temor.

—Me desperté y no estabas —dijo en tono acusador.

—Me llamaron.

—¿Qué hora es?

—No lo sé. Muy tarde.

—Estaba soñando algo y un ruido fuerte me despertó. Casi salto por la ventana.

—Estás en la planta de arriba. Te habrías roto la pierna, Malachi.

—¿Qué ha sido ese ruido?

—No lo sé. No he oído nada. Habrá sido el doctor Kearns.

—¿Quién es el doctor Kearns?

—Es... —En realidad no sabía quién era—. Ha venido a ayudar.

—¿Otro cazador de monstruos?

Asentí.

—¿Cuándo piensan hacerlo? —preguntó.

—Mañana.

Guardó silencio un momento.

—Voy con ellos.

—Puede que no te dejen.

—Me da igual. Voy de todos modos.

Asentí de nuevo. «Yo también, me temo», pensé.

—Era Elizabeth —dijo—. En mi sueño. Estábamos en un lugar oscuro, y yo la buscaba. Me llamaba una y otra vez, pero no la encontraba. La buscaba, pero no la encontraba.

—Ahora está en un lugar mejor, Malachi —le dije para intentar consolarlo.

—Quiero creerlo, Will.

—Mis padres también están allí. Y un día volveré a verlos.

—Pero ¿por qué lo crees? ¿Por qué creemos esas cosas? ¿Porque queremos?

—No lo sé —respondí con sinceridad—. Creo que porque debo hacerlo.

Salí al pasillo y cerré la puerta con cuidado. Cuando me volvía para regresar a mi cuarto, estuve a punto de tropezarme con Kearns, que estaba de pie junto a su puerta. Sorprendido, me tambaleé hacia atrás. El cazador sonreía.

—Will Henry —dijo en voz baja—. ¿Quién hay ahí?

—¿Dónde, señor?

—En la habitación de la que acabas de salir.

—Se llama Malachi, doctor Kearns. Es... Fue su familia la que...

—Ah, el chico de los Stinnet. Primero te acoge a ti y ahora a otro. Pellinore se está convirtiendo en un filántropo.

—Sí, señor. Supongo, señor.

Aparté la mirada de sus ojos ahumados al recordar las palabras del doctor: «¡Aléjate del doctor John Kearns, Will Henry!».

—Henry. Ahora recuerdo por qué me sonaba el apellido. Creo que conocí a tu padre, Will, y que estás en lo cierto: se llamaba James, no Benjamin.

—¿Conoció a mi padre?

—Lo vi una vez, en la Amazonia. Pellinore estaba en otra de sus misiones quijotescas, creo que en busca de un espécimen de ese organismo esquivo (mítico, en mi opinión) conocido como *Biminius arawakus*. Tu padre estaba enfermo, si mal no recuerdo; malaria, creo, o alguna otra de esas condenadas enfermedades tropicales. Nos alteramos mucho con las criaturas como los *Anthropophagi*, pero el mundo está lleno a rebosar de seres que quieren comernos. ¿Has oído hablar del candirú? También es nativo del Amazonas y, a diferencia del *Biminius arawakus*, no cuesta encontrarlo, sobre todo si tienes la desgracia o eres lo bastante estúpido como para aliviar la vejiga cerca de donde se esconde uno. Se trata de un pez diminuto con aspecto de anguila y espinas afiladas que apuntan hacia atrás a lo largo de las agallas, que abre como un paraguas una vez que entra dentro de su anfitrión. Suele seguir el olor a orina hasta la uretra, donde se encaja para alimentarse de tus entrañas, pero se han dado casos en los que entra a través del ano y, a bocados, empieza a abrirse paso a través del intestino grueso. A medida que se alimenta, crece, claro, y me han contado que el dolor es indescriptible. Tan atroz, de hecho, que el remedio de los nativos consiste en cortar el pene. ¿Qué te parece? —concluyó con una amplia sonrisa.

—¿Que qué me parece? —balbuceé.

—Sí, ¿qué te parece? ¿Qué opinas al respecto? O del *Spirometra mansoni*, comúnmente conocida como tenia, que puede alcanzar los treinta y cinco centímetros de largo y alojarse en tu cerebro, donde se alimenta de la masa encefálica hasta que quedas reducido a un estado vegetativo. O de la *Wuchereria bancrofti*, un parásito que invade los ganglios linfáticos, lo que a menudo significa que el anfitrión masculino desarrolla unos testículos del tamaño de balas de cañón. ¿Qué te parece, Will Henry, tanto ellos como todos los demás, que no son pocos? ¿Qué lección aprendemos de ellos?

—No... No... No tengo ni idea, señor.

—¡Humildad, Will Henry! No somos más que una pequeña parte de un enorme conjunto, en modo alguno superiores, en absoluto los ángeles con vestiduras mortales que pretendemos ser. No creo que al candirú le importe un bledo que hayamos producido a Shakespeare o construido las pirámides. Creo que para ellos estamos ricos... ¿Qué pasa, Will? Te has puesto muy pálido. ¿Ocurre algo?

—No, señor. Es que estoy muy cansado, señor.

—Entonces ¿por qué no estás en la cama? Mañana nos espera un día muy largo y una noche más larga aún. Dulces sueños, Will Henry, ¡y que no te chinchen las chinches!

INFOLIO III

Matanza

ONCE

«Ahora no tenemos elección»

El día amaneció nublado, con el cielo encapotado convertido en una sábana ininterrumpida de gris rizado en continuo movimiento, impulsada por un fuerte viento del oeste. Cuando me desperté de mi inquieta siesta (no podía considerarse nada más), Harrington Lane estaba tranquila salvo por el suspiro del viento en los aleros y el gruñido de la decrépita estructura de la casa. Las puertas de Kearns y del doctor estaban cerradas, pero la de Malachi estaba abierta y la cama, vacía. Corrí escaleras abajo, y vi la puerta del sótano entreabierta y las luces encendidas. Esperaba encontrarme allí al doctor. Sin embargo, descubrí a Malachi, sentado con las piernas cruzadas en el frío suelo, con solo los calcetines puestos, contemplando a la bestia que colgaba bocabajo a pocos metros de él.

—Malachi, no deberías estar aquí.

—No encontraba a nadie —dijo sin apartar la vista del *Anthropophagus* muerto. Lo señaló con la cabeza—. Me ha dado un buen susto —reconoció como si nada—. Le falta un ojo. Creía que era ella.

—Vamos, prepararé el desayuno.

—He estado pensando, Will. Cuando esto acabe, tú y yo podríamos huir juntos, los dos. Podríamos alistarnos en el ejército.

—Soy demasiado joven —le advertí—. Por favor, Malachi, el doctor va a...

—O podríamos trabajar en un ballenero. O marcharnos al oeste. ¡Sería fantástico! Podríamos ser vaqueros, Will Henry, y cabalgar por los pastos sin dueño. O convertirnos en guerreros indios o en forajidos, como Jesse James. ¿No te gustaría ser un forajido, Will?

—Mi sitio está aquí, con el doctor.

—Pero ¿y si él no estuviera?

—Entonces me iría con él.

—No, me refiero a si él no sobreviviera a hoy.

La idea me sobresaltó. No me había planteado que Warthrop pudiera morir. Teniendo en cuenta que era un huérfano cuya fe inocente en la presencia eterna de sus padres había acabado hecha pedazos, cabría pensar que la posibilidad estaría siempre en mi cabeza, pero no la había contemplado hasta aquel momento. Me estremecí. ¿Y si el doctor muriera? Libertad, sí, de lo que Kearns había llamado «un negocio oscuro y sucio». Pero ¿libertad para qué? ¿Para ir adónde? A un orfanato, seguramente, o a un hogar de acogida. ¿Qué sería peor: el tutelaje de un hombre como el monstrumólogo o la vida solitaria y triste del huérfano abandonado al que nadie quiere?

—No morirá —dije tanto para mí como para Malachi—. Ya ha superado situaciones complicadas en el pasado.

—Yo también. El pasado no es promesa de nada, Will.

Le tiré de la manga para que se levantase. No sabía cómo reaccionaría el doctor si nos encontraba allí, y no me apetecía averiguarlo. Malachi me apartó y me golpeó la pierna con la mano. Algo me tintineó en el bolsillo.

—¿Qué es eso? —preguntó—. ¿Qué tienes en el bolsillo?

—No lo sé —respondí con sinceridad, porque se me había olvidado.

Los saqué de allí. Me repiquetearon en la mano.

—¿Fichas de dominó?

—Huesos.

Cogió uno y lo examinó. Sus ojos azules brillaron, fascinados.

—¿Para qué sirven?

—Para leer el futuro, creo.

—¿El futuro? —Se pasó un dedo por el rostro ansioso—. ¿Cómo funcionan?

—La verdad es que no lo sé. Son del doctor... O de su padre, mejor dicho. Creo que los lanzas al aire y la forma en que aterrizan te dice algo.

—¿El qué?

—Algo sobre el futuro, pero...

—¡A eso me refiero! ¡El pasado no es nada! ¡Dámelos! Cogió los cinco huesos que quedaban, los sujetó con ambas manos y los agitó con brío. El estrépito resultante sonó muy fuerte en el aire fresco y húmedo. Veía sus manos moverse en el gran ojo negro ciego del *Anthropophagus*.

Lanzó los huesos al aire. Giraron, dieron vueltas y más vueltas, cayeron a tierra y se desperdigaron por el cemento sin ton ni son. Malachi se acuclilló sobre ellos para contemplar el resultado, expectante.

—Todos boca arriba —murmuró—. Seis cráneos. ¿Qué significa, Will?

—No lo sé. El doctor no me lo dijo.

Por tanto, como bufón que era, mentí.

Había conseguido convencerlo para ir a la cocina a comer algo y estaba poniendo el agua al fuego cuando la puerta trasera se abrió de golpe y el doctor entró en tromba con una intensa ansiedad desfigurándole el ojeroso rostro.

—¿Dónde está? —gritó.

En aquel momento, Kearns entró con una expresión tan tranquila como inquieta era la del doctor, y la ropa y el pelo tan cuidados como descuidados los del otro.

—¿Dónde está quién? —preguntó.

—¡Kearns! ¿De dónde demonios vienes?

—«De rodear la tierra, y de andar por ella». ¿Por qué?

—Llevamos preparados más de media hora. Nos esperan.

—¿Qué hora es? —preguntó Kearns mientras sacaba el reloj de bolsillo de su chaleco y lo abría con gesto teatral.

—¡Las diez y media!

—¿En serio? ¿Tan tarde?

Sacudió el reloj junto a su oreja.

—No estaremos listos si no nos vamos ya.

—Pero no he comido nada.

Miró hacia mí, y entonces se fijó en Malachi, que estaba a la mesa y lo miraba con la boca entreabierta.

—¡Ah, hola! Debes de ser el pobre chico de los Stinnet. Mi más sincero pésame por tu trágica pérdida. No es la forma más habitual de reunirse con nuestro Creador, pero, nos vayamos como nos vayamos, ¡siempre nos vamos! Recuérdalo la próxima vez que te apetezca meterle una bala en la cabeza a Warthrop. Es lo que hago yo.

—No hay tiempo para desayunar —insistió Warthrop, que empezaba a ponerse escarlata.

—¡Que no hay tiempo para desayunar! Jamás cazo con el estómago vacío, Pellinore. ¿Qué estás preparando por ahí, Will? ¿Huevos? Dos para mí, escalfados, con tostadas y café. Y que el café sea fuerte, te lo advierto, ¡tan fuerte como puedas!

Se sentó en la silla frente a la de Malachi y le dedicó a Warthrop una deslumbrante vista de su ortodoncia.

—Tú también deberías comer, Pellinore. ¿Es que no alimentas a este hombre, Will Henry?

—Lo intento, señor.

—Quizá tenga un parásito intestinal. No me sorprendería.

—Esperaré fuera —dijo el doctor en tono tenso—. No te preocupes por los platos, Will Henry. El jefe de policía y sus hombres nos esperan.

Cerró de un portazo. Kearns me guiñó un ojo.

—Tenso —comentó. Después clavó sus ojos color carbón en Malachi—. ¿Qué te faltó?

—¿Faltó? —repitió Malachi, que parecía algo abrumado por la fuerza natural de la personalidad del cazador.

—Sí, ¿qué te faltó para apretar el gatillo y volarle los sesos? ¿Mucho?

—No lo sé —respondió el chico, bajando la vista al plato.

—¿No? Te lo diré de otro modo: en ese momento claro como el agua en el que le apoyaste el cañón en la frente, cuando la bala estaba a un movimiento de tu dedo de reventarle la cabeza, ¿qué sentiste?

—Miedo.

—¿En serio? Hum. Supongo, pero ¿no sentiste también una cierta...? Ay, cómo decirlo... ¿Una cierta excitación?

Malachi sacudió la cabeza, alterado, pero creo que también perplejo y con una curiosa admiración.

—No sé a qué se refiere.

—Seguro que sí. Ese momento de euforia, cuando su vida está aquí —dijo, y levantó la mano, con la palma hacia nosotros—. Y ahora tú eres el capitán de su destino, no un ser inefable e invisible de cuento de hadas, ¿no? Bueno, supongo que todo tiene que ver con la intención. La voluntad tiene que estar ahí. En realidad, no pretendías volarle los sesos.

—Creía que sí. Y entonces...

Malachi apartó la vista, incapaz de acabar la frase.

—Habría sido una bonita justicia poética. Aunque yo no lo culparía a él de todo. Y me pregunto, de haber llamado el doctor aquella noche a vuestra puerta y haberos dicho: «Será mejor que salgan de aquí a toda prisa; ¡hay caníbales sin cabeza sueltos!», ¿tu padre habría atrancado las puertas o llamado al asilo de lunáticos más cercano para que se lo llevaran?

—Es una pregunta estúpida —replicó Malachi—. No advirtió a mi padre. No advirtió a nadie.

—No, se trata de una pregunta filosófica —lo corrigió Kearns—. Lo que la convierte en una pregunta inútil, no estúpida.

El doctor se paseaba por el patio cuando por fin salimos. O'Brien estaba cerca, al lado de un gran carro cargado con las cajas de Kearns, que al verlas dio una palmada y exclamó:

—Pero ¿qué me ocurre? ¡Casi se me olvida! Will, Malachi, subid a toda prisa y recoged mi caja y mi bolsa, la bolsita negra, esa, ¡a paso ligero! Cuidado con ellas, sobre todo con la caja. Es bastante frágil.

Había vuelto a poner la tapa y la sábana, y había atado la tela de seda con la misma cuerda fina que antes. Dejé encima el maletín negro, pero Malachi me dijo:

—No, Will; se resbalará cuando bajemos. Dame, me lo cuelgo del brazo... Es más ligera de lo que pensaba —añadió cuando cargábamos con la caja escaleras abajo—. ¿Qué hay dentro?

Confesé que no lo sabía. Y no mentí; no lo sabía, aunque lo sospechaba. Era macabro; era casi impensable, pero se trataba de monstrumología, la ciencia de lo impensable.

Cargamos la caja tras los baúles, mientras Kearns alternaba puyas con advertencias:

—¡Arriba, chicos, arriba...! Pero no seáis tan bruscos; ¡con cuidado! ¡Con cuidado! —Tras examinar nuestra labor, asintió con brío y alargó el cuello para examinar el cielo—. Esperemos que esas nubes se dispersen, Pellinore. Esta noche hay una luna llena indispensable.

El doctor y Kearns se montaron en el carro con O'Brien; Malachi y yo los seguimos a caballo, él a lomos del semental del doctor y yo en mi pequeña yegua. Malachi se retraía con cada paso inexorable hacia el lugar de la matanza de su familia, y sus ojos adquirían aquella mirada espeluznante y perdida con la que me había recibido por primera vez en el santuario de la iglesia de su padre. ¿Sabía entonces, en los recovecos subterráneos de su alma, el destino que lo esperaba al caer la noche, en aquel abismo negro y sin luz bajo la tierra de los muertos? ¿Sabía en el fondo, en la misma médula, donde mora la verdad sin palabras, lo que había presagiado la tirada de los huesos y que en aquel momento cabalgaba por la oscura carretera a la que había aludido Kearns? Si así era, no dio media vuelta. Con la cabeza alta, la vista al frente y la espalda recta, Malachi Stinnet se dirigió hacia su destrucción.

Era casi mediodía cuando nos encontramos con Morgan y sus hombres en la casa de los Stinnet. Se inició una discusión, la segunda del día y no la última, entre el doctor y Kearns: Kearns quería examinar el lugar de la carnicería del día anterior, mientras que Warthrop deseaba empezar de inmediato con los preparativos para el macabro trabajo nocturno.

—No es un ejercicio voyerista, Warthrop —dijo Morgan—. Bueno, no del todo. Quizá se te haya escapado algo que te resulte útil.

—¿Como qué?

Kearns se volvió hacia Morgan, cuyo rostro demacrado y ojos enrojecidos daban fe de lo mucho que había descansado aquella noche.

—Jefe Morgan, es su escena del crimen. ¿Puedo entrar, por favor?

—Si lo cree absolutamente necesario... —respondió Morgan irritado—. He aceptado respetar su criterio, ¿no?

Kearns se llevó la mano al sombrero, guiñó un ojo y desapareció dentro de la casa. El jefe de policía se volvió hacia el doctor y gruñó entre dientes:

—Warthrop, si no hubieras respondido por él, lo habría tomado por un charlatán. Parece demasiado alegre para un asunto tan lúgubre.

—Es la alegría del hombre perfecto para este trabajo —contestó el doctor.

Morgan ordenó a O'Brien que esperara a Kearns junto a la puerta mientras él se unía a sus agentes dentro de la iglesia. Había elegido a seis hombres para la caza. Estaban sentados en el primer banco, el mismo en el que Malachi se había derrumbado el día anterior, con los fusiles a los lados, y caras serias y miradas impasibles cuando Morgan les presentó al monstrumólogo.

—Este es el doctor Warthrop, para los que no lo conozcan... o no hayan oído hablar de él. Es una... autoridad en la materia.

El doctor los saludó con un sobrio gesto de cabeza, pero nadie habló ni respondió a su saludo. Esperamos en silencio, en penumbra, a que Kearns terminara su repugnante inspección. Uno de los hombres levantó su arma y empezó a desmontarla; cuando quedó satisfecho con su estado, volvió a montarla de forma metódica. A mi lado, Malachi no se movía ni hablaba, sino que contemplaba la cruz que colgaba en lo alto. En cierto momento, Morgan miró hacia nosotros y le susurró a Warthrop:

—No pretenderás llevar a estos niños con nosotros, ¿no?

El doctor negó con la cabeza y le susurró algo que no logré oír.

Media hora después, las puertas se abrieron de golpe y por ellas entró Kearns, seguido de O'Brien, del que tiraba como una fuerte corriente de los restos de un naufragio. Pasó junto a nosotros sin prestarnos atención y siguió hasta el frente del santuario, donde permaneció un momento de espaldas a nuestra pequeña congregación, contemplando la cruz, o eso podría pensar quien no lo conociera. Morgan lo soportó todo lo que pudo, hasta que se levantó de su asiento.

—¿Y bien? —bramó con un vozarrón que rebotó en las paredes del cavernoso espacio—. ¿A qué está esperando?

Kearns cruzó los brazos sobre el pecho e inclinó la cabeza. Se tomó otro momento antes de volverse y, cuando lo hizo, esbozaba una sonrisita, como si disfrutara de un chiste privado.

—Bueno, son *Anthropophagi*, de eso no cabe duda —dijo.

—Nunca cupo duda —le espetó Warthrop—. Empecemos de una vez, Kearns.

—Me llamo Cory.

—Muy bien —masculló Morgan—. Ya estoy harto. —Se volvió hacia los francotiradores de la primera fila—. El doctor Warthrop ha contratado los servicios de esta... persona que afirma tener experiencia...

—Amplia experiencia —lo corrigió Kearns.

—... cazando a esas criaturas. Les diría su nombre, pero en estos momentos incluso dudo de que él lo conozca, si es que tiene.

—Al contrario, tengo más nombres de los que recuerdo. —Sonrió, aunque aquel gesto encantador duraría poco—. Gracias, jefe Morgan, por la amable presentación y la inquebrantable confianza. Me esforzaré por estar a la altura.

Clavó los ojos, negros como la medianoche a la luz etérea y fragmentada de la iglesia, en los hombres que tenía delante de él. Se metió la mano en el bolsillo del pantalón y sacó un objeto cóncavo gris oscuro del tamaño aproximado de una moneda de medio dólar.

—¿Alguno puede decirme qué es esto? Pellinore, tú no puedes responder... ¿No? ¿Nadie? Les daré una pista: lo he encontrado dentro de la casa del buen reverendo ahora mismo. Nada, ¿ni una suposición? Muy bien. Esto, caballeros, es un fragmento del hueso temporal de un macho humano adulto, de entre los cuarenta y los cuarenta y cinco años. Para los que tengan los conocimientos anatómicos algo oxidados, diré que el hueso temporal forma parte del cráneo, y es el hueso más duro del cuerpo. A pesar de su aspecto, el gran agujero con forma de huevo del centro... —Kearns lo sostuvo frente a un ojo y miró a su embobada audiencia a través de él, como si fuera una mirilla— no lo taladró un instrumento quirúrgico, sino el diente de una criatura cuya fuerza de mordida excede los novecientos kilos. Esto es lo que sucede cuando se aplica una tonelada de presión a nuestro hueso más duro, caballeros. Ya se imaginarán lo que sucede cuando se aplica a las zonas más blandas de nuestra anatomía. —Volvió a guardarse el fragmento de cráneo en el bolsillo—. La razón evolutiva para este tremendo mordisco es que los *Anthropophagi* no tienen muelas. Dos filas de dientes menores rodean por fuera los dientes centrales, que son mayores. Esas primeras hileras son para atrapar y sujetar; el resto, de los que hay unos tres mil, para cortar y rajar. Resumiendo, no mastican la comida, se la tragan entera.

»Y nosotros, caballeros, como las hojas de eucalipto del dócil koala, somos su dieta. Literalmente, han nacido para comernos. Como es natural, ese hecho ha creado cierta tensión entre nuestras especies. Ellos necesitan alimentarse; nosotros preferimos que no lo hagan. La llegada de la civilización y sus frutos (la lanza y la pistola, por ejemplo) inclinaron la balanza a nuestro favor y los obligaron a esconderse y adaptarse, como nos muestra el ataque de ayer: los *Anthropophagi* son muy territoriales, y hasta la última de sus mordedoras criaturitas defenderá su hogar con uñas y dientes. En otras palabras, caballeros, lo único capaz de superar la crueldad con la que cazan es la pura brutalidad con la que protegen su territorio.

»Y ahí los encontraremos esta noche: no en nuestro terreno, sino en el suyo. Nosotros elegiremos el momento, pero no el lugar. Debemos llevar la batalla a su campo, y ellos nos ofrecerán la resistencia que buscamos.

»Cuando eso suceda, caballeros, prepárense para algo similar a la rabieta de un niño de dos años, aunque en el cuerpo de un ser que mide más de dos metros y pesa más o menos ciento quince kilos, armado con tres mil dientes afilados como cuchillas y empotrados en el centro del pecho.

Kearns sonrió, y su alegre semblante suponía un contraste muy marcado con sus palabras.

—Esta noche serán testigos de una pesadilla. Verán cosas que los sorprenderán y horrorizarán, que los estremecerán hasta la médula, pero si hacen todo lo que yo les diga, quizá sobrevivan para ver salir el sol. Solo si hacen todo lo que yo les diga. Si están dispuestos a comprometerse con esta condición, sin reservas, vivirán para contarles a sus embobados nietos el cuento de esta noche. Si no, les sugiero que cojan su Winchester y se vayan a casa. Gracias por su atención y buena suerte.

El silencio se adueñó del grupito mientras Kearns esperaba el veredicto. Apenas necesitaban el sermón, ya que todos habían visto los restos humanos dejados tras el ataque de los *Anthropophagi*. Entendían a qué se enfrentaban. Lo entendían, y ninguno se movió. Ninguno aceptó la invitación a marcharse.

Uno se aclaró la garganta y gruñó:

—Esos cabrones no son los únicos que defienden a los suyos. ¿Qué quiere que hagamos?

Kearns los puso a fabricar dos plataformas de metro y medio por dos metros y medio con la madera que encontraron en el patio delantero. Una vez terminada, la plataforma se transportaría al cementerio, se colocaría en posición con un sistema de cuerdas y poleas, y se fijaría a los primeros árboles del bosque que bordeaban el lado occidental del cementerio, a una altura de tres metros.

—¿Por qué tres? —preguntó el doctor lejos de los oídos de los constructores—. Pueden saltar esa altura sin problemas.

—Tres es lo bastante alto —respondió Kearns, críptico.

Más preocupado estaba por el tiempo. Se quedó cerca de la parte de atrás del camión que llevaba sus contenedores y la misteriosa caja envuelta en tela, y no dejaba de mirar al cielo. Sobre las tres de la tarde, cuando estaban colocando los últimos clavos, empezó a lloviznar; el agua salpicaba las lentes del jefe de policía, que se veía obligado a quitárselas de la nariz cada dos minutos para restregarlas contras el chaleco. La lluvia le apagó tanto la pipa como el ánimo; la cazoleta se negaba a permanecer encendida.

Kearns tomó nota de ello y dijo:

—Cuando esto acabe, le enviaré una libra del mejor perique, Morgan. Mejor que el estiércol de conejo que fuma.

Morgan no le hizo caso.

—Pellinore, me preocupan los niños —dijo señalándonos con la cabeza a Malachi y a mí—. Creo que deberíamos dejarlos aquí, en la iglesia, o enviarlos de vuelta a casa. No sirve de nada...

—Al contrario —lo interrumpió Kearns—. A mí me sirve de mucho.

—Quizá tenga razón, Robert —reconoció Warthrop a regañadientes.

—No me voy de aquí —afirmó Malachi enfadado—. No soy un niño y no pienso irme.

—No permitiré que esto recaiga sobre mi conciencia, Malachi —replicó el jefe de policía, aunque con amabilidad.

—¿Su conciencia, dice? —exclamó Malachi, casi a voz en grito—. ¿Y qué pasa con la mía?

—¡Sin duda! —se rio Kearns—. Tendrías que haberte quedado en ese dormitorio para que la bestia pudiera arrancarte la cabeza de cuajo cuando terminara de romperle todos los huesos del cuerpo a tu hermanita. Menudo hermano estás hecho.

Con un grito de rabia, Malachi se abalanzó sobre su torturador. El doctor lo interceptó cuando iba a abofetear el rostro de Kearns y le envolvió el torso en un fiero abrazo.

—Elegiste bien, Malachi —le susurró al oído—. Tenías el imperativo moral...

—Yo en tu lugar no hablaría de imperativos morales, Warthrop —le advirtió Kearns, al que le brillaban los ojos de placer—. Y, en cualquier caso, esta idea absurda de la inmutabilidad de la moral es una invención humana, una elaborada fantasía de las masas. No hay más moralidad que la que exija el momento.

—Empiezo a comprender por qué le gusta cazarlos —dijo Morgan asqueado—: tienen mucho en común.

Malachi se quedó sin fuerzas en los brazos del hombre al que la noche anterior había estado a punto de asesinar. Le cedieron las rodillas, y los brazos del doctor evitaron que se derrumbara sobre el suelo mojado.

—Vaya, señor jefe de policía, qué razón tiene —coincidió Kearns—. Somos muy parecidos a ellos: asesinos indiscriminados, territoriales hasta la locura y mortalmente celosos... La única diferencia significativa es que ellos todavía no dominan nuestro don para la hipocresía, esa habilidad de nuestro intelecto superior que nos permite matarnos unos a otros sin parar, a menudo bajo los auspicios y la aprobación de un dios. —Se volvió hacia Malachi—. Aguanta, muchacho. Obtendrás tu venganza; te redimirás de la elección «moral» que desgarra tu alma en dos. Y esta noche, si te reúnes con tu Dios, podrás mirarlo a los ojos y decir: «¡Hágase tu voluntad!».

Se dio media vuelta y se alejó. Morgan escupió a un lado sin disimulo. Warthrop rogó a Malachi que se calmara. No era el momento de dejarse llevar por la culpa ni de entregarse a la autocompasión, le dijo.

—No pueden alejarme —contestó él—. Nada puede.

—Y nadie lo hará —le aseguró Warthrop; después miró por encima del hombro del chico, en dirección al jefe de policía, y le dijo—: Dele un fusil y vamos a buscarle un puesto, Robert.

—¿Y Will Henry? No pensará llevarlo también.

Hablé, sin apenas creerme las palabras que salían de mi boca, como si las pronunciara un alma más curtida.

—No me eche, señor. Por favor.

Su respuesta vino precedida por una sonrisa pequeña y triste.

—Ay, Will Henry. Después de todo lo que hemos pasado juntos, ¿cómo voy a echarte ahora, en el momento más crítico? Me eres indispensable.

Las plataformas eran demasiado grandes y pesadas para transportarlas en carro, así que, mientras la bruma de lluvia daba paso a un crepúsculo prematuro, los hombres de Morgan las cargaron por el largo camino a la carretera del cementerio de Old Hill y después casi otro kilómetro hasta las puertas principales, donde descansaron un momento antes de la recta final hasta su destino: el lugar de nacimiento de aquel extraño asunto, donde su comadrona, el viejo ladrón de tumbas, había perecido antes de tiempo, hundido hasta la cintura en la misma tumba que había profanado antes. La razón de la misteriosa ausencia de Kearns por la mañana nos quedó clara al llegar, pues conocía la configuración del terreno, había escogido los árboles que usaría como anclaje para las plataformas y había dibujado en un folio las dimensiones precisas del lugar, incluidas todas y cada una de las lápidas. En el espacio abierto entre la tumba de Eliza Bunton y los árboles, había dibujado un círculo rojo etiquetado en una letra exquisitamente florida: «El círculo de la matanza».

Los hombres se dispusieron a colocar las plataformas. Clavaron los puntos de anclaje en los árboles con martillos a los que habían vendado la cabeza con trapos, y se comunicaban entre ellos mediante gestos y susurros roncos, ya que, antes de salir de la rectoría, Kearns había dado órdenes: el menor ruido posible, y solo si era absolutamente necesario.

—Aunque tienen un sueño profundo (aparte de comer y copular, es su principal ocupación), el oído es su sentido más desarrollado. A pesar de encontrarse bajo varios metros de tierra y piedra, me atrevería a decir que son capaces de detectar nuestra presencia. La lluvia nos ayudará: ablandará el suelo y, con suerte, amortiguará el ruido.

Mientras tres hombres colgaban las cuerdas que mantenían la parte de atrás de las plataformas contra los árboles de anclaje, los demás introducían los soportes de cuatro caras a lo largo del borde delantero. Después clavaron trozos de madera en los troncos de los dos árboles que había a cada lado, a modo de improvisadas escaleras. Entonces, Kearns nos pidió a O'Brien, a Malachi y a mí que descargáramos los baúles del carro.

—Salvo mi caja y mi bolsa. Por ahora, dejadlas allí; no quiero que se mojen. ¡Ah, condenado tiempo!

Warthrop se llevó al cazador a un lado, donde no pudiera oírlos el inquieto jefe de policía, cuya angustia crecía por momentos.

—Seguro que me arrepiento de preguntarlo, pero ¿qué hay en esa caja? —susurró.

Kearns le devolvió una mirada de falsa sorpresa ante su ignorancia.

—Pellinore, querido, sabes perfectamente lo que hay dentro de esa caja.

Se acercó a uno de los contenedores y abrió la tapa.

Dentro de los compartimentos individuales había una docena de latas negro mate del tamaño de una piña pequeña, envueltas en paja. Kearns sacó una y me dijo en voz baja:

—¡Señor Henry! ¡Cógela! —Y me la lanzó por debajo del hombro; me dio en la barriga, y yo realicé unos malabares muy cómicos hasta agarrar la resbaladiza superficie—. Cuidado, Will. ¡No la dejes caer!

—¿Qué es? —pregunté.

Teniendo en cuenta el tamaño, pesaba bastante.

—¿Que qué es? ¡Y tú dices ser un aprendiz ayudante de monstrumólogo! Es la herramienta imprescindible del oficio, señor Henry. Una granada, por supuesto. Tira de ese pequeño pasador de ahí.

—Está de broma, Will Henry —me dijo el doctor, también en voz baja—. ¡No tires!

—Eres un aguafiestas —lo regañó Kearns—. ¿Qué me dices, Will? Te pondré a cargo de ellas. ¡Serás mi granadero! ¿No es maravilloso? Ahora, sé un buen chico y, cuando terminen de asegurar la plataforma, súbelas con Malachi.

Abrió de golpe la tapa de la segunda caja. De ella sacó un trozo de cuerda resistente con una pesada cadena de hierro atada a un extremo. Al otro extremo de la cadena habían soldado un gancho. Después volvió a meter la mano en la caja y sacó una barra metálica de metro y pico de largo y cinco centímetros de diámetro, afilada por una punta y torcida por la otra para crear un aro. Era como una monstruosa aguja de coser. Lo último que extrajo del contenedor fue un mazo grande, del tamaño de los que usaban para clavar los pilotes de las vías del tren. Se echó la cuerda a un hombro, levantó el martillo y la estaca, y me pidió que lo siguiera.

Mientras trotaba tras él, oí susurrar al jefe de policía:

—¿Para qué demonios es todo eso?

Y la respuesta de Warthrop, con voz preñada de asco:

—Para asegurar el cebo.

Kearns se detuvo a unos veinte metros del inicio de los árboles, hincó una rodilla en el suelo y escudriñó la niebla gris para observar la plataforma.

—Sí, más o menos bien. Sostén la estaca así, Will Henry, con ambas manos, mientras la clavo. ¡Ahora no te muevas! ¡Como falle un golpe, te romperé el brazo!

Me arrodillé en el barro y clavé la afilada punta de la estaca en el suelo. Él levantó el mazo muy por encima de su cabeza y lo dejó caer; la cabeza cuadrada acertó en lo alto del aro de metal con tanta fuerza que se desprendieron diminutos fragmentos de metralla que volaron en todas direcciones. El eco del impacto recorrió el cementerio. Los hombres, que estaban clavando los arriostramientos en las patas de la plataforma, sorprendidos por el ruido, volvieron la cabeza hacia nosotros, alarmados. Kearns alzó tres veces el mazo y tres veces lo dejó caer. Los brazos me vibraban con cada golpe, y apreté los dientes para no morderme la lengua sin querer.

—Bien; con una más bastará —masculló Kearns—. ¿Quieres probar, Will? —preguntó ofreciéndome el enorme martillo.

—No creo que sea capaz de levantarlo, señor —contesté con sinceridad—. Es tan grande como yo.

—Hum, la verdad es que eres pequeño para tu edad. ¿Cuántos años tienes? ¿Diez?

—Doce, señor.

—¡Doce! Voy a tener que hablar con Pellinore. No te alimenta como debe.

—Yo me encargo de cocinar, señor.

—¿Por qué será que no me sorprende?

Le dio otro golpe a la estaca, soltó el mazo y tiró de la barra con ambas manos, entre gruñidos de esfuerzo.

—Creo que ya está —comentó pensativo—. ¿Cuánto pesas, Will?

—No lo sé seguro, señor. ¿Treinta y cinco o treinta y seis kilos?

Él negó con la cabeza.

—A ese hombre habría que denunciarlo. Anda, ven.

Pasó el extremo sin cadena de la cuerda por el aro y lo ató con un complicado nudo. Después me pidió que me llevara el otro extremo (el que estaba unido a la cadena) y que caminara hacia los árboles hasta que la cuerda se tensara.

—¡Ahora, tira fuerte, Will! —me dijo sin alzar la voz—. ¡Todo lo fuerte que puedas!

Se levantó con una mano en la cadera mientras se acariciaba el bigote con la otra para observar los efectos en la barra metálica de mis tirones hacia los árboles. Yo me resbalaba en el barro. Me hizo un gesto para que parara, levantó el mazo y le dio otro fuerte golpe a la barra. Después me pidió que volviera.

—Le sobra un poco de largo, Will Henry —dijo.

Después deshizo el nudo, se levantó la pernera del pantalón y sacó un cuchillo Bowie que llevaba en una funda atada a la pantorrilla. Cortó un trozo de sesenta centímetros de la robusta cuerda, que la hoja cercenó como si fuera hilo de coser. Después volvió a atar la cuerda a la barra.

—En la caja encontrarás tres paquetes de estacas de madera, Will Henry. Anda, ve a por ellas, ¿eh? Buen chico.

Asentí, sin aliento por el esfuerzo de antes, y corrí de vuelta al carro para cumplir la orden. Cuando llegué, Warthrop y Morgan mantenían una acalorada discusión entre susurros y este último enfatizaba cada punto pinchándole al doctor en el pecho con la cánula de su pipa.

—¡Una investigación completa! ¡Una investigación exhaustiva! ¡No se me puede obligar a cumplir una promesa realizada bajo coacción, Warthrop!

Mientras corría de vuelta a Kearns, él consultaba su empapado diagrama y calculaba las dimensiones de su «círculo de la matanza». Me indicó dónde clavar las estacas en el suelo, a intervalos de metro veinte, hasta crear un círculo casi perfecto de unos doce metros de circunferencia, en el que la barra metálica marcaba el centro y el borde occidental del círculo quedaba a cuatro metros y medio de la plataforma. Kearns admiró su obra un momento y me dio una palmada en el hombro.

—Un trabajo excelente, Will Henry. La tribu maorí que inventó este método no lo habría hecho mejor.

La partida de caza se había reunido junto a la parte de atrás del carro, cada hombre armado con una pala. Les hizo un gesto para que se unieran a nosotros, y todos lo rodearon con rostros ceñudos, la respiración agitada y los cuerpos doloridos de cansancio. Kearns se dirigió a ellos en tono grave y urgente:

—La noche cae antes de lo que calculábamos, caballeros. Hay que darse prisa. Prisa..., pero con todo el silencio posible. ¡Caven, señores, caven!

Con las estacas como guía y un ritmo metódico, los hombres cavaron una trinchera poco profunda. El suelo rocoso y mojado crujía bajo los golpes de las palas, aunque el ruido quedaba algo amortiguado por la lluvia que caía del cielo calmo con un tamborileo constante, diez mil diminutos redobles por segundo, lo suficiente para empaparnos hasta los huesos y pegarnos el pelo a la cabeza. ¡Ay, por qué me habría dejado el sombrero en casa! Desde el camión, a varios metros de distancia, los hombres parecían grises y espectrales a través de la manta opaca de lluvia.

—Pellinore —dijo Kearns—, échame una mano con mi caja, por favor.

—Ahora esta caja... —masculló Morgan mientras la bajaban del carro—. Me gustaría saber exactamente qué hay dentro, Cory.

—Paciencia, jefe Morgan, y lo sabrá ... ¡Cuidado, Pellinore; bájala con cuidado! Will Henry, tráeme la bolsa, ¿quieres?

Apartó la sábana de seda y abrió la tapa. El doctor dio un paso atrás, resignado; sabía lo que había en la caja antes de que Kearns la abriera, pero saberlo y verlo era dos cosas muy distintas. Morgan dio un paso adelante para asomarse al contenido, ahogó un grito y palideció. Balbuceó algo ininteligible.

Dentro de la caja había una mujer envuelta en un fino camisón blanco, recostada como un cadáver, con los ojos cerrados y los brazos cruzados sobre el pecho. No menor de cuarenta años, debía de haber sido guapa; ahora su rostro era rollizo y estaba surcado de cicatrices, quizá de la viruela, y su nariz se había agrandado y enrojecido por culpa de los capilares reventados bajo la piel, resultado, sin duda, de muchos años de abuso del alcohol. Aparte del camisón diáfano, no llevaba nada encima, ni un anillo en la mano ni una pulsera en la muñeca, salvo que en el cuello lucía un apretado aro del color del bronce deslucido, con una anilla metálica unida a la parte que le quedaba bajo la generosa barbilla.

Tras unos segundos de horrorizado silencio, Morgan recuperó la voz:

—¿Esto es el cebo?

—¿Y qué quería que usara, jefe Morgan? —planteó Kearns a modo de pregunta retórica—. ¿Un cabritillo?

—Cuando pidió inmunidad, no mencionó el asesinato —repuso Morgan indignado.

—Yo no la he matado.

—Entonces ¿de dónde la...?

—Es una mujer de la calle, Morgan —respondió Kearns,

que parecía ofendido por la ira del policía—. Una vagabunda. Las cunetas de Baltimore rebosan de ellas. Una inmundicia embrutecida por el ron y foco de mil enfermedades, cuya muerte sirve a un propósito más noble que cualquier otra cosa que haya logrado en su miserable y desperdiciada vida. Si usarla ofende a su sentido de la rectitud moral, quizá quiera ofrecerse voluntario como cebo.

—Pellinore, ¿seguro que hay otro modo de...? —apeló Morgan a Warthrop.

—Ya no va a sufrir más, Robert —comentó el doctor mientras negaba con la cabeza—. Ya no tenemos elección: debe hacerse.

Observó con curiosidad a Kearns mientras este sacaba su cuerpo inerte del improvisado ataúd. La cabeza de la mujer cayó hacia atrás y los brazos se le resbalaron del pecho hasta caer a los lados mientras el cazador la llevaba al círculo de la matanza.

—¡Will Henry! —me llamó en voz baja, volviendo la vista atrás—. ¡Mi bolsa!

Todo el trabajo se detuvo cuando los hombres nos vieron llegar. Abrieron la boca pasmados; sus ojos volaron de Kearns a Morgan, que hizo un gesto con la mano: «¡Cavad! ¡Cavad!». Kearns la dejó con delicadeza en el suelo, al lado de la estaca de hierro, con la cabeza acunada entre las manos. Señaló hacia la cuerda. Dejé la bolsa a su lado y le di el extremo atado a la cadena. Él metió en el gancho la anilla que la mujer llevaba al cuello.

—No entiendo qué le molesta —dijo—. Los maoríes

usaban a esclavas vírgenes, adolescentes, Will Henry. Los muy salvajes.

Le dio un buen tirón a la cadena. La cabeza de la mujer se movió en su regazo.

—Así basta.

Dejó la cabeza sobre el suelo embarrado. Después se levantó y examinó el terreno. Miré a mi derecha, hacia la plataforma, y allí de pie vi a una figura solitaria con un fusil en los brazos, mirándonos, tan inmóvil como un centinela de guardia. Era Malachi.

Aunque la monótona lluvia seguía cayendo y la luz gris que anunciaba la inexorable llegada de la noche parecía demorarse, inalterable, seguíamos teniendo la sensación de que el tiempo se apresuraba, de que el reloj iba más deprisa, de que se aceleraba la marcha a la batalla. Descargaron dos grandes barriles del carro y vaciaron su contenido (una acre mezcla negra de queroseno y crudo) en la zanja recién excavada que rodeaba a la víctima del sacrificio. Kearns ordenó a todos los de la plataforma que revisaran lo que él llamaba «el protocolo maorí».

—Yo haré el primer disparo —recordó a los hombres empapados de lluvia y salpicados de barro—. Esperarán a mi señal para abrir fuego. Apunten justo por debajo de la boca o a la parte inferior de la espalda; en cualquier otro lado, sería una herida superficial.

—¿Cuánto tiempo tenemos? —preguntó uno.

—Menos de diez minutos, diría, con este tiempo, más que suficiente para terminar el trabajo, o al menos esta fase, pero diez minutos les parecerán una eternidad. Recuerden, solo se abandonará esta plataforma por dos motivos: cuando se acabe el trabajo o si atraviesan nuestra barrera. ¿Quién está en la zanja?

Un hombre de rostro delgado llamado Brock levantó la mano. Kearns asintió y dijo:

—Manténgase a mi lado y espere a la orden... ¡No haga nada hasta que yo se lo diga! La sincronización es esencial, caballeros, una vez que hayamos acertado al explorador... ¡Muy bien! ¿Alguna pregunta? ¿Alguna reserva de última hora? ¿Alguien quiere retirarse? Ahora es el momento... porque ha llegado el momento. —Alzó el rostro al cielo lloroso, cerró los ojos y dejó escapar un profundo suspiro mientras una sonrisa le jugueteaba en los sensuales labios—. Ha llegado el condenado momento.

Nos apiñamos al borde de la plataforma para escudriñar la creciente penumbra mientras Kearns se arrodillaba al lado del cadáver en el centro del círculo y buscaba algo en la bolsa que le había dejado allí. Se inclinó sobre la mujer, de espaldas a nosotros, de modo que no veíamos nada.

—En nombre de todo lo sagrado, ¿qué está haciendo ahora? —preguntó Morgan.

—No estoy seguro —murmuró Warthrop—. Pero dudo que sea algo sagrado.

Sorprendidos, vimos que el cadáver sufría un violento espasmo, que las piernas daban patadas y las manos arrancaban lodo y hierba del suelo. Kearns se echó atrás para contemplar el fenómeno, y oí que el doctor decía en voz muy baja:

—Oh, no.

Kearns sostenía el cuchillo Bowie en la mano derecha, como si nada, mientras apretaba el cuello de la mujer con las puntas de los dedos de la mano izquierda.

—Warthrop —gruñó Morgan—. ¡Warthrop!

Con un único movimiento fluido del brazo, Kearns bajó la mano sobre el convulsionado torso y usó la afilada hoja para abrirle el vientre. Los horrendos gritos de agonía que siguieron a aquel acto de desalmada barbarie desgarraron la quietud del crepúsculo con la fuerza de un trueno. El eco viajó entre los árboles y las silenciosas lápidas vigías. Llenaron el silencio hasta desbordarlo, y aumentaron de volumen e intensidad con cada segundo que pasaba, que parecía durar más de una hora. La mujer rodó hacia Kearns y alzó un brazo suplicante para dirigirse al hombre que la había mutilado, pero él ya corría de vuelta a nosotros con el ensangrentado cuchillo en la mano. Después se lo colocó entre los dientes (y entonces debió de saborear la sangre de su víctima, que le caería en la lengua) para trepar por la improvisada escalera y, una vez estuvo a salvo arriba, lo dejó caer al suelo. Apenas nos percatamos de ello, pues estábamos fascinados por la escena de abajo, paralizados de horror y terror. La mujer consiguió rodar hasta ponerse a gatas y arrastrarse hacia nosotros sin dejar de aullar y chillar como un cerdo en el matadero cuando se ahoga en su propia sangre. La cuerda funcionaba; la cadena unida a su cuello se tensó. Kearns recogió su fusil, se apoyó la culata en el hombro y se asomó a la mirilla mientras movía el cañón de norte a sur y vuelta a empezar, al parecer sin ser consciente de nuestra consternación ante aquel inesperado (y horripilante) giro de los acontecimientos, como tampoco parecía serlo de los gritos de confusión, dolor y miedo que resonaban a nuestro alrededor.

La autora de los gritos forcejeaba con sus ataduras a pocos metros de distancia, tras haberse puesto de rodillas y estirado ambos brazos, con el rostro desfigurado por un dolor indescriptible y el vestido inmaculado cubierto de una mezcla de tierra y sangre. La cadena que tiraba de ella hacia atrás chasqueaba y repicaba cada vez que intentaba soltarse.

—¡Maldito sea tu negro corazón, Cory! —gritó Morgan—. Está viva.

—No dije que no lo estuviera —contestó Kearns, razonable—. Observadores, ¿qué veis? ¡Fijaos bien! Señor Henry, tú también, presta atención.

Aparté la mirada como pude de la espantosa ofrenda y examiné los postes indicadores y las colinas en busca de movimiento, pero una mortaja había caído sobre el mundo y no logré ver nada más que tierra, árbol, piedra y sombra. Entonces, con el rabillo del ojo, vi una forma oscura que corría en zigzag entre las lápidas, casi pegada al suelo, hacia nosotros. Tiré de la manga de Kearns y la señalé.

—¿Dónde? —susurró—. ¡Ah, buen chico! La veo. Ahora, cautela, caballeros; este disparo es mío. —Se colocó tieso como una vara, con las piernas abiertas para mantener el equilibrio y el dedo acariciando el gatillo—. Ven, mascotita —murmuró—. La cena está servida.

El solitario explorador vaciló un momento justo al lado de la zanja. La lluvia le brillaba en la piel lechosa y, a pesar de la distancia y la luz moribunda, le vi abrir y cerrar la boca..., y el cruel resplandor de los dientes en sus fauces chorreantes. Los enormes brazos eran tan largos que casi rozaba el suelo con los nudillos al permanecer allí, de pie, con las piernas algo arqueadas, al filo de la trampa.

Si era consciente de nuestra presencia, la sed de sangre debió de superar su prudencia, o quizá le daba igual, porque de repente dio un salto adelante, dejó escapar un rugido horrible y recorrió la distancia que lo separaba de la mujer herida con una velocidad formidable. Aunque los separaban unos diez metros, voló por el aire con las garras extendidas y la boca abierta, y en ese momento Kearns disparó.

El monstruo se retorció en pleno salto, ya que la bala del cazador le había acertado un par de centímetros por debajo del bulboso ojo. Cayó como una piedra, y sus berridos ahogaron los gritos de su víctima. Entonces, entre salivajos y gruñidos, volvió a ponerse en pie, rechinando los dientes mientras avanzaba con tenacidad, dando traspiés. La mujer volvió la cabeza al oír sus aullidos inhumanos y se quedó rígida durante un terrible instante antes de volver a lanzarse hacia nosotros. Esta vez, cuando la cadena interrumpió su huida, la cabeza se le fue hacia atrás con tanta fuerza que creí que se había partido el cuello. Kearns metió otra bala en la recámara, amartilló el arma y disparó por segunda vez; acertó en el muslo del monstruo, que se tambaleó, pero siguió avanzando. Cuatro metros, tres... Kearns recargó de nuevo y apretó el gatillo. El tercer disparo le dio en la otra pierna, y el *Anthropophagus* cayó al suelo entre chillidos, retorciéndose de dolor y dando patadas a la tierra, impotente. Kearns bajó el Winchester.

Morgan le gritó:

—Por amor de Dios, ¿qué hace? ¡Dispare de nuevo! ¡No está muerto!

—Idiota —repuso Kearns—. No quiero que muera.

Bajo nosotros, la mujer se había derrumbado. Quizá sí que se había roto el cuello, o se había desmayado de miedo o por la pérdida de sangre. El doctor empujó a Kearns a un lado y recogió el cuchillo que el cazador había soltado.

—¡Will Henry! ¡Espabila!

Bajó las piernas por el borde de la plataforma y saltó al suelo. Yo tomé la ruta más larga, por la improvisada escalera, para unirme a él junto a la mujer. Miré por encima de su hombro a la bestia que gritaba y se retorcía en la tierra, temiendo que se sobrepusiera a sus heridas el tiempo suficiente para arrancarnos la cabeza de un zarpazo. Era evidente que el doctor no compartía mi preocupación: estaba completamente centrado en la mujer. La puso boca arriba y le tomó el pulso bajo la mandíbula.

—No es demasiado tarde, Will Henry —dijo alzando la voz para hacerse oír por encima de los aullidos del animal herido que tenía detrás. Después cortó la cuerda de un poderoso golpe de cuchillo, me dio el arma y cogió a la herida en brazos—. ¡Sígueme! —gritó, y corrimos, resbalando por el barro; saltamos por encima de la zanja de combustible y alcanzamos la protección de la plataforma, justo debajo de Kearns y los demás. Apoyó a la mujer en un tronco y se inclinó sobre ella para examinar la herida del vientre.

—Yo de ti no me entretendría demasiado, Pellinore —le dijo el cazador desde arriba.

El doctor hizo caso omiso. Se quitó la chaqueta, se arrancó la camisa, los botones volaron por los aires, e hizo una pelota con ella para tapar la incisión con esa venda improvisada. Después, me cogió la mano y me la colocó sobre la camisa.

—Presión constante, Will Henry. No demasiado fuerte.

En cuanto lo dijo, oí que Morgan gritaba, presa del pánico:

—¡Ahí! ¿Lo ven? ¿Qué es eso de ahí?

El doctor me agarró por el hombro y acercó su rostro al mío para mirarme a los ojos.

—¿Puedes, Will Henry? ¿Puedes?

—Sí, señor.

—Toma.

Me puso su revólver en la mano libre y se volvió para marcharse. Se quedó inmóvil un momento, y temí que hubiera llegado el fin, que uno de los *Anthropophagi* se hubiera colado entre los árboles y lo tuviéramos encima. Pero entonces seguí la mirada del doctor y vi una figura alta y delgada que sostenía un fusil; sus ojos azules brillaban como si desafiaran a la penumbra.

—Yo me quedaré con Will Henry —dijo Malachi.

Malachi se quedó... y los *Anthropophagi* llegaron en respuesta a los gritos de dolor e indignación de su hermana caída. La tierra los vomitó, las tumbas los regurgitaron. Llevaban meses abriendo túneles, expandiendo sus madrigueras subterráneas para adaptarlas a su creciente familia y creando una red de pasadizos de laberíntica complejidad en el duro suelo de Nueva Inglaterra, bajo los muertos dormidos. Enfurecidos por aquella intrusión en sus dominios, enloquecidos por los aullidos de su camarada caída, acudieron. Corrieron hacia el borde oriental del círculo convertidos en una única masa blanco lechoso que siseaba, gruñía, ladraba y mordía. Llegaron hasta el borde del círculo... y se detuvieron.

Quizás olieran algo que no les gustaba, u otro sentido más profundo los avisó, un instinto innato adquirido tras miles de años de conflictos con sus presas, aquellos ambiciosos mamíferos bípedos que habían tenido la audacia de evolucionar a partir de los obtusos y cordiales primates hasta convertirse en cazadores, capaces no solo de defender a la especie humana, sino de barrer a los *Anthropophagi* de la faz de la tierra. Qué terrible ironía: ¡que necesitaran de nuestra prosperidad para prosperar ellos a costa de su extinción!

Oí gritar a Kearns, desde arriba:

—Quietos, muchachos, quietos. ¡Solo a mi señal! Brock, ¿listo?

Brock gruñó algo a modo de respuesta. A mi lado, Malachi hincó una rodilla en el suelo y alzó el fusil. Estaba lo bastante cerca como para oír su respiración entrecortada y oler la lana mojada de su chaqueta. A mi otro lado, la víctima anónima de Kearns se aferraba a la vida, agarrada con ambas manos a mi muñeca mientras me miraba sin comprender nada.

—¿Quién eres? —graznó—. ¿Eres un ángel?

—No, soy Will Henry.

Di un respingo porque, de repente, la voz de Kearns volvió a atronar. Estaba gritando a todo pulmón:

—¡Hola, hola, mis niños! ¡Vamos a jugar! ¡La fiesta es aquí!

El efecto sobre los monstruos fue inmediato: con saltos y brincos, cruzaron la trinchera y se metieron en el círculo de la matanza. Allí se juntaron más de doce, y se desplegaron para correr hacia la plataforma con ojos negros brillantes y bocas abiertas; la pulla de Kearns había vencido a la precaución que les dictaba su instinto. Cuando el último horror acéfalo estuvo dentro del círculo, Kearns gritó la orden de «suelta el fuego», y Brock lanzó un trapo ardiendo a la zanja. La llama alcanzó el metro y medio de altura; noté su calor en las mejillas cuando se propagó por la trinchera, alimentada por el combustible de crudo y queroseno, y lanzó agitados penachos de acre humo negro a la atmósfera. Los monstruos resbalaron en el barro al detenerse en seco dentro del círculo de fuego, chillando de sorpresa y miedo: que el hombre dominara el fuego había sido el presagio de su destrucción.

Como si se cerraran las feroces puertas del infierno, las dos líneas de llamas se encontraron en el otro extremo de la zanja y encerraron a los animales, sellando su destino.

—¡Disparen a discreción, caballeros! —gritó Kearns por encima del crepitar del fuego, el chisporroteo de la lluvia al caer entre las llamas y los aterrados alaridos de los *Anthropophagi*. La pólvora estalló por encima de nosotros; las tablas que teníamos sobre la cabeza temblaron y crujieron con violencia, hasta el punto de que temí que toda la estructura se desplomara sobre nosotros dos. La noche había caído, pero el terreno estaba iluminado por un resplandor naranja ahumado lleno de sombras espasmódicas, y ahogado por el cañoneo de arriba y los gritos agónicos de abajo. A través del tremendo ruido, oí el grito de placer de Kearns:

—¡Es como disparar a los peces en un barril!

Un objeto del doble del tamaño de una pelota de béisbol voló hasta el interior del círculo y, un segundo después, el suelo tembló con la sacudida de la granada, una gran bola de fuego que floreció donde cayó y lanzó metralla ardiente dentro su radio de destrucción, desgarrando carne en el proceso.

—¡No veo, no veo! —masculló Malachi, frustrado, mientras movía el fusil adelante y atrás. Corrió unos pasos hacia delante, como si de verdad pretendiera correr al fuego, saltar la zanja y pelear directamente contra las criaturas que habían asesinado a su familia—. Solo uno. ¡Señor, por favor, solo uno!

En ese momento se le concedió su deseo.

Los *Anthropophagi* no nacen con apetencia por la carne humana. Tampoco son cazadores por naturaleza, como el solitario tiburón o la noble águila. Como el lobo o el león (o el humano, ya puestos), deben aprender estos complejos comportamientos de sus padres o de otros miembros del grupo. Los *Anthropophagi* no alcanzan la madurez completa hasta los trece años, y el tiempo que transcurre entre su nacimiento y la edad adulta lo dedican a aprender de sus mayores. Solo se les permite alimentarse después de que hayan comido los miembros más ancianos del clan. Es un periodo de aprendizaje, de ensayo y error, de observación y emulación. Un hecho sorprendente y contradictorio de estas criaturas es que en realidad miman y consienten a sus crías. No se vuelven contra uno de los suyos, salvo en los casos extremos (morirse de hambre, por ejemplo).

Tal fue el caso descrito por el capitán Varner en la bodega del infortunado Feronia, y es probable que también se tratara de la génesis del error repetido por sir Walter Raleigh y Shakespeare al afirmar que los *Anthropophagi* son caníbales. Siguiendo ese criterio, sería justo decir que los humanos lo son, puesto que, ante la posibilidad de morir de hambre, hemos practicado esa misma aberración impensable. Como la madre con su cachorro, todos los miembros del grupo defienden con uñas y dientes a los jóvenes cuando surge una amenaza: los pequeños se llevan al rincón más remoto de la madriguera; los jóvenes ocupan la retaguardia en cualquier ataque, ya sea para obtener comida o, en el caso de aquella lluviosa noche de primavera de 1888, para proteger su territorio.

Por tanto, tuvo que tratarse de un rezagado joven, quizá de mi edad (aunque medio metro más alto y muchos kilos más pesado) que tardó en responder a la llamada del pariente derribado por la bala de Kearns y quedó separado del resto por culpa del anillo de fuego. O quizá, dejándose llevar por la impulsividad de la juventud, no había seguido a la manada hasta la zona de la matanza, sino que había decidido tomar una ruta menos directa hacia el audaz invasor, una que rodeaba el fuego y lo llevaba al otro lado, invisible en el tumulto de la batalla, hasta el bosquecillo en el que Malachi y yo nos escondíamos.

Su ataque fue torpe y de aficionado dentro de lo habitual en su especie, ya fuera por su limitada experiencia, la emoción del momento o una combinación de ambas. Aunque no lo oímos atravesar la maleza hasta unos segundos antes de que surgiera de entre las sombras de los árboles, aquellos preciosos segundos bastaron para que Malachi reaccionara.

Se giró justo cuando salía de entre los árboles y disparó sin apuntar, pues no había tiempo para eso; de no haberlo hecho cuando lo hizo, estoy seguro de que tanto Malachi como yo y mi destripada protegida habríamos sucumbido. La bala acertó a la bestia en el pecho, en un punto equidistante entre ambos ojos, una herida mortal para un humano, pero, como había avisado el doctor, los *Anthropophagi*, a diferencia de sus primos, no poseen órganos vitales entre los ojos. El disparo apenas lo frenó, y a Malachi no le dio tiempo a recargar. No intentó esa tontería, sino que dio la vuelta al fusil y, con todas sus fuerzas, estrelló la culata contra la boca abierta del animal. La reacción fue instantánea: la mandíbula se cerró con un violento espasmo y destrozó la madera; la fuerza de su tremendo mordisco (más de noventa kilos, según Kearns) le arrancó el fusil de las manos a Malachi. La sangre manaba de la herida del monstruo y le teñía los dientes de carmesí. Se abalanzó sobre Malachi con los brazos extendidos, como había visto hacer a sus mayores, la postura para matar, los ojos en blanco cuando los brazos subían, los dedos de sus enormes garras abiertos para que las ganchudas cuchillas causaran el máximo efecto.

Malachi trastabilló hacia atrás..., perdió el equilibrio..., cayó... En cuestión de medio segundo iba a tener encima al monstruo. Yo solo estaba a un metro de él, y una bala viaja lejos en medio segundo. Se incrustó en el tríceps del brazo con el que la criatura iba a atacar y desvió el golpe dirigido a la cabeza de Malachi; las puntas de sus clavos de ocho centímetros apenas le rozaron la mejilla. Fue mi primer (y último) disparo, porque el animal acéfalo abandonó a Malachi y concentró en mí toda la fuerza de su rabia, corriendo a cuatro patas sobre las hojas mojadas y el lodo como si se tratara de una asquerosa araña de tamaño humano. En un abrir y cerrar de ojos, me dio un golpe en la mano que lanzó el revólver del doctor por los aires, me rodeó el cuello con la otra zarpa y tiró de mi cabeza hasta tenerla a pocos centímetros de su boca abierta. Nunca he podido olvidar el abominable hedor que emanaba de su gaznate, sus dientes ensangrentados ni la excelente imagen de las profundidades de su garganta. Quizá mi vista habría sido aún mejor de no ser por Malachi, que se había abalanzado sobre la espalda del monstruo. Las palabras del doctor resonaban en mi cabeza, y fueron las que nos salvaron la vida a ambos: «Si una de ellas cae sobre nosotros, ve a por sus ojos, donde es más vulnerable».

Saqué el cuchillo Bowie de mi cinturón y se lo clavé hasta la empuñadura en uno de sus ojos mate sin párpados, el que tenía más cerca. El *Anthropophagus* se retorció de dolor, se quitó a Malachi de la espalda mientras se arqueaba y estuvo a punto de arrancarme el cuchillo de la mano. Pero me aferré a él y le di medio giro para cerciorarme antes de sacarlo y clavárselo en el otro ojo. Ciego, su sangre manó como agua de una fuente y le empapó el torso contorsionado, cayó encima de mí, y la bestia se arrodilló balanceándose adelante y atrás mientras agitaba los brazos como loca en una distorsionada parodia de un niño que se esconde tapándose los ojos con las manos.

La interminable noche de la autopsia había maldecido mi suerte por verme obligado a soportar la interminable lectura del doctor y a ser testigo de la asquerosa disección de la «curiosidad singular» de Warthrop. A pesar de que no podía haber estado más asustado y exhausto, presté atención. «¿En qué más ocupas tu mente?», me había preguntado, dando a entender que en poco más salvo en mi apetito. Pero mi respuesta había sido sincera: observaba; intentaba comprender. Como aquel joven *Anthropophagus*, había aprendido observando a mis mayores. Por tanto, conocía la ubicación exacta de su cerebro.

Sostuve la empuñadura con ambas manos y le clavé el cuchillo con todas mis fuerzas justo en el punto por encima de sus partes pudendas. Acerté de pleno. El monstruo se quedó rígido como una tabla, con los brazos rectos a ambos lados del cuerpo, la espalda arqueada, la boca abierta, al borde del precipicio del olvido antes de que el olvido se lo llevara.

Yo también caí, y acabé tumbado junto a la bestia muerta, sujetando el cuchillo chorreante sobre el estómago, estremecido tras aquellos fugaces y eternos momentos de terror. Una mano me tocó el hombro y, por instinto, alcé el cuchillo, pero, por supuesto, era Malachi.

Su rostro estaba manchado de lodo; en su mejilla izquierda se veían las tres marcas sangrientas dejadas por las uñas del monstruo.

—¿Estás herido, Will?

Negué con la cabeza.

—No, pero esa cosa sí. La he matado, Malachi —añadí sin aliento, recalcando lo obvio—. ¡He matado a esa maldita bestia!

Él sonrió, y sus dientes parecían muy blancos contra el fondo de su cara ennegrecida.

Kearns había acertado en su predicción: todo acabó en menos de diez minutos. Los disparos sobre nuestras cabezas fueron menguando hasta convertirse en algún que otro tiro esporádico. El fuego, que había consumido casi todo el combustible muy deprisa y sufría por culpa de la continua arremetida de la lluvia, se apagó y dejó tras de sí una ondulada cortina negra de humo; dentro del círculo no se oía más que los gorgoteos y gruñidos ahogados de los heridos de muerte. El doctor llegó primero y, al ver al joven *Anthropophagus* muerto a nuestros pies, se le iluminó el rostro de sorpresa y alarma.

—¿Qué ha pasado?

—Lo ha matado Will Henry —explicó Malachi.

—¡Will Henry! —exclamó el doctor mirándome con asombro.

—Me ha salvado la vida —aseveró el muchacho.

—No solo la tuya —respondió Warthrop. Se arrodilló junto a la mujer, le buscó el pulso y se levantó—. Ha perdido la conciencia... y mucha sangre. Tenemos que llevarla al hospital de inmediato.

Se alejó a toda prisa para encargarse de los preparativos. Malachi recogió los restos destrozados de su fusil y se acercó al anillo de humo, donde se habían reunido Morgan y sus hombres. No vi a Kearns. El doctor regresó al cabo de un momento con O'Brien, y conmigo trotando al lado con la improvisada compresa sobre su vientre, cargaron con la mujer para llevarla al carro.

—¿Qué le digo a los médicos? —preguntó O'Brien.

—La verdad —respondió Warthrop—: que la has encontrado en el bosque, herida.

Nos unimos a los demás en la tierra de nadie entre el borde de la plataforma y la zanja humeante. Nadie habló. Era como si todos esperásemos algo, pero nadie sabía qué. Los hombres parecían conmocionados; respiraban deprisa y tenían las mejillas arreboladas. Morgan encendió su pipa con dedos temblorosos, y la luz de la cerilla se reflejó en sus empañados quevedos. Warthrop me pidió que lo siguiera y después saltó por encima de la pantalla de humo para entrar en el círculo de la matanza. Allí encontramos a Kearns, que avanzaba con precaución por el enredo de extremidades albinas y retorcidos torsos sin cabeza de sus víctimas, cuyos cuerpos emitían vaho en el aire cálido y húmedo.

—Warthrop, déjame tu revólver.

Yo se lo entregué. Le dio una patada a una de las criaturas (una hembra grande) para ponerla boca arriba, y el cuerpo de la bestia se estremeció. Una garra intentó arañarle la pierna, aunque sin fuerzas. Kearns le metió el cañón en el abdomen y apretó el gatillo. Después se acercó a otro, le dio una patada en el costado con la punta de la bota y después, para asegurarse, también le disparó. Inclinó la cabeza por si descubría más signos de vida. Yo solo distinguía el siseo de la zanja y la suave lluvia susurrante. Kearns asintió, satisfecho, y le devolvió el arma al doctor.

—Cuéntalos, Warthrop. Tú también, Will. Compararemos números.

Conté veintiocho cadáveres acribillados y destrozados por la metralla. El recuento del doctor coincidió con el mío.

—Lo mismo que he contado yo —dijo Kearns.

—Hay uno más, señor —dije—. Bajo la plataforma.

—¿Bajo la plataforma? —preguntó Kearns sorprendido.

—Lo he matado yo.

—¿Lo has matado tú?

—Le disparé, lo apuñalé en los ojos y, más tarde, en el cerebro.

—¡Lo apuñaló en el cerebro! —gritó Kearns con una carcajada—. ¡Bien hecho, señor aprendiz ayudante de monstrumólogo! ¡Muy bien hecho! ¡Warthrop, que este muchacho reciba el premio más importante de la Sociedad en recompensa a su valor!

—Con ese son veintinueve. Cabe suponer que haya quizás otras cuatro crías escondidas en algún lugar seguro, y eso nos deja con treinta y dos o treinta y tres.

—Más o menos lo calculado —dijo Warthrop.

—Sí, salvo que... —empezó Kearns, hablando con una seriedad muy poco habitual en él—. Traeremos una luz para asegurarnos, pero no encuentro a una hembra que encaje en su descripción. Warthrop, la matriarca no está.

Morgan había recuperado parte de su compostura cuando se unió a nosotros entre los cadáveres humeantes. Llevado al límite de su resistencia por los acontecimientos de los dos últimos días, no quedaba mucha compostura que recuperar, pero sí la suficiente para reafirmar (o, al menos, intentarlo) una pizca de autoridad. Su tono con Kearns fue serio e inflexible.

—Está usted detenido, señor.

—¿Con qué cargos? —preguntó Kearns, que parpadeó con coquetería.

—¡Asesinato!

—Está viva, Robert —dijo Warthrop—. Al menos, lo estaba cuando se fue.

—¡Intento de asesinato! ¡Secuestro! ¡Imprudencia temeraria! Y... y...

—Caza de monstruos acéfalos fuera de temporada —añadió Kearns amablemente.

—Warthrop —dijo Morgan—, confié en su criterio para este asunto. ¡Confié en su opinión de experto!

—Bueno —intervino Kearns—, las condenadas bestias están muertas, ¿verdad?

—Le sugiero que se guarde las afirmaciones interesadas para su juicio, señor Kearns.

—Doctor —lo corrigió Kearns.

—Doctor Kearns.

—Cory.

—¡Kearns, Cory, me da igual! Pellinore, ¿sabía lo que pretendía? ¿Sabía de antemano lo que había en esa caja?

—Yo no respondería si fuera tú, Warthrop —le advirtió Kearns—. Conozco a un abogado excelente en Washington. Te daré su nombre, si quieres.

—No —respondió el doctor a Morgan—. No lo sabía, pero lo sospechaba.

—Soy tan responsable de su dieta como de su presencia aquí —repuso Kearns en tono razonable—. Aunque lo comprendo, jefe Morgan. Este es el agradecimiento que recibo. Usted es un hombre de la ley y yo soy un hombre de... —Dejó que la idea muriera sin concluir—. Me contrató para realizar un trabajo y me hizo algunas promesas sobre lo que ocurriría al completarlo. Solo le pido que me permita terminar antes de incumplir nuestro contrato.

—¡No teníamos ningún contrato! —ladró Morgan, y entonces se detuvo, porque acababa de asimilar la importancia de las palabras de Kearns—. ¿A qué se refiere con *terminar*?

—Es posible que haya más —explicó Warthrop con cuidado.

—¿Más? ¿Cuántos más? ¿Dónde?

Morgan empezó a volver la mirada a un lado y a otro, como si esperara que un segundo enjambre de *Anthropophagi* surgiera de repente de la oscuridad para caer sobre nosotros.

—Eso no lo sabremos hasta que lleguemos allí —respondió Kearns.

—¿Adónde?

—Al hogar, dulce hogar, jefe Morgan. Por humilde que sea.

Se negó a ofrecer más aclaraciones; llamó a los leales voluntarios, les agradeció su valiente comportamiento en circunstancias tan extraordinarias, los comparó con las tropas de Wellington en la batalla de Waterloo y les pidió que apilaran los cadáveres para despacharlos. Malachi y yo ayudamos en la espantosa tarea arrastrando el cuerpo del joven macho de debajo de la plataforma hasta la pira. A continuación, regaron el macabro montículo con el medio barril de acelerante aceitoso reservado a tal efecto.

Antes de encender la cerilla, Kearns dijo:

—*Requiescat in pace.*

Después lanzó la cerilla al centro de la pila. Las llamas subieron hasta el cielo nocturno, y no tardamos en sentir en las fosas nasales el ardiente hedor a carne abrasada, un aroma que no me era del todo desconocido. Empezaron a lagrimearme los ojos, no tanto del humo y el olor, sino de un recuerdo más fresco que ningún otro en aquel momento.

Una mano me cayó sobre el hombro: era Malachi, en cuyos ojos azules vi reflejadas las titilantes llamas. Una lágrima le caía por la mejilla herida. El fuego era de una calidez seductora, pero la angustia del chico era tan fría como las tumbas que nos rodeaban.

¡Pobre Malachi! ¿En qué iba a pensar al ver arder a los monstruos, si no en su familia, en Michael y en su padre, en los brazos rotos de su madre aferrados al bebé, en su querida hermana Elizabeth, que había acudido a él en busca de auxilio y había encontrado la muerte? ¿Sentía alivio? ¿Consideraba que se había hecho justicia? «Yo también estoy muerto..., por dentro no hay nada», me había dicho, y me pregunté si seguiría sintiéndose así, si aquel incendio de extremidades mutiladas y torsos retorcidos ayudaba a resucitar su espíritu perdido.

Sentí una inmensa empatía por su sufrimiento, ya que él y yo éramos transeúntes del inhóspito reino en el que todos los caminos conducían a aquella nulidad singular de tristeza sin límites y culpa inconmensurable. No nos era desconocido aquel clima infértil, aquel paisaje despiadado en el que no existía oasis que saciara nuestra sed salvaje. ¿Qué merecida copa, qué elixir mágico ofrecido por el arte de hombres y dioses tendría el poder de aliviar nuestro dolor? Había pasado un año desde el fallecimiento de mis padres, y el recuerdo, junto con sus fieles cortesanas, la angustia y la rabia, reinaban en la soberanía desierta de mi alma, como si el tiempo no hubiese transcurrido desde la noche en que nuestra casa ardió hasta sus cimientos. En realidad, casi ochenta años después, los retorcidos cadáveres abrasados de mis padres todavía humean entre las ruinas. Oigo sus gritos con tanta claridad ahora como oigo la pluma rasgar la hoja mientras escribo o el zumbido del ventilador en mi escritorio, o la llamada de la codorniz al otro lado de la ventana. Veo a mi padre en los últimos momentos de su vida con la misma claridad con la que veo el calendario que cuelga de la pared y que marca el paso de mis días, o el sol que ilumina la hierba, donde planean las libélulas y bailan las mariposas.

Mi padre llevaba casi una semana en cama, afectado por una fiebre virulenta que subía y bajaba como la marea. Pasaba de estar ardiendo a sacudirse con unos escalofríos incontrolables que no se remediaban ni colocándole encima una manta tras otra. Su estómago no retenía nada, y al tercer día de su encierro empezaron a aparecerle por todo el cuerpo unos puntos de color rojo intenso del tamaño de monedas de medio dólar. Mi madre, sin prestar atención a sus protestas («No es nada, solo un poco de fiebre») llamó al doctor de cabecera, que le diagnosticó una culebrilla y predijo una recuperación completa. Ella no estaba convencida: su marido acababa de regresar a casa tras acompañar a Warthrop en una de sus expediciones a lugares desconocidos, y sospechaba que había contraído una extraña enfermedad tropical.

El pelo de mi padre empezó a caerse a puñados; incluso la barba y las pestañas caían como hojas de otoño tras la primera helada. Alarmada, mi madre mandó llamar a Warthrop. Llegados a este punto, la erupción se había convertido en unas ampollas inflamadas del tamaño de monedas de diez centavos con centros de color blanco lechoso que dolían al tocarlas; el más ligero roce del camisón le suponía un paroxismo de agonía. Tenía que permanecer completamente inmóvil sobre las mantas, presa indefensa del dolor. No podía comer. No podía dormir. Cuando llegó Warthrop, era víctima de una especie de delirio crepuscular; no reconocía al doctor y era incapaz de responder a las preguntas sobre su estado.

El doctor examinó las llagas purulentas y le extrajo sangre. Le apuntó con una luz a los ojos, le examinó la garganta, recogió unos mechones de su pelo que habían caído en la almohada y le arrancó un par de cabellos del cuero cabelludo, ya casi calvo. Nos preguntó sobre el avance de la enfermedad y nos interrogó sobre nuestra salud. Nos tomó la temperatura, nos miró los ojos y también tomó muestras de nuestra sangre.

—¿Sabe lo que es? —le preguntó mi madre.

—Podría ser una culebrilla —respondió el doctor.

—Pero no lo es. Sabe que no lo es. Por favor, doctor Warthrop, dígame qué le ocurre a mi marido.

—No puedo, Mary, porque no lo sé. Tengo que hacer algunas pruebas.

—¿Vivirá?

—Creo que sí. Quizá durante mucho tiempo —añadió, enigmático—. Por ahora, pruebe con compresas calientes, tanto como él pueda soportar. Si se produce algún cambio, a mejor o a peor, envíe a su chico de inmediato. Vendré a verlo.

El tratamiento prescrito ofreció un alivio temporal del dolor. Mi madre metía tiras de lino en una olla de agua hirviendo, las sacaba con unas tenazas y las colocaba sobre las llagas. Sin embargo, en cuanto empezaban a enfriarse, el dolor regresaba acompañado de un picor despiadado y enloquecedor.

Era una tarea triste y agotadora para mi madre, que caminaba arrastrando los pies de la cocina a la cama y vuelta a empezar, hora tras hora, todo el día y hasta entrada la noche, y cuando por fin no podía mantenerse en pie y se derrumbaba en mi cama para unos intermitentes minutos de sueño, yo me encargaba de la tarea. Mi propia ansiedad, tan aguda durante las primeras etapas de la enfermedad, se transformó en un dolor persistente y molesto, un trasfondo de preocupación bajo la fatiga entumecedora y el temor fatalista. Un niño tiene pocas defensas ante la imagen de un padre postrado en cama. Los padres, como la tierra bajo los pies y el sol sobre la cabeza, son inmutables, eternos y seguros. Si uno de ellos cae, ¿quién puede asegurar que el mismo sol no caerá, ardiendo, al mar?

La caída llegó durante uno de esos momentos de descanso de mi madre, a medianoche, después de retirarse a mi cuarto para robar unos minutos de sueño. Yo había salido para recoger madera para el fogón y, al entrar en la cocina, vi a mi padre fuera de la cama por primera vez en varios días. Había perdido diez kilos desde el inicio de la enfermedad y parecía un espectro con su camisón suelto, las flacas piernas expuestas y la piel pálida brillando a la luz de la lámpara. Estaba de pie, inestable, junto al fogón, con los ojos hundidos y cara de profundo aturdimiento. Dio un respingo cuando lo llamé, volvió su rostro esquelético hacia mí y dijo entre dientes:

—Quema, quema. —Alargó uno de sus macilentos brazos hacia mí y dijo—: No me dejan en paz. ¡Mira! —Entonces, mientras yo lo observaba con mudo horror, se arañó una de las llagas del antebrazo y abrió el hinchado centro blanco. Una masa de fibrosos gusanos incoloros brotó de la herida, no más gruesos que cabellos humanos—. Incluso en la lengua —gimió—. Cuando hablo, las llagas se abren y me los trago.

Mi padre se echó a llorar, y sus lágrimas estaban salpicadas de sangre y repletas de gusanos.

Repugnado y conmocionado, no lograba moverme. Ninguna experiencia previa me ayudaba a comprender su sufrimiento, ni tampoco podía aliviarlo. No sabía entonces qué clase de criatura había invadido su cuerpo y ahora lo atacaba desde dentro. Todavía no estaba bajo la tutela del doctor ni había oído nunca la palabra *monstrumología*. Sabía lo que eran los monstruos, claro (¿qué niño no lo sabe?), pero, como todos los niños, cuando pensaba en monstruos me imaginaba criaturas horribles y deformadas, caracterizadas por un único rasgo: su enorme tamaño. Pero ahora sé que hay monstruos de todas las formas y colores, y que solo los define su ansia de carne humana.

—Mátalos —murmuró mi padre, aunque no era un imperativo dirigido a mí, sino una conclusión a la que había llegado su mente febril—. Mátalos.

Antes de que pudiera reaccionar, abrió la puerta del fogón y metió la mano desnuda en su vientre encendido, sacó un trozo de madera ardiendo y se llevó la punta del tizón a la herida que se había infligido en el brazo.

Echó la cabeza atrás y dejó escapar un grito sobrenatural, pero una locura mayor que el dolor guiaba su mano. Las llamas le lamieron la manga del camisón, la tela prendió y, en cuestión de segundos, mi padre quedó envuelto en una feroz mortaja de fuego. Su carne abrasada se abrió como fallas en la tierra durante un terremoto. Unas grietas de las que, curiosamente, no brotaba sangre, corrieron de llaga en llaga, y por aquellas fisuras salieron las criaturas que lo infestaban. Le manaron en cascada de los ojos anegados en lágrimas; le cayeron de la nariz; se le escaparon por las orejas; le reptaron por la boca abierta. Cayó contra el fregadero, y el fuego voraz saltó a las cortinas.

Grité llamando a mi madre mientras el humo y el hedor a carne quemada llenaban el cuartito. Ella entró corriendo en la cocina cargada con una de mis mantas, con la que procedió a golpear a mi padre, que no dejaba de retorcerse, mientras me gritaba que me fuera corriendo. Las llamas ya habían subido por las paredes y acariciaban las maderas del techo. El humo era tan denso que asfixiaba, y abrí la puerta que tenía detrás para que saliera, pero lo que hice fue proporcionar una nueva corriente de aire a los codiciosos pulmones del incendio. A través de la pantalla opaca de humo y de los remolinos de hollín, vi a mi padre abalanzarse sobre mi madre, y esa fue la última vez que vi con vida a ambos, abrazados, mi madre intentando en vano zafarse de sus garras mientras el fuego los envolvía en las suyas.

De pie ante la hirviente pila de *Anthropophagi* inmolados, a poco más de cinco minutos andando de las tumbas de mis padres, me estremecí con el recuerdo de aquella noche. Malachi me había preguntado por lo sucedido, y yo había respondido que hui.

Y mi confesión era cierta: hui, y no he dejado de huir desde entonces. No he dejado de huir del olor acre de la carne derretida de mis padres y del fuerte hedor del pelo quemado de mi madre. Del gruñido de las vigas que se derrumbaban tras de mí y del bestial rugido de las llamas glotonas que devoraban y lo mascaban todo a su paso. Huir, huir, siempre huyendo. Y sigo haciéndolo, sigo huyendo hoy, casi treinta mil días después, no he parado de huir.

Habrán oído decir que el tiempo cura todas las heridas, pero yo no he encontrado consuelo en su inexorable marcha, ni alivio para la aplastante carga de mi pérdida. Mi madre me llama en la feroz consumación final, víctima de un monstruo no menos hambriento que los *Anthropophagi*. Ensartada en sus abrasadoras mandíbulas, me grita: «¡Will! ¡Will! Will, ¿dónde estás?».

Y yo respondo: «Estoy aquí, madre. Estoy aquí, soy un anciano cuyo cuerpo el tiempo ha tenido la misericordia de destruir, un anciano cuyos recuerdos el tiempo ha tenido la crueldad de mantener indemnes».

Escapé, pero sigo atrapado.

Hui, sin embargo, permanezco.

DOCE

«El comedero del diablo»

De descensos finales y recuentos habló el monstrumólogo a los agotados hombres que lo rodeaban, contra
el fondo de los cadáveres ennegrecidos y acompañado
por los sutiles timbales de la lluvia.

—Nuestro trabajo aún no ha concluido. Una de las
bestias se ha ocultado y se ha llevado con ella a los miembros más vulnerables de la camada. Los defenderá hasta
su último aliento con una ferocidad mayor de la que han
presenciado esta noche. Es su madre, la Eva de su clan y
su indisputable líder, la más astuta y cruel asesina de una
tribu de astutos y crueles asesinos. Ha alcanzado la supremacía a través del poder de sus certeros instintos y de su
indomable voluntad. Ella es su corazón, su *daimon*, su guía
espiritual. Ella es la matriarca... y nos espera.

—¡Pues que espere! —intervino el jefe de policía—. La aislamos y la matamos de hambre. No es necesario ir en su busca.

—Debe de haber docenas de aberturas en esta madriguera —repuso Warthrop—. Encontrarlos a todos sería una tarea imposible. Si uno escapa, nuestros esfuerzos serán en vano.

—Estableceremos patrullas las veinticuatro horas del día —insistió Morgan—. Tarde o temprano saldrá, y cuando lo haga...

—Matará otra vez —concluyó Warthrop por él—. Esas son las predicciones, Robert. ¿Está dispuesto a aceptarlas? Es el momento de cazarla, ahora, cuando es más vulnerable, cuando toda su atención se centra en proteger a sus crías. No tendremos una oportunidad mejor que esta noche, antes de que considere seguro aventurarse a salir a la superficie y, quizás, trasladarse a otro territorio distinto. Si sucediera, nos condenaríamos a repetir el protocolo maorí.

—Cazarla, dice. Muy bien. ¿Cómo? ¿Dónde? ¿Cómo propone que la encontremos?

Warthrop vaciló, y Kearns aprovechó el momento:

—No sé lo que propondría Pellinore, pero yo sugiero que usemos la puerta principal.

Se volvió hacia la cima del cementerio y nuestra mirada siguió la suya hasta la cúspide de Old Hill, donde se encontraba el mausoleo de los Warthrop, con sus columnas de alabastro, relucientes como huesos blanqueados a la luz del fuego.

Subimos la colina arrastrando los pies hacia el lugar del último descanso de los antepasados del doctor. Avanzábamos con las espaldas encorvadas y mucha cautela, flanqueados por los hombres de Morgan, dos vigías, dos portadores de antorchas y dos culis que llevaban una de las cajas de Kearns. Malachi y yo caminábamos juntos unos pasos por detrás de Morgan y los dos doctores, que intercambiaban acalorados comentarios en un debate que duró desde los restos humeantes de los monstruos hasta los brillantes escalones de mármol del mausoleo. No distinguía sus palabras, pero sospechaba que el doctor volvía a discutir la teoría de Kearns respecto al caso. Al llegar al pórtico, Warthrop ordenó a los hombres de Morgan que se quedaran fuera; estaba claro que creía que aquello era una estupidez y que no permanecerían mucho tiempo dentro de la tumba.

Un pasillo central separaba el edificio en dos secciones. Los antepasados del doctor descansaban tras las losas a ambos lados; sus nombres, cincelados en la dura piedra, estaban destinados a durar más allá de los confines terrenales de sus ancestros. El tatarabuelo de Warthrop, Thomas, había construido aquel templo familiar para dar cabida a una docena de generaciones: todavía quedaban zonas enteras sin llenar con compartimentos vacíos y las fachadas de mármol color crema en blanco, esperando pacientemente un nombre.

Recorrimos el sepulcro a todo lo largo, y solo nos paramos un instante para que Warthrop se detuviera ante la cripta de su padre y la contemplara en silencio, inexpresivo. Kearns acarició con los dedos las suaves paredes mientras miraba a uno y otro lado o se dejaba caer para examinar el suelo. Morgan chupaba con aire nervioso la pipa apagada, y el espacio de altas paredes y techo abovedado magnificaba el ruido, como ocurría con nuestros pasos. De vuelta a la entrada, Warthrop se volvió hacia Kearns y dijo, incapaz de ocultar su lúgubre satisfacción:

—Te lo dije.

—Es la elección más lógica, Pellinore —repuso Kearns, razonable—. Poco riesgo de intrusos, apartado de ojos curiosos y una excusa perfecta si alguien lo viera por aquí. Lo eligió por la misma razón por la que eligió el cementerio para guardarlos.

—He estado aquí más de una vez; me habría dado cuenta —insistió Warthrop.

—Bueno, dudo que colgara un cartel en la puerta —contestó el otro, sonriente—: «¡Aquí hay monstruos!».

De repente se detuvo; le había llamado la atención una placa de latón brillante en la que habían grabado el escudo de armas de la familia Warthrop para después clavarla en la piedra. Una uve doble de plata ornada estaba unida a la parte inferior.

—¿Y esto qué es? —se preguntó.

—El escudo de armas de mi familia —respondió Warthrop, mordaz.

Kearns se dio una palmada en la pantorrilla derecha y masculló:

—¿Dónde está mi cuchillo?

—Lo tengo yo, señor —respondí.

—¡Claro! ¡Bautizado con la sangre del cachorro; se me olvidaba! Gracias, Will.

Apoyó la punta del cuchillo en uno de los bordes de la placa e intentó meterla entre el metal y la fría piedra. Como no funcionó, probó con el borde opuesto. Warthrop exigió saber qué estaba haciendo, pero Kearns no contestó. Observó el emblema, frunció el ceño y se restregó el bigote.

—Me pregunto... —Me devolvió el cuchillo y agarró la uve doble de plata. La giró en dirección contraria a las agujas del reloj hasta que dejó de moverse y quedó boca abajo, y dejó escapar una carcajada de satisfacción—. ¡Ahora es una eme! Alistair Warthrop, menudo diablillo. De uve doble a eme, y eme de... Vaya, qué misterio, ¿a qué hará referencia la eme, eh?

Tiró de ella con cuidado, y la placa, con bisagra a un lado, se giró hacia fuera y dejó al aire un hueco en la piedra. En el fondo había un reloj con las manecillas paradas en las doce en punto.

—Cada vez más y más curioso —dijo Kearns por lo bajo mientras nos reuníamos tras él para asomarnos por encima de su hombro—. ¡Menudo lugar para colocar un reloj! ¿Qué busca la gente muerta en un reloj?

—¿Qué busca? —repitió Morgan con un susurro ronco.

Kearns metió el dedo en el hueco y empujó la manecilla de los minutos. Después acercó la oreja y movió el brazo de metal poco a poco hasta el tres. Gruñó y se echó atrás para sonreír a Morgan.

—La entrada, Morgan. Porque a la gente muerta le baila una letra.

Volvió a dejar la manecilla grande en las doce, apoyó las manos en el mármol, abrió las piernas para mantener el equilibrio y empujó con todas sus fuerzas.

—¡Esto es ridículo! —gritó Warthrop, que había llegado al límite de su considerable resistencia. A su lado, Morgan movía los labios como si pronunciara la palabra *muerta*, intentando resolver la enigmática respuesta de Kearns—. Estamos perdiendo un tiempo precioso...

—Tiene que ser un número que signifique algo para él —lo interrumpió el cazador—. No una hora de verdad. Una fecha, o puede que un versículo de la Biblia, un salmo o algo del Evangelio. —Chasqueó los dedos, impaciente—. ¡Deprisa, pasajes famosos!

—El salmo veintitrés —sugirió Malachi.

—No hay bastantes horas —repuso Morgan.

—Quizá siguiendo el sistema militar... —meditó Kearns, y puso las manecillas en las 8:23.

Esta vez, tanto él como Malachi, que se había contagiado de su emoción, empujaron la piedra, pero la enorme losa no cedió.

—Juan 3, 16 —propuso de nuevo el chico.

Nada. Warthrop resopló, disgustado.

—¡Pellinore! —exclamó Kearns—. ¿En qué año nació tu padre?

El doctor respondió con un gesto de desdén. Kearns se volvió de nuevo hacia el reloj y se acarició el bigote con aire nervioso.

—Quizás el año de nacimiento de Pellinore...

—¡O de su mujer o su aniversario, o cualquier cantidad

de combinaciones para la gente muerta y su puerta! —resopló Morgan, que por fin había descifrado la críptica frase del cazador—. Es inútil.

—La hora bruja —dijo Warthrop detrás de nosotros.

Me percaté de la tristeza de sus ojos al aceptar lo inaceptable; al reconocer una única conclusión que no podía evitar—. Se acerca la hora bruja —siguió diciendo—. Del diario de mi padre: «Se acerca la hora bruja... Llega la hora, y hasta el mismo Cristo es objeto de mofa».

—¿Medianoche? —preguntó Kearns—. Pero eso ya lo' hemos intentado.

—La hora bruja es una hora después —explicó Morgan—. La una.

Kearns parecía dudar, pero se encogió de hombros y probó la combinación. De nuevo, la gran losa no se movió, ni siquiera con todos nuestros hombros contra ella.

—¿Qué dijo? —preguntó Kearns—. ¿La hora en la que hasta el mismo Cristo es objeto de mofa?

—Después de su juicio, los soldados romanos se mofaron de él —dijo Malachi.

—Pero ¿qué hora era esa?

—La Biblia no lo dice.

Warthrop pensó un momento, dedicando todo su prodigioso poder de concentración a la resolución del misterio.

—No la mofa de los soldados, sino de las brujas —repuso despacio—. La hora bruja es las tres de la madrugada, una burla a la Trinidad y una perversión del momento de su muerte. —Respiró hondo y asintió, decidido—. Las tres en punto, Kearns. Estoy seguro.

Kearns puso las manecillas en las tres en punto, los interruptores del interior dejaron escapar un suave chasquido y, antes de que nadie pudiera probar suerte, Warthrop empujó el débil reloj. Con un crujido, la puerta secreta se deslizó hacia atrás y dejó una abertura por la que podían entrar dos hombres, uno al lado del otro. Ni la luz ni el sonido escapaban por aquella oscura fisura, solo un tenue hedor a putrefacción, un olor al que ya estaba acostumbrado, por desgracia. Como la tumba, lo que nos esperaba al otro lado de la gran puerta de mármol era negro y silencioso, y apestaba a muerte.

—¡Bueno! —exclamó Kearns alegremente—. ¿Echamos a suertes quién entra primero?

Malachi me quitó la lámpara de la mano.

—Voy yo —anunció en tono sombrío—. Me toca. Me lo he ganado.

Kearns le quitó la lámpara de la mano.

—Me toca a mí, que me han pagado por ello.

Warthrop se la quitó a Kearns.

—El que va primero soy yo, que lo he heredado.

Miró a Morgan, que malinterpretó la intención y me puso una mano en el hombro.

—Yo cuidaré de Will Henry —dijo.

Antes de que Malachi o Kearns pudieran protestar, Warthrop se metió por la abertura. La luz de la lámpara perdió intensidad hasta desaparecer. Durante unos minutos que se alargaron hasta la desesperación, esperamos sin hablar, esforzándonos por oír cualquier ruido que surgiera de la oscuridad estigia que moraba tras la puerta secreta. El brillo de la lámpara regresó al fin, acompañado por la delgada sombra del doctor, hasta que el resplandor le iluminó el rostro demacrado; jamás lo había visto tan cansado.

—Bueno, Warthrop, ¿qué ha encontrado? —preguntó Morgan.

—Escaleras —contestó en voz baja—. Descienden por un pozo estrecho... y hay una puerta al fondo. —Se volvió hacia el cazador—. Me retracto, Jack.

—¿Acaso me he equivocado alguna vez, Pellinore?

—La puerta está cerrada —respondió el doctor, haciendo caso omiso a la pregunta.

—Buena señal, pero mala circunstancia. Imagino que tu padre no te dejó la llave en herencia.

—Mi padre me dejó muchas cosas —contestó el doctor, abatido.

Kearns pidió que metieran la caja en la tumba y sacó a toda prisa los suministros para la caza: más munición para los fusiles; seis granadas; un saco con varios saquitos dentro, quizá dos docenas en total, cuya forma y tamaño me recordaban a bolsas de té; un apretado rollo de cuerda robusta; y un haz de tubos largos con cuerdas cortas y gruesas sobresaliendo de un extremo.

—¿Qué es eso, Cory? —preguntó Morgan señalando el haz—. ¿Dinamita?

—¡Dinamita! —exclamó Kearns dándose una palmada en la frente—. ¡Vaya, tendría que habérseme ocurrido!

Sacó tres bolsas de lona de la caja y en cada una de ellas metió dos granadas, balas y un puñado de los paquetitos de papel. Después se dio unas palmaditas en la vaina vacía de la pierna y se preguntó en voz alta dónde había metido su cuchillo.

—Lo tengo yo, señor —dije, y se lo ofrecí.

—¿Cómo es posible que siempre acabes tú con mi cuchillo, Will Henry? —preguntó juguetón. Después, con la afiladísima hoja cortó el cordel que ataba los palos y los distribuyó a partes iguales entre las bolsas—. Son bengalas de combustión larga —le explicó a Morgan—. Luz brillante para un trabajo oscuro. —Se echó una de las bolsas al hombro y le pasó otra al doctor. La última se la ofreció al policía—. Bobby... ¿O prefiere delegar la tarea en uno de sus valientes voluntarios?

Malachi le quitó la bolsa.

—Voy yo.

—Tu celo resulta admirable, pero temo sus efectos sobre tu buen juicio —contestó Kearns en tono sensato.

—Vi a esa cosa matar a mi hermana —le espetó Malachi—. Voy con ustedes.

—Muy bien, pero si tu sed de sangre se interpone en mi camino, te meto una bala en la cabeza —respondió Kearns, esbozando una amplia sonrisa.

Le dio la espalda al torturado muchacho, y sus ojos grises empezaron a lanzar alegres destellos a la luz de la linterna.

—Ella cuenta con toda la ventaja, caballeros. Es más rápida, más fuerte y lo que le falta de inteligencia lo suple con su astucia. Conoce el terreno, mientras que nosotros no, y puede moverse por un lugar tan oscuro como la boca de un lobo, lo que, por supuesto, nosotros no podemos hacer. No tenemos elección, pero la luz que portamos anuncia nuestra presencia; la atraerá como la llama a una polilla. Su único punto débil es el instinto de proteger a sus crías, una vulnerabilidad que quizá logremos explotar si tenemos la suerte de separarlos de sus maternales zarpas. En su estado natural, cuando se ven amenazados, estos animalillos esconden a sus crías en las cámaras más profundas de sus madrigueras subterráneas. Ese es nuestro destino, caballeros, las mismísimas entrañas de la tierra, aunque quizá no lleguemos a ellas; quizá nos intercepte a medio camino o nos espere, pero la probabilidad de contar con el factor sorpresa es prácticamente nula: nosotros somos los cazadores... y el cebo. —Se volvió hacia Morgan—. Usted y sus hombres se quedarán arriba, dos de patrulla en el perímetro del cementerio, dos en el cementerio y dos aquí, de vigías. Puede que la bestia huya a la superficie, pero lo dudo. No es su estilo.

—¿Y si lo hace? —preguntó el jefe Morgan, mientras sus redondos ojos de búho parpadeaban a toda prisa tras las lentes.

—Entonces, les sugiero que la maten. —Después dio una palmada, encantado de la vida con nuestra reacción de sorpresa a su respuesta—. ¡Fantástico! ¿Alguna pregunta? Vísteme despacio que tengo prisa, ya saben. Will Henry, haz el favor de coger esa cuerda.

—Creía que solo iban a entrar ustedes tres —dijo Morgan, que volvió a ponerme la mano en el hombro.

—Solo hasta la puerta, jefe Morgan —dijo Kearns—. Para ahorrarnos el viaje de vuelta a por la cuerda. Aunque me conmueve su preocupación—. Tenga —añadió dándole un puntapié a la cuerda para acercarla a Morgan—. Llévela usted.

El policía la miró como si fuera una serpiente de cascabel. Me quitó la mano del hombro.

—Bueno... Supongo que no pasa nada, siempre que solo sea hasta la puerta.

—Conmovedor —repitió Kearns con sorna. Después se volvió hacia el doctor mientras yo recogía la cuerda—. Pellinore, después de ti.

Seguimos el baile de la luz del doctor a través de la ranura negra de la pared, Kearns primero, después Malachi y, por último, yo, lastrado por la pesada cuerda que me había echado al hombro. Al otro lado de la pared nos encontramos con unas estrechas escaleras de trece escalones que descendían hasta llegar a un pequeño rellano; a continuación, tras un brusco giro a la derecha, seguían durante otra docena y uno más hasta una cámara diminuta, de metro ochenta de largo por metro ochenta de ancho, con paredes y techos reforzados con anchas láminas de madera que me recordaban a las de las cubiertas de los barcos. En aquel espacio claustrofóbico nos apretujamos los cuatro, y las lámparas proyectaron sombras deformadas en la madera vieja.

—Dijo que había una puerta —susurró Malachi al doctor—. ¿Dónde está?

—Bajo nuestros pies.

Seguimos su mirada hacia el suelo. Estábamos pisando una trampilla con bisagras a un lado y un candado oxidado en el otro para fijarla a un cierre atornillado al suelo.

—¿Y no hay llave? —preguntó Malachi.

—Claro que hay llave —dijo Kearns—. El problema es que no la tenemos.

—No es así, señor —intervine—. Creo que la tengo.

Todos se volvieron hacia mí, y el doctor era el más sorprendido de los tres. Con el alboroto de los últimos acontecimientos, se me había olvidado el hallazgo. Las mejillas me cosquillearon de vergüenza cuando me metí la mano en el bolsillo para sacar la vieja llave.

—Will Henry... —empezó el doctor.

—Lo siento señor —balbuceé—. Iba a contárselo, pero estaba de pésimo humor cuando la descubrí, así que decidí dejarlo para después, y se me olvidó... Lo siento, señor.

Warthrop tomó la llave y la contempló, maravillado.

—¿Dónde la encontraste?

—En la cabeza.

—¿Cómo dices?

—La cabeza reducida, señor.

—Ah —dijo Kearns mientras le quitaba la llave al doctor—. El jefe Morgan estaba en lo cierto. ¡Will Henry ha acudido a nuestro rescate de nuevo! Veamos si nos sonríe la fortuna...

Se arrodilló al lado del cerrojo oxidado y metió la llave dentro. Los dientes rechinaron contra el reacio mecanismo al girar los antiguos engranajes en la dirección de las agujas del reloj. El cierre se abrió con un fuerte chasquido.

—Preparaos —susurró Kearns—. Puede que esté al acecho detrás de la puerta, aunque lo dudo.

Agarró el asidero de la trampilla (¡qué amarga ironía, la de ese nombre!) y la abrió con una floritura teatral, como un mago que abre un armario para revelar su extraordinario contenido, invisible hasta entonces. La tapa golpeó el suelo y una esquina estuvo a punto de darme en la barbilla en su ruidosa bajada.

—¿Qué ha sido eso? —nos gritó el jefe Morgan, consternado, y a continuación oímos el ruido de pasos corriendo escaleras abajo.

Una nauseabunda corriente de putrefacción salió del agujero e invadió el espacio cerrado, un hedor profano de tal intensidad que Malachi retrocedió con un jadeo entrecortado hasta la esquina más alejada, donde se dobló por la mitad mientras se sujetaba el estómago. Morgan y su hombre, Brock, aparecieron sobre nosotros, en las escaleras, agarrando los revólveres con manos temblorosas.

—¡Por Dios! —gritó Morgan, que se palpaba los bolsillos buscando su pañuelo desesperadamente—. ¿Qué diablos es eso?

—El comedero del diablo —contestó Warthrop sombrío—. Will Henry, pásame tu lámpara.

Se arrodilló al lado del agujero, frente a Kearns, y metió el brazo con la luz todo lo que pudo. La oscuridad de abajo parecía resistirse a su resplandor, pero vi una pared lisa y cilíndrica, como el agujero de un enorme ca-ñón. Aquel tobogán descendía tres metros en línea recta antes de terminar abruptamente. No veía lo que había más allá.

—Muy inteligente —murmuró Kearns con sincera admiración—. Sueltas a la víctima en el agujero, y la gravedad se encarga del resto.

Sacó una bengala de su bolsa y la encendió. Una brillante luz azul desterró la penumbra. Lanzó el instrumento al agujero. Cayó por el pozo y después dio algunos tumbos por un espacio abierto, quizá durante quince metros o más, antes de aterrizar entre el revuelto de macabros desechos que cubría el suelo de la cámara. La curiosidad morbosa pudo más que nuestro sentido del olfato, y nos arremolinamos junto al agujero para asomarnos.

Abajo había un paisaje irregular de huesos destrozados que se extendían hasta donde alcanzaba la iluminación de la antorcha, una montaña de restos de magnitud inconmensurable, miles de huesos, miles de miles de huesos tirados al azar por todas partes, falanges diminutas y largos fémures, costillas y caderas, esternones y columnas vertebrales intactas que se alzaban entre los escombros como los dedos torcidos de un gigante. Y cráneos, algunos todavía con mechones de pelo, cráneos pequeños y grandes, cráneos con la boca abierta como si la mandíbula se hubiera quedado encajada en pleno grito. Contemplamos aquellas repugnantes vistas de desechos, aquella carnicería provocada por la estupidez del hombre y el frenesí carnívoro, maravillados y pasmados ante el verdadero rostro del horror, monstruoso a la par que demasiado humano.

A mi lado, Kearns, murmuró:

—Por mí se va, a la ciudad doliente... Por mí se va, al eternal tormento...*

—Debe de haber cientos —masculló Morgan, quien, tras haber encontrado su fiel pañuelo, hablaba a través de él.

—De seiscientos a setecientos, calculo —dijo Kearns sin emoción—. Una media de dos o tres al mes durante veinte años, para mantenerlos gordos y felices. Es un diseño ingenioso: la caída seguramente les rompería las piernas, lo que reducía la probabilidad de escapar de extremadamente dudosa a directamente imposible.

Se levantó, se echó el fusil a un hombro y la bolsa de lona al otro.

—Bueno, caballeros, el deber nos llama, ¿no? Jefe, si el señor Brock y usted tienen la amabilidad de sostener la cuerda, creo que estamos listos. ¿Estamos listos, Malachi? ¿Pellinore? Yo lo estoy. Apenas puedo contener la emoción. ¡Nada me estimula más que una condenada cacería! —Su expresión era fiel reflejo de sus palabras. Le brillaban los ojos; tenía las mejillas resplandecientes—. Vamos a necesitar que nos bajen las lámparas, jefe Morgan; no quiero malgastar las bengalas. Bueno, ¿quién va primero?

* Traducción de Bartolomé Mitre en: Alighieri, Dante. *La Divina Comedia*. Inferno, III, 1-2, pág. 15 (Centro Cultural Latium, 1922). (*N. de la t.*)

¡Muy bien! —gritó sin esperar voluntario—. ¡Iré yo! Sujeten bien la cuerda, Morgan, señor Brock; me apetece caminar erguido, como un mamífero bípedo en condiciones. Pellinore, Malachi, nos vemos en el infierno..., quiero decir, en el fondo.

Dejó caer la cuerda por el agujero, pasó las piernas por encima del borde y se arrastró de nalgas hasta llegar al filo. Cogió la cuerda con ambas manos, me miró y, por el motivo que fuera, me guiñó un ojo antes de bajar. La soga se tensó en las manos de blancos nudillos de sus anclas humanas, y se agitaba a ambos lados mientras Kearns bajaba por ella hacia la cámara de la muerte. Oí el nauseabundo crujido de su aterrizaje sobre los escombros óseos, y la cuerda se quedó floja.

—¡Siguiente! —llamó con voz cautelosa desde abajo.

La luz azul de la bengala chisporroteaba, lo que hacía que su sombra revoloteara y planeara sobre el desorden de huesos.

Antes de que el doctor se moviera, Malachi agarró la cuerda, me miró y dijo:

—Hasta pronto, Will.

Y desapareció.

Después le tocó al doctor. Confieso haber tenido en los labios las palabras: «Lléveme con usted, señor». Sin embargo, no las pronuncié. Se habría negado o, peor, habría accedido. ¿O no habría sido peor? ¿Acaso no estaban nuestros destinos unidos de forma inextricable? ¿Acaso no era así desde la noche en que mi padre y mi madre murieron unidos, abrasados por el fuego devorador? «Me eres indispensable», me había dicho. No mis servicios, como siempre había sido desde que fuera a vivir con él, sino yo.

Como si fuera capaz de leerme la mente, dijo:

—Espérame aquí, Will Henry. No te vayas hasta que regrese.

Asentí, mientras las lágrimas me asomaban a los ojos.

—Sí, señor. Le esperaré aquí mismo, señor.

Entonces desapareció de mi vista y entró en el comedero del diablo.

A continuación bajaron sus lámparas y dio comienzo nuestra ansiosa vigilia. Me quedé junto a la entrada del suelo de la cámara, observando el baile del fuego de la bengala hasta que murió, escudriñando el débil resplandor amarillo de sus lámparas hasta que también se lo tragó la oscuridad. Brock se sentó en el último escalón y se dedicó a limpiarse las uñas con la navaja, estoico. Morgan le daba ruidosas caladas a la pipa, y se quitaba y ponía los quevedos con aire obsesivo para restregar, nervioso, las lentes con el pañuelo antes de volver a colocárselos sobre la nariz y taparse la boca con la tela.

Al cabo de varios minutos de aquel irritante ritual (calada, calada, restriega, restriega), sus ojos inquietos cayeron sobre mí, y susurró:

—Haremos justicia, Will Henry, te lo prometo. Sí, los culpables pagarán por sus crímenes; ¡me aseguraré de ello!

—El doctor no ha hecho nada malo.

—Bueno, siento discrepar, muchacho. Contaba con la información y no hizo nada. Y varias personas murieron por su inacción, simple y llanamente. Te dirá y se dirá a sí mismo que tomó la decisión más prudente, que seguía los dictados de su supuesta ciencia, pero esto no era una investigación científica ni un ejercicio intelectual. Se trataba de una cuestión de vida o muerte, ¡y los dos sabemos qué eligió! Y los dos sabemos cuál es la verdadera razón por la que intentó ocultar este horrible secreto: ¡para proteger el buen nombre de los Warthrop, por culpa de una lealtad mal entendida a un hombre que estaba loco de remate!

—No lo creo, señor —respondí, con toda la educación que pude—. No creo que pensara que su padre era culpable hasta que encontramos la puerta oculta.

—¡Puf! —resopló Morgan—. Aunque eso sea cierto, no lo absuelve, William Henry. Tu lealtad resulta admirable, aunque errónea, por desgracia. Sé que tú, que has perdido tanto, debes de temer perderlo también a él, pero me encargaré personalmente de que te encuentre un hogar decente, acabe este asunto como acabe. Te doy mi palabra: no descansaré hasta que te busquen un ambiente apropiado.

—No quiero que me busquen nada. Quiero quedarme con él.

—Suponiendo que sobreviva, allá donde va, no podrás acompañarlo.

—¿Va a detenerlo? ¿Acusado de qué? —pregunté horrorizado.

—Y a ese aborrecible Cory, Kearns o como se llame. No creo haber conocido a un ser humano más odioso que él. Será mejor que rece para que esa pobre mujer sobreviva al indescriptible martirio al que la ha sometido. ¡Si incluso creo que disfrutó con ello! Me ha parecido que verla sufrir le producía placer. Bueno, ¡pues para mí será un placer verle en el patíbulo! Que cuente sus chistes profanos y escupa sus malditas blasfemias con una sonrisa mientras le colocan la soga al cuello. Aunque con ello agote mi cupo de días en esta tierra, estoy más que dispuesto con tal de ser testigo de ese triunfo de la moralidad.

—Fue un error —insistí hablando todavía del doctor. Me importaba poco lo que le sucediera a John Kearns—. No puede detenerlo por cometer un error —le supliqué.

—¡Vaya si puedo!

—Pero el doctor es su amigo.

—Mi primer deber es para con la ley, Will Henry. Y lo cierto es que, aunque lo conozco desde siempre, apenas lo conozco de verdad. Tú te has pasado un año bajo su techo, y has sido su único y constante compañero. ¿Puedes afirmar con absoluta convicción que lo conoces o que entiendes los demonios que lo impulsan?

Era cierto, claro, como ya he confesado: lo conocía tan poco como él había conocido a su padre. Quizá fuera esa nuestra condena, nuestra maldición humana: no llegar a conocernos. Erigimos estructuras en nuestras mentes con los endebles armazones de la palabra y la obra, meros símbolos de la persona real que, como los dioses de los templos que construimos, permanece oculta. Entendemos nuestro constructo; conocemos nuestra teoría; amamos nuestra invención. Sin embargo..., ¿acaso el artificio de nuestro afecto hace que nuestro amor sea menos real? No es que amara al monstrumólogo; no me refiero a eso. No le debo lealtad al hombre ni a su recuerdo, aunque el primero me falte desde hace años y el segundo me consuma. No pasa ni un solo día sin que piense en él y en nuestras numerosas aventuras juntos, aunque eso no es prueba de amor. No pasa ni una noche sin que vea su rostro, flaco y apuesto, en mi cabeza, o sin que oiga el eco lejano de su voz en la perfección acústica de mi memoria, pero eso no demuestra nada. Ni entonces ni ahora (ni nunca), y lo repetiré y nunca lo repetiré lo suficiente, he querido al monstrumólogo.

—Alguien llama —dijo Brock, y su lacónico anuncio sirvió como contrapunto al frenético tironeo de la cuerda, que alguien sacudía desde el otro extremo.

Miré por la abertura y vi al doctor de pie, debajo, con la lámpara en alto.

—¡Will Henry! ¿Dónde está Will Henry?

—Aquí, señor.

—Te necesitamos. Baja de inmediato, Will Henry.

—¿Que baje? —preguntó el jefe de policía—. ¿Qué quiere decir con que baje?

—Aquí, Robert. Bájelo ahora mismo. ¡Espabila, Will Henry!

—¡Si necesitan un par de manos más, puede ir Brock! —gritó Morgan por el agujero, y Brock levantó la vista de su manicura con una cómica expresión de sorpresa.

—No —respondió Warthrop—. Tiene que ser Will Henry. —Le dio otro tirón impaciente a la cuerda—. ¡Ahora mismo, Robert!

Morgan mordisqueó su pipa, indeciso, durante un instante.

—No te obligaré a bajar —susurró.

Negué con la cabeza, aliviado y temeroso a la par.

—Tengo que ir —le dije—. El doctor me necesita.

Fui a coger la cuerda, pero Morgan me sujetó la muñeca y dijo:

—Entonces, ve con él, pero no así, Will.

Levantó la cuerda y me la ató dos veces a la cintura. El tobogán era lo bastante estrecho para que apoyara la espalda en un lado y los pies en el otro, y pensé en Santa Claus bajando por la chimenea. Entonces, de repente, empecé a bajar, colgado en el aire, balanceándome suavemente al final de la retorcida atadura. A medio camino levanté la mirada y vi el rostro del jefe de policía enmarcado por la silueta oval de la abertura; la luz de la lámpara se reflejaba en sus lentes y convertía sus ojos en círculos perfectos demasiado grandes para su cara. Nunca se había parecido tanto a un búho.

Entonces rocé el suelo de la cámara con los dedos de los pies; después oí el asqueroso crujido al caer mi peso entre los huesos. El olor a muerte a nivel del suelo era intenso hasta la asfixia, y se me llenaron los ojos de lágrimas; a través de una cortina acuosa, observé al doctor desatándome.

—¡Morgan! Vamos a necesitar palas.

—¿Palas? —respondió el jefe de policía. Su rostro, tan arriba, casi se perdía en la oscuridad—. ¿Cuántas?

—Somos cuatro, así que... cuatro, Robert. Cuatro.

Warthrop me tomó por el codo y me empujó hacia delante mientras me decía en voz baja:

—Mira por dónde pisas, Will Henry.

La cámara era más pequeña de lo que me esperaba, quizá de unos treinta o cuarenta metros de diámetro. Sus muros, como los del diminuto rellano que había sobre nosotros, estaban reforzados con anchas tablas combadas por la humedad y marcadas por abolladuras, rajas y marcas de arañazos. Los restos se amontonaban contra la base de la cámara y, en algunos puntos, alcanzaban los treinta centímetros de altura, como pecios arrastrados por el oleaje de una tormenta. No todos se rompieron las piernas en la caída, como había aventurado Kearns. Algunos debían de ser capaces de caminar, puesto que habían corrido hasta estas paredes en su ansia por huir. Me imaginé a aquellos pobres desesperados, criaturas condenadas que arañaban la impasible madera justo antes de que el golpe llegara de la oscuridad... y de que los dientes les aplastaran el cráneo con la fuerza de un camión de dos toneladas.

Intenté no pisarlos (antes habían sido personas como yo), pero era imposible; había demasiados. El suelo estaba blando, cedía con mi poco peso, y en algunas partes el agua burbujeaba alrededor de mis suelas... Agua y un lodo negro rojizo. Allí, donde no brillaba el sol ni se agitaba la brisa, sus fluidos corporales se habían filtrado en la tierra y habían quedado atrapados. Estaba caminando por un pantano de sangre, literalmente.

Nos detuvimos al otro extremo de la cámara. Allí, Kearns y Malachi esperaban junto a la boca de un túnel, el único acceso al pozo que veía, aparte de la trampilla. Sin embargo, esta abertura no tenía puerta: la boca abierta del túnel medía dos metros por metro ochenta.

—Por fin, nuestro explorador —dijo Kearns sonriéndome mientras su lámpara proyectaba duras sombras en sus delicados rasgos.

—El túnel de acceso se ha derrumbado, Will Henry —me informó el doctor.

—O lo han derrumbado —aventuró Kearns—. Dinamitado, diría yo.

—Sígueme —me ordenó Warthrop.

Tras recorrer unos veinte metros por el túnel, nos encontramos con un muro de tierra revuelta y madera rota, un barullo de lodo, roca y los restos destrozados de las enormes vigas que antes sostenían el techo. El doctor se agachó al lado de la base y me pidió que me fijara en la pequeña abertura entre los escombros, soportada por uno de los arriostramientos caídos.

—Demasiado pequeño para meternos nosotros —comentó—, pero parece que avanza un buen trecho, quizá durante todo el recorrido. ¿Qué te parece, Will Henry? Debemos saber lo ancha que es la pared... y si podemos abrirnos paso a una velocidad razonable o debemos afrontar el problema desde otra perspectiva.

—¡Dinamita! —exclamó Kearns—. Sabía que tenía que haberla traído.

—¿Y bien? —me preguntó el doctor—. ¿Estás dispuesto?

Evidentemente, no iba a decir que no.

—Sí, señor.

—¡Buen chico! Toma, coge la lámpara. Y toma, llévate mi revólver. No, métetelo aquí, en el cinturón; el seguro está puesto. Ten cuidado, Will Henry. Ten cuidado y no vayas demasiado deprisa. Vuelve a la primera señal de problemas. Hay varios cientos de toneladas encima de ti.

—Y si llegas al otro lado, le harías un favor a la causa si te asomaras —añadió Kearns.

—¿Asomarme, señor?

—Sí. Reconocer el terreno. Echar un vistazo. Y, por supuesto, si fuera posible, averiguar la posición del enemigo.

El doctor negaba con la cabeza.

—No, Kearns. Es peligroso.

—¿Y meterse por un agujero diminuto con toneladas de roca sobre la cabeza no lo es?

—Sabes que no te lo pediría si hubiera otra alternativa, Will Henry.

—Yo la tengo —dijo Kearns—: dinamita.

—Por favor, Kearns..., cierra la boca. Por una vez. Por favor. —Después me dio una palmadita en el hombro y un apretón paternal—. Espabila, Will Henry. Pero despacio. Despacio.

Sosteniendo una lámpara delante de mí, me metí a rastras por la grieta. Se estrechaba de inmediato; me rocé la espalda contra la parte de arriba, y los escombros llovían y se amontonaban sobre mis hombros encorvados a medida que avanzaba; poca guía me ofrecía la lámpara en un espacio tan escaso. El camino a través del derrumbamiento estaba sembrado de peligrosas astillas del tamaño de un brazo y de dura piedra, y no dejaba de encoger, hasta que me vi obligado a tumbarme boca abajo y arrastrarme por el claustrofóbico encierro, centímetro a centímetro. No sabía cuánto había avanzado; apretado por los cuatro costados, ni siquiera podía volver la vista atrás. El tiempo se arrastraba tan despacio como yo, y el aire era cada vez más frío; el aliento se me solidificaba alrededor de la cabeza, y ya no sentía la punta de la nariz. Me restregaba la espalda contra el techo del túnel y me preocupaba acabar atascado sin remedio dentro de aquel desfiladero del terror. Y, si eso ocurría, ¿cuánto tiempo me quedaría atrapado como un corcho en una botella hasta que lograran desenterrarme?

Mis dificultades se agravaban con la pendiente del pasadizo, que no iba en línea recta, sino que zigzagueaba y subía, lo que me obligaba a impulsarme con la almohadilla de los pies.

Entonces, de repente, me detuve. Apoyé la mejilla en la tierra e intenté recuperar el entrecortado aliento mientras luchaba por contener el pánico.

Parecía que había llegado al final. A treinta centímetros de mí había una pared de tierra y roca; el paso estaba bloqueado. Al otro lado podían quedar unos centímetros o varios metros de túnel; no había forma de saberlo.

¿O sí? Estiré el brazo izquierdo como pude y arañé la tierra que tenía delante. Si me retiraba ahora, tendría que retroceder de espaldas, lo que resultaría más complicado, pero peor aún era regresar sin la respuesta que necesitaba el doctor. Quería impresionarlo; quería confirmar su dictamen de que yo le era indispensable.

Ya fuera por mis arañazos o por mi peso sobre un punto más inestable de la cuenta, el suelo cedió de repente bajo mis pies, caí rodando en un torrente de tierra y piedra, perdí la lámpara en el descenso y acabé parando de golpe sobre el trasero.

Por suerte, la lámpara sobrevivió al descenso; estaba tirada de lado a pocos metros. La cogí y la sostuve en alto todo lo que me permitió mi brazo, pero no vi ni rastro de la abertura: se había derrumbado tras mi paso, y la superficie del bloqueo parecía de una uniformidad desesperante, a pesar del aspecto irregular. No era capaz de distinguir por dónde había salido.

Recorrí todo el muro a lo largo y lo examiné con ansiedad, pero no logré encontrar nada que me orientara. Estaba atrapado.

Durante un momento estuve a punto de desmayarme desconsolado. Mis compañeros se encontraban al otro lado de aquel intransitable pasadizo. No había forma de informarlos sobre mi situación, y el rescate tardaría horas, si es que se producía, porque ahora estaba entre aquella siniestra pared y lo que hubiera al otro lado... Y sabía lo que había al otro lado.

«Tranquilo, Will —me dije—. ¡Tranquilo! ¿Qué te pediría el doctor que hicieras? ¡Piensa! No puedes regresar. Aunque encontraras el punto por el que has bajado, la caída ha sido larga, así que ¿cómo vas a subir hasta la abertura? No tienes elección: lo mejor es esperar hasta que vengan a rescatarte».

¿Qué era eso? ¿Había oído algo moverse detrás de mí? ¿Un arañazo, un siseo o un bufido? Me volví con la lámpara balanceándose con pereza en mi temblorosa mano mientras, con la otra, intentaba coger el revólver del doctor. Una sombra saltó a mi izquierda, giré la pistola hacia ella y apreté el gatillo por reflejo; hice una mueca a la espera del retroceso que no llegó: se me había olvidado quitar el seguro. Después, avergonzado, me di cuenta de que la sombra saltarina era la mía, proyectada por la lámpara al volverme.

Respiré hondo y quité el seguro. Para calmar los nervios, recordé mi triunfo bajo la plataforma (que había acabado con el joven *Anthropophagus* casi sin ayuda) y retrocedí arrastrando los pies mientras escudriñaba la penumbra.

Estaba en una cámara del tamaño aproximado del pozo de la comida. Huesos pequeños (fragmentos de costillas rotas, dientes y otros pedazos imposibles de identificar) cubrían el suelo, aunque no con la abrumadora abundancia de la cámara anterior. El suelo era duro como el cemento, compactado por el paso de sus enormes pies a lo largo de veinte años. Repartidos por el lugar vi diecisiete montículos gigantes con forma de nido, de unos dos metros y medio de diámetro, y con extraños brillos y colores, como si tuvieran diamantes engarzados. Al examinarlos, descubrí la razón de aquel curioso aspecto: los nidos estaban fabricados con tiras de tela trenzada: blusas, camisas, pantalones, medias, faldas, ropa interior... Los puntos de luz los producía el reflejo de mi lámpara en las superficies de relojes y anillos de diamante, alianzas y collares, pendientes y pulseras... Resumiendo, prácticamente todos los adornos que nos gusta llevar a los humanos. Como los indios de las Grandes Llanuras con su búfalo, los *Anthropophagi* lo aprovechaban todo: usaban las vestimentas de sus víctimas para hacer sus nidos. Me los imaginé recogiendo los fragmentos de hueso del suelo para limpiarse la carne entre los dientes.

Un resuello agudo surgió de la oscuridad, detrás de mí. Giré el arma, pero nada salió de las sombras para saltar sobre mí, ninguna bestia se irguió sobre su nido en toda su aterradora altura. Contuve el aliento, me esforcé por observar y oír con atención, y, al final, aunque no vi movimiento, identifiqué el origen del resuello rítmico. La comparación quizá resulte absurda dadas las circunstancias, pero me sonaba a la respiración acelerada de los ronquidos de un bebé.

Seguí el sonido procurando arrastrar los pies sin levantarlos del suelo para no pisar un hueso y alertar a lo que hubiera allí conmigo. Los resoplidos me condujeron hasta el otro extremo de la madriguera, a un montículo situado contra la pared. Levanté la lámpara lentamente para asomarme al borde.

Dentro de la cama con forma de cuenco descansaba un joven *Anthropophagus* macho, tan pequeño que me sorprendió y casi me hizo gracia. Puede que fuera cinco o seis centímetros más alto que yo, aunque seguro que veinte kilos más pesado. Los enormes ojos de los hombros no estaban cerrados mientras dormía (ya que las criaturas no tienen párpados), sino cubiertos por una película de un blanco lechoso, unos *protopárpados* que lanzaban destellos húmedos por encima de sus orbes de obsidiana. La boca, del tamaño de una pelota de fútbol, estaba abierta y dejaba al aire los dientes triangulares, de los cuales los pequeños se amontonaban en la parte delantera, mientras que un denso matorral de dientes grandes, los que cortaban y desgarraban, se veían justo detrás.

La cría se agitaba. ¿Soñaba? Si era el caso, ¿ qué horripilantes sueños tendría? Me lo podía imaginar. Sus movimientos espasmódicos quizá fueran el síntoma de otra cosa, puesto que le faltaba un antebrazo y la carne nudosa que rodeaba el codo derecho era una masa hinchada de infección. Lo habían herido de gravedad, y entonces recordé el ritual de la especie para estrechar vínculos, lo de meter la mano en el interior de la boca de los otros para limpiarles los dientes. ¿Así habría perdido el brazo? ¿Se le fue la uña, y su compañero cerró la boca, le partió la articulación en dos y después se tragó todo el brazo cortado?

La herida supuraba pus amarillento; estaba claro que la criatura sufría y era probable que ni siquiera estuviera durmiendo, sino que se hubiera sumido en un estado de delirio semiinconsciente. Su piel, que solía ser incolora, estaba encendida de fiebre y sudor. Se moría.

«Eso lo explica —pensé, y me arrodillé ante su nido para observarlo con morbosa fascinación—. Por eso su madre lo ha abandonado. Sería una carga inútil».

Debo confesar que tenía sentimientos encontrados. Había sido testigo de la brutalidad de esos monstruos, había visto la destrucción de la que eran capaces, había estado a punto de perder la vida por culpa de su rabia voraz. Sin embargo... Sin embargo. El sufrimiento es sufrimiento, da igual qué clase de organismo lo padezca, y aquel organismo sufría muchísimo, no cabía duda. Parte de mí sentía repulsión. Otra parte se vio poseída por una profunda compasión ante su aprieto... Una parte mucho más pequeña, claro, pero ahí estaba.

No podía abandonarlo; no podía dejar que siguiera sufriendo. En términos prácticos, habría sido imprudente, porque ¿y si se despertaba y empezaba a gritar, y su madre acudía a su lado y acababa conmigo? No sabía adónde se había llevado a los otros, si estaba oculta en una antecámara secreta a escasos diez metros de mí o si se había retirado al recoveco más profundo de su madriguera subterránea. Y mi empatía, por muy extraña y antinatural que fuese, me impulsaba a poner fin a la agonía de la criatura.

Así que me incliné hacia delante, con el vientre rozando el borde del nido, y apunté con el arma del doctor a su ingle, a un punto justo bajo el babeante labio inferior. No se me ocurrió hasta mucho después que el sonido del disparo fuera más ruidoso que cualquier gimoteo del *Anthropophagus*. Decidí que no estaba lo bastante cerca. Quería que fuera algo rápido y certero, así que llevé el cañón a un par de centímetros de su barriga de reluciente color rosa. Amartillé el arma con el pulgar, y ese suave clic, el más insignificante de los sonidos, lo despertó.

Se movió a la velocidad del rayo, más deprisa que mi dedo en el gatillo, más deprisa que el batir del ala de una mosca. Su brazo izquierdo me dio un manotazo que hizo salir volando el arma, y él salió de su lecho entre ladridos y escupitajos, animado por una ira delirante fruto de la fiebre y el miedo. Lanzó su cuerpo contra el mío. La lámpara salió volando por los aires y se estrelló contra el suelo en un estallido de llamas. Rodamos hechos un enredo de brazos y piernas, y su dentada boca atrapó la cola de mi chaqueta y la destrozó; su mano izquierda intentaba rajarme la cara mientras yo le sujetaba la muñeca, empujaba con todas mis fuerzas y atacaba a los ojos con la derecha. Los orbes oscuros brillaban de fiebre, y al resplandor del fuego veía reflejado en ellos mi rostro desfigurado por el miedo. Nuestra torpe danza mortal nos llevó hasta la pared; usé su apoyo para levantar el pie y golpearle en las partes pudendas con todas mis fuerzas. Mi patada solo sirvió para encolerizarlo y, de hecho, pareció darle fuerzas: empezó a pegarme en la cabeza con el muñón de su brazo derecho. Me aparté a un lado para evitar los furiosos ataques, y caí de espaldas a la nada.

Nuestra pelea nos había llevado hasta la entrada de un estrecho túnel, y caí por aquel canal de pronunciada pendiente, llevándomelo conmigo. Descendimos dando tumbos como dos acróbatas en el circo, brazos y piernas al retortero, durante lo que me pareció una eternidad, antes de llegar al final y darnos contra un montículo de roca caída y tierra suelta. Atontado por el impacto, solté su muñeca un instante, y eso fue lo único que necesitó el monstruo: tiró de mi antebrazo para metérselo entre las poderosas mandíbulas y cerró la boca. El dolor fue explosivo, y aullé de angustia mientras lo golpeaba a ciegas con la mano libre hasta que, desesperado, conseguí agarrar su apéndice mutilado, metérmelo en la boca y morder con todas mis fuerzas la herida supurante. Un pus viscoso y espeso me llenó la boca y me bajó por la garganta; el estómago se me revolvió (en cuestión de minutos vomitaría copiosamente sobre su cadáver), pero mi treta desesperada funcionó: sus mandíbulas me soltaron el brazo, y él se retiró rugiendo de dolor. Sin prestar atención al mío, palpé el suelo, y mis manos (invisibles en la absoluta oscuridad, a pesar de tenerlas a pocos centímetros de los ojos) dieron con una piedra del tamaño de un melón. La cogí, la alcé sobre la cabeza y la estrellé sobre su inquieto cuerpo. Una y otra vez, contra carne suave y esmalte duro, contra cualquier cosa que se moviera, hasta que mis sollozos y gritos fueron ahogando poco a poco los suyos. La sangre y los fibrosos trozos de tejidos volaron en todas direcciones, me aterrizaron en los ojos y la boca abierta, me empaparon la camisa, me bajaron por ella y saturaron las rodillas de mis bombachos. Sus gritos cesaron por completo; se quedó quieto; pero yo seguí golpeándolo una y otra vez hasta que gasté toda mi energía y la roca se me cayó de los brazos, ya de goma. Me derrumbé sobre su forma sin vida, jadeando, entre sollozos desgarradores e histéricos que sonaban a la vez fuertes y débiles en los confines del estrecho espacio. Tras recuperar la compostura, me levanté, vomité y apoyé la espalda en la pared del túnel mientras me agarraba el brazo izquierdo, que ahora me palpitaba y ardía como si le hubiera prendido fuego.

Escupí varias veces para intentar quitarme el asqueroso sabor de la boca. El recuerdo del sabor era peor que el sabor en sí, y se me revolvió el estómago de nuevo. Tenía la palma de la mano derecha cubierta de sangre. Exploré con la punta de los dedos la herida del mordisco y conté siete agujeros, tres arriba y cuatro abajo. Mi primera misión consistía en detener la hemorragia: el doctor había dicho que tenían un sentido del olfato muy agudo. Me quité la chaqueta y la camisa, y me envolví el brazo varias veces con esta última. Después, despacio y con cuidado, como un niño que está aprendiendo a vestirse, volví a ponerme la chaqueta.

«Por ahora, todo bien —me dije en un intento por no flaquear más—. Dos muescas en el cinturón, y todo en una noche. Ahora, de vuelta arriba. Encontrarás el modo de regresar con los otros. ¡Valor, Will Henry, valor! Puedes quedarte aquí y morir desangrado o puedes levantarte y buscar el camino de vuelta. ¿Qué va a ser, Will Henry?».

Me arrastré hacia delante hasta tocar el cuerpo de mi víctima. Salté por encima de él, me levanté e inicié el ascenso con el brazo izquierdo contra el estómago y el derecho extendido para palpar la pared. Avanzaba con el mayor silencio posible, respirando sin hacer ruido y obligándome a ir despacio y detenerme de vez en cuando para prestar atención a la oscuridad, por si oía algún ruido que desvelara la presencia de *Anthropophagi*. No sabía cuánto había bajado por el pozo; al parecer, como he dicho, la caída había sido tan larga como la de Lucifer. El tiempo transcurre de un modo distinto cuando te quitan

uno de los sentidos, y los demás magnifican lo que te ro-
dea: cada aliento es un trueno; el roce de cada paso, el
disparo de un cañón. Olía su sangre y la mía. El dolor del
brazo era insoportable. El sabor de su infección me ardía
en la lengua.

Seguí arrastrando los pies sin parar, hacia arriba, pero
no me acercaba a mi objetivo. De vez en cuando mi mano
se introducía en un espacio abierto, un túnel o quizás una
grieta natural formada por una fuerza de la naturaleza
más benigna. En la conmoción de la caída, ¿habríamos
acabado en un ramal secundario del camino principal, y
ahora me encontraba perdido, caminando a ciegas de oscuridad en oscuridad, sin esperanza de salir de allí?

Pensé que tendría que haber llegado ya al punto de
partida, así que me detuve y me apoyé, mareado, en la
roca húmeda y fría. ¿Cuánto tiempo había pasado? ¿Cuánto llevaba marchando y hacia dónde iba ahora? La idea
me paralizó. Entonces pensé: «Bueno, puede que sea así,
Will, pero sigues hacia arriba, y hacia arriba es adonde
quieres ir». Quizás aquel túnel condujera a la superficie.
¿Seguía lloviendo? ¡Ah, volver a sentir la lluvia en la cara!
¡Respirar el suave aire de la primavera hasta llenarme los
pulmones! El anhelo era casi tan insoportable como el
dolor.

Seguí adelante por aquel laberinto a oscuras, aferrado
a mi lógica (ir hacia arriba significaba salir) y al recuerdo
de la lluvia, la luz del sol, la cálida brisa y otras ideas reconfortantes. Aquellos recuerdos parecían pertenecer a un
tiempo distinto, a una era anterior, a una persona distinta;

era como si hubiera huido con los recuerdos de un muchacho de otro tiempo y otro lugar, un chico que no estaba perdido ni luchaba contra el pánico irracional y el terror absoluto.

Porque era evidente: el suelo se había nivelado. No subía. De algún modo, había girado donde no era.

Dejé de caminar. Me apoyé en la pared. Me acuné el brazo herido, que palpitaba al ritmo de mi corazón. Aparte de mi agitado aliento, no se oía nada. No se veía nada. El instinto me impelía a gritar pidiendo ayuda, a chillar a pleno pulmón. No tenía ni idea de cuánto tiempo había transcurrido desde que cayera en la madriguera, pero seguro que el doctor y los demás ya se habrían abierto camino por la barricada. Tenían que estar en alguna parte, cerca quizás, al doblar la siguiente esquina (si la había), sus luces fuera de mi alcance. Habría sido una locura (una idiotez, en realidad) anunciar mi presencia, ya que era igual de probable que ella, la bestia, me esperase al doblar la esquina. ¿O no era tan probable? Kearns había dicho que se llevaría a las crías a la zona más profunda de su guarida, y no me había imaginado que yo, hasta el momento, había subido, no bajado. ¿No significaba eso que lo más probable era que estuviera más cerca de mis compañeros que de ella? ¿Y que el verdadero riesgo consistía en guardar silencio y dar tumbos por la oscuridad durante incontables horas hasta que la deshidratación y el cansancio pudieran conmigo, si no me desangraba antes?

Ese era mi debate interior: gritar pidiendo ayuda o guardar silencio. Los segundos se transformaron en minutos, y la camisa de fuerza de la indecisión y la parálisis cada minuto me apretaba más.

Mi fortaleza cedió. Recuerden que no era más que un niño; un niño que había vivido más de una situación difícil y aterradora, sin duda, un niño que había visto cosas que habrían hecho palidecer a un adulto, pero un niño al fin y al cabo. Pegué la espalda a la pared y me dejé caer hasta el suelo, donde apoyé la frente sobre las rodillas dobladas. Cerré los ojos y recé. Mi padre no había sido demasiado religioso; lo relacionado con lo divino lo confiaba al cuidado de mi madre. Ella rezaba conmigo todas las noches y me llevaba a la iglesia los domingos para inculcarme algo de piedad, pero yo había heredado la indiferencia de mi padre por la religión y repetía los pasos de la devoción sin convicción alguna. Una plegaria no eran más que palabras repetidas de memoria. Cuando llegué a la casa del doctor, tanto las visitas a la iglesia como las oraciones se acabaron, y tampoco lamenté la pérdida.

No obstante, en ese momento recé. Recé hasta quedarme sin palabras y después recé con todo mi ser, una oración inarticulada que nacía del más profundo anhelo de mi alma.

Mientras me encontraba en ese trance, con los ojos cerrados con fuerza, meciéndome al ritmo del oleaje de mi torturada mente, una voz me habló en la oscuridad. No era, como la angustia me hizo suponer en un principio, la voz de Aquel al que rezamos. ¡Ni en un millón de años!

—Bueno, bueno, ¿qué tenemos aquí?

Alcé la cabeza y protegí los ojos de la luz que llevaba en la mano. Brillante como mil soles, me cegaba. Me tomó del codo y me ayudó a levantarme.

—Hemos encontrado a la oveja perdida —susurró Kearns.

Al parecer, había sucumbido a la desesperación a menos de doce metros de mi salvación, en un pasadizo secundario que, según me informó Kearns, se encontraba a un paseo de la madriguera de los *Anthropophagi*.

—Eres un aprendiz ayudante de monstrumólogo con mucha suerte, Will —me dijo en su característico tono juguetón—. He estado a punto de dispararte.

—¿Dónde están los demás?

—Hay dos arterias principales que parten de la cámara de los nidos; Malachi y Warthrop tomaron una, y yo la otra, la misma que, obviamente, has tomado tú, pero ¿qué le ha pasado a tu brazo?

Le relaté mis aventuras desde mi escarpada caída al corazón de su cubil. Kearns expresó su admiración por mis agallas al acabar con la cría herida. Pareció sorprenderse de mi elegancia bajo presión.

—Espléndido. ¡Absolutamente espléndido! ¡Un trabajo condenadamente bueno, Will! Pellinore estará encantado. Perdió los papeles al ver que no regresabas. Frenético. Nunca había visto a nadie manejar así una pala. ¡Si llegamos a cavar en otra dirección, llegamos a China en una hora! Pero ven, deja que le eche un vistazo a ese brazo.

Desenvolvió la improvisada venda. Hice una mueca de dolor cuando tiró del último trozo de tela, que se me había pegado al brazo con la sangre. La mordedura todavía sangraba. Me echó la camisa manchada al hombro y dijo:

—Mejor dejarla respirar, Will. No queremos arriesgarnos a que pilles una infección.

Con una mano en la parte baja de mi espalda, me empujó hacia la entrada del túnel de salida.

—Mira abajo —dijo.

Un polvo brillante iluminó el suelo al acercarle la lámpara.

—¿Qué es eso?

—Migas de pan, Will Henry, ¡que marcan el camino a casa!

Era el contenido de los saquitos que había metido en las bolsas de lona, un polvo fosforescente que brillaba como un faro diminuto a la luz de la lámpara.

—Encontrarás uno cada seis metros, aproximadamente —me explicó—. No te desvíes del camino. No regreses. Si te pierdes, retrocede hasta que vuelvas a encontrar el polvo. Toma, llévate la lámpara.

—¿No viene conmigo? —El corazón me dio un vuelco.

—Tengo que cazar unos monstruos, ¿recuerdas?

—Pero va a necesitar la lámpara.

—No te preocupes por mí. Tengo las bengalas, si las necesito. Ah, creo que se te ha caído esto. —Era el revólver del doctor. Me lo colocó en la mano—. No dispares hasta que les veas el negro de los ojos. —Los suyos, grises, lanzaron alegres destellos ante su propio chiste—. Unos setecientos pasos en total, Will.

—¿Pasos, señor?

—Puede que un poco más para ti; tus piernas no son tan largas como las mías. Unos cuatrocientos pasos, después gira a la derecha para llegar al túnel principal. No te saltes ese desvío, ¡es muy importante! El camino baja un poco, pero no desesperes. Después subirá de nuevo. Cuando regreses arriba, dile al jefe de policía que lo echo mucho de menos. Esa naricita respingona, esa adorable sonrisa... Si no estamos de vuelta dentro de dos horas, que sus hombres y él bajen. Esos animales han estado muy ocupados excavando en la oscuridad y quizá necesitemos la ayuda de los demás. Buena suerte, joven monstrumólogo. ¡Buena suerte y que Dios te bendiga!

Dicho eso, se dio media vuelta y desapareció como un fantasma; no tardé en dejar de oír sus pasos. No parecía preocuparle caminar sin una luz. De hecho, me daba la impresión de que la perspectiva le encantaba: a oscuras, John Kearns se encontraba como en casa.

¡Qué deprisa puede transformarse la desesperación en alegría! Mi sonrisa brillaba más que la lucecita que portaba en la mano, y mi ánimo estaba más arriba que ella. Ya olía la dulce fragancia de la libertad, ya paladeaba su celestial sabor. Abrumado por el éxtasis de la respuesta a mis plegarias, se me olvidó contar mis pasos y, cuando lo recordé, era demasiado tarde para que sirviera de nada, aunque no me pareció importante. El sendero estaba bien marcado con el polvo brillante.

Llegué al desvío que había marcado Kearns, el túnel que me conduciría de vuelta a los nidos abandonados de los *Anthropophagi* y, de allí, a la «adorable» sonrisa de Morgan. Me detuve un momento, desconcertado, pues habían marcado dos caminos: uno que se metía en el túnel transversal y otro que seguía recto por el camino que estaba recorriendo. «Bueno —pensé—, seguro que primero torció a la derecha, avanzó un poco y retrocedió porque estaba bloqueado, o quizás oyó los gritos solitarios de un "joven monstrumólogo" herido». Sus instrucciones habían sido explícitas: «No te saltes ese desvío, ¡es muy importante!». Así que me encogí de hombros y me metí por el otro túnel. Si había setecientos pasos en total y el primer tramo tenía cuatrocientos, el último trecho debía de abarcar trescientos; empecé a contar.

El pasadizo era más estrecho y el techo, mucho más bajo; varias veces me vi obligado a bajar la cabeza o a arrastrar los pies con el torso completamente doblado y la base de la lámpara rozando el suelo. El túnel era sinuoso y retorcido, giraba en una y otra dirección por un terreno resbaladizo y escarpado que siempre tendía hacia abajo, tal y como me había prometido.

Al llegar al paso cien, oí un ruido detrás de mí... al menos me pareció detrás. En aquellos reducidos confines, costaba saberlo. Me detuve. Contuve el aliento. Nada. Solo la tierra y los guijarros que caían a mi paso, supuse, eso era todo. Reinicié la marcha y seguí contando.

Setenta pasos después volví a oírlo; procedía de algún punto detrás de mí, sin duda a causa del túnel al ceder.

Presté atención, pero solo oía el suave siseo de la lámpara. Comprobé el seguro del revólver. Tenía los nervios de punta, claro, después de la experiencia de aquella noche, y mi imaginación rebosaba imágenes de diablos pálidos sin cabeza que moraban en la oscuridad. No obstante, no perdí el sentido común. O me seguían o no me seguían. Si me seguían, enfrentarme a mi acosador en aquella situación tan claustrofóbica (en aquel punto, el túnel no debía de medir más de metro veinte de diámetro) habría sido una estupidez. Si no me seguían, no ganaba nada parándome tanto, salvo retrasarme. ¡Adelante!

¿Cómo se las había apañado Kearns para circular por aquel laborioso conducto? Un adulto se habría visto obligado a arrastrarse... Entonces ¿cómo había calculado los pasos, si no podía andar? Y si era difícil con un hombre adulto, ¿cómo iba un monstruo de dos metros y pico a hacerlo sin reptar como una serpiente sobre su dentuda barriga? A medida que las paredes se cerraban sobre mí, la duda y el miedo las siguieron. Seguro que no se trataba de la vía principal que regresaba a los nidos. Tenía que haberle entendido mal o tomado el giro que no era... Pero el camino estaba marcado, seguía marcado, aunque el espacio entre los polvos rociados ya era de más de seis metros. El túnel continuaba su descenso, no subía, como él me había prometido, y el suelo ya no estaba compacto, sino esponjoso, se saturaba de humedad conforme se adentraba en las profundidades. Avancé despacio, dolorosamente despacio, a la escasa luz de la lámpara, que apenas servía para ver los muros supurantes de agua y las gotas del techo, a demasiada profundidad incluso para que penetraran las raíces más largas de los árboles de arriba.

Y entonces lo olí: un aroma empalagoso como el de la fruta podrida, al principio muy tenue, pero más fuerte con cada angustioso metro que recorría. Un hedor nauseabundo que me quemaba la nariz y se me pegaba al fondo de la garganta. Lo había olido antes, en el cementerio, la noche que murió Erasmus Gray; todavía lo notaba pegado a la ropa por culpa del abrazo de la cría cuyo sueño delirante había interrumpido hacía un rato. Era el olor de la bestia. Era su olor.

No puedo decir que entonces comprendiera el significado de aquel momento, la importancia de los elementos dispares que ahora me resulta tan obvia: los dos caminos marcados, uno recto y ancho, otro retorcido y estrecho; el túnel que conducía abajo, siempre abajo; el ruido de algo que me seguía; que me destapara las heridas para que «respiraran un poco». Una perfidia tan intensa va más allá de la comprensión de la mayoría de los hombres, ¡así que imagínense de la confiada ingenuidad de un niño! No, yo sentía desconcierto y miedo, no suspicacia, cuando me arrodillé con la lámpara frente a mí en una mano y el arma temblando en la otra. La pendiente era pronunciada y, el suelo, resbaladizo. Si volvía sobre mis pasos, tendría que arrastrarme despacio o arriesgarme a caer un metro por cada metro que ganaba. ¿Debía regresar? ¿O mejor no hacer caso del horrible olor (quizá la tierra lo había absorbido como una esponja) y de la vocecita de mi interior que me susurraba: «¡Da media vuelta! ¡Regresa!»? ¿Debía seguir mi camino?

Al final, tomaron la decisión por mí. Una mano salió de la oscuridad y me dio un golpecito en el hombro. Con un grito de sorpresa, me volví y la lámpara se estrelló contra la pared al volverme. Su luz oscilante iluminó con estallidos maniacos su rostro manchado, los ojos vivaces y la sonrisita irónica.

—Pero bueno, Will Henry, ¿adónde vas? —me susurró, y su aliento olía tan dulce como el regaliz—. ¿No te he dicho que siguieras el camino y no volvieras atrás?

—Este no es el camino de vuelta.

—Esperaba evitarlo —fue su críptica respuesta—. El olor a sangre debería haberla atraído; no entiendo por qué no ha venido.

Después me quitó con precaución la lámpara de la mano y sacó una bengala de la bolsa.

—Toma esto. Sostenla por la base para que no te quemes la manita. ¡No la sueltes, pase lo que pase!

Acercó la corta mecha a la llama de la lámpara. La voluta de humo se arremolinó en aquel reducido espacio; el túnel se iluminó con un resplandor deslumbrante; la oscuridad huyó.

Me puso la mano en el pecho y dijo con falsa lástima:

—Lo siento mucho, señor Henry, pero en realidad no tienes elección. Es la moralidad del momento.

Y con aquellas palabras de despedida, John Kearns me empujó con todas sus fuerzas.

Mi caída fue rápida, recta e imparable. Su forma agazapada se alejó a toda velocidad de mí y se disolvió en la penumbra mientras yo me deslizaba por el resbaladizo tobogán, que parecía aceitado, hasta que un choque contra la pared en una curva me colocó boca arriba y seguí resbalando los últimos metros intentando clavar los talones en la porquería, en un vano esfuerzo por frenar el descenso hasta el agujero que me esperaba al fondo.

Qué extraña maravilla para un observador que estuviera de pie dentro de la cámara hacia la que caía: ver la oscuridad virgen, jamás bendecida por el amable beso de la luz, desgarrarse con la cegadora brasa de la bengala que llevaba en la mano y que descendía como una estrella caída de la bóveda celestial. Aterricé de espaldas, y el impacto me arrancó la bengala de la mano. Por un momento me quedé atontado y jadeante, y noté el sabor caliente y cobrizo de la sangre en la boca: me había mordido la punta de la lengua al estrellarme.

Rodé para ponerme boca abajo, escupí la sangre, y apenas había logrado ponerme de rodillas, cuando me atacó con un chillido sibilante, los brazos extendidos, los ojos negros dando vueltas en los poderosos hombros y la babeante boca abierta. Levanté el arma a menos de medio metro del animal y apreté el gatillo. El joven *Anthropophagus* cayó a mis pies y se retorció sobre el apestoso fango del suelo de la cámara. Fue un disparo afortunado, pero no tuve tiempo de alegrarme ni de maravillarme por mi buena fortuna, pues su hermano salió de su escondite y se abalanzó sobre mí. Disparé dos veces mientras retrocedía de espaldas y fallé ambas.

Una bala implosionó en el suelo mancillado por mi retirada, seguida un segundo más tarde por el estallido del disparo del fusil. Era Kearns, tumbado boca abajo en el túnel, que disparaba a través del agujero por el que yo, el cebo, había caído.

Me di de espaldas contra la pared, caí de culo con las piernas abiertas y disparé dos veces a la forma que avanzaba hacia mí. Ambos disparos fallaron, pero el de Kearns dio en el blanco y acertó al hombro derecho de la bestia, lo que hizo que se le hundiera el brazo en el suelo, aunque apenas frenó su ataque. «Poseen los mayores talones de Aquiles de entre todos los primates, lo que les permite saltar alturas asombrosas, de hasta doce metros», me había contado el doctor en su característico tono prosaico. Recorrer una distancia tan grande de un salto podría ser complicado para un *Anthropophagus* inmaduro; por suerte para él, solo tenía que cubrir tres metros. Se abalanzó sobre mí con el brazo izquierdo extendido en perpendicular al cuerpo, preparado para dar el golpe de gracia. Solo me quedaba una bala y un segundo para decidirme.

La buena fortuna me ahorró aquella terrible decisión: en pleno vuelo, se quedó rígido y los hombros se le echaron hacia atrás al recibir el impacto de una bala entre ellos. El segundo disparo le acertó en la espalda y lo derribó. Se quedó tumbado a mis pies, entre resuellos y gemidos, clavando las uñas en la tierra, impotente, hasta exhalar su último aliento y fallecer.

Oí una risa satisfecha sobre mí y, al otro lado de la cámara, donde la luz de la bengala no alcanzaba, una voz familiar dijo mi nombre:

—Will Henry, ¿eres tú?

Asentí. No lograba responder de otro modo. Parecían haber transcurrido años desde la última vez que había oído su voz, y normalmente solo me irritaba, me asustaba o me provocaba un temor bastante razonable y un insistente recelo. Pero en aquel momento me arrancó lágrimas de alegría.

—Sí, señor —respondí al doctor—. Soy yo.

El monstrumólogo corrió a mi lado. Me agarró por los hombros, me miró fijamente a los ojos, y en los suyos vi reflejada la intensidad de su preocupación.

—¡Will Henry! —exclamó en voz baja—. Will Henry, ¿por qué estás aquí? —Me estrechó contra su pecho y me susurró ferozmente al oído—: Te dije que me eres indispensable. ¿Crees que te mentía, Will Henry? Quizá sea un idiota y un científico horrible, cegado por la ambición y el orgullo a las verdades más obvias, pero no soy un mentiroso.

Me soltó tras decir aquellas palabras y apartó la mirada un momento, como si se avergonzara de su confesión. Después se volvió de nuevo hacia mí y preguntó en tono brusco:

—Ahora, dime, muchacho estúpido, ¿estás herido?

Levanté el brazo y él movió la lámpara arriba y abajo. Por encima de su hombro, en el borde exterior del círcu-

431

lo de luz (pues la bengala se había apagado), vi a Malachi. No miraba hacia nuestro conmovedor encuentro, sino hacia arriba, hacia el agujero por el que había caído.

Con cuidado, el doctor apartó la tierra y los diminutos guijarros incrustados en mis heridas y se agachó para examinarlas a la titilante luz de la llama.

—Es una mordedura limpia y relativamente poco profunda. Unos puntos y estarás como nuevo, Will Henry, aunque te quede una pequeña herida de guerra.

—Ahí arriba hay algo —dijo Malachi con voz ronca mientras apuntaba al techo de la cueva—. ¡Encima de usted!

Se llevó el fusil al hombro y habría apretado el gatillo, sin duda, de no haber anunciado Kearns su presencia con el aplomo de un campeón de gimnasia, extendiendo los brazos para guardar el equilibrio y manteniendo la pose como si pretendiera reunirnos en su metafórico abrazo.

—¡Y bien está lo que bien acaba! —exclamó entusiasmado—. O debería decir que bien está lo que bien acaba casi al acabar. Quizá «por ahora, todo bien» sería más apropiado... Pero aquí estás, Pellinore, justo a tiempo, ¡gracias a Dios!

—Esto es muy raro... —repuso Malachi, con los ojos entornados.

—Bueno, mi querido muchacho, deberías haber estado conmigo en Níger, allá por 1885. ¡Eso sí que fue raro!

—A mí también me resulta extraño —dijo el doctor—. Dime, Kearns: ¿cómo es posible que Will Henry esté aquí abajo y tú ahí arriba?

—Will Henry se cayó; yo no.

—¿Se cayó? —repitió Warthrop, y se volvió hacia mí—. ¿Es eso cierto, Will Henry?

Negué con la cabeza. Mentir era la peor de las bufonadas.

—No, señor, me empujaron.

—Bueno, caer, empujar... Es cuestión de semántica —repuso Kearns, restándole importancia. Después observó con sorna a Malachi, que le puso el cañón de su arma a pocos centímetros del pecho—. Adelante —animó al encolerizado huérfano—, aprieta el gatillo, insufrible enano melodramático y semisuicida. ¿De verdad crees que me importa si vivo o muero? Pero quizá desees incorporar a tus cálculos el hecho de que no hemos terminado nuestro trabajo. La matriarca sigue por ahí, en la oscuridad, y diría que no está lejos. Dicho lo cual, señor, no pretendo juzgar tu juicio. Dispara a voluntad, ¡y moriré como he vivido, sin lamentar nada!

Sacó pecho en dirección a Malachi, desafiante, y sonrió de oreja a oreja.

—¿Por qué te empujaron, Will Henry? —preguntó el doctor, sin prestar atención al drama. Se había cansado de la teatralidad de Kearns.

—Me engañó —dije bajando la voz y negándome a mirar al traidor—. Creo que descubrió esta cámara y sabía que estaban aquí abajo, pero no sabía cómo dar en el blanco, así que marcó el camino y me dirigí a él. Al encontrarme herido en los túneles, pensó que el olor a sangre los atraería. Como no ocurrió así...

—En mi defensa diré que te entregué un arma y no te lancé a los lobos sin más —me interrumpió Kearns—. Era yo el que estaba ahí arriba, disparando, como sabes. No cuestiono las exigencias de las circunstancias; simplemente, las obedezco. Como nuestro amigo Malachi, que abandonó a su querida hermana cuando ella más lo necesitaba...

—¡Ya basta, Kearns! —lo reprendió el monstrumólogo—. O te juro por Dios que te disparo.

—¿Sabes por qué está condenada nuestra especie, Pellinore? Porque se ha enamorado de la bonita ficción de que, de algún modo, estamos por encima de las normas que rigen todo lo demás y que nosotros mismos establecimos.

—No sé de qué está hablando —dijo Malachi con una tranquilidad inquietante—. Pero me gusta su idea. Yo digo que lo hagamos sangrar y lo usemos como cebo.

—Me ofrecería voluntario con sumo gusto —repuso Kearns sin molestarse—, pero creo que las circunstancias ya no lo exigen.

Entonces le quitó la lámpara de la mano al doctor y se alejó; las botas le chapoteaban en el suelo embarrado y los tacones se le hundían un centímetro antes de liberarse de nuevo. Cuando llegó a la pared, se volvió y nos hizo un gesto para que lo siguiéramos.

Después se llevó un dedo a los labios y apuntó abajo. Una pequeña abertura, más o menos el doble de ancha que mis hombros, se encontraba en la base de la pared. Acercó la luz a la boca irregular de la entrada mientras nos asomábamos a su oscura garganta. El pasadizo bajaba en un ángulo de cuarenta y cinco grados con el suelo de la cámara. Kearns apuntó con un dedo a las huellas arremolinadas en torno a la pared, y a los cortes y ranuras abiertos por las uñas de las bestias a lo largo de los primeros metros del túnel.

Nos retiramos a una distancia prudencial, y Kearns dijo en voz baja:

—Dos grupos distintos, ¿no, Pellinore? —El doctor asintió, y Kearns siguió hablando—. Un cachorro y una hembra adulta. Dos entran y ninguno sale. Es curioso que se llevara a uno y dejara a los demás, pero resulta innegable que es lo que ha hecho. Quizás estos dos —señaló con la cabeza a los *Anthropophagi* muertos— subieron por algún motivo, aunque las huellas no sustentan esa afirmación. Tal como lo veo, existen dos posibilidades: puede conducir a otra cámara más profunda o puede tratarse de una vía de escape que al final lleve hasta la superficie; solo hay un modo de averiguarlo. ¿Estás de acuerdo, Pellinore?

—Sí —reconoció el doctor a regañadientes.

—Y si no han escapado a la superficie, el escándalo de aquí los habrá alertado sobre nuestra proximidad. Sin duda, la hembra nos está esperando.

—A mí me parece bien —dijo Malachi, que agarraba su arma con aire sombrío—. No la decepcionaré.

—Tú te quedas aquí —repuso Kearns.

—Y tú no me das órdenes.

—De acuerdo, pues te las dará Pellinore, si lo prefieres. Necesitamos que alguien se quede aquí para proteger la salida; y para echarle un ojo a Will Henry, por supuesto.

—¡No he venido hasta aquí para hacer de niñera! —gritó Malachi—. Por favor, estoy en mi derecho —añadió apelando a Warthrop.

—¿En serio? ¿A qué te refieres? —intervino Kearns—. No fue algo personal. Tenían hambre y necesitaban comer. ¿Qué haces tú cuando tienes hambre?

Warthrop le puso una mano en el hombro a Malachi.

—Kearns tiene que ir; es el experto en rastrear. Y yo debo ir porque, si alguien se ha ganado ese «derecho», soy yo. —Recordé la inquietante pregunta planteada en el sótano, mientras contemplaba al *Anthropophagus* macho colgado ante él: «Me pregunto si le bastará con su hijo»—. Otro debe quedarse, por si escapa y regresa. ¿Quieres que sea Will Henry? Míralo, Malachi: solo es un niño.

Sus ojos, de sorprendente color azul, me miraron, y yo aparté la cara para evitar el insoportable tormento que veía en ellos.

—Puedo hacerlo —me ofrecí—. Yo vigilaré la salida. Llévense a Malachi.

No me prestaron atención, por supuesto. Malachi, abatido, observó a Kearns y al doctor mientras estos volvían a comprobar la munición y los suministros. Kearns sacó del bolso del doctor dos bengalas y varias de las bolsitas de papel que usaba para marcar el camino y se las metió en el suyo, y después examinó las granadas para asegurarse de que estaban bien. El doctor me llevó a un lado y dijo:

—Hay algo que no me gusta, Will Henry, aunque soy incapaz de averiguar el qué. La bestia no se dejaría acorralar, es demasiado lista. Tampoco estaría dispuesta a abandonar a dos de sus crías a nuestra merced. Esto es muy curioso. Estate ojo avizor y llámanos de inmediato si ves u oyes algo fuera de lo normal. —Me apretó el brazo y añadió, serio—: Y, por amor de Dios, ¡esta vez no deambules por ahí! Espero encontrarte aquí cuando regrese, Will Henry.

—Sí, señor —respondí esforzándome por sonar valiente.

—A ser posible, vivo.

—Lo intentaré, señor.

Con un nudo en la garganta lo vi entrar con Kearns por la estrecha abertura. Algo me inquietaba. Había algo que debía preguntarle, algo importante que debería recordar...

—¿Cuánto debemos esperar? —les gritó Malachi.

—¿Esperar a qué? —preguntó Kearns.

—¿Cuánto debemos esperar antes de ir a buscarlos?

—No vengáis a buscarnos —respondió Kearns.

Al llegar a la pared, el cazador hizo un gesto teatral para conceder al monstrumólogo el honor de ir primero. Un segundo después habían desaparecido, y el suave brillo de su lámpara se apagó al perdérseles de vista en su búsqueda de la matriarca y el último de su camada.

Malachi guardó silencio un instante. Se acercó a los *Anthropophagi* caídos y empujó con el cañón de su fusil al que había recibido dos tiros en la espalda.

—Este es mío —dijo señalando el agujero ennegrecido del centro del lomo—. El segundo, el definitivo.

—Entonces, me has salvado la vida.

—¿Crees que funciona así, Will? ¿Que ahora solo me quedan cinco más que expiar?

—A ellos no podías ayudarlos. Estabas atrapado en tu dormitorio. Ni tampoco a Elizabeth, en realidad. ¿Cómo ibas a salvarla, Malachi?

—Es como un sueño —dijo en vez de responder, tras una pausa meditabunda. Observaba el cadáver tirado a sus pies—. No esto, sino mi vida antes de esto, antes de ellos. Cabría pensar lo contrario. Es muy extraño, Will.

Me contó lo sucedido desde la última vez que lo había visto, en el pasadizo que conectaba el comedero del diablo con la cámara de los nidos, lo que en parte confirmaba la narración de Kearns. Efectivamente, habían encontrado dos arterias principales que parecían descender. El doctor y él habían tomado una, y Kearns, la otra..., al parecer, aquella en la que caímos el *Anthropophagus* abandonado y yo. Yo sospechaba que Kearns, el rastreador experto, había encontrado pruebas de nuestra escaramuza y sabía (aunque no se lo contara a los demás) dónde encontrarme, pero decidió guardarse la información.

El túnel, según me contó Malachi, conectaba con muchos otros, y en cada ramal o intersección elegían el que descendía. A medio camino de aquel último escondite, calculaba, el doctor dio con un rastro de la matriarca, huellas recientes en tierra húmeda, así que las siguieron hasta llegar a la cámara en la que ahora esperábamos al doctor.

—Llegaba hasta ahí —dijo señalando un punto entre las sombras, justo al otro lado de los cadáveres—. Sabíamos que Kearns debía de haberlo encontrado primero, puesto que veíamos luz dentro y oímos disparos. Pero no me esperaba encontrarte aquí, Will.

—Ni yo.

Se apoyó en su fusil, y su peso hundió poco a poco la culata en la blanda tierra. Lo levantó y vio el agua inundar el hueco.

—Aquí el suelo es muy húmedo —comentó—. Y las paredes están mojadas. Debe de haber un arroyo o río subterráneo cerca.

Tenía razón: había un arroyo. Discurría en perpendicular a la cueva, unos seis metros por debajo de nosotros, y en primavera doblaba su caudal. Cada temporada se ensanchaba más, puesto que el agua cortaba y se comía los muros que la confinaban; cada año el mismo suelo sobre el que nos encontrábamos se saturaba más y se volvía más inestable. Los *Anthropophagi* lo habían descubierto; era su principal fuente de agua dulce, y por eso sus crías no tenían que aventurarse a salir a la superficie para cubrir esa necesidad. El camino tomado por Kearns y Warthrop conducía a un hoyo junto a las orillas, al que las criaturas acudían a beber y a bañarse, aunque no se bañaban como nosotros. No nadan y les aterrorizan las aguas profundas, pero, como el mapache, sienten el impulso de lavarse la sangre y las vísceras de las largas uñas. También disfrutan (si se puede usar el verbo *disfrutar* para describirlo) de deslizarse sobre la espalda hasta aguas poco profundas, dejar que el líquido elemento les entre en la boca abierta, y revolverse y retozar mientras lanzan dentelladas al agua espumosa, como cocodrilos en sus últimos estertores. Se desconoce el objetivo de este extraño ritual, que forma parte de su higiene.

A las protegidas orillas de ese arroyo subterráneo se había llevado la hembra a su «bebé» de un año, el más joven y vulnerable de la camada. Como el doctor había señalado, que dejara atrás a sus hermanos mayores era curioso, aunque sospecho que pretendía regresar a por ellos o que ellos, en su confusión y miedo, se habían negado a seguirla. Independientemente del caso, encontraron aquella cría oculta al doblar la última esquina de su último descenso. La criatura estaba gimiendo y ladrando al borde de sus aguas salvadoras, incapaz de huir y de defenderse. Los *Anthropophagi* pequeños, como sus presas de la misma edad, no saben caminar con eficiencia. Kearns fue directo a ella y la mató de un disparo.

El ruido reverberó hasta nosotros, y Malachi se quedó rígido, alzó el fusil y se volvió hacia la boca del túnel. En el hueco bajo nuestros pies, los cazadores esperaban, sabiendo que la hembra estaría cerca y convencidos de que saldría.

Y estaban en lo cierto: salió.

Había regresado a por sus otros hijos. Kearns y el doctor no se habían encontrado con ella al bajar porque había tomado otro camino, uno que pasaba justo bajo los pies de Malachi Stinnet.

Tras él, el suelo se abrió de golpe en un estallido de agua y lodo. La tierra cedió, el muchacho perdió el equilibrio, cayó de rodillas y, al hacerlo, perdió el fusil, la bolsa de lona se le resbaló del hombro y evitó por poco darse de bruces contra el barro. Resbaló de espaldas por el lodo hacia la grieta abierta en la cámara, y la mirada de sus preciosos ojos azules me resultó tan familiar como horrible. La había visto antes, en los ojos de Erasmus Gray y en los de mi pobre padre: la mirada, grotescamente cómica, de los condenados cuando su suerte está echada.

Clavó los dedos en la tierra mojada; pateó, impotente. Sus tobillos desaparecieron en el interior de la vorágine del remolino de barro que tenía detrás, y entonces algo le agarró la bota y tiró de él. En un segundo, estaba hundido hasta las rodillas.

Gritó mi nombre. Su cuerpo giraba como una peonza, y la cabeza se le sacudía con tal fuerza que estaba seguro de que se había partido el cuello. Ahora estaba derecho, solo se le veía el torso, y estiraba los brazos suplicantes hacia mí, como había hecho Erasmus, como había hecho mi padre, y aquel ruego silencioso me sacó de mi parálisis. Me lancé hacia él para intentar cogerlo.

—¡Agárrate, Malachi! ¡Agárrate!

Me apartó de un manotazo y gesticuló con violencia hacia la bolsa que tenía a mi lado. Se hundió hasta el pecho en la revuelta superficie, atrapado por la bestia que había atravesado con un puño el pecho del navegante Burns a bordo del Feronia, y la sangre le brotó de la boca abierta. La hembra le había clavado las uñas en la parte baja de la espalda y había rodeado con los dedos su columna vertebral, que usaba de asidero para tirar de él.

Había malentendido el verdadero deseo de Malachi, que no tenía nada que ver con el rescate. A diferencia de Erasmus o de mi padre, el muchacho no deseaba la salvación, nunca la había deseado. Era demasiado tarde para eso.

De nuevo apuntó hacia la bolsa con gestos frenéticos. La recogí, se la lancé y, con muda consternación, lo vi sacar una granada. La aferró contra su pecho, metió el dedo en el pasador y después, con los dientes manchados de sangre, Malachi Stinnet esbozó una sonrisa triunfal.

Cerró los ojos; dejó caer la cabeza atrás; su expresión era de paz y aceptación completas. Desapareció poco a poco, primero los brazos y el pecho, después el cuello, hasta que por última vez abrió los ojos y me miró a los míos, sin parpadear y sin temor.

—Por Elizabeth —susurró.

Desapareció en la espuma ensangrentada. Salté hacia atrás y me alejé de allí a gatas lo más deprisa que pude. La tierra se movió, los muros oscilaron, y enormes pedazos de techo se desprendieron y cayeron al suelo. La sacudida de la onda expansiva posterior me lanzó por los aires. Lo que frenó mi caída fue, precisamente, el cadáver de la cría con la que había acabado la bala de Malachi. Tirado sobre ella, me quedé atontado un momento, con un pitido en los oídos, empapado de agua y barro, y cubierto de jirones de carne y trocitos de hueso. Me senté y me restregué los ojos; el molesto residuo de la pólvora que flotaba en el aire como un fino aerosol me quemaba la garganta. Miré hacia el epicentro del holocausto. La explosión había creado un cráter de tres metros, de cuya rosada superficie ascendían unas perezosas burbujas.

¿Dónde estaba el doctor? Me volví hacia la derecha y escudriñé la bruma de humo en busca de la abertura. ¿Se había derrumbado? ¿Estaban Kearns y él atrapados bajo toneladas de tierra? ¿Había acabado toda la estructura, debilitada por el agua y destrozada por la granada, desplomada sobre sus cabezas hasta matarlos o, peor, enterrarlos vivos?

Me balanceé sobre mis temblorosas piernas, di un paso tambaleante hacia la pared... y me detuve. El humo se había aclarado un poco y vi la abertura: no se había derrumbado, pero no fue esa visión lo que me impulsó a detenerme, sino un sonido. El sonido de algo que se alzaba del cráter ensangrentado abierto detrás de mí.

Se me erizó el vello de la nuca. La piel entre los omóplatos se me puso de gallina, los músculos se me contrajeron. Poco a poco, volví la cabeza y vi que su impresionante forma se levantaba como una burla obscena de la Venus que surge de las olas, con la pálida piel marcada por heridas de metralla y pintada con su sangre y con la de Malachi. Además, le faltaba un brazo, arrancado por la explosión; tenía el cuerpo mutilado de forma horrible, pero la voluntad indemne. Por la más cruel de las ironías, el cuerpo de Malachi la había protegido de lo peor del impacto.

Y ahora ella, la matriarca, la madre de los *Anthropophagi*, me observaba con su único ojo bueno al lado de su preciada progenie, esa que el instinto le exigía defender, como había dicho el doctor, hasta su último aliento, con la mayor ferocidad. Le daba igual el dolor. No le importaba estar herida de muerte. Lo que la motivaba era tan viejo como la vida, la fuerza irresistible que había maravillado a Warthrop en el salón del pastor: «¡Qué fuerte es el instinto maternal, Will Henry!».

Aquel impulso primordial la conducía al punto en el que yo me encogía de miedo, paralizado de terror y vacilando en plena agonía de indecisión, puesto que, incluso herida, se movía a una velocidad espeluznante y me atraparía si intentaba correr hacia el túnel..., que, encima, quizá ni siquiera siguiera abierto.

El espacio entre nosotros se había reducido a la mitad cuando recuperé la sensatez, saqué el revólver del doctor de mi cinturón, apunté y recordé, al empezar a apretar el gatillo, lo que antes me había estado inquietando, lo que tenía que haber recordado pero no lo hice: balas. Se me había olvidado pedirle más balas a Warthrop. Solo quedaba una.

Una bala. Una oportunidad. Un disparo a lo loco o a cualquier cosa que no fuera un órgano vital, y se acabó. Recogía el amargo fruto de mi olvido.

La bestia se preparó para el salto final. Alargó el brazo que le quedaba. Abrió la boca. Su ojo bueno brillaba con implacable malevolencia. Debía detenerla antes de que saltara, y lo hice, solo que no con una bala, sino volviendo en su contra el amor maternal.

Me abalancé sobre el cadáver de su cría y pegué el arma a su costado mientras gritaba como un estúpido, a pleno pulmón, y rezaba para que ningún instinto animal le dijera que amenazaba con matar algo que ya no vivía.

Resbalé y, dejando escapar un gruñido de sorpresa, aterricé sobre el trasero con el brazo izquierdo torpemente doblado sobre los hombros acéfalos de la criatura. No obstante, mi farol desesperado había tenido éxito, pues la hembra no solo no saltó, sino que se detuvo en seco. Olisqueó el aire. Dejó escapar un borboteo grave, una llamada, como una vaca en el pasto mugiendo a su ternero.

No vaciló mucho, quizás un par de segundos, y después reanudó su ataque con el hombro del ojo bueno por delante. Se me acercó tanto que le olí el aliento putrefacto y vi las filas de afilados dientes de ocho centímetros que se internaban en su cavernosa boca.

«Espera, espera, Will Henry. Que se acerque. ¡Tienes que dejar que se acerque! Más cerca. Más cerca. Tres metros. Dos metros. Uno. Medio...».

Cuando la bestia estuvo lo bastante cerca para verme reflejado en su negro orbe sin alma, cuando todo mi mundo consistía en su hedor podrido, sus dientes acechantes y su pálida piel resbaladiza, cuando me encontré en ese instante en el que un suspiro separa la vida de la muerte, apoyé el cañón en su ingle y apreté el gatillo.

TRECE

«Cargas con su cruz»

Una mañana de mayo del mismo año, justo un mes después de la visita a medianoche del viejo ladrón de tumbas que dio comienzo a la curiosidad singular del asunto de los *Anthropophagi*, como acostumbraba a llamarlo el doctor, subía yo las escaleras en respuesta a sus incesantes llamadas ignoradas durante demasiado tiempo (vamos, en otras palabras, que no había acudido al primer grito) y que ahora sacudían la casa del 425 de Harrington Lane hasta los cimientos.

—¡Will Henry! ¡Will Henryyy!

Me lo encontré en el baño con la cuchilla de afeitar en la mano, la barbilla a medio rasurar salpicada de estíptico y el agua de su palangana de un tono de rosa bastante agradable.

—¿Qué estás haciendo? —me preguntó al verme entrar sin aliento.

—Usted me ha llamado, señor.

—No, Will Henry. Que qué estabas haciendo antes de llamarte y que por qué has tardado tanto en dejar de hacer lo que fuera que te impedía acudir a mi llamada de inmediato.

—Estaba preparando el desayuno, señor.

—¡El desayuno! ¿Qué hora es?

—Casi las nueve, señor.

—Odio afeitarme. —Me entregó la cuchilla y se sentó en la taza del inodoro mientras yo remataba la tarea—. ¿Has terminado?

—Todavía queda el cuello.

—No de afeitarme, Will Henry. De preparar el desayuno.

—Ah. No, señor.

—¿No? ¿Por qué no?

—He tenido que parar.

—¿Qué ha sucedido?

—Que usted me ha llamado, señor.

—¿Estás siendo impertinente, Will Henry?

—No es mi intención.

Gruñó. Limpié la hoja. Sus ojos siguieron mi mano.

—¿Cómo tienes el brazo, Will Henry? Hace bastante que no le echo un vistazo.

—Mucho mejor, señor. Anoche me di cuenta de que las cicatrices parecen brillar en la oscuridad.

—Es una ilusión óptica.

—Sí, señor. Esa fue también mi conclusión.

—¿Qué hay para desayunar?

—Tortitas de patata y salchichas.

Hizo una mueca. La cuchilla le bajó por el cuello. Aquel trabajo tenía su ritmo: rasurar, rasurar, limpiar..., rasurar, rasurar, limpiar. Su mirada no se apartó de mi rostro ni un segundo.

—¿Alguna carta hoy, Will Henry?

—No, señor.

—Tampoco ayer. Es poco habitual.

—Ayer fue domingo, señor, y el cartero no pasa hasta las diez.

—¡Domingo! ¿Estás seguro de eso?

Asentí con la cabeza. Rasurar, rasurar, limpiar.

—Por casualidad no te habrás acordado de comprar un par de bollitos en el mercado, ¿no?

—Me acordé, señor.

—Bien —respondió tras un suspiro de alivio—. Creo que me tomaré uno.

—No puede, señor.

—¿Y por qué no? Ahora sí que estás siendo insolente, Will Henry. Soy el dueño de esta casa; se supone que puedo tomar lo que desee.

—No puede porque se comió el último anoche.

—¿Ah, sí? —repuso con genuina sorpresa—. ¿En serio? No lo recuerdo. ¿Estás seguro?

Le dije que sí, y le limpié los espumosos restos del rostro con una toalla tibia. Se miró en el espejo y examinó de pasada su reflejo.

—Una lástima —caviló—. Una lástima al cuadrado: ¡primero por no tener ninguno para ahora y segundo porque no recuerdo habérmelo comido! ¿Dónde está mi camisa, Will Henry?

—Creo que la he visto en su armario, señor.

Lo seguí al dormitorio. Mientras él se la abotonaba, le dije:

—Podría acercarme en un momento, señor.

—¿Acercarte adónde?

—Al mercado, a por más bollitos.

—Ah, si en realidad no tengo hambre —repuso él con un gesto de la mano, medio distraído.

—Pero debería comer algo.

—¿Debemos empezar de nuevo la misma tediosa discusión, Will Henry? —preguntó suspirando—. ¿Qué vas a hacer ahora?

—Nada, señor.

Empezó a decir algo, pero después cambió de idea.

—¿Algo interesante en el periódico de hoy?

Negué con la cabeza. Una de mis obligaciones era examinar los diarios en busca de chismorreos que pudieran interesarle. Últimamente, solo parecía haber un asunto potencialmente peligroso que le preocupara.

—Nada, señor.

—Increíble. ¿Ni siquiera en el *Globe*?

Negué otra vez con la cabeza. Habían pasado más de dos semanas desde que informara del asesinato a las autoridades y, hasta la fecha, lo único que habíamos encontrado era una breve nota y una esquela en el semanario de

Dedham. Al parecer, la policía no se tomaba en serio las acusaciones de juego sucio del doctor.

—Maldito sea —masculló el monstrumólogo.

No supe si se refería al doctor J. F. Starr, la víctima, o al doctor John Kearns, su asesino.

Warthrop había prometido justicia para Hezekiah Varner y los otros pobres diablos que sufrían tras los gruesos candados de Motley Hill. La promesa se mantuvo, aunque, sin duda, no de la forma que él esperaba. De hecho, dudo de que tal promesa estuviera en su cabeza la mañana que llegamos a Dedham, tres días después de acabar con la madre de los *Anthropophagi*. No era justicia lo que buscaba, sino respuestas. No saldar cuentas, sino exorcizar demonios.

—Encantador —comentó Kearns al llegar al decrépito manicomio. Había insistido en acompañarnos antes de marcharse de Nueva Inglaterra. Él también deseaba verificar la revisada teoría de Warthrop sobre el caso... o eso decía—. Estuve internado en una ocasión. ¿Te lo he contado, Pellinore? Ah, sí, tres largos años antes de escapar. Tenía diecisiete. Aquel terrible episodio fue obra de mi querida madre, que Dios la tenga en su gloria. —Me miró y sonrió—. La Sociedad de tu jefe la incluyó en su catálogo, en la eme de «Monstruos Maternales». Cuatro días después de mi regreso, se cayó por las escaleras y se rompió el cuello.

—¿Por qué lo internó? —pregunté.

—Era un muchacho muy precoz.

La anticuada señora Bratton, siempre vestida de negro, no se sorprendió de nuestra inesperada aparición en el porche medio hundido. El doctor le entregó su tarjeta y veinte dólares en oro, y la mujer nos acompañó de inmediato al saloncito de odorífera atmósfera y gastados paramentos en el que el anciano alienista descansaba en camisón, acurrucado bajo una manta raída y temblando, a pesar del enérgico fuego que ardía en la chimenea.

Se intercambiaron pocas cortesías preliminares. Kearns, con sus ojos de carbón encendidos, se presentó como el doctor John J. J. Schmidt, de Whitechapel.

—Y ¿cuál es su especialidad, doctor? —preguntó el anciano.

—Anatomía.

Warthrop dejó dos monedas más en la mesa junto al codo de Starr y, al instante, empezó el interrogatorio.

—¿Quiénes eran Slidell y Mason? —preguntó.

—Locos —murmuró Starr.

—¿Es un diagnóstico formal? —preguntó Kearns.

—No, pero le aseguro, doctor Schmidt, que la locura es mi especialidad.

—¿Eran agentes de la Confederación? —insistió el doctor.

—Nunca afirmaron serlo, Warthrop, al menos en mi presencia, aunque los vi una sola vez, y durante muy poco tiempo. No me cabe duda de su fanatismo por «la causa», como ellos la llamaban, y eran fanáticos de los más peligrosos: de los que cuentan con fabulosas sumas de dinero.

—Mi padre se los presentó —dijo el doctor. No era una pregunta.

El anciano asintió, e incluso aquel insignificante gesto le provocó un ataque de tos que duró dos minutos, al final del cual sacó el mismo trozo de tela asquerosa que ya conocíamos para escupir en él. A mi lado, Kearns se rio entre dientes, como si aquel ritual le hiciera mucha gracia.

—¿Quiénes dijo mi padre que eran?

—Filántropos.

Kearns reprimió una carcajada. El doctor le lanzó una miradita y se volvió hacia Starr.

—¿Filántropos?

—Interesados (muy interesados, según sus propias palabras) en el avance de la eugenesia.

—Filántropos fanáticos —aventuró Kearns, todavía entre risas.

—Mi padre los reclutó para que lo ayudaran con un experimento —dijo Warthrop.

—Tal como yo lo entendí —respondió el anciano tras asentir con la cabeza—, pretendía combinar dos especies.

—¡Ay, Dios mío! —exclamó Kearns con fingido horror.

Sin embargo, la repulsión de Warthrop no era fingida.

—¿*Anthropophagus* con *Homo sapiens*? ¿Con qué fin?

—Con el obvio, Pellinore —intervino Kearns—. Crear una máquina de matar con un intelecto que respondiera a su sed de sangre. El depredador definitivo. El equivalente animal al *Übermensch* de Nietzsche.

—No creo que él lo viera así, doctor Schmidt —dijo Starr—. Puede que ellos sí, Mason y Slidell, pero no Warthrop. «Quizás esté en nuestra mano dotar de alma al que no la tiene. Piedad al despiadado. Humanidad al inhumano», me comentó en privado.

—Y usted aceptó —dijo Warthrop.

—Al principio, no. Rechacé rotundamente la oferta. No deseaba jugar a ser Dios.

—Pero cambió de opinión. ¿Por qué?

Starr guardó silencio. Los ruidos que le brotaban del pecho servían de contrapunto a su torturada respiración. Warthrop añadió dos monedas más a la pila.

—¿Cómo sabe que cambié de opinión? —graznó el viejo.

—Calló a Varner siguiendo sus órdenes. Convenció al tribunal de que estaba loco y lo encerró para que nadie creyera su historia.

—Varner estaba como una cabra.

—Y aceptó la segunda parte del trato.

—No había otra parte —insistió Starr tras humedecerse los labios amoratados—. ¿A qué viene esto, Warthrop? ¿Qué quiere de mí? Soy un anciano, un anciano moribundo, debería añadir. ¿Por qué ha venido a atormentarme con el pasado?

Warthrop se volvió y, tras agarrar mi brazo herido, lo colocó bajo las narices del inquieto alienista.

—Porque no es el pasado —gruñó. Me soltó y se inclinó sobre el rostro del anciano—. Me pregunta por lo que quiero. Le responderé con la misma pregunta: ¿qué quiere usted, Jeremiah Starr? Tiene mi palabra de caballero, no le contaré a nadie lo que suceda hoy entre nosotros.

No pasará lo poco que quede de su miserable vida en prisión ni acabará en el cadalso, ¡por mucho que la sangre de sus incontables víctimas clame al cielo! Conozco la mayor parte de lo sucedido y sospecho el resto, pero deseo escucharlo, y ya no queda nadie con vida para confesarlo salvo usted. Tiene mi palabra; ¿qué más quiere?

Starr se negó a responder, pero la codicia lo traicionó: su mirada vidriosa se dirigió por una fracción del segundo a la pila de monedas que había junto a su codo. Warthrop abrió su monedero y vació el contenido en la mesa. Los dólares cayeron como una tintineante cascada sobre la alfombra raída. Una de las monedas aterrizó de cara en la manta del anciano.

—¡Ahí tiene! —gritó Warthrop—. Todo lo que llevo encima. Mañana le daré diez veces más, pero responda a la pregunta para zanjar el asunto de una vez por todas... Las criaturas de las que cuidaba mi padre necesitaban dos cosas para sobrevivir durante el transcurso de este «experimento» sobre eugenesia, independientemente de su verdadero objetivo: un refugio seguro, que sin duda financiaron Mason y Slidell, y comida. ¿No? Ellos construyeron el recinto subterráneo y usted les suministró el alimento. ¿No? Dígame que sí, monstruo despreciable.

—Sí —respondió Starr.

Un ataque de tos lo dobló por la mitad y, cuando volvió a enderezarse, su rostro era del color de las fresas maduras. La saliva le salpicaba la barbilla sin rasurar. Warthrop retrocedió de asco.

—¿Y cuando acabó la guerra...?

—Se ofreció a financiarlo él mismo —reconoció Starr—. Era incapaz de dejarlo.

—¿De dejarlo? —El doctor parecía espantado—. ¿De dejar el qué?

—Creo que les había tomado cariño. Eran más como mascotas o hijos. Sin ánimo de ofender, Warthrop. Era muy posesivo con ellos.

—Y a usted no le importaba de dónde salía el dinero.

—Warthrop —repuso Starr en tono paternalista—, en serio. Estos... —Agitó su mano moteada en busca de la palabra correcta—. Estos... pacientes, por así llamarlos, son la hez de la sociedad. Llegan aquí porque, literalmente, no pueden ir a otro sitio. No tienen familia o, al menos, ninguna que los reclame. Todos están locos, algunos hasta extremos criminales, y los que no llegan a ese punto poseen la capacidad intelectual de un nabo. Son basura humana, descartada por sus semejantes, tóxica para la población y para ellos mismos, una burla cómica, cruel, olvidada e indeseable de todo lo que nos hace humanos. O se pudrían aquí o se sacrificaban por el bien común.

—Con la ventaja añadida de que, si desaparecían, nadie los echaría de menos.

—Nadie los echaría de menos —repitió aliviado por la comprensión del doctor.

—Y usted cumplió su parte del trato —siguió Warthrop, con la mandíbula apretada. Quería saber la verdad costara lo que costara. Las monedas lanzaban destellos a la luz de la lámpara como parte de ese coste, aunque no la parte más importante para él—. Cada mes, hasta que murió y dejó de llegar dinero, usted transportaba a dos o tres víctimas a Nueva Jerusalén.

—No, no, no —objetó Starr—. Acierta en lo esencial, Warthrop, pero no en los detalles. Yo jamás los llevé. Tenía a un hombre contratado para eso. Y no dejé de enviarlas.

—¿Qué quiere decir con que no dejó de enviarlas? —preguntó el doctor, atónito.

—Justo lo que he dicho. No dejé de hacerlo.

—Eso no puede ser —murmuró Kearns a mi lado.

El doctor se pasó las manos por el pelo. Después se dejó caer en una silla, apoyó los codos en las rodillas y habló mirándose los zapatos.

—¿Por qué no paró? —consiguió preguntar.

—Su padre me suplicó que no lo hiciera. Organizó un fondo para su custodia. Le preocupaba que el experimento lo hubiera colocado en una posición insostenible: si cortaba el suministro de comida, la buscarían en otra parte. Yo estaba de acuerdo. El genio había salido de la lámpara, habíamos abierto la caja de Pandora; la única opción era continuar.

—Para que no muriera gente de verdad —comentó Kearns.

Asentía y sonreía al malvado anciano, como diciendo: «Nos comprendemos, amigo».

—¡Sí! ¡Exacto! —asintió Starr con ganas—. Así que, después de su muerte, no cambió nada. Una vez al mes, al dar la medianoche, yo enviaba a Peterson al cementerio con una carga.

—Un viaje de tres horas, lo que sitúa la hora de comer

a las tres de la madrugada —dijo Kearns—. La hora de las brujas.

—Su historia no coincide con las pruebas del caso, Starr —añadió Warthrop, que negaba con la cabeza—. Descubrimos a un macho alfa alimentándose de un cadáver; un *Anthropophagus* solo recurre a eso si está a punto de morir de hambre. Hace poco se abrieron camino hasta la superficie: innecesario si usted les servía carne fresca todos los meses. Y no creo que el sellado del túnel entre los nidos y las cámaras de comedero fuese resultado de un fenómeno natural. Dice que no paró, pero debió de hacerlo.

—Sí, sí, sí —repuso Starr impaciente—. Usted me indicó que tenía que haber parado tras la muerte de su padre, y le respondí que no, pues él había dispuesto los fondos para cubrir mis gastos y las molestias. Ese dinero se terminó en diciembre del año pasado, Warthrop. La última vez que se alimentaron fue el día de Navidad.

—¡Dulce Navidad! —se carcajeó Kearns.

—Entonces, Peterson dinamitó el túnel y dejó encerradas a esas abominaciones al otro lado.

—Peterson —repitió Kearns.

—Sí, Peterson. Confío plenamente en él; lleva a cargo del trabajo desde el principio.

—¿Cuál es su nombre de pila?

—Jonathan. ¿Por qué lo pregunta?

—Y usted supuso que morirían de hambre —intervino Warthrop, sin dar tiempo a que Kearns contestara.

—Me pareció la opción más sabia. Era algo que habíamos hablado su padre y yo antes de su muerte. Por si le sirve, de vez en cuando expresaba un arrepentimiento morboso; creo que la operación no le procuraba ningún placer. Más de una vez me mencionó la posibilidad de terminar el experimento, matarlos de hambre, envenenarlos o prender fuego a su cubil. Pero, en el fondo, era un optimista, creo. Pensaba que, con el tiempo suficiente, lograría domesticarlos.

—¿Domesticarlos? —preguntó Warthrop—. Creía que la idea era cruzarlos.

—No, se rindió al cabo de unos años —respondió Starr con otro gesto de su zarpa manchada—. Se limitaban a despedazar a todos los potenciales compañeros que enviaba.

—¡No se diferencia tanto del matrimonio humano! —exclamó Kearns, entre risas.

Warthrop asentía con la cabeza, aunque no ante el cínico comentario del cazador.

—Eso lo explica todo, o casi. No había razón para abandonar la seguridad de sus guaridas fabricadas por el hombre hasta que les cortaron el suministro de comida y el hambre los hizo salir a la superficie. Había dado por sentado que el ataque a los Stinnet había sido una respuesta territorial a nuestra invasión de sus dominios... —El monstrumólogo suspiró, una exhalación tanto de alivio como de doloroso reconocimiento—. Me equivoqué. Me equivoqué en mi suposición y en mi reacción. Pero no todas las preguntas han obtenido respuesta, Starr. ¿Por qué dejó vivir a Varner? ¿No habría sido más seguro lanzarlo al pozo con la demás «basura»?

—Válgame el cielo, Warthrop, ¿por quién me toma? Puede que sea avaricioso, pero no tan corrupto.

Me acordé del enloquecedor zumbido de las moscas contra una ventana, de su repugnante progenie retorciéndose en las llagas abiertas, en las botas llenas de carne licuada. «No soy tan corrupto».

—Claro que no —coincidió Kearns. Después cruzó la habitación hasta colocarse ante el marchito anciano resollante y, con gran ternura, añadió—: Todo lo contrario, es humanitario, doctor Starr, ¡que nadie le diga lo contrario! ¡Un alquimista antropológico que transforma el plomo en oro! No se deja atar por las cadenas con las que todos cargamos, y en eso usted y yo somos hermanos, querido Jeremiah. Somos los nuevos hombres de una nueva era gloriosa, libres de la mentira y de la ridícula rectitud.

—Colocó las manos a ambos lados de la avejentada coronilla de Starr y le sostuvo la cara mientras se agachaba para ronronearle a la enorme oreja—: La única verdad es la verdad del ahora. «Pues no hay nada bueno o malo, sino que el pensamiento lo hace tal».* No hay más moralidad que la que exija el momento, ¿verdad, Jeremiah?

Tras decir eso, John Kearns, estudiante de la anatomía humana y cazador de monstruos, giró de un solo movimiento brusco la cabeza de su víctima y le partió el cuello, que se separó de su espina dorsal, y lo mató al instante.

---

* Traducción de Tomás Segovia en: Shakespeare, William. *Obras completas II. Tragedias. Hamlet.* Acto II, escena II, pág. 333 (Debolsillo, 2012). (*N. de la t.*)

Después pasó junto a un pasmado Warthrop, que se había quedado mudo, y salió del cuarto mientras decía, sin rastro de ironía en sus palabras:

—Nadie lo echará de menos.

El doctor apenas lograba contener su furia, aunque cualquiera habría dicho que parecía muy tranquilo; pero yo lo conocía demasiado bien. Se mordió la lengua hasta que doblamos la esquina del estrecho camino que subía a Motley Hill, momento en el cual se enfrentó a Kearns.

—Es un asesinato, Kearns, simple y llanamente.

—Ha sido por compasión, Warthrop, simple y llanamente.

—No me dejas alternativa.

—Siempre la hay, Pellinore. ¿Puedo hacerte una pregunta? ¿Qué pasaría si, de repente, el corazón del vejestorio cobrara vida y confesara sus crímenes en el lecho de muerte? ¿No te gustaría continuar con tu amado trabajo? Perdona, han sido dos preguntas.

—Yo tengo una pregunta mejor —repuso Warthrop—. ¿Qué alternativa tengo si permanecer callado significa permitirte continuar con tu amado trabajo?

—Ay, Pellinore, hieres mis sentimientos. ¿Quién puede juzgar cuál de los dos trabajos es más digno de aprobación? «No juzguéis, y no seréis juzgados».

—Dicen que nadie conoce la Biblia mejor que el diablo.

Kearns se rio alegremente, tiró de las riendas y dirigió el caballo de vuelta a la ciudad.

—¿Adónde vas ahora? —preguntó el doctor.

—¡A rodear la tierra y andar por ella, mi querido monstrumólogo! Búscame cuando salga la luna; ¡volveré!

Espoleó el caballo y se alejó a galope tendido. Warthrop y yo lo vimos alejarse hasta desaparecer tras la cresta de la última colina. El doctor se mordía el labio inferior, ansioso.

—¿Sabe adónde va, señor?

—Creo que sí. —Suspiró, y dejó escapar una risa larga, amarga y suave—. ¡John J. J. Schmidt! ¿Sabes qué te digo, Will Henry? Que creo que Kearns tampoco es su verdadero nombre.

En cualquier caso, cumplió su palabra, fuera cual fuera su verdadero nombre. Una hora después de cenar, cuando la luna llena asomaba su plateada cabeza sobre las copas de los árboles, regresó y se retiró a su dormitorio sin dirigirnos la palabra, para después bajar las escaleras pisando fuerte tras cambiarse de ropa, colocarse su capa de viaje y recoger su maleta.

—Bueno, Pellinore, me voy —anunció—. Ha sido divertidísimo, pero no deseo abusar de tu hospitalidad, aunque me temo que para eso ya llego un día tarde.

—Más de uno, John —contestó Warthrop, seco—. ¿Qué le has hecho a Jonathan Peterson?

—¿A quién? —preguntó el otro con cara de sorpresa—. ¡Ah! Al lacayo del vejete. Sí. Él. ¿Por qué me lo preguntas?

—¿Dónde está?

—Nadie parece ser capaz de encontrarle, Pellinore —repuso sacudiendo la cabeza con aire triste—. Una pena.

Warthrop guardó silencio un instante, antes de decir:

—Pienso avisar a las autoridades, no he cambiado de idea.

—Claro, y no puedo culparte por ello, así que no volveré a apelar a tu sentido común. Es como si Dios decidiera que ahora la alianza es con los insectos. —Se rio al ver la expresión pétrea del doctor—. ¿Sabes por qué me caes tan bien, Warthrop? Porque eres condenadamente serio. —Se volvió hacia mí—. ¡Y tú, Will Henry! Espero que no me guardes rencor por el desafortunado incidente de las cuevas; no había otro modo. Si alguna vez le contara a alguien, cosa que no haré, tu valentía en el campo de batalla, me tomarían por mentiroso. Serás un monstrumólogo excelente, si sobrevives bajo la tutela de mi amigo Warthrop. Adiós, Will.

Me dio la mano y me alborotó el pelo.

—¿Adónde vas ahora, Kearns? —le preguntó el doctor.

—Ay, Pellinore, en serio, ¿amenazas con entregarme y después me preguntas por mi paradero? No soy tan tonto; al fin y al cabo, no soy Bobby Morgan. Por cierto, ¿cómo lo convenciste para que no te metiera en la cárcel?

—Robert es un viejo amigo —repuso el doctor, rígido—. Comprende la importancia de mi trabajo.

—¿Cree que, si sigues de caza, Nueva Jerusalén estará más segura? Díselo al buen reverendo Stinnet y a su clan.

—Creía que te ibas.

—¡Cierto! Pero, en serio, creo que necesito unas vacaciones. Una caza más relajada, una presa que me exija menos, sobre todo porque no contaré con los indispensables servicios del maestro Will Henry, aquí presente.

—Otro asunto del que no me he olvidado —contestó el doctor en tono lúgubre—. Deberías irte antes de que le dé demasiadas vueltas, Kearns.

El cazador siguió el consejo de Warthrop y se marchó de inmediato. A la mañana siguiente, el doctor cumplió su promesa e informó del asesinato a las autoridades, aunque, por lo que sé, nunca sirvió de nada. Apareció una noticia en los periódicos sobre la misteriosa desaparición de Jonathan Peterson, pero nada más, que yo sepa; nunca encontraron su cadáver.

No hablamos mucho de Jack Kearns después de esa primavera de 1888. El tema parecía someter al doctor a unos dilemas morales a los que prefería no enfrentarse.

Sin embargo, a finales del otoño de ese mismo año, el asunto surgió de forma indirecta. Estaba en el comedor, abrillantando la cubertería de plata, cuando oí un grito que procedía de la biblioteca y el ruido de algo pesado al caer al suelo. Alarmado, corrí a la habitación, donde esperaba encontrarme al doctor tirado en la alfombra (llevaba varios días de intenso trabajo sin dormir ni comer). Pero me encontré a Warthrop dando vueltas sin parar mientras se pasaba las manos por el pelo (que necesitaba un buen corte) y mascullaba para sí, enfadado. Se detuvo cuando me vio en el umbral y me observó en silencio cuando corrí a recoger la mesita que había derribado en su ira. Al lado de la mesa estaba la portada del *Times* de Londres. El titular bajo la cabecera rezaba así: «El destripador ataca de nuevo. El asesino de Whitechapel se cobra a su cuarta víctima».

Whitechapel. Había oído aquel nombre antes, en el salón de la casa de Motley Hill, seis meses atrás: «El doctor John J. J. Schmidt, de Whitechapel».

Warthrop no dijo nada mientras yo leía el horrendo artículo y guardó silencio unos segundos cuando levanté la mirada hacia él, así que fui yo el que acabó por hablar primero.

—¿Cree que...? —pregunté, porque no había necesidad de terminar la pregunta.

—¿Qué creo yo? —repuso retóricamente—. Creo que Malachi debería haber aceptado su oferta.

Tras vestirse y comerse unas tortitas de patata muy decepcionantes (las salchichas no las tocó), el doctor me pidió que bajara al sótano con él. Había llegado el momento de mi chequeo bimensual.

Me senté en el alto taburete metálico. Me apuntó con una luz brillante a los ojos, me tomó la tensión y la temperatura, después el pulso, y me examinó la garganta. Me sacó sangre del brazo y llenó una ampolla con ella. Yo lo observaba, acostumbrado ya al ritual, mientras él vertía la disolución de yodo en el tubo y agitaba el mejunje unos segundos. «Tendrás que aprender a hacerlo tú, Will Henry —me había dicho—. No estaremos juntos para siempre».

—Cuentagotas —dijo, y le puse el instrumento en la palma de la mano.

El doctor echó una gota de la mezcla de sangre en una placa y después metió la muestra bajo la lente del microscopio. Contuvo el aliento cuando se inclinó para examinar el resultado. Gruñó y me hizo un gesto para que me acercara.

—¿Ves esas motas negras oblongas?

—Sí, señor, creo que sí.

—¿Las ves o crees que las ves? ¡Habla con precisión, Will Henry!

—Las veo. Sí, señor.

—Son las larvas.

Tragué saliva. Las formas parecían diminutos orbes de obsidiana, miles de ojitos negros muertos nadando en una sola gota de mi sangre.

El doctor se quitó los guantes y dijo, como si nada:

—Bueno, al parecer, la población permanece más o menos estable.

Acto seguido, abrió la carpeta que tenía junto al microscopio (en la que rezaba: «Sujeto: W. J. Henry / Diag.: Infestación de *B. arawakus*») y garabateó una nota descuidada bajo la fecha.

—¿Eso es bueno? —pregunté.

—¿Hum? Sí, es bueno. Nadie sabe por qué, en algunos casos, el *arawakus* mantiene una simbiosis perfecta con su huésped mamífero, lo que le proporciona al huésped una vida más larga de lo normal, mientras que, en otros casos, el cuerpo se ve abrumado por la cantidad de invasores. Tu caso es curioso, Will Henry, pues entra dentro de la primera categoría, mientras que resulta evidente que el de tu padre, no. Existe una teoría demasiado compleja para explicarla de manera adecuada, con todos sus elegantes detalles, expuesta en un excelente trabajo escrito por uno de mis colegas de la Sociedad. Resumiendo, postula que lo que le sucedió a tu padre fue un medio de propagación, la forma de buscar un nuevo huésped.

—Un nuevo huésped. Yo.

—Dudo que sucediera la noche del incendio —repuso el doctor tras encogerse de hombros—. No estabas cerca de él cuando decidieron salir con tan mala fortuna. No es más que una teoría; todavía no conocemos el método que emplean para infestar al huésped.

—Pero fue un accidente, ¿no?

—Bueno, ¡dudo de que tu padre te contagiara a propósito!

—No, no me refiero a... Me refiero, señor a lo que le ocurrió a mi padre. Fue un accidente, ¿no?

—¿Qué me estás preguntando, Will Henry? —me dijo con el ceño fruncido—. ¿Insinúas que a tu padre lo contagiaron adrede?

No contesté, pues vagaba la respuesta. El doctor me colocó la mano en el hombro y dijo:

—Mírame, Will Henry. Sabes que nunca miento. Me conoces, ¿verdad?

—Sí, señor.

—No soy la comadrona de tu padecimiento, si es padecimiento y no bendición. No sé cómo ni cuándo se contagió tu padre, aunque, sin duda, se trató de una consecuencia de trabajar a mi servicio. En ese sentido, supongo, no fue un accidente lo que le sucedió y lo que te sucede. Eres su hijo, Will Henry, y, como su hijo, cargas con su cruz. —Apartó la mirada—. Como hacen todos los hijos.

Aquella misma tarde, el doctor se retiró a su estudio para escribir un trabajo que deseaba presentar en el congreso anual de la Sociedad y me advirtió que no lo molestara. La semana anterior había recibido por correo el borrador preliminar del artículo que iba a presentar un colega monstrumólogo (el presidente de la Sociedad, ni más ni menos), enviado de forma anónima por otro colega preocupado que instaba a Warthrop a preparar una respuesta pública: «Me temo que no exagero al afirmar que el futuro de nuestra disciplina está en juego —escribía su amigo—. Y no se me ocurre nadie mejor que usted para rebatir las alarmantes y peligrosas disquisiciones de nuestro estimado presidente».

Tras leer con detenimiento el borrador del venerable doctor Abram von Helrung, Warthrop concluyó que coincidía plenamente con su colega en ambos puntos: el trabajo del presidente era peligroso y no había nadie mejor que él para evitar la esperada catástrofe. Se puso manos a la obra con su habitual fijación. Aquella tarde estaba trabajando en la versión número doce de su respuesta a Von Helrung.

Mientras él se afanaba en la viña de su considerable agudeza intelectual, yo me retiré a mi pequeño desván para cambiarme y realizar una rápida incursión en la ciudad. Mi objetivo era simple: recoger algunos bollitos de frambuesa de la panadería, pues sabía que él me pediría uno cuando despertara por la mañana y, por mucho que se esforzara, sería incapaz de comprender el porqué persistía la inexistencia de los bollitos si yo era consciente de ella.

Con las prisas, en un primer momento no me percaté del detalle (iban a cerrar la panadería en menos de una hora). Me había vestido y estaba a punto de coger mi sombrerito de su percha cuando se me ocurrió bajar la vista y lo vi en el poste de la cama: era un sombrero nuevo, bastante más grande que su raído primo manchado de barro, que ahora me temblaba en la mano. ¿Qué estaba pasando? Lo cogí, le di la vuelta y vi que dentro llevaba bordadas mis iniciales con hilo de oro: «W. J. H.».

Por un momento me quedé paralizado, clavado en el sitio, con el corazón acelerado como si acabara de subir una empinada colina. Tenía en una mano mi sombrerito, que todavía olía un poco al humo de un fuego largo tiempo sofocado, y, en la otra, el sombrero nuevo que parecía haber salido de la nada, aunque, por supuesto, sí que había salido de alguna parte..., de alguien.

Con la cabeza descubierta y un sombrero (uno nuevo y otro viejo) en cada mano, bajé corriendo las escaleras. En la biblioteca, oí el ruido de un objeto que golpeaba la alfombra y entré a investigar. Suponía que Warthrop seguía en su estudio.

El doctor estaba sentado en el suelo, frente a la chimenea, alimentando el fuego. A su lado, el viejo baúl de su padre. Si fue consciente de mi aparición, no dio señales de ello, ya que abrió la tapa y, uno por uno, empezó a lanzar a la crepitante conflagración todos los objetos que contenía. Las llamas saltaban y escupían con cada nueva víctima (el olor del pelo de la cabeza reducida era bastante fuerte). Me acerqué y me senté a su lado. Apenas se dio cuenta.

El calor se intensificó en nuestros rostros. Él lanzó las viejas cartas de una en una. Si se percató de que una estaba abierta («A veces me siento bastante solo y no del todo como en casa»), no dio señales de ello. De hecho, su cara no desvelaba emoción alguna, ni pena ni rabia, ni remordimiento ni resignación. Era como si realizara una tarea mundana en vez de encontrarse destruyendo las únicas pruebas que quedaban de la existencia de su padre.

—¿Qué tienes ahí, Will Henry? —preguntó sin apartar la mirada de la pira purificadora.

Contemplé los dos sombreros, uno al lado del otro, en mi regazo. Alcé la cabeza y examiné su rostro, vuelto hacia el fuego, no hacia mí. En su perfil anguloso, la sombra luchaba contra la luz; lo escondido, visible; lo oculto, revelado. Su padre le había puesto Pellinore en honor al rey mítico que perseguía a una bestia imposible de cazar, un acto de crueldad inconsciente, quizás; como mínimo, un augurio funesto, la transmisión de una dolencia hereditaria, la maldición familiar.

—Mi sombrero, señor —respondí.

—¿Cuál de ellos, Will Henry? Esa es la cuestión.

El fuego crepitaba y chasqueaba, gruñía y silbaba. «Eso es —pensé—. El fuego destruye, pero también purifica».

Lancé mi viejo sombrero al centro de las llamas. Warthrop hizo un gesto de aprobación apenas distinguible, y los dos observamos cómo se consumía.

—Quién sabe, Will Henry —dijo cuando ya había quedado reducido a cenizas, como los efluvios de la vida de su padre—, quizás esta cruz con la que cargas acabe siendo una bendición.

—¿Una bendición, señor?

—Mi colega se inventó un apodo para el *arawakus*: «La fuente del contagio de la eterna juventud».

—¿Eso quiere decir que nunca creceré?

Él me cogió del regazo el sombrero nuevo, el primer regalo que me hacía, y me lo colocó en la cabeza.

—O que vivirás para siempre... para seguir con mi trabajo. ¡Eso sí que es convertir una carga en una bendición!

El monstrumólogo se rio.

EPÍLOGO

Mayo de 2008

Ciento veinte años después de que concluyera el «asunto de los *Anthropophagi*», llamé al director del centro para decirle que había terminado de leer los primeros tres volúmenes del extraordinario diario de William Henry.

—¿Y? —preguntó.

—Y es ficción, sin duda.

—Bueno, pues claro que lo es —repuso indignado—. ¿No ha encontrado nada que nos ayude a identificarlo?

—Nada de importancia.

—¿Su ciudad natal...?

—La llama «Nueva Jerusalén», pero no existe una ciudad con ese nombre, al menos, no en Nueva Inglaterra.

—Le cambió el nombre. Tiene que ser de alguna parte.

—Bueno, menciona dos ciudades: Dedham y Swampscott. Son lugares reales de Massachusetts.

—¿Y familia? Hermanos, primos... ¿Alguien?

—Solo he leído los tres primeros cuadernos —respondí—. Pero menciona que sus únicos parientes eran sus padres. —Me aclaré la garganta—. Supongo que la policía le tomaría las huellas cuando lo encontraron, ¿no?

—Sí, por supuesto, pero no encontraron ninguna coincidencia.

—Y le harían un examen físico completo al llevarlo al centro, ¿no?

—Es el procedimiento habitual, sí.

—¿Le hicieron...? ¿Suelen hacer algún análisis de sangre?

—¿A qué se refiere? ¿ADN o algo así?

—Bueno, eso también, pero, como parte del examen médico, ¿suelen hacer un análisis completo de la sangre de los nuevos residentes?

—Por supuesto. ¿Por qué lo pregunta?

—¿Y no había nada... extraño en la muestra?

—Tendría que buscar la ficha, pero si el doctor me lo hubiera mencionado me acordaría. ¿Adónde quiere ir a parar?

—¿Y una autopsia? ¿Es también el procedimiento habitual?

—No, a no ser que se sospeche que las causas del fallecimiento no son naturales o que la familia lo solicite.

—Will Henry no encaja en ninguna de las dos opciones —dije—. ¿De qué murió?

—Fallo cardiaco.

—Pero no parecía enfermo justo antes de morir, ¿no? ¿Fiebre, una erupción?

—Murió pacíficamente mientras dormía. ¿Por?

—En el diario ofrece una especie de explicación para su longevidad. Debe de habérselo inventado, como todo lo demás.

—Estoy de acuerdo. En fin, gracias por tomarse la molestia de echarles un vistazo.

—Todavía no he terminado de leerlos. Y me gustaría hacerlo, si pudiera ser. ¿Le importa que me los quede un poco más? Quizá dé con algo que les sirva de ayuda.

Respondió que no le importaba; nadie había respondido al anuncio, y sus pesquisas, como las mías, no habían dado fruto. Le prometí llamar si descubría algo útil. Colgué, aliviado: temía que me exigiera la devolución del diario de Will Henry antes de terminar los volúmenes que me quedaban.

A lo largo de los siguientes meses, siempre que tenía el tiempo necesario para dedicarlo a ello, merodeaba por internet en busca de cualquier pizquita de información que pudiera dar credibilidad a la autenticidad del diario. Evidentemente, encontré muchas referencias a la criatura mítica descrita en la transcripción incluida en este libro, desde Heródoto hasta Shakespeare, pero nada sobre una invasión en Estados Unidos a finales del siglo XIX. Nada sobre una Sociedad Monstrumológica (ni sobre la «monstrumología», ya puestos; al parecer, formaba parte de un léxico inventado por Will Henry) y nada que indicara que hubiera existido alguien llamado Pellinore Warthrop. Encontré una referencia en línea a un manicomio de finales de siglo en Dedham, aunque su nombre no era Motley Hill ni su propietario Starr. No encontré referencias a un carguero llamado Feronia que encallara cerca de Swampscott en 1865. No había constancia de ningún naufragio allí ese año.

Leí detenidamente varias fuentes sobre el personaje, real como pocos, de Jack el Destripador, pero no encontré mención alguna al alias de John Kearns ni a ninguna teoría que apoyara la sorprendente afirmación de Will Henry de que cazaba monstruos cuando no cazaba seres humanos. Un empleado muy amable del Museo Británico por fin devolvió mis llamadas acerca de los papeles personales de sir Francis Galton, el padre de la eugenesia, que según Warthrop era amigo íntimo de su padre. Tal y como sospechaba, en las cartas de Galton no aparecía Alistair Warthrop ni nadie que se pareciera remotamente a él.

Tampoco encontré nada sobre el *Biminius arawakus*. No se dice nada en los mitos (ni, por supuesto, en los textos científicos) sobre un organismo parasitario que, sin saberse cómo, alarga el tiempo de vida de su huésped.

A veces, inmerso en aquella búsqueda estéril, me reía de mí mismo. ¿Por qué perdía el tiempo intentando encontrar un resquicio de veracidad en lo que obviamente era el fruto de la imaginación de un demente? Me daba lástima. Quizás en parte fuera por eso. No creo que Will Henry lo considerara el fruto de su imaginación. Creo que creía que todo era cierto. Era ficción sin duda, pero no una ficción deliberada.

Casi cuatro meses después de nuestra conversación, llamé al director y le pregunté dónde estaba enterrado William James Henry. El cementerio municipal estaba a menos de diez minutos de mi casa. Encontré una pequeña lápida de piedra en la que solo habían grabado su nombre, si es que era su nombre; otra tumba de pobre entre decenas de sepulcros de indigentes. Me pregunté cuál sería el procedimiento para solicitar una exhumación de los restos. A los pies de su tumba, era consciente de lo absurdo de la idea: ¿qué razón podría tener para desear que aquella historia fuera cierta, aunque fuera en parte?

Siguiendo un impulso, me agaché y arañé la tierra con un palo hasta excavar un agujero de diez o doce centímetros en el mantillo arenoso. Una tormenta reciente había saturado el suelo, así que el agua empezó a rellenar mi hoyito.

Lo vi al cabo de un par de minutos, una criatura diminuta similar a un gusano, no una lombriz gorda ni una larva rechoncha, sino algo largo y muy fino que se retorcía en la superficie del agua oscura. «No más gruesos que cabellos humanos». Henry había descrito de ese modo los parásitos que infestaban a su padre.

Pesqué al invertebrado anónimo del agujero con el extremo del palo y lo sostuve en alto para examinarlo lo mejor posible en el crepúsculo de aquel día de finales de verano. Recordé las palabras de Warthrop en el diario («todavía no conocemos el método que emplean para infestar al huésped») y lancé el palo lo más lejos que pude en un instante de pánico absurdo.

«Baja al planeta Tierra», me dije, intentando reírme del asunto, y entonces recordé algo más que había escrito Will Henry. Las palabras me acompañaron mientras corría de vuelta al coche a toda prisa y, después, al regresar a mi vida moderna en un mundo donde cada vez queda menos hueco para los monstruos.

«Sí, mi querido niño, los monstruos son reales. De hecho, tengo uno colgado del techo de mi sótano».